U0902079

KUWEI
酷威文化
图书 影视

这膝盖我收下了

下册

江山沧澜 著

四川文艺出版社

目录

contents

第十五章

求生

宋睢窈的指尖触摸树干，树皮干燥粗糙，还有独特的纹理，她垂眸看着手指。

前面传来一阵嘻嘻哈哈声，一群人就像春游一样，聊东聊西很快活。宋睢窈和埃文斯被孤立一般落在了后面。

“嘿，埃文斯，你们走得太慢了，快过来！”利斯坦在前面喊道。不久前还在片场忙着最后的拍摄的他不知道这其中的复杂情况，只想让他们加入大部队一起嗨。

见埃文斯他们不愿意，他也没在意，他很兴奋，把儿子艾迪森往同龄人里推，希望他能跟他们好好玩。

其他人见跟埃文斯熟悉的利斯坦出声都没用，自然也不会多嘴。

毕竟埃文斯的名声地位太超然了，再加上宋睢窈和文珠怜之间的微妙关系，让人觉得主动靠近特别像在抱大腿和站在宋睢窈这边。

仔细考量一下，就会知道还是和文珠怜打好关系更有好处，毕竟埃文斯的大腿不一定能抱上，却肯定能惹得一身骚。文珠怜这边就不一样了，她随便作首歌就是爆款，是个天才少女，而且他们对文珠怜更熟悉，跟她是朋友，自然下意识地偏向她。

埃文斯的粉丝们见到这一幕特别难受，觉得是宋睢窈害埃文斯被孤立的，本来他这种身份地位，应该被大家围着转才对，连文珠怜以前都公开说过喜欢埃文斯的！

一时间，社交平台里，指责宋睢窈和埃文斯的人越来越多了。

好心疼啊！

真是拖后腿，自己没有一点儿自知之明吗？

因为这个妹妹，我觉得埃文斯都没那么有魅力了。

我有预感，埃文斯迟早被这个妹妹拖累死。

然而被粉丝心疼的埃文斯，看起来却惬意得很，并且很快化身好奇宝宝，指着树下的蘑菇，问宋睢窈："妹妹，那个是什么？"

正扭转着脑袋四处观察的宋睢窈，闻言瞥了一眼，便道："毒蝇伞，不能吃。"

"那个呢？"

"鳞柄白鹅膏，不能吃。"

"那个呢？看起来大哥会喜欢吃。"

"那是乌头属，你想毒死大哥吗？"

兄妹俩一问一答，前面一个13岁的小少年好奇地转头过来看。

过了一会儿，他忍不住了，转身跑向宋睢窈："姐姐，你知道这是什么吗？"

这是影后礼文灵的小儿子礼泉，礼文灵见小儿子跑去跟宋睢窈搭话，皱了皱眉，转头看过去，心里有点儿担心小儿子碰钉子。

宋睢窈看着礼泉手上是个黑色的四四方方的小东西，因为水分已经被晒干了，所以也没有什么特别的味道。

宋睢窈看着眼前还有些稚嫩的小帅哥，温柔地说："这是袋熊的粪便哦。很特别对吧？这种动物排泄出来的粪便是方形的呢。"

小帅哥脸上的表情僵住了，满脑子都是自己拿着一坨屎……

随即他像触电一样猛地将手上的粪便扔了出去，崩溃："啊啊啊，我要洗手！"

哈哈哈！

我去，突然笑喷了！

等等，妹妹好像？

有没有懂的说说，真千金说对了吗？

专业学这个的，告诉你们，都对。

弹幕上指摘宋雎窈的声音逐渐有些变化。

礼文灵不知道发生了什么，只觉得自己儿子好像被欺负了，口气不太好地喊了一声：“礼泉！”

礼泉连忙狂奔回礼文灵身边，很快拿了包里的矿泉水洗手，连用了一瓶水，他的表情才稍微缓过来了一些。

“用这么多水不好吧？”有人说。

卫言自信满满地说：“没关系，岛上肯定有水源，我知道怎么找，跟我走就对了。”

“我们带了太阳能烧水壶。”文珠怜跟着说。

以卫家和文家的关系，他们可以合作，带的东西可以说相当齐全，几乎什么都有，不出意外就真的是春游了，因此他们情绪都非常轻松。

不久后，他们果然找到了水源，所有人都又累又饿，纷纷找个地方坐下来，拿出面包、饼干、牛肉干。文珠怜烧了水，给需要热水的人倒。

“达达，给自己一次机会，不要以后后悔。”文珠怜给超模达达倒开水的时候，劝道。

达达表情僵硬，看了眼正在跟其他家长聊天的画家父亲，没有说话。

“珠珠真是好孩子啊。”

“珍珍要是有你一半就好了。”常友青和常珍珍的母亲说。

常珍珍顿时就娇嗔地叫起来：“妈！珠珠不在的时候我是宝，她在我就是根草了对不对？”

文珠怜说：“珍珍有自己的优点啦，她画画那么好，我就不会画画。”

“真会说话……你们真会教小孩。”常母又转头去跟黎欣、文国华说。

两人被夸得眉开眼笑:“哪有,我们也没有怎么教过珠珠,都是她自己出息。”

“怎么不关你们的事?那个不就……”常母很喜欢文珠怜,如果不是已经有卫言了,她巴不得自己儿子常友青能把她娶回家。因此她就讨厌起了宋睢窈,怎么看怎么觉得不顺眼,此时说着就瞥向了宋睢窈,话没说完,意思却很明显了。

宋睢窈没被文家教过,所以才不像文珠怜那样嘴甜讨喜。

黎欣和文国华有些尴尬,心想着找到机会得教宋睢窈一些道理,埃文斯家好像没有教过她怎么跟人相处,大家一起出来玩,她是小辈,难不成等着长辈主动跟她打招呼吗?多个朋友多条路这种简单的道理也不懂。

宋睢窈并没有理会他们,她正忙着准备她和埃文斯的午饭。

其他人一边吃一边盯着她看,心想看她怎么搞,等下还不得尴尬地饿着肚子?到时候他们要不要主动给他们点儿吃的呢?这个问题值得思考。

然而宋睢窈早就在刚刚他们闲聊的时候,收集好了东西,她先用石头垒出一个灶台,把团成团的极易着火的香蒲绒毛拿出来放进去,又随手捡来了一把枯树枝。

“睢窈,给你打火机。”卫言出声,从包里拿出打火机,善意地说。

“钻木取火很难的,睢窈你的手肯定受不了,用打火机吧。”文珠怜说。

“不用,谢谢。”

“不用管她,一看就是被宠坏了,等她吃到苦头就知道了。”常母说。

常珍珍:“我倒要看看她把手磨破能不能取到火。”

真千金是有点儿不知好歹。

虽然好像有点儿聪明,但还是缺乏实践,毕竟是有钱哥哥养着的人，哪里吃过什么苦头？

说真的，这种人让人讨厌也是正常的，伸手不打笑脸人好吗？

真没礼貌！

有一说一，我觉得那些人对埃文斯和妹妹也没有多礼貌，更像在看人笑话。

珠珠很懂哦，钻木取火绝对是野外最难的一种取火方式，大男人都不一定搞得定。

坐等看笑话。

“埃文斯，你要不要吃糖？”文珠怜咬了咬唇，又问。埃文斯低血糖，所有人都知道，他不能饿肚子。

埃文斯却不理她，讨厌的情绪像从每根头发丝散发了出来。

文珠怜有些不爽，不要就不要，反正饿肚子的人又不是她，晕倒了最好，所有人都会更讨厌宋睢窈。

却见宋睢窈并没有钻木取火，她随手捡起地上一个不知道是谁丢掉的透明包装袋，撕开铺平架在了撑起来的树枝上，随后往上面倒水，透明塑料纸往下沉了一些。

搞好后，宋睢窈站起身，吩咐边上的哥哥：“哥哥，看好火。”

埃文斯乖巧地坐在石头上：“好的，妹妹。”

火？火在哪里？

围观者搞不明白宋睢窈的这一番操作，又见宋睢窈捡了一根树枝，脱了鞋下了河。

这一群人里有几个年纪小的孩子，13 岁的礼泉、14 岁的卫舒、16 岁的孟聪，他们都是好奇的年纪，还没有在现实中见过叉鱼的，当下就快速地跑到河边去看，连有些不合群的艾迪森都抬头看了过去。

“姐姐，真的能抓到鱼吗？”已经有过一次交流的礼泉再开口就容易很多了。

“教你们一个技巧，抓鱼要从下游悄悄靠近鱼，就能不让鱼那么容易发现危险，然后……”宋睢窈声音悦耳，口气温柔地说着，下手却又快又猛，把树枝抬起来的时候，一条白白胖胖的鱼已经挂在了上面。

“哇！”三个孩子齐齐发出惊叹的声音。

宋睢窈走回去，与此同时，火也燃起来了。

坐等好戏的那些人惊呆了！

“哇！明白了！凸透镜原理！”孟聪恍然大悟，大叫出声。

就算没有放大镜，要自制一个凸透镜也很容易。宋睢窈把水倒在透明塑料纸上，塑料纸下凹，水面则凸起，形成一个能聚光的凸透镜。正午的阳光非常毒辣，不需要几分钟，易燃的香蒲绒毛就会烧起来。

……打脸了。

谁说捡了木头就是要钻木取火的？人家可能只是在点火后用来烧的！

我去，宋睢窈好聪明！

有什么聪明的，谁小时候没试图用放大镜点过火？

确实小儿科，然而刚刚是谁只想着钻木取火的？知识谁都学过，能不能在现实生活中运用就是另一回事了。

“对啊！”

“刚刚我怎么没想到？”

文英霆也懊恼了一下，为自己的犯蠢，这是小学的知识了，刚刚怎么没有反应过来？

除了那三个孩子，其他人一时都有些尴尬起来，脸色涨红，有些火辣辣的。原来宋睢窈根本没打算钻木取火，人家有更聪明更简单的办法。

宋睢窈让埃文斯给灶里加柴火，用平底锅装了水放上去烧，又从包里挑拣出贝壳料理鱼。贝壳的边缘硬而锋利，轻易便将鱼鳞刮掉，划开鱼肚子，清理掉内脏和鳃……她的动作熟练极了，好像不知道做过多少遍了，又美又飒。

鱼清理好后，她将它放进平底锅里，再放进路上采集的可食用蘑菇、野生生姜片，又洗了一把野菜备用。鱼汤的香气很快飘起来，她又拿出调料依次加入，黑胡椒一加，香气更加逼人。

啃了面包饼干等凉的东西的人，闻到热腾腾的食物的香气，顿时感觉不太好了。

然而宋雎窈对待午餐非常有仪式感，鱼汤好后，她往灶里放了大块的火绒真菌，火绒真菌是从活着的白桦树上摘下来的带球形斑点的黑色木头，可以用来维持木炭燃烧。她洗了一块河边找到的平整石头，放在灶台上面，开始铁板烧鱼肉、香菇……比鱼汤更要命的香气瞬间就弥漫开了。

现场忽然更安静了，利斯坦脸上的犹豫好像在说能不能凭着跟埃文斯的一点儿交情，过去蹭吃。

兄妹俩吃得贼香。

大饱眼福也大吞口水的观众们忽然注意到了什么。

埃文斯……好像啥也没干？

一直乖巧地坐在那里等吃。

……说好的被妹妹吸附着吸血呢？

所有人忽然想起沙滩上，廖波问埃文斯只带这点儿东西时，埃文斯的回答：

我有妹妹就够了。

当时所有人都以为他的意思是有妹妹在身边陪着他，不吃饭都可以之类的，结果现在想想，埃文斯这句话相当实际啊！

粉丝们看着人高马大的偶像端坐在石头上，捧着充作碗的大贝壳，用香蒲秆子充作筷子吃饭吃得喷香的样子——心情略复杂。

流水潺潺的河边，兄妹俩惬意地享用午餐，现场尴尬的安静对他们没有丝毫影响。

吃完饭，埃文斯终于动了，拿了锅和贝壳去河边洗。粉丝们莫名松了一口气，很好，至少洗碗了！

这时文珠怜又出声了："睢窈你懂好多啊，经常在野外冒险吗？"

"还行。"宋睢窈用塑料袋把木炭装上。

"姐姐，你装它干什么？"礼泉又好奇地跑过来，刚刚他被礼文灵按住，生怕他在人家吃饭的时候跑过去，到时候人家给不给他吃的，她都尴尬。

"在野外木炭的用处很多，可以用来过滤水，可以制作防毒面罩，还有一个非常好的用途，那就是除湿。"宋睢窈说。

孟聪和卫舒也忍不住凑了过来，这个年纪的少年人，本来就对野外森林充满好奇，而宋睢窈看起来什么都懂，还漂亮温柔亲切，让人很想靠近。

利斯坦见艾迪森也很好奇的样子，又推他过去，艾迪森摇了摇头，还是没有过去。

"所以，木炭最好不要扔掉，用布装起来，放在衣服口袋里或者帐篷里，可以起到干燥除湿的作用。"

宋睢窈对他们看起来更耐心更温柔，连话都多说了好几句，对文珠怜却冷冷淡淡，让文珠怜很尴尬。这可把她的粉丝们心疼坏了。

有什么了不起的，不就是懂些野外知识吗？也就是这个时候能派上点儿用场，平时谁用得着她啊！

她是不是故意炫耀啊？就好像别人需要这些似的，人家有打火机有热水壶有过滤器，用得着用木炭吗？脏死了！

珠珠太傻了，一直想跟她拉近距离。

心疼我大珠珠。

文家人还没有反应，常母就心疼坏了，故意大声问宋睢窈：“你懂这么多啊，估计平时没少往山上跑吧？你不用读书吗？哦，对了，我听说外国啊，对小孩的教育都不是很重视是不是？哪像我们这边，对孩子的教育抓得可紧了，考不上好大学都要挨打呢。”

“妈。”常友青有些尴尬。他知道他家老太太很喜欢文珠怜，恨不得她是他们家的，但这是在直播呢，虽然不知道镜头在哪儿，但是既然合约上说是直播，那肯定有观众在看。就算是维护文珠怜，这种说话口气也太像网友们讨厌的那种过年来家里串门的不讨喜的亲戚了。

“我就好奇问问嘛，连珠珠这种天才都很努力的，这不才能以专业第一的成绩考上首都戏剧学院嘛，你当年都才考第二呢。哎哟，真的太优秀啦。”常母说着，又爱怜地拉着文珠怜的手连连夸奖。

“没有啦。”文珠怜谦逊而不好意思地说。

“第一是真的厉害了，首都戏剧学院是帝国含金量最高的艺术学院了。”

“珠珠是我们同门师妹啊。”礼文灵说，“礼泉，孟聪，你们赶紧过来听听，整天不想读书。”孟聪是她的大儿子，大儿子跟父亲姓，小儿子跟她姓。

“卫舒也来，现在的小孩生活条件都太好了，不想读书，就是需要家长逼一逼才行。”卫母也连忙把女儿喊回来。

三个不想走的少年人，不情不愿地回去了。

那边又开始热闹起来，说起了当初考学校的事，多么辛苦多么努力才考上了这所学校，这所学校里又出过哪些厉害的艺人。

埃文斯刷完锅和“碗”回来，听见这些人在暗暗损宋睢窈没学历，那张独特的高贵的帅脸上，嘴角略微勾起，显得十分刻薄，像在看一群跳梁小丑一样。

出现了！王之鄙视！解释：当埃文斯出现这种王之鄙视的表情的时候，意味着他看到了不自量力的被碾压者在闹腾。并且最后这些不自量力者都被他降维碾压了。

莫非妹妹其实学习很好？

通过一个上午来看，她的脑子是挺聪明的！

再聪明也比不上文珠伶吧，她可是天才，首首原创首首爆款，她只有 18 岁，这是什么级别的天才啊，宋睢窈就算是帝国第一大学的高才生，也不能比吧？

埃文斯现在是妹控滤镜。

“哥哥，把锅放下，休息一下，等一下又出发了。”宋睢窈把毯子铺在树荫下。

埃文斯骨子里是相当傲慢的人，当他瞧不起一个人的时候，就不会跟对方说一个字，而且亲口向这群人解释宋睢窈有多优秀，也很没有必要，他们不配。

兄妹俩躺在树荫下养精蓄锐，风吹得树叶沙沙作响，前方流水淙淙，周围逐渐安静下来，只有森林的低语在耳边。偶尔树叶被风吹开，几缕光线从树叶罅隙间落下，落在她瓷白的面颊上，乌黑的睫毛在肌肤的映衬下，更显浓密纤长。

她的手交握放在腹部，能够感受到手掌上与她看起来高贵娇柔的外貌不相符的茧，或许握住她的手的人都会忍不住惊讶，因为不像想象中的柔软细嫩。

第二期这 8 年，她的生活环境确实比第一期要好得多，这不一定是好事，很容易让人放松警惕，忘记自己其实四面楚歌，敌人仍然虎视眈眈。

好在她胸口燃烧的火焰一直灼烧着她，让她保持清醒。清醒地记得她面对的是什么样的敌人，这不是真实的世界，她唯一的武器，只有自己的记忆，她唯一能做的，就是时刻磨砺这把武器，让它更锋利，更具有杀伤力。

上一期在学业上努力获得成就，这一期她有意锻炼自己野外生存的能力，为此曾经在野外摔断过腿、因为误食什么东西上吐下泻濒临死亡、饿得从狐狸口中抢兔子、险些死在雪崩里、忍受一个人在可怕的大自然里求生时的孤寂疲惫以及绝望……

从平原大峡谷到热带雨林，从雪山到沙漠。

但这些都是值得的，书本上无法学习到的东西，通过实践获得了。作家格拉威尔说的 1 万小时定律，1 万小时的锤炼是普通人从平凡变成世界级大师的必要条件。

而宋睢窈已经用了近 5 万个小时来学习如何只身一人在大自然里生存。她不会再害怕某一期里被节目组扔到荒郊野外原始丛林，而毫无反击之力。

江白奇将画面拉大，很快，偌大的屏幕上，只有一个少女沉睡的影像。

在树荫下，她像睡美人一样，也像一颗静置在那里的珍珠，散发着浅浅的朦胧的光芒，比任何景致都要引人注目。

江白奇捂住胸口，一种陌生的闷闷的难以呼吸的感觉，奇怪地涌上来，他伸手拿起桌上的一本书。

那是屠龙公主的书，她的故事总是充满了奇思妙想，娓娓道来，温柔得让人感动，然而看完再细想，又有一种毛骨悚然的感觉，好像从一本奇幻冒险小说，突然变成了让人细思极恐的恐怖故事。

正是这种独特的气质，让她的书火遍全球，读者遍布各个群体，有人当成童话故事看，有人当成奇幻冒险看，有人当成科幻故事看，有人当成恐怖故事看。有人觉得她的故事里充满了现实的隐喻，有人觉得是他们过度解读。

江白奇从她的故事里感觉到了某种奇特的东西，像是一种归属感，一种灵魂相交的感觉，尤其是那本《鱼缸里的人》，也就是求生岛乐园技术的灵感来源，他看到故事末尾的震撼感，他永远不会忘记。

他从她的书里得到了很多灵感和创意，跟她成为笔友后，更是收获颇丰。他想过跟她见面，但因为她过于忙碌而一直没有机会。

存在感稀薄的体质让他来来回回经常一个人，跟屠龙公主的线上交流成为他敞开心扉倾诉的途径，而她总是那么温柔地倾听，跟他说话，他就像被她温柔地牵着走，进入了另外一个世界里。

他一直以为，自己是暗恋屠龙公主的。

可是……江白奇现在却无法看进她的书了，他满脑子都无法控制地塞满了宋睢窈的影像。翻了两页书，他忍不住又去看屏幕上的少女，心里又不舒服，于是又低头看书，可看了没一会儿，又忍不住去看……

烦，他生气地关掉了大屏幕。

过了一会儿，又生气地打开了。

2 点，河边休息的几个家庭恢复了精力，准备启程了。

出发前，几个家庭商量了下，求生节目组在这座岛上是安排了几个据点让他们休息或者补充物资的，前提是他们能够在没有地图的情况下找到和抵达。

现在他们还处于春游的兴头上，而且还是在拍节目，根本没有任何危机感。

“我觉得我们就慢慢走，也不用刻意去找据点了，顺其自然，找到就找到，找不到就在外面露营怎么样？”卫言说。

“我没有意见。”常友青说。

“可以，反正有带帐篷。”

“我们没有帐篷，不过有睡袋，而且我们特地看过野外求生视频，知道怎么搭一个天然的住宿地，既然来了，那就要彻底感受一下野外求生的感觉嘛。”

“妈，你觉得呢？”常友青看向自己母亲。

常母相当豪爽：“我无所谓啊，我年轻时就很想体验野外生活的感觉，而且还有珠珠在这里，我可以。”

埃文斯和宋睢窈自然不在这一互相商量的群体里，他们那边商量完，卫言才看向那边的兄妹俩，大声问道：“睢窈，埃文斯，你们怎么说？”

宋睢窈和埃文斯正在拔香蒲，根本不知道他们说了什么，互相对视了一眼，没有说话。

“算了，别管他们了。”文英霆说。

“这么不合群，干吗还跟着我们。”常珍珍撇了撇嘴说。

“珍珍，不要这样说。”文珠怜说，“大家一起互相照顾比较好。”

“珠珠，你真的太善良了，你看他们的态度，像是要跟我们互相照顾吗？”

常珍珍说得对啊，一副不想跟人交流的样子，为什么不自己走啊？

刚刚冒出来的一点儿好感，又没了，太傲慢太没有礼貌了吧！

他们这一群人也有问题吧，如果真的在乎他们的想法的话，刚刚为什么不叫过来一起商量？说完了才问一句怎么样。

文珠怜这一群人在孤立他们。

谁孤立的？他们自己也没有主动示好，凭什么让人家先示好？

所以说为什么不分开走？真千金其实还是有点儿不甘心，想在文家那边刷存在感吧，可惜人家也不需要她的野外生存技能，她跟珠珠都不是一个层级的。

启程了，仍旧是一群人开开心心在前面嘻嘻哈哈谈天说地，宋睢窈和埃文斯坠在后面。埃文斯问东问西，宋睢窈一边回答，一边收集路上她觉得有用的东西，很快，宋睢窈和埃文斯的包包都鼓了起来，埃文斯怀里还抱着一捆香蒲的秆子。

礼泉、孟聪和卫舒插不上大人之间的话题，觉得无聊，又悄悄落到了后面，跑到了宋睢窈和埃文斯这边。

“姐姐，这是什么？”

好奇宝宝又多了三个。

宋睢窈把石头分给他们：“这是燧石，它硬得很，可以用来做小刀，石器时代原始人的石器大多是靠燧石来制作的，如果有铁的话，就可以撞击产生火花，用来点火。我看你们并没有每个人都带刀，就把这个石头带着吧。”

“为什么要每个人都带刀，他们有刀可以一起用啊。”礼泉抓着石头顺手去砸一棵树，试试硬度，结果燧石把树干砸出了个洞，他自己也疼得龇牙。

“野外求生，很忌讳多人共用一件物品，万一失散了怎么办？”

“姐姐你太厉害了，怎么什么都懂？”卫舒崇拜地看着宋睢窈，两只眼睛亮晶晶的。

“你先多读书。”宋睢窈说。先读书，再实践，两者结合，是最快捷的办法。

“可是你也没读多少书吧？”孟聪说，他 16 岁，正是叛逆不爱读书的年纪，他还记得中午长辈们说的话，以为宋睢窈是个跟自己一样的学渣，“我也觉得读书不是唯一的出路，如果我家像你家那么开明就好了。”

“小鬼，你没有资格跟我妹妹相提并论，我妹妹在你这个年纪就已经大学毕业了。”埃文斯用眼角居高临下地瞥了他一眼，毛头小子，跟我妹妹搭什么话？别是想追她，不配，滚。

孟聪呆了呆：“不可能！要不然就是三流大学毕业的！”

埃文斯：“是吗？她的毕业论文是她的导师请了雇佣兵去热带雨林里拿出来的。”

这件事当年还上过新闻，很多人都觉得不可思议，当然，名字什么的都是打了码的，因此也没有人知道这位学生是谁。

那次情况是，宋雎窈在热带雨林里发现了一支偷猎队，她躲藏起来，因此错过了跟导师约定的上交毕业论文的时间。导师给她发邮件问是怎么回事，宋雎窈如实告知，于是为了拿到学生的毕业论文，导师特意请了一支雇佣兵小队去把宋雎窈接出来。

夸张了埃文斯，宋雎窈这得优秀到什么程度，才能让导师做出这种事？

瞎扯呢吧？这么说，真千金15岁就独自一人在热带雨林里冒险了吗？那咋还没死呢？

前面有够恶毒的，心这么坏不怕孽力返还吗？

立刻去学籍网搜宋雎窈，没有搜到，尴尬了。

也就是说，埃文斯真的在瞎说吗？可是他说得一本正经，莫非是宋雎窈扯了谎，他信了？

有可能，埃文斯很忙，经常不着家的。

“哥哥。”宋雎窈无奈地出声，太幼稚了，跟个小朋友杠上。

前面的文英霆听到了埃文斯的话，觉得太扯了，网上能查到学籍的，无论国内外的学校，用“宋雎窈”这个名字去搜索，哪所大学都搜不到，他又不是没搜过。

文英霆忍不住嗤笑出声，转头说：“我有很多朋友都是世界名校毕业的，宋雎窈，你是哪所学校毕业的？也许我刚好有朋友和你是校友。”

其他人也纷纷竖起耳朵听，只有卫言和文珠怜心跳有些加速。第一期的时候，宋雎窈可是学神级别的，这一期她如果早就毕业，其实也有可能的。

他们这种态度，好像埃文斯说出哪所学校的名字，他们都觉得他是在强行挽尊一样。

本以为埃文斯会难堪，却不料他问："你说的那些朋友，请问都毕业于哪些学校？"

文英霆说了几个大学的名字，全都是世界排名前 50 的，还有一所是世界排名第三的，可以说优秀极了。

弹幕里都在说，优秀的人的朋友果然都是优秀的。

埃文斯脸上的鄙夷更深："哦，不好意思，看来你的那些朋友，都没有资格当我妹妹的校友。"

文英霆："是吗？既然如此，她该毕业于世界第一的霍瑞兹大学，或者世界第二的普格兰英了？"

哇！埃文斯真的很敢说啊！

好尴尬，埃文斯没有上过大学，所以他不知道这个世界上有学籍网这个东西吧？

我确定了，真的是妹妹说谎骗了埃文斯，要不然埃文斯不会这么信誓旦旦的！

埃文斯这种表情以前我觉得好帅，现在只剩下尴尬了。

埃文斯还没说话，宋睢窈脚步却停了下来，她蹲下身，盯着草丛里的一坨还有些湿润的粪便。

"怎么了？"埃文斯跟着蹲下来。

"嗤！"常珍珍顿时翻了个白眼，觉得宋睢窈和埃文斯是故意转移话题。网友们自然也是这样觉得，当下嘲讽得更加厉害了。

宋睢窈没有回答，她从背包里拿出一个小分析仪，将插头插入粪便之中，看着上面显示的数据。

文珠怜打圆场般出声："大家快走吧，我们还得找到晚上住的地方。"

文珠怜出声，其他人给面子地跳过这个让人替兄妹俩尴尬的话题：

“走吧走吧。”

“埃文斯，睢窈，走吧。”文珠怜又招呼他们。

宋睢窈站起身来，看了眼手上仪器显示的数据，说：“还是不要继续往前走了，换个方向吧。”

“为什么？”

“前面是熊的领地。”宋睢窈说。

“熊？”常珍珍有些兴奋地说，“我还没见过野生熊呢！”

“现在是夏天，林子里果实丰硕，河里鱼多，一路过来花也不少，蜜蜂有蜜采，熊的食物充足，所以脾气温和，只要我们不去找它的麻烦，它就不会没事找我们麻烦。别以为只有你懂，快走吧，天黑前要找到合适的驻扎地。”文英霆不耐烦地说。他耐性真的告罄了，觉得宋睢窈谎话连篇，就想靠野外生存的技能来找回颜面。

其他人也不觉得情况有多严重，因为他们是在参加综艺节目啊，虽然摄影方式比较特别，但是肯定有工作人员藏在他们看不到的地方盯着，怎么可能有危险？而且还是直播，繁星集团总不可能让他们在那么多观众眼皮子底下遭遇危险。

哪怕前方真的有熊，一定也是节目组经过确认不会攻击人的熊。

宋睢窈表情微动，变得有些严肃：“我劝你们别不当回事，这头熊……”

“睢窈，走吧。”文珠怜打断宋睢窈的话，说得好像宋睢窈是在闹脾气才故意跟他们唱反调一样。

宋睢窈坚持：“你们听我说完，这头熊……”

“你要是不想跟我们走，你们自己走行吗？”常珍珍终于忍不住有些火气地说。

“珍珍！”常友青斥责了一声，“不好意思，不要听她的话，我们一起走吧。”

“我又没说错，我忍她很久了！又不合群，一副看不起人的样子，既然这样，为什么不分开走？”常珍珍说。

我终于等到这一幕了！

今天的高潮来了！

常珍珍说出了我想说的话。

常友青虽然演技好，但是性格我挺不喜欢的，一直都是和稀泥的脾气，生怕得罪人，没脾气反而更让人讨厌。

因为常珍珍这一撕破脸皮的行为，气氛又变得尴尬起来，但最尴尬的自然是被孤立的两人。

利斯坦试图当和事佬，可惜跟两边都算不上非常熟。

宋睢窈拉住要发脾气的埃文斯，平静地看着这一群人，说：“既然你们想分开，那就分开吧。不过我出于一个人的良知，还是警告你们，熊的脾气不是温和的，它们喜怒无常，生性贪玩，就算是马戏团的熊也不一定是无害的，而且这头熊现在心情不好，所以会更危险。还有，遇到熊，千万不要躺下装死。”

“哥哥，我们走吧。”宋睢窈说罢，拉着埃文斯转头离开。

常珍珍不屑的声音传来：“她还能知道熊的心情？”

宋睢窈摇了摇头，不再理会。

有一说一，通过排泄物确实能获得很多信息，利用高科技仪器能知道得更多，知道熊的心情好不好也是有可能的。毕竟喜怒哀乐时，大脑会分泌出不同的激素，宋睢窈刚刚那个东西，应该是分析这些的。

宋睢窈、埃文斯和众人分开后，直播间就分裂成了两个画面，一边是宋睢窈和埃文斯的，一边是文珠怜那边的。

因为埃文斯的影响力，以及这档综艺的高热度，节目话题一直高挂在各国热搜榜前排。埃文斯为妹妹说的话，引起了不少文英霆提名的学校的学生和毕业生的不满。理智粉们还好，但是庞大的女友粉们怅宋眭窈恨得要死。

而文珠怜的粉丝们则笑得要死，在网上疯狂艾特这两所学校。

我倒要看谁会来认领@霍瑞兹大学@普格兰英大学

@霍瑞兹大学@普格兰英大学，这里有个学生自称是你们院校毕业的，快出来打假！

@霍瑞兹大学@普格兰英大学

这两所学校是出了名的打假狂魔，如果有人冒充他们学校的学生被他们发现，那是打假绝不手软的。

这时，霍瑞兹大学里。

校长办公室内，校长先生正满脸严肃地和他的弟弟——这所大学里的法学教授商量今年给毕业生们请哪位名人来做演讲。

作为连续一个世纪以来稳稳占据世界第一宝座的名校，这所拥有600年历史的顶级名校里出过上百位总统、上百位将军和数之不尽的政要以及精英，学子分布在世界各国。这所学校是全世界学子心中的白月光，难以攀登的高山。

每年，学校都会为毕业生们邀请毕业于本校的拥有成就的名人来演讲。

突然，教授的手机叮叮当当不停地响起来，一连串的振动都快振关机了。

教授皱了皱眉头，把音量降到静音。

“我觉得，让爱丽来怎么样？”校长说。

“哈！我就知道，你又想炫耀你的学生了！”弟弟立刻嘲笑老哥。

“她不值得炫耀吗？别以为我不知道你暗示爱丽送你签名书，然后用来泡妞！”一把年纪了还当花花公子，真是不知羞耻。

“好吧好吧，请爱丽当然可以，但是这得公布她的种种成就，你确定她愿意公开吗？”

“我这就打电话问问她，她已经成年了……”校长立刻拿起电话。

趁着校长打电话，教授便打开手机，发现学校的官网被网友艾特了数万条，难怪刚刚差点儿死机了。学校官网最近是他在管理，突然被艾特那么多，应该是有什么大事发生，他点开看了看。

这不是爱丽吗？宋睢窈？那是爱丽的另一个名字啊。

怎么回事？仔细看看。

哈？这些人在干吗？学籍网？学籍网得用护照上的名字才能查到，爱丽丝才是她护照上的名字啊！这些人脑子有问题？他们不知道她是被外国家庭领养的吗？

国外的网友们在议论埃文斯人设崩塌，女友粉在骂宋睢窈拖累埃文斯，国内的网友们则大多在骂宋睢窈，其中文珠怜的粉丝们骂得最欢，节奏带得飞起。

毕竟文珠怜和宋睢窈之间是真假千金的关系，本身就存在很大的矛盾点，再加上文珠怜一直把两人往对立面上推，宋睢窈在直播里也确实不给文珠怜面子，粉丝不想黑死宋睢窈才怪，谁敢为宋睢窈说一句话，都要被私信骂死。

其他嘉宾的粉丝则要么粉随爱豆，帮文珠怜，要么吃瓜看戏。

打假大师快出来，有人冒充是你们学校的学生@霍瑞兹大学@普格兰英大学。

霍瑞兹大学V：这是我们引以为傲的优秀毕业生，爱丽丝小姐。P.S. 学籍网请用真名搜索，用笔名或者自己取的其他名字，是搜不到的哦。

霍瑞兹大学现任校长V：这是我最引以为傲的学生！（附上毕业照）

普格兰英大学校长V：非常遗憾，当年我们没有抢到她！

嘲讽宋睢窈正起劲的人，表情凝固了。

吃瓜群众手中的瓜掉了。

咦？

霍瑞兹大学及其校长，以及普格兰英大学一出声，网友们傻了，再三确认是不是真的，是不是有人冒充，图是不是P的，结果发现，如假包换！还有几个教授也跟着转发了校长发的那条，给宋睢窈站台。

一时间，网上所有嘲讽声就像被按下了暂停键，静得尴尬至极。

吃瓜不出声的路人们惊掉了手上的瓜，好一会儿各路吃瓜群众终于炸了。

我去！

这车翻的！

惊不惊喜意不意外？宋睢窈只是人家的帝国名，户口本上的另有其名！

这群人是不是傻？为什么用人家的帝国名去查人家的学籍？

天啊！我爽了！文珠怜的粉丝还有埃文斯的女友粉们戾气大得恶心，不过是说了一句公道话，我被私信骂了几千条。

最恶心的还是埃文斯的那些女友粉，事业粉真的吐了，以为埃文斯是靠你们吃饭的吗？没事小姑子，有事拖油瓶，想到她跟埃文斯没有血缘关系，又美又有能力，嫉妒得发疯是吧？

脸疼不疼？本来不讨厌文珠怜的，现在路转黑了，有什么样的粉丝就有什么样的正主，本来真千金说了各过各的就好，非要去烦人家，没想过自己会把人恶心到？粉丝还怪人家态度不好，在我看来真千金还回她话，而不是直接白眼过去，已经很好了，真以为自己人见人爱？吐了！

被戾气大、战斗力强的粉丝压制的真路人们和黑粉们立即反扑，疯狂嘲讽起来，文珠怜的粉丝出了名的霸道，毕竟文珠怜年纪小成绩牛，粉她的人非常骄傲，觉得自己也很牛，非常膨胀，通常谁惹了文珠怜，下场都很惨。

他们一贯的伎俩，控评带节奏，还买通了营销号，帮宋雎窈说话的发言不是被删掉就是被压在很后面，上百万条评论，往下拉半天才能看到帮宋雎窈说话的人，而这人还会被私信攻击。

因此文珠怜的粉丝早就引起了不少人的不满，就算宋雎窈不优秀，也不至于被黑成这样吧？本来好好一个千金小姐，沦落成孤儿，在孤儿院度过了 10 年，身上就算有一些缺点也是可以被原谅的。

然而文珠怜那些粉丝，还有埃文斯那些疯狂的女友粉们，却逮到机会恨不得把宋雎窈踩死，好像这样才能彰显文珠怜的尊贵优秀、埃文斯就是她们的了。

如果宋雎窈真的是说了谎话骗了埃文斯，可能真的就直接被踩到谷底无法翻身了，然而万万没有想到，事情发生了这样的惊天反转。

宋雎窈和埃文斯根本没有说谎，人家真的优秀极了！

霍瑞兹大学每年只面向全球招收 150 名学生，一个多的也不要，要求奇高，不懂的人初次见了都会忍不住发出一声“我去”。这所学校堪称天才们的聚集地，你永远不知道与你擦肩而过的相貌平平无奇的学生，在未来会成为一名总统还是能撬动全球经济的超级金融大牛，或是国王的内阁大臣。

而排名第二的普格兰英大学也是一所难以攀登的高峰，第二名和第三名是一道分水岭，跟霍瑞兹和普格兰英相比，排名第三的那所学校及以下的学生，在这两所学校面前，确实只有低下高傲的头颅的份。

这一下，原本那些被文英霆提名但被埃文斯蔑视的学校的学生们纷纷闭嘴了，骄傲膨胀的内心刹那间瘪了下去，不再出声自取其辱。

我去，搜了一下，真的搜出了这个新闻！

学生热带雨林遇险不能及时上交论文，导师请雇佣兵去拿！

文珠怜的粉丝真的都有病，他们不知道真千金被外国人收养了吗？因为文珠怜一直喊人家帝国名，他们就以为人家的真名就是这个？

埃文斯的老婆粉也很没有脑子，是如果埃文斯交了女朋友，会去泼人家硫酸的那种吧，真可怕！

不知道埃文斯看到自己的粉丝这么骂自己心爱的妹妹，会不会把她们开除粉籍。

本年度最大笑话——宋雎窈查无学籍，文珠怜粉丝欢天喜地，结果被两所名校联手打脸！

哈哈哈仔细一看，霍瑞兹大学的讽刺力度太大了哈哈哈！

文珠怜的歌拿到国际上其实也就那样，而宋雎窈能让霍瑞兹的校长那么看重，她能做出影响世界的成就吧，这么一想，文珠怜算得了什么？！

更搞笑的是，直播里，文珠怜那一伙儿还以为自己是对的，宫珍珍和她妈还在捧文珠怜贬宋雎窈，殊不知外面的人怎么看他们笑话，连文珠怜那让他们别这样说的样子，怎么瞧都像个表面谦逊心里扬扬得意的小丑。

直播间里本来很猖狂的那些粉丝一时间数量骤减，尴尬得连直播都看不下去了，毕竟弹幕上都是嘲讽他们的话，就算把弹幕关掉，看到里面的人还不知道真相，在那里嘲笑宋雎窈，就无法控制地面红耳赤，羞愧难当。

别说了，还在说什么首都戏剧学院帝国含金量第一，跟霍瑞兹大学比，不，根本都不是一个阶层的，根本没有资格跟霍瑞兹大学比较啊，别说了啊！

别说宋雎窈故意用熊的粪便转移话题了，人家压根儿没把你们放在眼里，不屑跟你们这种级别的人解释自己的学历，那太给你们脸了啊！

当然，也有一些疯狂的粉丝，即便这个时候还要像疯狗一样乱咬，用没有逻辑叫人头疼的话让人心烦。

这个时候，项目组接到了老板的电话。

“注意弹幕质量，一些凭空造谣、攻击他人、影响观众观看体验的账号禁言处理。”江白奇冷淡的声音传来。

“是的，老板。”

项目组的人挂上电话，行动很快，那些疯狗们立刻消失了，怎么敲也无法发出弹幕，只能眼睁睁看着别人尽情发言，无法发泄的愤怒憋在心里，气得他们吐血。

直播间里总算清静了一些。

江白奇心里回荡的戾气也稍微平息了下来，灰扑扑的大眼睛又看向了屏幕。

宋雎窈带着埃文斯仍然是那么惬意，丝毫没有受到那群人的影响。

第十六章

狼群

森林里天黑得很快，周围已经暗了下来。

宋雎窈看到距离一条小溪流不远的斜坡底下有个洞，确认地面的沙土松软又干燥后，当即决定晚上就睡在这里了。随后她带着埃文斯去捡树枝、折芭蕉叶，搭建一个单斜面的临时屋子。

宋雎窈搭得又快又好看，很快，一个碧绿的、结实到即使下雨也能挡雨的临时小房子就搭建好了。埃文斯除了在旁边搭把手递个叶子什么也干不了，而他显然已经习惯了当一个大腿挂件，坐在石头上看着妹妹搭房子看得一脸安心。

“我妹妹非常厉害，是举世无双的天才。”埃文斯一脸高贵地对看不到的观众吹捧起了自己的妹妹，“她很少去学校，大学以下的课程老师基本教不了她，都是她自己学的，12 岁的时候给霍瑞兹大学和普格兰英大学发了入学申请，参加他们的笔试和面试，你们猜怎么着？他们都抢着要她。”

观众们：你倒是早点儿说啊！这样我们也不会被啪啪打脸了！

不过，埃文斯当时说的话，估计也没人会信。毕竟所有人都被文珠伶的粉丝带得以为真千金就叫宋雎窈，学籍网查不到学籍。

12 岁！而且是自学，我的老天，真的是天才，跪下了！

我有点儿被妹妹圈粉了，长相美丽柔弱，其实好酷好飒！

多说点儿吧，对妹妹好好奇，想知道更多关于她的事。

埃文斯说起妹妹的事话就多，没有辜负观众的期待，他接着说：“她刚去上初中的时候，被同学欺负，有人总是把她的桌椅和书本扔掉，后来她自己设计了一套桌椅，爸爸帮她搬去了学校，从此没有人能扔得掉她的桌子，碰到她的书。

“后来繁星集团旗下的家具公司花重金购买了这套桌椅的设计图，到现在，以这张设计图延展设计出来的儿童益智桌椅系列，仍然是繁星家具每年最受家长欢迎、销量最高的产品。”

埃文斯一开口，就是一件又让观众们跪下的事。因为被校园暴力，于是自己设计了一套桌椅，然后被大集团购买设计图还赚了钱，这种神走向，对于普通人来说，实在是太不可思议、太传奇了。

我的神仙设计系列桌椅，居然是出自妹妹的手！

我有个土豪朋友，疯狂迷恋这系列的家具，每次出新必买。话说已经绝版的几套，网上价格也炒得很高，问题是还有价无市。

妹妹太酷了吧！

某猪粉脸疼吗？人家小时候设计一套桌椅就风靡了全球，数年销量居高不下，你们家猪猪女孩的歌卖得有人家一年销量多吗？

你们不要太过分了，闹事的是粉丝，跟珠珠没关系。再说宋睢窈有解释过吗？一直不解释让别人误会，他们没有错吗？

别太搞笑，人家有跟你们解释的义务吗？再说误会，也是他们擅自误会，对人产生这种误会，心是有多黑多瞧不起人！

此时，另一个直播画面内，文珠怜一伙人也找到了他们认为合适的驻扎地，是一块较为空旷平整的空地，他们开始搭建帐篷。

他们没有算准时间，此时天色已经暗了下来，当宋睢窈和埃文斯在火堆旁边吃晚餐的时候，他们才开始扎帐篷，看都看不清，不得不打开手电筒。

好在他们人多，也不觉得在幽深寂静的森林里有什么好怕的，就算真的遇到熊，他们人多势众，气势都能把熊吓跑。他们这么轻松地想着。

“我还是第一次在森林里野营，好刺激。”常珍珍说，“哎呀，有虫子！”

“我这儿有驱蚊水。”礼文灵说，又看向拿着燧石在削石头玩的两个儿子，“你们别玩了，石头有什么好玩的，快来帮忙。”

扎帐篷业务不熟练，全部扎完就有点儿累了，吃了面包肉干等晚餐，大家又开始起哄让文珠伶唱歌。

常珍珍推身边的文珠伶：“唱吧唱吧，珠珠的歌太好听了，在这样的夜晚，不可或缺！”

文珠伶像是推辞不过，站起身来：“好吧，我唱。不过我有一个请求，我觉得还是不能让睢窈和埃文斯两个人自己走，我不放心，大家一起互相照顾比较好。所以，明天我们还是去找他们吧？”

廖波分发给他们的手环是可以定位彼此的，他们可以知道宋睢窈和埃文斯现在在哪个方向，沿着方向前进，自然就能找到他们。

文珠伶这样请求，其他人有些不情愿，但也不好反对，毕竟埃文斯的粉丝不是好惹的，只好同意了。

文珠伶就唱起了歌，歌曲有尖锐的高音，她放肆地炫技，一直传到了森林很远的地方，惊到了一些动物。

常母还在拉着黎欣说：“你看珠珠多优秀啊，有才华，心地好，要不是你们那么早把她许给卫言，我肯定要我家友青把她娶回家。”

卫母立刻有些得意地说：“不好意思哈，这是我家的啦！”

常母很酸：“你家也太幸运了，本来儿媳妇应该是那个小宋的。”

“哈哈哈哈那是，肯定是我慈善做得比较多，这是福报呗……”

忽然，一种可怕的令人毛骨悚然的感觉出现了。

正在说笑的人们声音骤然消失，瞳孔瞬间收缩，呼吸都停止了。

他们都看着文珠伶和常珍珍的方向。

一个小山一样的黑影神不知鬼不觉地出现在两人身后，文珠怜隐隐感觉到了什么，心跳加速，浑身僵硬不敢动弹。

啊啊啊熊！

熊真的出现了！

我去，太大只了吧！

应该不会有什么事吧……可是，宋雎窈都谨慎地带着埃文斯远离了这里！

能有什么事啊，这是综艺耶，而且这里也不是真实的世界。

“你们别慌，别吓到它了，没事。”卫言出声，“只要我们不招惹它，它不会轻易攻击我们的。”

熊的体形有多大？很多人脑子里都很难准确地想象出来，而且想象出来的，大多都比实际中要小。

这是一头棕熊，体长可达到 2.8 米甚至 3 米，肩高可达 1.5 米，也就是说，它四肢着地就和一个身高 1.5 米的女性一样高，站起身来，更是相当于一层楼高。它的一只熊掌比一个人的头都大，上面长有如同镰刀的爪子，一掌下去可以撕碎一个人的身体。

现在这头站在文珠怜和常珍珍身后的棕熊，比在场的所有男人都高大，好像都能听到它发出的呼吸声和咽喉里的低吼，让人汗毛竖起。

常珍珍之前还兴奋地说没见过野生熊，此时表情却怕到好像要哭出来。

“别怕，珍珍，我会保护你的。”文珠怜倒是不害怕，见常珍珍这样，她发挥自己的甜心天使人设，赶忙拉住常珍珍的手说。

常珍珍含着眼泪，感动地看着她。

啊啊啊，我们珠珠真的是天使！

黑她的人都没有心，真的！

粉你是我一生最正确的决定！

这时，忽然，那头棕熊动了，它轻飘飘地好奇般地伸了一只熊掌过来，熊掌上长长的弯弯的爪子，钩住了常珍珍的衣服，将她往后一下子扯了过去。

什么？

文珠伶吓了一跳，连忙拉住她，想把人给拉回来。不料，棕熊伸出了另一只爪子来钩她，文珠伶条件反射地甩开了常珍珍的手躲避，摔倒在了地上。

她手一松，一瞬间，常珍珍被扯进了黑暗里，常珍珍蒙了一下，直到一张毛茸茸的大脸带着血盆大口伸了过来。

“啊！”常珍珍的惨叫声传来。

“珍珍！”常母发出凄厉的叫声，不顾一切地冲了过去。其他人也终于反应了过来，惊恐的惊恐，后退的后退，往前冲的往前冲。

然而就这么点儿时间，那头棕熊居然已经不见了踪影，连带着常珍珍也不见了，地上有血迹，一路延绵向森林深处。

直播间的观众疯了，他们打死也想不到会有这种剧情出现，常珍珍怎么了？被熊给叼走了？哦，不对不对，这不是真的，这是繁星集团的高科技技术，常珍珍好好地躺在现实世界里呢。

观众松了一口气后，再看那些一无所知惊慌失措的嘉宾，就变得很有趣了。

“这是开玩笑吧？”常友青表情僵硬地说，“这可一点儿都不好笑，没必要搞出这种节目效果吧。”

“节目组故意搞来吓我们的吧？！”文英霆也表情僵硬地说，“我们不是在参加节目吗？”

“这就过分了吧，怎么能这么吓人呢？”礼文灵说，“工作人员出来说句话吧，这太吓人了。”

他们有些茫然无措地呼唤节目组，然而四周寂静无声，没有一个节目组工作人员出现。

一种恐怖感在他们心头蔓延了开来，人呢？怎么没有人回应？

常母终于号啕起来：“珍珍啊！我要见珍珍！”

常友青见母亲吓坏了，暴躁地发起了脾气，大吼起来：“什么破节目，搞什么啊？不参加了！我们退出！听到没有，我们退出！”

依然没有人回应。

繁星集团适时地在网上发出了声明和签约合同。实际上，除了埃文斯是他们邀请的，其他嘉宾都是各经纪公司听说繁星集团有意打造这档综艺，请明星来求生岛乐园体验，自荐来的。

合同有声明，为了惊喜，会有部分隐藏的暂时不向嘉宾公布的部分，只保证不会伤害嘉宾的人身安全，解释过后，他们仍然愿意当试玩嘉宾，签下了合同。

所以这一切都在合同的范围内。

繁星集团这样说，当然仍然有人抗议，尤其是各方粉丝们，但抗议无效，而且更多人想接着看，因为这实在是太刺激了！

常友青大发雷霆，其他家庭也在恐慌地观望，可是仍然没有得到丝毫回应。常友青拿着棍子，发疯地走了一圈，也没有找到任何人影。

其他家庭也表示不想参加了，然而也没有得到回应。

一时间，各种惊悚片的情节涌上了他们的大脑。

“真的有直播吗？”这个疑惑涌上他们的心头。

“我们会不会是什么小白鼠？繁星集团那么大，他们什么事不敢做，什么事做不出来？”

“我之前就说过不参加，你非要我来参加！”

惊恐让家庭成员们开始争执起来。

常母：“我要珍珍，我的珍珍啊！”

文珠怜和卫言的脸色都很不好，怎么会发生这种超出预料的事？！

审判秀直播间的观众们也傻眼了，事情的走向太出乎意料了吧！

文珠怜深呼吸了一口气说："我们先去找一下珍珍吧，通过手环上的定位，我们应该可以找到珍珍，珍珍也许就在工作人员身边。"

一群人便去找常珍珍。

走了一个多小时，他们终于靠近了代表常珍珍的那个绿点，可实际上，他们根本不需要依靠手环，因为地上有血迹，可是他们不愿意相信这是真的血迹。

"就在这里！珍珍？珍珍？！"常友青大喊。

常母看到了什么，却因为光线昏暗看不清，她缓缓地蹲下身来，伸手去拿，拿起了一只手，一个女孩的半截手臂，手腕上戴着手环，上面一点小绿点，偶尔闪烁一下。

"啊！"常母晕了过去。

几个迷你手电筒的光束集中照了过来，看到了那截手臂，以及不远处草丛里，还剩了一半的尸体。

所有人如坠冰窖，常珍珍……被熊给吃了。

"呕！"礼文灵率先呕吐起来，引起了一连串的反应。

"呕！"

"不可能……这不可能……"常友青难以置信，又愤怒极了，他拿着小刀，像一只困兽一样冲着四周吼叫，"熊！出来！你给我出来！我杀了——"

声音戛然而止，他上头的热血、愤怒和仇恨，在和突然出现的熊脸对上的瞬间，就猛然降了下去。

只剩下了恐惧。

所有人都失了声，连直播间的弹幕都静了静。

另一边，特地远离了熊的领地的宋睢窈和埃文斯。

宋雎窈把火里烧过的石头挑出来，再用一层沙土盖上，森林里昼夜温差大，夜晚有些凉，他们又只有一条小毯子，而这样做可以保暖数个小时，他们躺在上面睡会很舒服，再把一块白蚁窝扔进火里烧，让森林里的毒蚊子远离他们。

宋雎窈忙了一天，趴在毯子上跟埃文斯聊了没几句就睡着了，而埃文斯坐在火堆旁，借着火光，用笔在本子上写下新歌，偶尔看向宋雎窈，眼中都是温柔。

如果文珠怜他们听宋雎窈的话，现在应该也在睡觉了。

两个直播间对比，太惨烈了！

我觉得按照现在的情况来看，宋雎窈的野外生存能力和智慧真的必不可少，他们要想活着离开这座岛，最好跟着宋雎窈。

清晨，宋雎窈早早醒了过来，埃文斯还在睡。

宋雎窈已经习惯在野外睡觉了，因此，她睡得还不错，至少精神抖擞的。

因为哥哥是个只会乖巧等吃的家伙，宋雎窈起来就要开始准备早餐了。在森林里找食物在宋雎窈看来很容易，大自然给了非常多的馈赠，只要你有足够的知识知道自己该怎么做。

宋雎窈找到了一棵树，敲了敲树干，听到“硿硿”的声音，于是拿燧石敲了个洞，再伸手去接，只见从那个洞里，“咕噜咕噜”滚出来好多橡子。宋雎窈接了一大捧，用树枝和树叶再塞住洞口，免得松鼠辛辛苦苦储存的食物被其他小动物抢走。

她又摘了几个野生香蕉和苹果，往回走的时候，她看到了一根不错的柳木，捡起来折了折，试了下柔韧度，感觉挺满意，就拎着回去了。

埃文斯还在睡觉，不知道昨天几点睡的，等他醒来的时候，早餐已经好了。宋雎窈用柳木做了一把弓，从他鞋子上拆下来一根装饰用的鞋带，做成了弦，正在用昨天拔的香蒲秆子做箭。

香蒲是个好东西，它头部的绒毛可以用来点火，秆子又直又硬，可以用来做箭，甚至它的根挖出来也可以吃。

“妹妹。”埃文斯头发凌乱，有些呆滞地喊了一声。

“早上好。”宋睢窈朝他笑了一下，用燧石把一颗颗小石子削出想要的尖锐部分，再将它固定在香蒲秆子一端，再将捡来的鸟的羽毛固定在另一端，一支箭就做好了。

宋睢窈站起身来，将箭搭在弓上，走到小溪边，瞄准水中的一条游鱼。她耐心等待，像个耐心十足的猎人。

“咻”！

箭矢入水，水面立即出现一阵波动，宋睢窈将箭提起来，一条鱼正被穿在上面挣扎着。

太厉害了吧！

又学到了，妹妹好强！

跟另一边比，这里太舒适了吧！

文珠怜那些人早听宋睢窈的话不就完事了，现在都是自找的。

至少那三个孩子是无辜的吧，希望宋睢窈能帮帮他们！

“啪啪啪……”埃文斯鼓掌。

宋睢窈有些不好意思地羞涩地笑了笑：“这只是每个野外生存专家都会掌握的技能。”

“但不是每个野外生存专家都像你在这个年纪就掌握了那么多。”埃文斯竖起拇指。

吃完早餐，做了一把箭，准备出发前，宋睢窈打开手环看了看，发现文珠怜那伙人分散开了，他们分得很开，不像是为了找吃的暂时分散开的样子。

“他们分散了？”埃文斯瞥了一眼，他也感觉到了不对，“这群人很多物品都是共用的，分散行动，怕不是在找死。”

森林里危险重重，根本不是没有打火机就生不了火的人能独立生存的，就算是喝一口小溪里的水，搞不好，都会因为溪水里的细菌虫子太多而上吐下泻脱水休克。这些人可都是现实生活中养尊处优的大明星。

宋雎窈皱起眉头。

妹妹这么聪明，一定能猜到他们是遇到熊了。

那边昨晚真的太恐怖太惨烈了，不知道妹妹有没有办法帮帮他们，有点儿可怜。

真千金会帮吗？那群人一直站在假千金身边，弄不好她知道常珍珍死了会很开心。

“可能遇到什么危险了，但愿不是真的遇到熊了。”宋雎窈转头对埃文斯说，“我看到礼泉他们离我们不是很远，我去看看，你在这里等我。”

“我跟你一起去。”埃文斯不放心。

宋雎窈没理他，反手把挂在背包上的长刀解下来给埃文斯：“你跟着我会碍事，在这里等我。溪水里有虾，证明水比较干净，但是这里的水常年没有阳光照射，喝它还是很危险，所以，溪水不能直接饮用，至少煮开五分钟。焚烧过的木头灰可以让蛇不靠近你，你等下自己再撒点儿……”

埃文斯不要刀，怕她遇到危险：“这个你带着。”

“不用。”宋雎窈拎起弓，把一捆箭塞进背后的包里，转身就跑动起来。埃文斯担心地站在原地，怕给她拖后腿，到底没有追上去。

宋雎窈经过多年的历练，在野外求生已经有十分丰富的经验，如何抄近道，甚至快速下坡的姿势应该是怎么样的，身体都已经有了记忆。跟埃文斯一起的时候，因为要照顾埃文斯，她行动速度比较慢，现在只有她一个人，她跑动速度很快。同时，她一边赶路还能一边保持警惕和思考，偶尔停下来捡些什么，或者观察四周。

一个高马尾扎在脑后，纤细的四肢有着令人心动的爆发力，轻盈快速得像一只豹猫，精灵般美丽又有攻击性。

屏幕前不知道多少人，被她这机敏帅气的模样击中。

另一边，礼泉、孟聪和卫舒正在一起，他们十分狼狈，脸上有数道被树枝刮出来的伤痕，衣服也被钩破了，身上伤痕累累，看起来非常凄惨。

此时三个少年背靠着背，紧紧依靠着彼此，紧张恐惧得不停咽口水，瞳孔渐渐锁紧，小腿也在瑟瑟发抖。手上攥着宋雎窈给的燧石，这让他们获得一丝安全感。

只见三匹狼正虎视眈眈地盯着他们，充满野性的狩猎者的双眼，垂涎着三人。

卫舒惊恐得眼泪不停滑落："我……我害怕……"

"你们听我说，"最大的孟聪强忍着害怕，担任起了领导者，"我们慢慢地退到那棵树那边，卫舒先爬上去，狼不会爬树。卫舒上去后，小泉上去，由我拦着它们。"

"哥……"礼泉当下就要哭出来。

"别哭，听我的，走。"

听着孟聪的指挥，三个少年往那棵树移动。三匹狼也随之跟着前进甚至比之前逼得更近，这三个猎物的评估即将完成——是直接攻击，还是等待其他同伴的到来。

虽然话是这么说，做起来却没那么容易。卫舒从来没有爬过树，昨晚到现在也没有休息过，一直在拼命奔逃，现在还有三匹狼在虎视眈眈他腿软无力，爬不上去。

孟聪急得双腿抖得更厉害了，他让礼泉上树，礼泉也上不去，孟聪又丢不下弟弟和卫舒自己上树。

狼没有给他们更多的时间，它们已经确定这是三个柔弱的可以猎杀的猎物，压低身子张嘴凑上去想叼人。

“啊啊啊啊，走开走开！”他们拼命挥舞着手中的小石头，砸中了狼的牙齿，坚硬的石头险些把狼牙都磕掉了，成功让狼暂时警惕地后退了一些。

可狼是一旦发动攻击就不会轻易停止的生物，它们再次上前。

绝望和强烈的恐惧已经侵蚀了三个少年的心，斗志也开始像体温一样迅速流失，只剩下不抱任何希望的本能的挣扎。

满嘴獠牙的狼口大张，带着一股血腥气扑来。孟聪挡在弟弟妹妹面前，绝望地闭上双眼。

“咻”！

一支箭破空而来，撕裂了空气，重重砸在了飞扑而上的狼身上，它大张的嘴巴立刻发出呜咽，迅速落地便警惕地后退。

很快，数支箭矢接二连三地射来，箭头是用石头做的，不小心砸在脚上都痛，更何况这是用力射来的。三匹狼分别被射中了几次，咽喉里发出呜咽声，警惕地连连后退。

三个少年眼中爆发出狂喜，目光追过去，他们果然看到了宋睢窈。

宋睢窈缓缓走出，手上还拉着弓箭，目光锐利凶悍而富有攻击性地盯着三匹狼，同时轻声对三人说：“正对着狼，慢慢退到我身后。”

在野外遇到狼，绝对不能背对着它，必须面对着它，直视着它的双眼，不能恐惧，一旦让它发现你的恐惧，你就完了。

三人见宋睢窈出现，立即有了主心骨，在他们心里，宋睢窈具有权威和分量，她比谁都懂如何在这里生存。

他们听话地面对着三匹狼，缓缓退向宋睢窈身后。这个时候，三匹狼依然没有放弃的意思，仍然在警惕而不死心地跟着前进。

但它们刚前进一步，宋睢窈手上的箭就射了出去，它们立即收回了爪子。它们将宋睢窈当成了这三人的头狼，目光盯着宋睢窈，警惕地站在了原地。

三人退到宋睢窈身后后，宋睢窈才缓缓地放下了弓箭，转身，从容不迫地带着他们离开。

三匹狼站在原地盯着宋睢窈的背影，终究没有再跟上去。

一直走出好一段路，确认狼没有再跟上来，宋睢窈才略微松了一口气。无论是求生节目的直播间还是审判秀的直播间，所有的观众都下意识地跟着松了一口气。

刚刚那气氛，实在是太紧绷太可怕了。

随即弹幕又疯狂起来。

啊啊啊，宋睢窈太帅了吧！

那个眼神射中了我的心！

啊啊啊，爱了！

三个少年早就已经泪流满面，他们受到的惊吓实在是太大了。

“我不知道你们发生了什么，现在也没时间问，我们必须尽快远离这里。”宋睢窈说，她自制的弓箭还没强到可以射杀狼的地步，虽说她本来也没打算杀狼，那是找死，杀死一匹狼，等于引来狼群的仇恨，等着被狼群追杀撕碎吧。

但也无法确定那三匹狼离开后会不会又带着狼群找来，毕竟这三个少年看着实在太没有威胁了，依靠宋睢窈一个人的威慑，是不够的。

宋睢窈这么一说，卫舒立即哭起来，说：“姐姐，你救救我的家人……”

另外两人也泪眼汪汪巴巴地看着她。

“遇到熊了是吗？”宋睢窈说出最坏的可能性。

提到熊，三个人整齐地抖了抖，眼中的恐惧如此明显。

原来昨天晚上他们找到常珍珍的尸体后，常友青大呼小叫再次引来了熊，熊已经吃饱了，但它不介意杀猎物玩。混乱间，手电筒也没了，人们慌乱得像无头苍蝇般奔逃。

他们三人刚好一起，朝着这个方向跑了过来，大概是身上的血腥味引来了狼。

宋睢窈在听到常珍珍被熊吃掉的时候，脚步蓦地停住，表情惊恐，瞬间让观众们都高高提起了心脏。

宋睢窈："熊吃了常珍珍？"

三人恐惧地点头。

"糟了……"宋睢窈低语了一声，加快脚步，"快走！"

"姐姐……"

"人分散得太开了，你们都想让我救人，我去救谁好？"宋睢窈认真严肃地看着三人，"而且我不是神，不是什么都能做到，我只是比你们多了一些经验和知识。我可以短暂地和狼群对峙，但不可能跟一头成年棕熊搏斗。"

见他们双眼恐惧无措，宋睢窈又有些于心不忍地说："你们的家人肯定也在找你们，他们能通过手环看到我们在一起，会主动过来的，这也是现在最好的办法，让他们尽快从熊的领地里出来，否则会被熊杀掉的。"

听宋睢窈这样说，他们点了点头，不再求宋睢窈回去救人。见宋睢窈看起来非常紧张，他们也有些恐惧，刚放松一些的神经立刻又紧绷起来，跟着宋睢窈加快脚步。

卫舒一边哭，一边不敢吱声地跟着，这座孤岛带给他们的直面生死的考验和恐惧，让他们幼稚的心灵迅速地成长了。

埃文斯悠闲地坐在石头上吃妹妹给他的烤橡子，见到妹妹匆匆忙忙带着三个小鬼回来，站起身来。

"怎么了？"埃文斯一看宋睢窈的表情就知道有很严重的事情发生了。

宋睢窈快速弯腰捡起有用的东西："暂时没时间解释，快收拾东西，我们立刻离开这里。”

四人跟着宋睢窈快速前进，一边走，宋睢窈一边跟埃文斯解释：“有人被熊吃掉了。”

埃文斯瞪大眼睛，惊呆了，什么？节目效果？

“好像不是节目效果，不管怎么样，往最坏的方向想比心存侥幸更好。”

“但是，我们不是已经离开了熊的领地吗？为什么要跑？”

“因为来找我们的人可能会把熊带来。”宋睢窈说，“那头熊吃了人了，它已经知道人类易捕，细皮嫩肉，脂肪丰厚。还有一个很重要的事情，我们可以通过动物的粪便知道很多信息，那头熊的粪便告诉我，它已经饿了有一段时间了，所以心情不好。可是现在森林里食物充足，河里鱼虾不少，它为什么会饿肚子？本来我也不知道为什么，现在我大概知道了。”

“什么？”

直播间观众也好奇地竖起耳朵。

“那头熊或许吃腻了森林里的东西，或许得了厌食症，而一直不进食的熊，在昨晚吃了一个人，这意味着什么？”宋睢窈看向埃文斯。

埃文斯咽喉干涩，艰难地说：“它觉得人肉好吃。”

毛骨悚然！吓死我了！

好可怕！食人熊！

宋睢窈点点头：“它觉得人肉好吃，而且它已经吃腻了森林里的东西，它不想肚子饿，而岛上刚好还有其他人类。”

所以那头熊，会追杀他们。

像是嫌给他们的刺激不够，他们的危机感还不够，宋睢窈继续说：“给你们讲一个真实的故事，一头棕熊因为饥饿闯入了人类的村庄，吃了一个儿童和女人后跑掉，从此引发了食人癖，后来它数次袭击村庄，猎杀的都是小孩和妇女，甚至连孕妇肚子里的孩子都被剖出来吃掉。对于男人们它则只是咬死咬伤不食。

“它觉得幼儿最好吃，肉质鲜嫩可口，女人次之，说到底，还是人肉上了它的食谱。所以一般情况下，只要是吃过人的动物必须杀掉。”

大部分情况下，猛兽不会袭击人类，只不过是因为人类不在它们的基因食谱上，它们不知道人类能不能吃，而非人类这个身份本身存在什么特殊，以至于猛兽不攻击。

但在没有枪的情况下想要杀掉一头成年的棕熊，那是痴心妄想，宋睢窈手上的弓箭都不能给它造成一点儿擦伤，只能迅速地逃离。

听故事的四人都露出了受到惊吓的表情，从此以后定然对熊尤其是棕熊避而远之！

埃文斯：“我们走快点儿。”他可不想跟一头食人熊面对面。

宋睢窈低头看了看手腕上的手环，三个少年的家人都在往他们这边移动，其他的，有人一直待在原地不动弹，可能正在躲藏，也有人在往来时的方向跑，大概是想去沙滩上，毕竟森林里太危险了。只可惜恐怕出口只有一个，那就是岛的另一端。

宋睢窈要等他们，也要选择一个最安全最合适的地方，她很快找到了。

“就是这里了。”

宋睢窈找到的她认为最合适的地点，是一条湍急的河流旁边，河流河床宽敞且深，和他们之前遇到的浅浅的小溪不同。

“棕熊的嗅觉是猎犬的 7 倍，会根据我们留下的气味找到我们，只有通过河流才能切断我们的行踪，让棕熊找不到我们。”宋睢窈说，见三个少年紧张的样子，又说，“不会就这么离开的，我们在这里等等。”

三个少年这才眉目舒展开，听从宋睢窈的吩咐，开始砍伐轻木。

而埃文斯则被妹妹交代了另一个任务——去烧火放狼烟。

用湿木头就能制造出黑烟，相信看到的人再加上手环定位，会明白他们的意思。

轻木是用来做模型的材料，本身非常轻非常容易切割，哪怕只是用一把小刀都能加工。

三个少年去砍轻木，宋睢窈则去砍了一把藤蔓，森林里这种东西多的是，很多品种可以用来代替绳子。

用藤蔓将轻木以编织的方式捆绑起来，做成结实不易松散的木筏，三个孩子学习能力很强，宋睢窈教过一次后，很快就能独立制作木筏。

他们就在河边做，昨晚的经历显然给他们留下了不小的阴影，以至于必须时刻保持警惕，一有风吹草动他们就紧张地看向森林，生怕那头熊悄无声息就出现了。

时间一点点过去，简易但结实牢固的竹筏已经做好，天色即将暗下来，终于有人来了。

“埃文斯！爱丽！”正是利斯坦和他儿子艾迪森。利斯坦是国际硬汉影星，身材结实强壮，肌肉虬结，经常被人调侃一拳头就能打死一头牛，此时却也是十分狼狈，身上脸上很多植物划伤的痕迹。艾迪森倒是还好，他只是衣服脏了点儿，看来被父亲保护得相当好。

昨晚那头棕熊再次出现和常友青面对面，在其他人还不敢动弹的时候，经常运动的他就反应迅速，拉着儿子转头就跑了。

本来他带着艾迪森跟着大部队，是为了让艾迪森跟别人多交流，哪想到居然发生这种事，他后悔死了，早知道就跟着埃文斯他们了。

埃文斯自然不会在意这件事，他喜欢跟妹妹二人世界，他们过来跟着，妹妹还得照顾他们，要不是现在情况特殊，他都想把人赶走了。你看，现在还得烤鱼给他们吃。

利斯坦和艾迪森到来没一会儿，又来了三个人，正是礼文灵夫妇和名模李达达。礼文灵夫妇见到两个儿子，一家四口当即紧紧拥抱在一起，劫后余生，家人平安无恙的惊喜、后怕，让他们抱头痛哭。

听儿子说了宋睢窈救了他们的事，礼文灵感激不已。

“对不起，宋小姐，我之前实在是……都没有跟你相处过、接触过，光凭道听途说就认定你是怎么样的人，对不起，请你一定要原谅我。”礼文灵哭着说，丝毫顾不上影后的形象了。

她担惊受怕了一整天，生怕两个孩子出什么事，此刻满心都是懊悔，为自己对宋睢窈的无礼和轻视。如果宋睢窈真的是她以为的那样的人，大可以不必理会三个孩子的死活，就算真的是直播，她也大可以当作不知道发生了什么事，观众们也无可指摘，可事实是她特地找过去，救了她的孩子。

粉丝随偶像，之前礼文灵站在文珠怜那边，对宋睢窈态度不好，他们也就对宋睢窈不善；现在礼文灵态度一变，粉丝们也开始在直播间刷屏感谢宋睢窈，为之前对她进行网络暴力、落井下石或者视若无睹道歉。

虽然我们观众知道是假的，可是嘉宾们不知道，宋睢窈真的是冒着生命危险救的三个孩子！

灵灵别哭，你那么好，不会有事的。

我觉得光凭这一点，就没有人能黑宋睢窈了！

扯我家珠珠做什么？熊是她招来的？

熊不是文珠怜招来的，但是上一秒说会保护人家，下一秒就松开人家的手，就很搞笑了！

那是条件反射好吗？就算是宋睢窈，也会是一样的反应！

“没关系。”宋睢窈原谅了她，给她递了个贝壳碗，温和地说，“去喝碗热汤吧，我们随时可能要出发，要保存好体力。”

她眼神温柔，明明才 18 岁，却像个成熟大人一样包容对方，礼文灵看着只觉得更加惭愧，被丈夫揽着去和孩子们一起坐在火堆旁。

“达达，你父亲不会有事的。”礼文灵见李达达失魂落魄的样子，说。

李达达也在昨晚和她父亲失散了。

李达达是混血，父亲是著名画家，母亲曾经也是名模，家族基因非常好，15 岁就出道成了模特，走一线品牌的大秀。因为充满元气让人备受鼓舞的笑容，被称为甜心宝贝，非常受粉丝追捧，现在才 19 岁，就已经是超模商业价值前排几位之一了。

李达达勉强朝礼文灵挤出一个笑容，心疼坏了她的粉丝，他们哪里见过达达笑成这样的。

虽说达达一路上好像跟父亲有什么隔阂，一直沉默寡言，但是，现在出事，她心里还是很担心父亲的。

父女哪有隔夜仇的？在生死面前，想必都不重要了吧！

爸爸没事，达达别担心，他跟珠珠在一起呢！

感谢珠珠，为了帮达达和爸爸解开不为人知的误会，费心了，我有预感达达和爸爸能在这里解开误会。

珠珠很善良的，一直在为放开珍珍手的事懊恼，哪怕那是谁都无法控制的条件反射，请你们别当没看到。

“喝点儿热的吧。”身边传来一道温暖的声音。

李达达一愣，转头看向宋睢窈，有些无措地接过宋睢窈递过来的鱼汤：“谢谢。”

宋睢窈朝她露出笑容，没有丝毫责怪，让李达达反而有些不知所措：“谢谢……你真好。”

她虽然没像常珍珍她们时时刻刻站在文珠怜身边去撑宋睢窈，但是因为跟文珠怜是朋友，自己心情也不好，一直都是无视宋睢窈的，也就是说其实也是孤立他们的人。现在她却不计前嫌给予温柔，令李达达感到很惭愧。

宋睢窈再次朝她笑了笑，看向火堆。火光映在她的面孔上，衬得这张脸染上了油画的意境，也像早期电影画布的质感，昏黄而别有韵味。

李达达忍不住多看了她几眼，真漂亮啊！然后在宋睢窈看过来的时候慌忙躲开，装作自己没有偷看。

宋睢窈转回视线，弯了弯眼睛。

李达达啊……

在发现自己出现在一个陌生的孤儿院，蒋蜜也出现的时候，她确实以为自己进入了一个新的世界，直到后来她看到了很多眼熟的信息，繁星集团、常友青、礼文灵等，以及他们的电影电视剧，她才发现，原来第二期世界还是那个世界，只是她的剧本不同了。

显而易见，每一期审判秀的世界背景制作都很昂贵，节目组又怎么舍得全部改变，因此直接改动她的剧本，改变一小部分人的命运就好了。

除了被改变了命运的极小部分人，其他人的命运应该都是不变的。比如李达达，如果没有求生岛，她不会来参加这档节目，在未来，她应该会在公寓的浴缸里，割开腕动脉，慢慢死去。

宋睢窈看了看手环，手环上有很多光点，每个光点代表一个人，他们一拨人正聚集在这里，有其他人正在往这边赶，有人则并不。而他们要等的，当然只有往这边赶的人。

夜越来越深，但是没有人敢入睡，被科普了这头熊会狩猎追杀岛上的人类后，亲眼见识过那头熊的人根本无法入眠。要知道，熊发动攻击的速度是很快的，从醒来到爬起这个时间就可能被熊杀掉了，所以就算有人守夜他们也不敢睡。

他们都待在各自的木筏边上，木筏就在河边，只要一有情况，他们立刻就能把木筏一推，人往上一跳，乘着木筏逃走。

一阵狼嚎在寂静诡秘的夜空响起，更是让人神经紧绷。

这时，林子里有动静，所有人紧张地看过去，看到是常友青母子和文英霆、黎欣四人，才松了一口气。

常友青是最狼狈的人，昨天熊发动第二次攻击，常友青尽管躲开了致命伤，但胳膊还是被那一下划得皮开肉绽，深可见骨，整个人摔在了常珍珍的尸体边上。能侥幸捡回一条命，多亏了其他人惊得如同鸟兽散，熊去追其他人了，没顾得上他和已经晕倒的常母。

母子俩这才捡回一条命。

常友青顾不上受伤惨重的胳膊，怕熊回来，扛起他妈就跑，求生的本能在这一刻爆发得淋漓尽致。而常母醒来看到儿子快死了的样子，也暂时顾不上已经惨死的女儿，咬着牙扶着他一路找了过来。

不是所有人都会选择来找宋睢窈的，这是常友青自己的决定。

“妈，找到宋睢窈我们搞不好还能活命，所以我们去找她。”他是这么跟母亲说的。

那时他已经失血过多，嘴唇都是白的，那条胳膊不仅有三道深可见骨的伤，还脱了臼。也就是说，他无法寻找食物，包里的食物根本支撑不了两天，而且他的伤口也会感染，他一死，他妈妈更不可能存活，所以选择找宋睢窈求助，是他们唯一的出路。

其实他觉得自己是必死无疑了，只是还想他妈能活着，所以凭着一口气在坚持，途中遇到了文英霆和黎欣，四人就互相帮助一起过来了。多亏了队伍里有文英霆这一个壮丁，要不然可能也赶不过来。

“有狼在后面跟着我们。”文英霆顾不得跟宋睢窈的矛盾，一过来立刻就说。

其他人顿时吓了一跳：“狼？应该没事吧？我们这么多人，而且有火。”

“对，狼是怕火的。”

宋睢窈看到文英霆身上的血，脸色一变：“你杀了狼？”

“不得已的情况。”他要不动手，常友青就被狼撕碎了。

“糟了，都赶紧上木筏！我们立刻离开。”宋睢窈立即出声。

她的口气和表情让人心里打鼓。

“不行！”文英霆阻拦道，“珠珠还没到！”

“你可以自己在这里等。”宋睢窈说。

文英霆脸色难看，黎欣这时有些愤怒地道：“在这种时候，你怎么还能这么自私！珠珠和你爸爸已经在赶过来的路上了，你就算恨珠珠，那是你亲生父亲，你都能丢下？”

埃文斯立即变了脸色：“这位女士，请你搞清楚，爱丽只有我们这些家人，你们不是，别在那里胡乱攀扯亲戚。”

“各位，我觉得现在不是争吵的时候。”眼见着两方吵起来，礼文灵连忙出声，“睢窈，现在是出了什么紧急情况了吗？”

“狼是团结记仇的生物，你要么把现场的都杀掉，只杀了一匹狼，还被狼跟踪，狼群肯定会过来报复。狼确实怕火，但是在仇恨下，它们不怕。”

宋睢窈都这样说了，谁还会留下？又不是没有自己的家人。礼文灵当即看向文英霆说：“我觉得我们先走吧，珠珠和卫言他们三人在一起，应该不会有事的。”

“狼群看到我们这么多人，也会斟酌犹豫，不会这么快就发动攻击的。珠珠他们很快就到了！”文英霆恳求地看着其他人，“再等半个小时，行吗？”

文英霆这么说，其他人又觉得有点儿道理，半个小时好像不长，就有点儿犹豫起来。

礼文灵犹豫着对宋睢窈说：“要不就等半个小时？”

半个小时总能等吧？

别是故意报复，宋睢窈对其他人好，不代表就不恨文珠怜！

真千金就算恨假千金也很正常好吗？再说这么危险的情况下，凭什么要冒险等一个讨厌的人？

讨厌假千金可以理解，但是亲生父亲也在啊，真的能丢下亲生父亲啊？

都没给人家吃过一口饭，还宝贝着假千金，亲生父亲？搞笑呢吧？他把爱都给了假千金，孝心当然得假千金来报，关真千金什么事？

弹幕上争吵起来，文珠怜霸道的粉丝们气焰被打压下去后，就没能再起来，再加上其他嘉宾粉丝对宋睢窈的观感都随着偶像在变，帮宋睢窈说话的人增加了不少。

“不要！”孟聪却大声叫起来，过去拉着礼文灵，“妈，我们听窈姐的，快走吧！”

礼泉也连连点头，甚至已经忍不住跑到了他们的木筏边。

这时，在漆黑的森林里，一双双幽绿的眼睛出现了。

半个小时？根本两分钟都不能多等。

人走路的速度比狼奔跑的速度慢太多了。

所有人都露出了惊恐的表情。

天！

在森林里等半个小时？半个小时后尸骨无存了吧！

现在好了，肯定有人要受伤了，刚刚直接听妹妹的话立刻就走多好！

不懂还不听专家的话，死了都活该！

狼群十分愤怒，慢慢从森林里走了出来，二十多匹狼，一下子就将所有人包围了起来，龇牙咧嘴，喉咙里发出了可怕的低吼。

所有人心跳如雷，汗如雨下，惊慌无措地去看宋睢窈。

宋睢窈早在说话的同时拉着埃文斯退到了自己的木筏边，埃文斯长腿一蹬，两人就能顺流逃走。

这时文英霆出声说：“别害怕，我们不怕狼就不会轻易冲上来！面对着狼群，我们慢慢往后退……”

宋雎窈却骤然打断他的话：“快跑！”

宋雎窈话音才落，狼群就发动了攻击，张开血腥獠牙扑了过来。狼这种生物，狩猎的时候是一回事，报仇的时候又是另一回事，这次可没有时间给他们磨磨蹭蹭，只能赶紧逃跑。

场面当即混乱，利斯坦立即把儿子推上木筏，又顺手把边上的卫舒也丢了上去，他人高马大，肌肉量很足，脚一蹬瞬间将木筏推出岸边，自己再一跃而上，三人最先成功顺流而走，摆脱了当下的危机。

文英霆也正是身体状态最好的年纪，他不像这些明星要保持一定程度的瘦，拽着黎欣也一下子上了木筏。常友青是一来就被放到木筏上躺着的，李达达刚好在用贝壳给他喂水，常母也在身边，因此三人也成功逃脱了。

随即自然是埃文斯和宋雎窈。木筏刚进入水流，宋雎窈却听到了礼文灵凄厉的尖叫。她转头，看到孟聪被两匹狼咬住了往后拖，孟聪吓得直叫，礼文灵当即失去理智扑过去救儿子，也被狼咬住了胳膊，她老公也立刻上前去救，却忽视了小儿子礼泉。

父母哥哥都在，礼泉自然不可能丢下他们自己跳上木筏逃走，一匹狼袭向了他，礼泉被扑倒在地上，狼一口就咬住了礼泉的脖子。

宋雎窈眉头一拧，从才开始漂流的木筏上跳了下来，跋涉过水面，飞快从篝火旁拿起一把烧得正旺的火把，将狼赶走。

“快过来！”宋雎窈扯起礼泉，厉声道。

礼文灵三人这才慌张地跑过来。幸好这个木筏是礼泉和孟聪悉心扎的，为了能够承受一家四口的重量，做得比较大，四人立即上了木筏。宋雎窈挥舞着火把，将扑上来的狼拦在一定的距离之外，等木筏入水后她迅速丢下火把跳入水中，抓住木筏被木筏拖走，扑过来的狼嘴距离近到咬掉了她几根头发。

所有观众看得心惊胆战，见他们都成功逃脱，才松了一口气。

妈呀，这实在太惊险了！

要是没有宋睢窈，礼文灵一家四口都得折在这里！

对啊，影后一家全都被咬伤了，他们毫发无损，我看得气炸了，不是要等文珠伶吗？倒是留下来等啊！

灵芝们感激宋睢窈，从此骂她的人就是我们要骂的人，谢谢！

宋睢窈好好哦，又帅又善良，我被圈粉了，啊啊啊！

木筏被湍急的水流带走，狼群不甘地沿着河岸追来，直到前方无路，它们才痛恨地站在巨石上盯着逃走的仇人，一阵狼嚎再次响起，在幽寂的夜里，格外瘆人。

宋睢窈被拉上木筏，月光很亮，能看到河岸两边的风景，他们一路随波逐流，也不知道会被带往何处。

“小泉？小泉？”礼文灵这才注意到躺在木筏上的小儿子，脖子上鲜血一直在流淌，她恐慌不已，看向宋睢窈求助，“宋小姐，宋小姐……”

宋睢窈过去一摸，摸到了深深的牙印，狼的咬合力不是人的脖子可以承受的，她虽然立即去救，但仍然晚了一步。

宋睢窈沉默了。

“什么？宋小姐？怎么……不会的，小泉？小泉！小泉醒醒，别吓妈妈……”礼文灵疯了，不敢相信眼前发生的一切。可礼泉的意识在涣散，他的体温在不断下降，他的身体很快就变得冰冷起来。

最终，夜空下，礼文灵发出了撕心裂肺的痛哭声。

一个母亲失去了孩子，悲伤和痛苦感染了很多观众，一时间，弹幕上骂文英霆母子骂得更凶了。

但是有一说一，礼文灵也是活该，宋睢窈让她走她在那里拖拖拉拉，礼泉的死她也要负责任。

滥好人结果害死了自己儿子，这教训可以让她记一辈子了吧！

礼文灵已经够惨了，而且她也是好心，谁知道这么一会儿工夫会发生这种事，罪魁祸首还是文家这些自私鬼！

关珠珠什么事，如果珠珠知道肯定会让她哥别等她，都是她哥擅作主张好吗？

有这么自私的哥哥和妈妈，文珠怜到底是什么样的人，让我很怀疑！

这座岛大得出奇，天边已经翻起了鱼肚白，他们还没有漂到河流的尽头，也没有被送进汪洋大海中。

前方有一片红树林，木筏乘着水流撞击向了红树林，前面漂走的木筏都折在了这里。利斯坦他们正在红树露在水面上的根上等宋睢窈他们。

看到宋睢窈他们，利斯坦立即招手要打招呼，看到礼文灵他们的表情有些不对劲，又收起了笑容。

礼文灵抱着小儿子不撒手，整个人像没了魂。黎欣连忙问：“小泉怎么了？”

礼文灵听到黎欣的声音，她缓缓抬头，眼中映入那对母子的身影，当即迸发出凶恶的仇恨的光芒，如果不是他们，她儿子也不会死！

礼文灵跳下水扑向了黎欣，发起了疯，扯着她的头发又打又踹，摔在水里也不撒手。她老公也不阻止，眼睛血红，在文英霆过来的时候也跟对方打了起来，场面一片混乱。

利斯坦几人去阻止，宋睢窈没空理会，埃文斯急得要死，把她拉过来一顿臭骂，天知道她突然跳下去救人他有多担心，尤其是背包都在他身上，宋睢窈什么东西也没有。

第十七章

计划

文珠怜和卫言文国华等一拨人在一起，他们自然是要去找宋睢窈的，毕竟这是他们明星玩家的工作，远离了被审判者怎么行？

幸好有手环定位，他们能知道宋睢窈一群人去向哪里了。

他们一直慢吞吞地跟在宋睢窈他们后面，直到在路上看到了尸骸，他们开始感觉到不对劲。

是尸骸，不是尸体，看起来像是被野兽撕碎然后吃掉的。

“这个……”卫言蹲在一个脚印前，伸手比了比，这脚印比他的手掌还要宽大，他目露惊恐，“好像是熊的……”

所有人只觉得一股凉气冲上了天灵盖：“不会吧？”

“快，我们走快点儿，赶紧跟宋睢窈他们会合。”文珠怜怕得嘴唇颤了颤，和卫言对视间，看到了彼此眼中的惊惧和愤恨。

这该死的第二期世界，居然这么可怕，该死的节目组根本没有给足资料。他们之前就听过传言，节目组会坑嘉宾，就像明姝第一期的时候买的人物资料卡，想要走校园灰姑娘剧本，结果因为信息不够详尽，明姝差点儿被网球打死。

因为这一点，他们公司已经再三向节目组确认过各个信息，确保没有任何陷阱，结果呢？她还是被坑了，朗朗乾坤，居然有繁星集团这么个黑暗恶毒的公司，以试玩的借口，把他们骗来当什么小白鼠！

现实世界中，很多人也都以为文珠怜他们被节目组给坑了，明姝一看，摸着胸口惴惴暗想，那她第一期还算比较幸运，只是被网球打了一顿，文珠怜他们多惨啊，这也太恐怖了，被可怕的财阀当成小白鼠扔到岛屿上，被食人熊追杀，还会被吃掉，恐怖死了，也不知道还会遇到多少恐怖的事。

节目组觉得冤枉得不行，他们这次给的信息真的够详尽了，这什么繁星集团搞的什么求生岛乐园，他们完全不知道啊。

覃威："这个繁星集团的信息卡呢？调出来看一下，搞的什么求生岛，这是怎么回事？！"

调出来的信息显示，繁星集团是一个坐拥半个世界财富的超级财阀，多项高科技产品走在世界前沿，处于垄断状态，在政界、军界都有势力，盘根错节。像这种顶级财阀，他们搞出什么坏事，秘密进行什么违法研究，都是有可能的。

而求生岛乐园是一座他们耗资 200 亿尤金币打造的冒险乐园。

反正就是他们已经知道的一套说辞，得不到任何有用的信息，这个世界比第一期的世界更让他们感觉到事情发展脱离掌控的无力感。

现在审判秀的直播间内，观众们要么在议论这座求生岛是怎么回事，要么大致反应跟虚拟世界里直播间的观众们反应一致，不是对宋睢窈喊666，就是骂文家人害死人，宋睢窈的申冤票票数一直在持续增加。

"覃导，别急，我们再看看。"唐山说，"这也不错，反正我们就是要给宋睢窈考验的，现在这座岛给她的考验比我们能给的更多，也许会有意外之喜。"

在这种充满生死危机、人与人之间复杂的关系和情感面前，宋睢窈只要有一点点处理不当，就会被无限放大，别看观众们现在在喊 666，觉得礼文灵活该，人心变化的速度快得惊人，当下有好感，可下一秒只要宋睢窈做出不合他们心意的举动，他们就会立刻觉得不舒服。

人性如此。

虚拟世界。

求生岛乐园内。

任由那边的人闹，宋雎窈蹲下身，给常友青检查了一下胳膊。

在常友青没注意的时候，忽然一个用力。

“咔嗒”。

“啊！”常友青痛叫了一声。

常母立即推开宋雎窈：“你干什么！你想害我儿子死是不是？！”

“妈！”常友青立即叫起来，“别冤枉宋小姐，她帮我把胳膊接上了！”

常母顿时有些尴尬，支支吾吾地说：“接胳膊就接胳膊，你倒是说一声嘛，这么突然……”

“医生都是这样做的。”常友青还想拜托宋雎窈多关照一下他妈，见他妈这样，急得要死，脸色通红，呼吸开始有些重了。

常友青是从农村里出来的，他妈就是个没见识的乡下妇女！

常友青迟早被她害死，她不知道他们现在只能依靠宋雎窈了吗？

常母关心则乱吧，女儿惨死，儿子也受重伤，脾气不好也很正常。

哪里是，常母喜欢假千金才讨厌真千金的，前面为了假千金diss了真千金多少次啊，也是，又不是她儿子被文家人害死了，刀没落在自己身上，她哪里会痛？！

“你的伤口已经感染了，也开始发烧了，再这样下去，这条胳膊应该是不能要了。”宋雎窈没有在意常母，看了看常友青的伤口说。伤口是被熊爪抓出来的，还泡了脏水，已经开始溃烂和感染，常友青也已经发起了高烧，如果再不进行治疗，何止是胳膊不能要了，他必死无疑了。

“现在怎么办啊？”常母一听，急忙问。

“也算是因祸得福。”宋睢窈站起身，看向远处，“如果没有错，那里应该就是据点，也许会有医疗用品。”

只见远处森林冠顶，一个尖尖的屋顶隐隐露出。

礼文灵他们还在闹，强烈的悲痛让他们爆发出了使不完的力气，利斯坦几乎都拉不住他们了。

宋睢窈走过去：“礼文灵，你冷静一点儿。”

“我冷静不了！我儿子，我儿子死了！”礼文灵已经吼到声嘶力竭，声音几乎都发不出来。

“你没了一个儿子，另一个儿子也不想要了吗？”宋睢窈严厉地呵斥。

礼文灵这才猛然顿住，顺着宋睢窈的视线看向一直静静坐在树根上的孟聪。

孟聪两条腿都被咬伤了，此时他正在发烧，无力地垂着眼睛。

他们家或多或少都被狼咬伤或者抓伤了，但是孟聪更严重一点儿。

宋睢窈：“如果他不立刻接受治疗，不是因为伤口感染死亡，就是因为狂犬病毒死亡。”

为了另一个儿子，礼文灵和她老公终于冷静了下来，但他们还是丢不下已经死去的礼泉。丈夫背着孟聪，礼文灵背着礼泉，礼文灵悲痛欲绝，几乎走不动，文英霆想帮忙，被礼文灵给吼走了，最后还是利斯坦过来帮忙。

一群人重新出发，在宋睢窈的带领下，朝着正确的捷径前进。文英霆和黎欣走在最后面，内心被愧疚和痛苦啃噬，如果一开始听宋睢窈的话立即离开，甚至他们自己留下来等文珠怜，那么礼泉也不会死。

一路穿过树林，再艰难地通过藤蔓向上攀爬，宋睢窈在利斯坦的协助下，用韧性惊人的希盖龙藤编成绳梯扔给无力攀爬的人，终于在夜幕中来到了这座据点前。

据点是一座很大的四层楼别墅，打开就在门外的开关，明亮的灯光瞬间充满了整座房屋。一楼用了大面积的落地窗设计，因此灯光一亮，就像一个音乐盒打开了，露出了里面干净的枫木地板、沙发桌椅、有着红酒的餐厅……

经历过那么多的人们，看到这种舒适的环境，瞬间就有了一种安全感，每个人的肌肉都缓缓放松了下来，像是终于得救了。

门上的挂锁没有锁上，也证明了里面没有小动物跑进去，宋睢窈摘下来，一群人一进去，立即腿软地坐在了地上。

他们都累瘫了。

文英霆看着这个屋子，冷笑:“猫哭耗子假慈悲。”

繁星集团把他们置身于这种地方，再给个这种据点，在他看来真的是讽刺，就像给一群小白鼠成功活下来的奖励一样。

宋睢窈:“大家去每个房间找一下，也许会有药品。”

有两个生命垂危的人等着救命，累瘫的人又强行爬起来，开始搜寻物资。

事实证明，宋睢窈的猜测没有错，繁星集团没那么想弄死他们。

这个据点里，有着他们当前需要的一切，无论是狂犬疫苗还是退烧药，冰箱里也塞满了食物，房间衣柜里有很多衣服，打开浴室的莲蓬头，甚至还有温暖的热水。

宋睢窈给被动物咬伤的人都打了狂犬疫苗，以防万一，其他没被咬的人也都打了一剂，以防后面再被什么动物给咬伤。她还给孟聪和常友青吃了退烧药，在同一时间使用多种药品可能会有些后遗症，但是情况紧急，也顾不得那么多了。

无论是现实世界还是上一期或这一期，宋睢窈都不是学医的，这项技能在她这里暂时不需要费心去学，毕竟医者不能自医，可她最需要救的人是她自己。

所以她只会简单的伤口处理，帮常友青把溃烂的肉都剔掉后再简单地上药，再喂点儿消炎药什么的，剩下的也只能看常友青自己命够不够硬，能不能扛过去了。

此时，文珠怜等人正马不停蹄地朝着他们的方向赶来，衣服擦过灌木，脚在泥泞的地面留下脚印，汗水也滴落在上面……

黑暗中，灌木发出沙沙的声响，一个小山般的身影缓缓从灌木丛里钻出，低头嗅了嗅地上的脚印。

处理好一切，每个人都找到了房间好好洗漱了一番，换上了衣柜里干净的衣物。像是为了弥补母子俩的过错，黎欣一个人在楼下给大家做好了饭，期期艾艾地喊他们下来吃饭。

每个人都饥肠辘辘，即便黎欣的厨艺很一般，大家也吃得狼吞虎咽，像吃到了什么人间美味。

直到吃完晚餐，胃里有了东西，在舒适安全的环境中，人们的情绪才放松下来，随之而来的，是绝境逃生时根本没有时间去感受的种种情绪，被扔进这种地方的崩溃和绝望，还有亲眼见到同伴被吃掉的恐怖，以及对充满未知的未来的恐惧，如同汹涌的潮水将他们席卷。

他们坐在沙发上，抱头的抱头，啜泣的啜泣。

埃文斯也坐立不安，看向宋雎窈。

宋雎窈是现场唯一看起来冷静的人，她微微蹙着眉，捏着下巴陷入沉思。她的领袖气质已经逐渐显露，在经历过昨夜的狼口逃生事件后，其他人心里隐隐已经将她视作领袖，见她这样，都不由得期待地看向她，连他们自己都不知道在期待着什么。

“比起繁星集团把我们骗到这里当不为人知的小白鼠，直播综艺都是骗人的，我更倾向，我们确实正在直播中。有很多观众正盯着我们的一举一动。”宋雎窈说。

“如果只是普通的小白鼠，为什么要这么大费周章地找你们参加？你们全都是粉丝众多国民度极高的大明星，如果失踪了，难道不会引起全世界的关注吗？他们为什么要自找麻烦？”

太聪明了！其他人都已经认定了自己只是被繁星集团骗来当小白鼠的，认为直播和综艺不存在了。

繁星集团这一次的产品这么硬核，她应该不可能发现真相吧？

如果她能发现，那真的太牛了！

只有我觉得宋睢窈很冷血吗？礼泉都死了，她还能这么冷静地分析，一点儿也不难过呢。

真千金冷血就没必要去救他们了 OK？

杠精只会迟到，不会缺席。

求生岛乐园项目组工作人员也不由得竖起双耳，瞪大眼睛看着屏幕看看宋睢窈怎么说。

其他人顺着宋睢窈的思路一想，觉得有道理，纷纷发散思维。

“你的意思是，繁星集团确实在进行综艺，在搞该死的直播，但是为了付出的能和得到的成正比，这场直播肯定能为他们带来比麻烦更大的收益。”利斯坦额头青筋暴起。

埃文斯：“这是一场暗网里进行的直播？”

“面向部分有钱人的血腥猎杀游戏？”

“看普通老百姓觉得没意思，看我们这些名人更有趣？”

“太过分了，怎么可以这样！”

“草菅人命，罔顾法律，真是个黑心肝集团！”

他们脑子里是各种惊悚的糟糕方面的可能性猜想，而且越想越觉得有可能，说得越发信誓旦旦。

宋睢窈默默听着，像被他们引导了一样，没有说话，只是偶尔垂眸，优雅地饮着杯中的热茶。

求生岛乐园项目组：集团风评被害得好惨。

观众们：如果不是我们就是看直播的人，差点儿就信了你们的分析。哈哈哈太有趣了！

利斯坦气得站起身，朝着各个方向疯狂比中指，无声辱骂也许正在看着他们狼狈奔逃哈哈大笑的丧心病狂的观众。

求生岛乐园项目组：……

观众们：……谢谢，有被比到。哈哈哈，太好玩了！

其他人都在看利斯坦怒比中指的样子，江白奇的目光却越过利斯坦，落在了他身后正在饮茶的宋睢窈身上，这个少女静如处子动如脱兔，饮茶的画面像画一样漂亮。

他们在据点的衣柜里放了多种衣服，此时嘉宾们几乎都换上了最舒适最休闲的衣服，只有她和埃文斯换上的依然是冲锋衣、速干裤这类最适合野外求生的衣物。

埃文斯肯定是听从妹妹的话，也就是说，她仍然在保持警惕，在其他人已经被温暖的灯光、食物和柔软的沙发腐蚀的时候。

她的脑子里，对他们现在的情况，一定有另外的猜想，只是她没有说出来。

江白奇捂着嘴，心里充满了好奇，灰扑扑的双眼注视着宋睢窈一动不动，当镜头不小心被挡住时，他下意识地探头往后看去。随即他像是发现自己在做什么，愣了一下，有些懊恼。这时，电脑传来邮件投递通知，这个特别的电邮投递声音，是为了能在第一时间看到屠龙公主的信息而设置的，以前听到这个铃声，他总是很开心，此时却莫名有一种心虚感。

他迟疑了好一会儿才打开，看到是她的经纪人发来的送他新书样本的信息，才微微松了一口气。

他觉得自己好像移情别恋的渣男，明明……明明之前跟她的邮件往来是那么愉快。

即便有柔软的床铺，这一夜也注定是很多人的无眠之夜。

他们脑子里的东西太多，纷纷扰扰。

宋睢窈刚洗完脸出来，就听到房门被敲响，她打开了门。

黎欣端着一杯牛奶，表情不自然又期盼：“睢窈！”

我开始尴尬了。

到底是亲妈，如果能说开也是好的吧？

说什么开？事实不是就摆在眼前吗？文家只要文珠怜，之前宋睢窈被 diss，也没见他们谁出声维护过她！

可是，文珠怜到底养了那么多年，感情哪里是说断就断的？

宋睢窈看到黎欣，微微一愣：“黎女士。”

听到宋睢窈这么喊她，黎欣感情很复杂，可是她并没有资格要求什么。

“我想着你没睡，就给你端杯牛奶，有助睡眠。这几天辛苦了吧？”黎欣有些勉强地挤出笑容说。

宋睢窈接过牛奶，客套地说：“谢谢，你们也辛苦了。”

宋睢窈这架势好像话题结束了，可以各回各屋了，黎欣却像还想跟她聊什么，踌躇了下，又说：“睢窈啊，我们之前不知道你这么优秀，以为你过得不好，所以，珠珠一直想要我们把你接回来，她……她虽然不是你的亲妹妹，但是她的心是好的。”

宋睢窈明白黎欣的意思了，原来如此，知道现在他们可能要依靠宋睢窈才能有出路，但是又怕宋睢窈趁机报复文珠怜，或者对文珠怜少关照一点儿，所以特地来说情的。

……好无语，结果是为了文珠怜？

文家人对假千金的偏心，不用再多说了吧？

但是，这是可以理解的吧，文珠怜那么优秀，试问多少年才能出这样一个天才啊，而且养了那么多年。

说得好像真千金不优秀一样。

宋睢窈点了点头，很平静很温和，像对待这个屋子里的任何一个人一样："我相信她的心是好的，很晚了，您快点儿回去休息吧。"

"好。"黎欣也只能离开了。

黎欣的房间就在李达达旁边，见李达达从楼下拿了烟上来，黎欣拉住她的手说："你父亲不会有事的。"

"是吗？"李达达眼中闪过一丝什么，朝她勉强笑了笑，"珠珠也不会有事的。"

她们低头，看到手环上，文珠伶他们的绿色光点在缓慢地向他们这个方向移动。

宋睢窈握着温热的牛奶杯，走到阳台上，周围并没有什么风景可看，都是森林，明月高挂，皎洁中混杂着不祥的猩红。

楼下的阳台上，传来了利斯坦和艾迪森的声音。

宋睢窈并非有意偷听，而是这个别墅的隔音效果并不怎么样。

"我们谈谈好吗？"利斯坦说。

"……好。"随后是艾迪森那总是充满踌躇不确定感的声音。

父亲是国际硬汉影星，艾迪森却是一个瘦弱的少年，今年 17 岁，但看起来比他的年纪要更小一点儿，他相貌清秀，身形羸弱，说话口气总是充满不确定感，孤僻不合群，在学校里被同学当成怪胎，父子俩的相处一直都很奇怪。

像他们中间隔着厚厚的一层什么。

这个刚刚在楼下狂比中指，看起来乐观又强壮的男人，这时和瘦弱的儿子面对面坐着，脸上一双炯炯有神的眼睛神色复杂地盯着儿子。

艾迪森那双遗传自母亲的大眼也看着他，只是充满了不自在。

"你也知道，我们现在陷入了一个困境中，也许什么时候，我们就要道别，所以，我觉得我们需要谈谈心。"

艾迪森："……你想谈什么？"

“你在学校怎么样？”

艾迪森：“就那样。”

“你交女朋友了吗？”

艾迪森：“呃……有，也许。一个低年级的女生。”

“哇，她怎么样？”

“还……还可以，挺酷的。”

宋睢窈：……

观众们：……

非常父子的聊天了。

宋睢窈听着父子俩僵硬地聊了几句，端着牛奶刚要进去，又听到楼下传来的声音。

艾迪森：“我一直记着。”

利斯坦愣了一下：“什么？”

少年说：“5 岁的时候，妈妈在我面前上吊了。”

宋睢窈怔住，只听到楼下一阵沉默，随后利斯坦说：“你能原谅我吗？”

艾迪森仍然是那种有些温暾的口气，说着让父亲心碎的话：“我想我不能。”

> 啊啊啊，我记得利斯坦的妻子是因为抑郁症自杀的！
>
> 我的心碎了，原来……
>
> 难道是产后抑郁吗？
>
> 哭了。

楼下已经没了声音，宋睢窈轻轻舒了一口气，走进卧室。

这一夜，每个人脑子里都有很多东西，即便是柔软的床铺也无法让他们安心入眠。礼文灵夫妇在照顾发高烧的孟聪，常母也在照顾常友青，李达达在阳台抽了一支又一支烟，弹幕在争论她这到底是崩人设还是担心父亲压力大可以理解，黎欣和文英霆担心着家人，也为间接害死礼泉的事而内疚煎熬……

隔壁传来一阵轻轻拨弄吉他的声音，是有妹万事足的埃文斯在写歌……

翌日。

阳光将这座幽暗神秘的海岛缓缓照亮。

别墅里的人却因为天快亮才睡而仍然处于睡眠之中。

只有礼文灵夫妇起来了，他们红着双眼，将礼泉僵硬的尸体抬出了别墅，带上了铲子，进了森林。

另一边，文珠怜一伙人，沿着河岸往下走，在泥泞的岸边留下一连串的脚印。

休息期间，一个擅长爬树的同伴爬到了树顶去看四周环境，随后看到了远处的屋子尖尖。

“据点！他们在据点里！”同伴惊喜地大吼。

队伍的人瞬间惊喜万分，他们的食物已经没了，每个人都是想着参加综艺，心态放松地只带了部分食物，根本维持不了多久，一些带来的电器，比如烧水壶，早就摔坏了，也遗失了很多，有人因为喝了不干净的水，已经上吐下泻了一整天，眼看着就要死掉的样子。

这个时候，他们发现了据点！据点里总会有点儿有用的东西吧！

看到了希望，他们又起身咬着牙出发了，终于在夜晚抵达了这座温暖极了的别墅前。

“妈！哥！”文珠怜当即大喊出声，楼上的黎欣和文英霆探头一看，惊喜万分。

一群人的到来，当即让整座别墅热闹了起来。

“快快快，快进来！饿了吧？我马上给你们准备吃的！”

“有人受伤了，妈，有没有药品？这里需要急救！”文珠怜立即立起了人设，四处操心起来，“青哥怎么样了？常阿姨呢？我快担心死了！都怪我，如果不是我没有拉住珍珍……”

常母看到文珠怜，开心极了，被她拉着嘘寒问暖一番，就好像被自己的贴心小棉袄温暖了一样，连连点头：“你青哥身体很强壮，毕竟还年轻，已经快退烧了！珍珍的事……怪谁也怪不到你身上……”

“达达！达达你怎么样？你看，我把你父亲平安无事地带过来了！”

“灵姐，礼泉呢？”

文珠怜一来，就像主人家一样自在活泼，每一个人她都嘘寒问暖一遍，掌握了主动权。她向来是这样的人，无论什么时候，都要做人群的中心。

这时，宋睢窈和埃文斯从外面走了进来，她没有去看来的一群人，他们的到来通过手环就能知道，没有什么值得惊讶的。

她只是皱起眉头，盯着被踩得脏兮兮的地板。

文珠怜连忙说：“睢窈，你不要介意，我们等一下会擦干净的！”

宋睢窈却直接蹲下身来，手指捻起地面的泥土盯着看了看。

礼文灵等人见她这样，不由得有些紧张起来：“睢窈，怎么了？”

宋睢窈脸色微变，抬起头严肃地看着文珠怜：“你们是怎么过来的？”

“就……就走过来的啊。”文珠怜像是被吓到一样说。

文珠怜一行人顿时不满地出声：“不是走过来，还能飞过来吗？”

“问的什么废话！”

“你有话直说行吗？卖什么关子！”

“你们闭嘴！”礼文灵吼了一句，经历过礼泉的事后，她的神经变得非常敏感，毕竟她还有一个儿子需要保护，而这一个孩子，她绝对不会再让他有任何意外，“睢窈，怎么了？”

宋睢窈捻着土：“这是北方，也就是我们过来的地方特有的黏土，虽然很黏，陷入鞋底防滑纹里会很让人苦恼，但是泡在水里的话很容易就会掉，如果鞋底长时间接触水，是不应该带到这个地方来的。也就是说，你们没有渡河，而是一路绕路过来的。”

“你说的是什么废话，我们刚刚不是说了就是走过来的吗？还专门分析一下，秀一下自己懂得多啊。”年轻人不耐烦地说。

“睢窈，他们没有渡河，有什么——”忽然想起什么，礼文灵表情骤然僵住。

所有听宋睢窈说过那件事的人，表情都凝固了：

棕熊的嗅觉是猎犬的7倍，衣服擦过树叶留下的气味它们也可能捕捉到，必须通过河流，才能切断棕熊的追踪……

寒气从脚底蹿上天灵盖，所有听过宋睢窈科普的人心跳都开始加速，那头食人熊的恐怖瞬间笼罩在每个人的头顶。

礼文灵看向宋睢窈，声音颤抖：“他们把食人熊……带来了？”

妈呀！

不是吧？！

我头皮发麻了，那头熊一直跟在文珠怜他们身后吗？

这才消停了多久，真的被文珠怜这群人害死了！

珠珠他们又不知道这件事，而且熊也不一定跟过来吧，干吗把宋睢窈说的话当圣旨，熊没来的话不怕尴尬吗？

“什么？熊？”文珠怜蒙了。

“什么叫我们把熊给带来了？我们什么也没干！你别瞎说！”其他人也被吓了一跳。

然而，他们话音刚落，一道闪电忽然从夜空劈过，森林中群鸟乍起，飞向天际，一种恐怖的氛围瞬间弥漫开来。

刚刚说话的人忽然表情僵住，大张着嘴巴，伸出手，颤抖着指着前方：“那里……好像……”

所有人立即转头看向那人所指的地方，只见幢幢树影间，一座小山一样的黑影立在那里，每个人都头皮绷紧。

“是、是熊吗？”

“熊真的来了？”

“不要啊……”

刚刚不信自己带熊过来的人下意识往后退，像互相取暖的仓鼠一样凑在一起。比起礼文灵这些只见过一次熊的恐怖的人，他们这些一路走来，见到过尸骸的人其实更加了解那头食人熊的恐怖，心里的恐惧更加巨大，因此才更不敢相信他们把熊带来的话。

那实在是太可怕了！

宋睢窈往前走了两步，定定地看着那个黑影一会儿，说：“那不是熊。”

只是灌木的影子。

“好像真的不是，一动不动的。”

发现那只是错觉，并不是熊后，所有人顿时松了一口气，发现自己背后一片冰冷，衣服都湿透了。

“我就说，我们不可能把熊带过来，这怎么可能嘛。”

“睢窈，你怎么看？”礼文灵问，见宋睢窈不出声，她就放心不下。这座别墅之前看着还那么美丽温暖，可是一想到熊，顿时就毫无安全感可言，那脆弱的落地玻璃设计，能挡得住那头体长超过 2 米，体重超过 500 公斤的成年棕熊的攻击吗？

“做最坏的打算吧。”宋睢窈说。

宋睢窈这么说，他们的心都咯噔了一下，礼文灵他们看向文珠怜的眼神里有了一些不满，他们才刚刚脱离险境，这伙人居然就把熊给带过来了！

文珠怜见此，心里暗道不好，发生了什么？这么短时间内，宋睢窈就收服了他们吗？文珠怜心里冒出了危机感，顿时红了眼眶，懊恼自责：

“对不起，都是我们不好……”

“你是在责怪我们吗？”那个年轻人——陈若立即说，他是摇滚乐队贝斯手，人气不怎么高，这一次是蹭了前主唱的热度来的。因为前主唱是个孤儿，这几个小时候一起长大的前乐队成员就是他的家人——哪怕这些人在乐队火遍半边天后将他赶出了乐队。

大概是因为这样，所以他们才想要抱文珠怜的大腿，希望她能给他们写首歌，让他们重回巅峰。哪怕现在他们好像是被繁星集团骗了，他们也觉得文珠怜是一个天选之女，所有人都围着她，跟她在一起会比和其他人在一起更有存活的可能性。

你看他们跟她一起，一路上虽然看到了尸骸，却没有碰到熊不是吗？

“且不说熊是不是真的跟着我们，就算跟着我们，我们就必须把它引开，不能来这里吗？”

“你厉害倒是一开始就跟我们说啊，你不说我们怎么知道怎么办？而且这个据点是大家的，谁都能过来好吗？”乐队成员们说。

“好了，别说了，我们还是听专家的话吧。”前主唱，现在的 solo 摇滚歌手潘跃说。他脸色苍白，捂着肚子，看起来非常难受。

“阿跃，你怎么能这样，一路上珠珠都在照顾你，你怎么……”

“你们什么意思？你们把我们带入险境，现在还理直气壮什么？”礼文灵见他们居然还敢你一言我一语，顿时不悦地出声。她真的受够文家人了，文英霆害死她儿子，现在文珠怜他们又可能把熊带来，这让她感到一阵窒息，她以前怎么会跟这种人交好？她是被屎糊住了眼睛吗？

“做错事道歉就好了，也没人要把你们赶出去，现在推卸什么责任，不管你们知道不知道，你们就是连累到别人了。”埃文斯讽刺着说。

文珠怜哭了起来。常母顿时心疼万分，黎欣这个妈都还没出声，她就立刻维护道：“你们干吗呢？欺负小姑娘吗？不知者无罪知不知道啊？熊在哪儿？我怎么没看到？一群人欺负一个小姑娘，要不要脸啊？”

现场吵了起来，直播间弹幕也吵了起来，有人觉得文珠怜他们又不知情，就是不知者无罪，有人觉得无罪却害了别人，这种无知就是原罪，无知还死不认错，更是不可原谅，还有人觉得熊有没有跟过来还不一定，宋睢窈就开始引导别人指责文珠怜，是有仗着能力欺负别人的嫌疑……

常母并不知道，已经“死了”的常珍珍等人也正在看节目。

虽然他们面对了死亡，但是脱离了求生岛乐园后，就觉得像是做了一场恐怖的梦，醒来后只是虚惊一场，感觉都还留着，却并未在精神上留下深刻的印记。

原本常珍珍对文珠怜只是有一点点介意，她明明前一秒说了会保护自己，却在下一秒就松了手，尽管这可能是所有人都会做的条件反射，她心里也还是有点儿小疙瘩。

但也只是个小疙瘩。

直到她现在看到常母这么维护文珠怜，一点儿也没迁怒文珠怜。礼文灵儿子死了，她立刻翻脸，还迁怒了整个文家，可她妈居然还是那么宝贝文珠怜，对比实在是太鲜明了，以至于常珍珍心里十分难受。

她原本以为母亲虽然喜欢文珠怜，但是更爱的理所当然是自己的女儿，结果现在看来，她好像更爱文珠怜。

这让她心里有些恨上了母亲和文珠怜，她觉得自己好像看清了什么。

求生岛乐园内，玻璃别墅据点。

两方争吵期间，天空下起了倾盆大雨，文英霆立即说：“下雨了，雨水会冲刷掉气味，熊就算在找我们，也应该找不到。如果它一直近距离地跟着他们，他们也不可能没发现，所以应该没事。”

文英霆一出声，他们就像找到了什么强有力的依靠一样：“霆哥都这么说了，肯定没问题。”

宋睢窈淡淡地看了文英霆一眼，带着埃文斯转身上了楼。

那轻飘飘的一眼，好像也没有多少情绪，可文英霆却忽然感到十分难堪，也对自己的判断产生了怀疑。可是他回想自己的判断。又觉得怎么想都没有错，下了这么大的雨，肯定会把气味都清理掉。

礼文灵他们则明显翻了个白眼，并不相信文英霆的判断，他的判断没有一次是对的，前天晚上让他们等文珠怜半个小时，结果没两分钟狼群就来了，该跑的时候又让他们慢慢退，结果让他们错失了逃跑的时机，害死了礼泉。他哪来的脸在这里发言？真是半桶水晃荡。

“事到如今，你们爱信不信，但是如果到时候拖累了我们，那就别怪我们不客气。”礼文灵狠声道，和老公上了楼，追着宋睢窈去了。

正在外面看直播的礼泉狠狠点头，没错，爸爸妈妈，跟着窈姐准没错！离那些傻子远一点儿！在野外，哪里能心存什么侥幸，就算是野外求生专家，都是小心小心再小心的好吗！

利斯坦也毫不犹豫地带着艾迪森上楼跟上。李达达不想留在这里，也跟着起身，文珠怜诧异地喊住她，李达达脚步顿了顿，还是上去了。

黎欣张了张嘴，最终没说什么，还是留在了自己内心认可的真正的家人身边。

这么一看，还是有人站在文珠怜身边的，这让文珠怜松了一口气。至于那头食人熊，她心存侥幸，觉得他们应该不至于这么倒霉，熊不一定真的会找过来。

另一边，礼文灵他们一路跟着宋睢窈和埃文斯进了她的房间。

“睢窈，如果熊真的过来了，我们要怎么做？”礼文灵问。她儿子还病着，带着他跑显然不太合适，但是这座房子不一定防得住那头熊，他们必须得做点儿什么。

宋睢窈说：“如果是我和哥哥两个人，我会立即带着他离开这里。”

“所以？”礼文灵期待地看着她。她说的是如果是她和埃文斯两个人，也就是说，她现在把他们的安危也算进去了，她不会丢下他们带着哥哥离开的。

“我们现在已经在河流的下游，有红树林，证明我们非常靠近大海，如果再进那条河流，唯一的可能性就是被河流带进大海，这危险比留在岛上大，我们可能会死在大海上。”

宋雎窈拿出纸笔，冷静地画下她脑中推算出来的海岛的大概地图，他们正处于海岛边缘的位置，再出去一些就是沙滩了。

“我们短时间内很难找到另一条河流来切断气味，就算找到，也只有出海一条路，在海上的死亡威胁比熊还大。所以如果那头熊真的跟过来了，不想坐以待毙或者一直忍受它在后面追杀的威胁，我们唯一的办法就是在被它杀掉前，先杀死它。”

本来不用这么麻烦的，偏偏文珠怜那群人一路留下痕迹，给了熊追踪他们的线索。

“杀掉它？那头食人熊？”那么庞大，真的有可能杀掉它吗？

“非常难。在野外，带枪的猎人惹到了熊也够呛，有时候哪怕数枚子弹击中了熊，也无法阻止它的行动。”

这话让众人感到一阵无力和绝望，连枪都不一定能杀死熊，更何况他们手里根本就没有枪。他们早就已经里里外外将这座别墅搜了一遍，没有发现任何武器。唯一有点儿杀伤力的，大概就是厨房里的菜刀和水果刀，但是这两个玩意儿，怕是还没捅到熊，他们就已经先被熊撕碎了。

“也不是没有办法。”宋雎窈说，“我有一个计划，但是得看那头熊能不能给我们足够的时间。”

第十八章

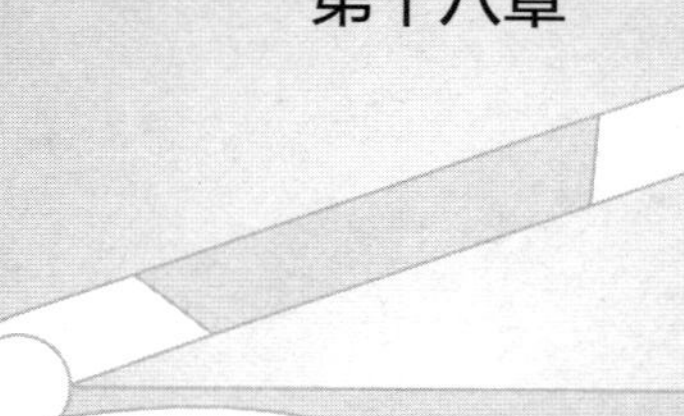

即发

宋雎窈的杀熊计划引起了全体观众的注意。

杀熊！太刺激了吧，那头熊真的能被人类杀掉吗？那么大一头熊，简直就像怪物一样。

好奇宋雎窈的计划，是设置陷阱吗？挖个洞，洞底下布置暗桩什么的？

那头熊那么大，挖洞得挖多大啊，再说这种陷阱风险太大了，根本不知道熊会从哪里出现，又怎么把它引到陷阱前，我觉得以宋雎窈的聪明，应该不会做风险这么大的计划？！

搞得这么严肃正经，万一食人熊没有出现，岂不是尴尬了？

雨下了一夜，翌日地面都湿漉漉的，还下着蒙蒙细雨。

平安度过了夜晚，再加上天光，让昨夜受惊的人们有了安全感，逐渐放下了高高提起的心。

宋雎窈给礼文灵他们都安排了任务，吃过早餐后就要行动了。

礼文灵不太愿意被这些讨厌的家伙占便宜，于是对正在餐厅吃早餐的人说："为了以防万一，我们要为杀熊做准备，你们要不要一起？"

影后出声，其他人面面相觑。

陈若问："要做什么？"

"我和我老公的任务是去海边捡贝壳，利斯坦和艾迪森是去挖硫黄。你们可以选择跟我们一起，或是跟利斯坦他们一起。"

“要出去啊……”他们有些迟疑，他们虽然嘴上说着不信熊跟着他们来了，但心里其实还是害怕的，想到万一熊就藏在森林里，就不想从这屋子里出去了。

陈若笑道：“杀熊？杀那头熊？怎么杀啊？”

礼文灵听到他那令人厌恶的口气，沉下脸：“你管别人怎么杀，做不做？”

“灵姐，不要吵架啦。”文珠怜连忙站起身来说，“是睢窈的计划吗？她打算怎么杀熊呢？如果大家要一起行动的话，她总得给我们解释清楚不是吗？大家都是冒着挺大风险的，应该大家一起商量才对。”

“对啊，不能她说什么就是什么吧。”

“我们的计划是出海，难不成还留在这里等死吗？繁星集团还不知道想怎么搞我们呢。”

我以前还挺喜欢文珠怜的，怎么现在越看越不顺眼？

就想问问文珠怜除了会写歌，人格上还有什么魅力？

出海？不会以为靠着个竹筏，就可以漂洋过海吧？

珠珠每年做多少慈善麻烦你们上网搜索，而且她哪里说错了？宋睢窈是领导人吗？就算是领导人，做计划也应该跟队员商量吧？

不解释清楚就想让人冒险豁出性命，人死了她能负责吗？

“睢窈和埃文斯早就出去了。算了，你们不做就不做吧！”礼文灵后悔了，商量？他们那空荡荡的脑子里有东西跟宋睢窈商量吗？

与此同时，她忽然想起之前自己也是他们这群人中的一员，对宋睢窈心存歧视，满怀恶意地看待她的一举一动，一心偏袒文珠怜，她可算知道自己当时有多讨人厌了，宋睢窈人是真的好，才没有跟她计较。

“等等，我跟你们一起吧。”潘跃站起身，他脸色还有些不好，但是昨天已经吃了药，应该没有大碍了。

潘跃也提了个篮子，跟着他们出去了。

陈若冷嗤了一声：“潘跃这家伙还真是老样子。”

文珠怜说：“就……大家就等晚点儿睢窈回来，问问她具体的计划吧毕竟要一起行动，互相理解对方的想法还是很重要的。有人要洗床单吗？那边有洗衣机，拿过来一起洗洗吧，出太阳了呢。”

昨天有不少人澡都没来得及洗就瘫床上睡了，因此文珠怜一说，有几个人就拿了床单过来。

文珠怜和其他人一起在别墅外面拉起了绳索，用来悬挂床单，在阳光下，美丽的女孩和洁白的床单，还有苍翠的森林，看起来就像漫画一样清新美好。

常母和黎欣还有献殷勤的陈若一起帮忙，四人干活干得很快乐，在旁边围观的男人们也觉得这场面很美好。

常友青终于退了烧，整个人都精神起来了。死里逃生了一次，他觉得他的心境有了变化，一直以来的瓶颈，终于突破了，之前不敢接的那个剧本，或许可以接了，他有信心可以拿奖。

他走出来，跟这些人打了招呼，看到他妈精精神神的，露出了笑容：“妈。”

“儿子！”常母看到儿子下了床，惊喜极了，马上奔过来一顿检查，又跑去把给他熬的粥端出来让他吃，搞完这些，才又笑容满面地出去找文珠怜。

“珠珠，你看我儿子，身体贼棒，年轻人就是不一样。”常母说，常友青 34 岁了，文珠怜才 18 岁，常母老是惦记着常友青能把文珠怜娶回家，又怕文家嫌弃常友青年纪大，一直强调常友青还年轻。

文珠怜有些尴尬地笑了笑，心里却很得意，常母是那么喜欢她。

“小欣啊，珠珠真的是优秀，你们选择她是对的，要我我也选她。”常母说。

黎欣顿时脸色有些不好起来，暗道这个女人真的没情商，这都说的是什么啊，山野村妇也不知道感恩，要是没有宋睢窈，他们母子俩早就死了。

陈若:“我赞同！”

一阵穿林风骤然袭来，一张白色的床单被掀飞上天，落叶纷飞，树枝沙沙作响。

他们下意识抬头去看那张被掀飞的床单，就在这么一瞬间，变故陡然发生。

正在餐厅喝粥的常友青手上的勺子掉落在碗中，表情惊恐、瞳孔颤动。

所有人都瞪大双眼看着同一个方向，世界所有声音都消失了，只有他们心脏狂跳、血液在血管里疯狂奔流的声音。

意外的发生，从来没有任何预兆。

那头棕熊，就这么突然地、毫无预兆地从森林里走了出来，出现在了所有人眼前。

直播间的观众被吓得一时弹幕都空了。

“啊！”有谁惊恐地尖叫了一声，在外面的人立即冲进别墅中。陈若立刻跑起来，却被一块石头绊倒在地上。

文珠怜和黎欣吓傻了，直到文英霆冲出来，将她们扯动，才连忙跑起来。

常母却被丢在了原地，她年纪大，反应不够快，整个人僵在那里，那头棕熊朝着她冲了过来。

眼见着那小山一样的熊扑过来，常母大脑一片空白，直到猛然被一把推开，从熊口逃脱，她终于反应过来。

她从地上爬起来，转头，天旋地转。

常友青被咬住了脖子，整个人挂在熊口上晃荡，棕熊咬住了猎物，看到不远处摔在地上又爬起来的陈若，贪心地冲过去一爪子挥了上去，拍在陈若的肩膀上，陈若肩膀瞬间骨头粉碎，整条手臂都被熊给撕了下来，他发出惨叫。

这时，文英霆拿着灭火器冲了出来，冲着棕熊的脸一顿狂喷。棕熊被吓到，它趴下身子，拖着常友青转身就跑了，鲜血淌了一地，延绵进了森林里。

“啊啊啊……”常母发出痛苦无助的尖叫，眼睛仿佛要脱框而出，然而躲在别墅里的人，没有一个能给她提供帮助，包括她最喜欢的文珠怜。

啊啊啊！

视帝凉了！

虽然有马赛克，但是自己脑补的画面更恐怖啊！

活该啊，忘恩负义，自己造的孽，反馈到孩子身上了。

不是喜欢文珠怜吗？不是信文珠怜不信宋睢窈吗？不是熊没跟来吗？惊不惊喜意不意外？

别墅里的人都傻了，那头熊来得快去得快，可它留下的恐惧却像阴云一样笼罩在上空，迟迟不散。常友青就这么被叼走了？他们不由得想起途中见到的尸骸，常友青也会这样，被开膛破肚，被吃得只剩下一些熊嫌弃的部位……

“熊……熊真的被我们给带过来了……”

并不知道别墅那边发生的惨况，宋睢窈带着埃文斯和李达达正在森林里挖硝土，李达达有些害怕周围幽深的环境，尤其是高大的树木和灌木后面。

“你不信我妹妹？”埃文斯见她挖土都不专心，冷冷地问。

李达达愣了一下，摇了摇头：“我当然相信，但是……难免还是有点儿害怕，你们没有看到，那头熊太可怕了。”

“妹妹说不会出现在我们这边就不会。”埃文斯说着，把李达达背篓里的土压实了一些，又往里铲了好几铲。李达达是模特，瘦得很，顿时被压得肩膀差点儿碎掉了。

钢铁直男埃文斯。

除了妹妹，其他女人都不是女人。

哈哈哈活该单身！

宋睢窈从前方走过来，说：“前面有个蝙蝠洞，我们去搞点儿蝙蝠粪便。”

“妹妹，她不信你。”埃文斯趁机告状。

李达达一惊，连忙说：“没有的事，我只是有点儿心理阴影，那头熊太可怕了！”

宋睢窈微笑着柔声安慰：“我知道，没关系，不用害怕，文英霆说得也有道理，大雨会冲刷掉气味，而且现在空气中水汽很重，也会影响到熊的嗅觉，它没那么容易找到我们的。”

李达达听着她的声音，放松了下来，点了点头。

宋睢窈带着他们往蝙蝠洞走去，眼眸弯了弯。

——除非，一大群人聚在一起，产生比较浓的气味，让嗅觉灵敏的熊顺着空气里的味道找过去。

蝙蝠洞穴阴冷潮湿，气味难闻，埃文斯一脚踩上去，土地特别松软，鞋子立刻陷了进去。

宋睢窈：“出来点儿，里面都是蝙蝠屎。”

成百上千只蝙蝠倒吊在洞上面睡觉，只有在排泄的时候它们才会倒转过来，拉完再重新倒挂着，因此，地上都是它们的排泄物。

埃文斯立刻像踩到一只蟑螂一样缩回脚，奋力在地上蹍踢踩，表情扭曲，嫌恶至极。

宋睢窈有些无奈，为了减轻埃文斯的不爽感，说：“蝙蝠粪便加工后是很名贵的中药，叫夜明砂，可以用来治疗疟疾、夜盲症、白内障、角膜损伤等，现在也是我们非常重要的宝贝。蝙蝠粪便在它们的巢穴里发酵，会形成天然的硝酸，这里面的粪便，能提取出比我们这些硝土还要多的硝酸。”

而硝酸的一大作用是什么呢？

——“想要杀掉那头熊，我们需要强大的武器，枪我们是做不出来的，但是我们可以做另外一个东西。”昨夜，宋睢窈跟伙伴们说她的计划。

“什么？”一群人不由得将脑袋凑过去，像在进行什么秘密计划一样。

“人类伟大的发明——火药。”

“火药？！”礼文灵他们惊呆了，“火药？等等，你说的是火药？”

直播间里的观众也傻眼了，无论是现实世界里的，还是虚拟世界里的。

这是不是有点儿太硬核了？他们以为她是要挖陷阱什么的，结果她居然要制造火药？

宋睢窈却好像没有明白他们震惊的点，解释道：“如果要制造爆炸非常简单，白砂糖和洗厕剂或者粉尘、玻璃瓶都可以制造，但是，我们需要威力更大的东西，这个别墅里的东西太少，我们只能从自然界获取东西，制造火药……”

“不是，我们能制造出火药吗？”礼文灵问。作为一个艺人，她打死都想不到自己会有制造这种杀伤力武器的一天，有点儿魔幻。

宋睢窈说：“可以，只要能获得硝酸，火药制作就很简单。大自然给了我们很多馈赠，解决一切困境的办法，其实它早已经给了我们。沙滩上的贝壳、森林里的硝土、蝙蝠洞里的蝙蝠粪便、燃烧过后的草木灰等，都是能获得硝酸的东西。东南海岸那边甚至还有硫黄，你看，需要的材料已经全部给我们了。

“但是我们需要大量的时间，熊或许不会给我们太多时间来制造火药，所以，明天我们要分头行动。”

“灵姐，你和姐夫去沙滩捡贝壳，可以早点儿回来照顾孟聪。利斯坦，东南海岸是火山平原，那里可以找到硫黄，但有点儿远，可以麻烦你跑一趟吗？我和埃文斯还有达达去森林里挖硝土，顺便找找看有没有蝙蝠洞穴。”

宋雎窈有条不紊地分配任务，口气平静温和，让人打从心底升起一种信服感，忍不住产生一种期待和盼头，期待着她带领他们走出黑暗。

他们没有异议，宋雎窈分配得非常合理，礼文灵夫妇需要回来照顾孟聪，利斯坦的体力是所有人中最出色的，可以去比较远的东南海岸，宋雎窈他们要做的事情比较多，回来还要从葡萄酒里提取糖，别墅厨房里的那点儿糖根本就不够用。

幸运的是，这个别墅里有一个小酒窖。

第二天，他们就按照宋雎窈计划的开始自己的那部分工作。

在宋雎窈三人在蝙蝠洞铲屎的时候，求生岛乐园，东南海岸方向。

利斯坦按照宋雎窈的指示，带着艾迪森一路朝着东南方向出发，终于找到了火山平原地带。

空气变得滚烫起来，二氧化硫的气味弥漫，黑色的岩石层缝隙里冒出白烟，偶尔能从缝隙里看到红色的岩浆。

绑着宋雎窈昨天晚上用木炭临时给他们做的简易防毒口罩，以防空气中的二氧化硫浓度过高让他们中毒，父子两个小心踏过火山平原地带，找到丘陵，终于开始有少量的植物，并且在山里发现了一个“咕噜咕噜”冒泡的小小的温泉。

“哈哈！”利斯坦露出胜利的表情，他挺担心不能完成宋雎窈给的任务的，一路走来，还担心是不是走错了方向，现在看来没有。他擦了擦自己那张硬汉脸上的汗，他浑身已经湿透了，鼓起的肌肉都汗津津的。

艾迪森也抬起袖子擦了擦瘦削的脸上的汗，这一趟是他以前两个月的运动量了。

父子俩喝了几口水，及时地补充了水分，原地休息了一会儿，放下背上的背篓，跪趴下来，拿出小锄头，开始挖硫黄。

这里居然真的有火山平原！宋睢窈是怎么发现的啊！

昨天宋睢窈说让利斯坦和艾迪森到这边来搞硫黄的时候，我还满脑子都是问号，她怎么知道朝着这个方向走有火山？

是因为她那个迷你探测仪探测到了空气中的二氧化硫吗？

光凭空气里的二氧化硫含量，不能知道前面有火山吧，从火山平原到玻璃别墅据点还挺远的，利斯坦他们跋涉了一个上午才到，二氧化硫飘到那边，含量微乎其微了吧？

好好奇啊！

通过河流和红树林知道沙滩的位置很好懂，但是她是怎么知道她没去过的地方有火山的？观众们一直在看直播，确定宋睢窈和埃文斯没有去过东南海岸。

好在好奇的不只有他们。

李达达也很好奇，挖了硝土和蝙蝠粪便，三人往回据点的路上走，她就问了。

“岛上会有火山吗？”

“有啊，你们不是都看到了吗？”宋睢窈走在前方，用树枝在前面扫路，防止落叶底下藏着蛇。

李达达：“你胡说，我没看到。”

宋睢窈愣了一下，随即解释道：“坐直升机来这边的时候，不是能看到整个海岛吗？东南方向的海岸几乎寸草不生，而且大海与海岸相交的地方不停冒出大量白色烟雾，那是岩浆流入大海和海水接触产生的盐酸云，盐酸云导致那片区域落下的雨水都是酸雨，所以植物很难生长。”

直播从他们还在直升机上的时候就开始了，每个人包括虚拟世界和现实世界的观众，都能从鸟瞰视角看到整座岛屿的形状，自然也看到了宋睢窈说的方向冒出来的白色烟雾，然而几乎没有人去想那是什么，或者干脆都没有注意到。

这就是能进入霍瑞兹大学的天才与我等凡人的区别吗？

所以从一开始，她就已经初步掌握了这座岛屿的构造啊？

她刚刚那一愣，就好像是天才被问了个一加一等于多少这种简单的问题，她很惊讶为什么有人会连这个也不知道，我感觉膝盖受了一箭！

这就是强者的世界吗？

而另一边，沙滩上。

礼文灵夫妇和潘跃也捡了很多贝壳，因为宋睢窈说了越多越好，所以每个人都捡了一背篓还不够，又用衣服兜了一兜，回去的路上歇歇停停，大汗淋漓。

他们心里也恐惧会不会突然撞见熊，但是一方面信任宋睢窈，她说了不会遇到熊应该就不会遇到，一方面想到别墅里还在床上的孟聪，保护孩子的强烈决心让他们有了勇气踏出那个脆弱的保护地，走到外面的世界里。

宋睢窈一伙人有条不紊地进行着自己的工作。

而玻璃别墅据点内，却是一片混乱。

陈若生生被熊撕扯掉了一条手臂，肩膀骨头也粉碎了，偏偏他还没有痛到休克，整个人清醒着在受折磨，惨叫连连，几乎在地上翻滚起来，鲜血从断臂处直涌出来，很快，整个大厅都是他的血。

“啊啊啊！”

“啊啊啊怎么办？怎么办？”其他人也吓得半死，他们这里没有医生，所有人都是第一次见到这种惨况，而且还有常友青被熊叼走的事，每个人的大脑都是空白的，根本不知道怎么做。

也只有文英霆是稍微冷静一些的。

“快，先给他止血，拿个什么东西来堵一下……”但文英霆的冷静也有限度，他的脸色也是白的，手也在微微颤抖，看着急救箱里一堆的药，根本不知道要给陈若用什么。

文珠怜吓得半死，心有余悸地和卫言面面相觑，虽然他们是明星玩家，死了就只是回到现实世界而已，但是，这种死法未免也太恐怖了吧！这个繁星集团真的是太黑心肝了！

陈若痛苦得大吼："啊啊啊找宋雎窈，快点儿找宋雎窈来救我……"

"对！找宋雎窈啊！"

"问题是去哪里找，她一早就出门了！"

"早知道这样的话，就应该相信她的，食人熊真的被我们带过来了！"有人吓得崩溃了，抱着头痛苦地道。

"相信不相信有什么区别？那头熊都会出现啊！宋雎窈今天在的话，情况也不会有变化吧！"

"我们明明看到那条河了，也看到他们扎木筏留下的痕迹，我们应该学着他们渡河的……"

"宋雎窈为什么不给我们留字条，她早说我们就不会把食人熊带来了……"

强烈的恐惧，让他们开始崩溃地寻找发泄口，互相指责，将过错怪罪在别人身上。

真是服了，这些人自己作死，还怪宋雎窈没留字条。

好惨，宋雎窈也真的是，考虑了那么多，偏偏漏了他们可能会把食人熊引来这件事，要不然留下一张字条就没有今天这回事了。

宋雎窈有义务给他们留字条吗？说起来确实是他们在害人，他们一开始就不是冲着据点来的，而是冲着宋雎窈，想要得到她这个野外求生专家的庇护，所以，宋雎窈他们真的是受害者，被这些人给牵连了。

想要得到别人的庇护，又是这种恶劣的态度，活该喂熊！

“这样下去不行，你的威信……”卫言凑到文珠怜耳边说。他们都在喊宋雎窈，很显然这一次事件过后，宋雎窈的威信会在他们之中大大提高，而文珠怜自然只能降下去了。

文珠怜闻言心里顿时升起强烈的危机感，她一下子站了出来。

“我这就去找宋雎窈，陈若，大家，你们等我！”

反正她又不会真的死，而且熊刚刚才叼走了常友青，又被文英霆吓跑了，应该不会那么快再出来觅食了。

果然文珠怜一出声，所有人看她的眼神震惊又感动，哪怕是痛得快要休克的陈若，都惊喜地看向了她。

“珠珠！”文国华当即惊斥出声，那头食人熊不知道躲在哪里，她还要出去找宋雎窈！

“珠珠，你在胡说什么？”文英霆也出声，“你知道去哪里找宋雎窈吗？！”

“我不知道，但手环可以显示位置，我能找到她。我不能眼睁睁看着陈若这么痛苦而什么都不做！”文珠怜坚决地说，起身就往外跑。

文英霆阻止不及，只能连忙抓起那个灭火器冲出去跟上。

“不能让珠珠一个人行动，我也一起！”

“我也一起。”陈若的两个队友跟了上去。

文珠怜人还是不错的。

不知道为什么，总觉得哪里怪怪的，是有点儿圣母吗？

一股热血上头，两手空空就往外跑……有勇无谋！

你们有病吗？人善良是错吗？珠珠本来就是很善良的人，有行动难道没有好过见死不救吗？

唉，珠珠太善良了，多顾着自己一点儿啊！

文珠怜刚跑出去没一会儿，就遇到了捡了贝壳回来的三人。

礼文灵虽然现在讨厌文家，但听说熊真的出现，还有人受伤后，也没有空计较了，指了个大概的方向，看着四人往里跑。

“她倒是还算有点儿良心。”礼文灵说，随即一愣，皱起了眉头。

文家人不能说没有良心，可是仔细一想，他们的良心好像没有半点儿用处，不是害死人，就是在亡羊补牢，可伤害已经造成了。别墅里那些人都站在文珠怜这边，如果文珠怜昨天选择相信宋睢窈，也许今天就不会有这事发生了。

文珠怜几人还算幸运，一路上没有再遇到熊，并且成功找到了宋睢窈。

宋睢窈发现了一棵牛油果树，上面挂满了绿油油的营养丰富的牛油果，在野外求生，怎么能放过这种好东西呢？要知道，别墅的冰箱里并没有这个东西，而且别墅里人太多了，冰箱里的食物即将吃完。

很显然，繁星集团可并没有让他们一直待在据点里的打算。

所以他们来的时候，宋睢窈刚做了一个简易的牛油果采摘工具，长长的树枝上一个兜，兜住高高的树上的牛油果后，一转，牛油果就被摘了下来。

“睢窈！”文珠怜一跑过来，就抓住宋睢窈的手拉着她想往回跑，宋睢窈险些摔跤，刚刚摘下来的牛油果被她这么一扯，摔在了地上。

“干什么？”埃文斯一把拉开文珠怜。

文珠怜喘着气，说：“睢窈，你快回去，没有时间了，出事了，熊真的出现了，它叼走了常友青前辈，陈若被撕了一条手臂，我们都不知道该怎么办，你快点儿回去救救他……”

宋睢窈眉头微蹙：“这是什么时候发生的事？”

文英霆看了看自己的手表：“大概两个小时前。”

“两个小时前？”宋睢窈摇了摇头，蹲下身捡起牛油果，“如果是两个小时前的事，你就不用着急了。”

“什么？”文珠怜心中一喜，面上却十分着急，“睢窈，你什么意思？”

“两个小时前的事，也就是说，陈若现在只有两个结果，一个是已经失血过多死亡，一个是已经成功止血活了下来。没有其他可能性，无论是哪个结果，我急匆匆回去都没有什么意义了。”

“宋睢窈！”文珠怜却像是听到了什么不可思议的话一样，“你怎么能这么冷血？！一个人被熊给吃了，一个受伤惨重，你怎么能这么冷静地分析，你怎么能这么肯定？万一呢？为了万分之一，都不能这么轻率不是吗？这些……这些果子这些土，难道比生命更重要吗？！”

“对啊，你怎么能这样？”两个乐队成员也不满地出声。

矛盾点一出现，无论是虚拟世界还是现实世界的直播间弹幕里，便都出现了不同的声音，争吵了起来。有人觉得文珠怜说得没错，宋睢窈表现得确实过于冷血了，有人觉得宋睢窈根本没错，她又不是外科医生，急匆匆地赶回去有什么用？而且在这种绝境中求生，不冷静的话，拖家带口一起死吗？

帮文珠怜说话的人最好好好想想，到底是谁害了谁？

没错，之前宋睢窈没说过要往最糟糕的方向想吗？他们自己不相信，现在自食其果罢了。

珠珠到底哪里说错了？为了一个万一，放弃几个果子快点儿回去怎么了？就为了几个牛油果？

文珠怜像受不了宋睢窈的冷血一样，转身哭着跑了，另外两人也立刻瞪了宋睢窈一眼，说了句“我们真的没有看错你”，跟上了。

文英霆复杂地看了宋睢窈一眼，连忙转身跟了上去。

“文英霆。”宋睢窈却忽然喊住了他。

文英霆心脏跳了一下，看向宋睢窈。

“一般的熊听到嘈杂声会躲开，但是这头熊喜欢上了吃人，人在它眼里是猎物，所以发出声音反而会吸引它的注意，你们要安静一点儿行动。”

“你少诅咒我们，你们才会遇到熊！”前面的人立即转头愤怒地兑道。

“什么人，狗咬吕洞宾，好心没好报。”埃文斯骂了一句。

李达达也皱起眉头，觉得文珠怜这几人有点儿过分了，莫名其妙的。

宋睢窈倒是还好，摘了好几个牛油果下来，跟他们重新背起背篓回去了。

情绪上头，乐队成员廖涛和方晓原两人骂骂咧咧，又安慰哭得梨花带雨的文珠怜。

“珠珠，别哭了，事到如今，就当看清了一个人的真面目。”

“对，之前我们还以为她至少有点儿人情味的，结果事实就是小心眼得很，我们之前确实没信她，陈若也说了过分的话，但是没必要见死不救吧？”

文英霆听着他们的话，忍不住说：“宋睢窈说得也不是没有道理，两个小时确实太长了。”

从他们出来时陈若的情况来看，结果应该只有宋睢窈说的那两个，她赶回去确实也没用，他们出来这一趟，本来就是在做无用功。他原就不赞同出来找宋睢窈的，但是文珠怜跑出来了，他当哥哥的担心她遇到危险，才跟了出来。

一路心急火燎地赶路，也没有带水出来，他咽喉干得像要着火，手上还扛着个灭火器，心情很烦躁。

文珠怜红着眼眶看向文英霆：“哥，你觉得我做错了吗？”

文英霆一直都很疼爱文珠怜，此时见她这样，有些心疼，也说不出责备的话，叹了一口气：“我知道你是好心……算了，没事了，我们快点儿回去吧。”

“嗯嗯。”文珠怜说着，见文英霆满头大汗，伸手要帮他拿灭火器，“哥，我来拿吧，你好累。”

“不用。”

“霆哥，我们拿吧，你都拿一路了。”廖涛说。

文英霆就把灭火器交给了廖涛，确实轻松了不少。

森林茂盛，高大的树木将阳光挡在外面，但能感觉到空气中的水汽在蒸发，湿漉漉的地面开始变得干燥。

“就算她说得没错，回去已经没什么意义了，但是最后没必要诅咒我们遇到熊吧，心里是不是期望着所有不听她话的人，都被熊吃掉最好？”方晓原说。

“不会的，我相信她不是这样的人。”文珠怜连忙说。

“那她刚刚那话就是假好心，如果真的担心我们会遇到熊，为什么不跟我们一起走？我也越想越觉得她是在威胁我们。”廖涛说，“暗示我们不听她的话，没有好下场。”

文英霆皱起了眉头，觉得这两人太恶意揣测宋睢窈了，他不由得想起以前听过的八卦，当初他们乐队以潘跃为主唱，红遍半边天，后来潘跃身价最高最红，其他成员仍籍籍无名，于是，潘跃抛弃了他们这些累赘，自己飞了。

因为潘跃始终没有出声解释，这事当年闹得沸沸扬扬，很多人都相信了潘跃红了后抛弃昔日伙伴的说辞，可现在看看他们狭窄的心眼，他不由得怀疑事情的真相。真的是潘跃抛弃了他们，而不是他们联手赶走潘跃的吗？

“我不信她真的金口玉言，说我们会遇到熊就会遇到熊！”

“对！而且就算遇到了也不怕，我们带了灭火器，它怕这玩意儿。熊最好出来，我们喷死它。”

这个灭火器确实给了他们一些安全感，文英霆就是靠着它把熊赶走的，要不然，陈若就不是被撕掉一条胳膊那么简单了。

“别这样啦……”文珠怜脸上有些忍俊不禁，像是被他们逗笑了。

两人见文珠怜这样，顿时更是摆出一副滑稽的模样，声音越来越大：

“熊，你倒是出来啊！听到了吗？”

森林里回荡着几人你一言我一语的声音，文英霆想呵斥他们，咽喉却干得发声都难受，随即，他脚步一顿，声音彻底堵在了咽喉里。

一颗熊头，从灌木丛里钻了出来，看着他们。

它厚实的毛上还沾着大片的干掉的鲜血，是谁的毋庸置疑，一双棕色的眼睛满是兽性地望着他们。

它是那么巨大，身体在灌木后面都藏不住，猛兽对人类天然存在威慑感，四人身体僵住，傻眼了。

熊真的出来了！

我第一次见到熊出来这么高兴！

真的是！让他们安安静静走不听，把熊给喊出来了吧？

棕熊从灌木丛里走了出来，四人下意识往后退，拎着灭火器的廖涛站在最前方，咽了咽口水，说：“别怕，它怕这个！”

棕熊属于熊科，熊科大多不是色盲，灭火器是红色的，非常显眼，这头棕熊一下子就认出了这是上午攻击它的东西，它非但没有感到害怕，反而更加愤怒了，张嘴发出一声吼叫，冲了过去。

廖涛立刻按下压把，将喷管对准了冲过来的熊，白色的干冰顿时喷向了熊脸，然而棕熊不像上午那样被喷了个措手不及，慌张逃走，它一下子站起身往前一扑，一口咬在了廖涛肩膀上。

“啊！救命！救命啊！”廖涛痛得大叫，用灭火器去砸熊，这点儿力气，对于这头体重超过 500 公斤的成年棕熊来说没有丝毫杀伤力。

文英霆和方晓原捡起地上的树枝去打它，试图救下廖涛，然而棕熊纹丝不动，并且松开了廖涛的肩膀，一口咬住了他的脖子，用力摇晃撕扯，廖涛手上的灭火器掉在了地上，睁着一双痛苦的死不瞑目的眼，没了气。

猎物死亡后，棕熊丢下他，又转头扑向了方晓原，方晓原被扑倒在地上，惨叫出声。

“救命！啊！珠珠救我！”人在生死关头本能向他人求救，文珠怜本来就和方晓原站得近，方晓原被扑倒的瞬间，紧紧抓住了文珠怜的裙摆，满脸鼻涕眼泪地乞求帮助。

熊近在咫尺，文珠怜吓坏了，用力地扯裙摆，却扯不出来，于是她用力去踢方晓原的手，终于把他踢掉，她脸色发白，掉头就跑，什么也顾不上了。

方晓原趴在地上，死不瞑目地看着文珠怜奔跑的背影。

文英霆用力击打熊的头部，却毫无作用，意识到他们这点儿打击对于这头皮糙肉厚的熊来说只是蚍蜉撼树，想阻止它简直就是痴人说梦，他也立刻转身就跑。

身后传来一阵脚步声，文英霆转头，呼吸一滞，那头熊追来了！

棕熊奔跑速度可以达到 56 公里每小时，更可怕的是它们的耐力很好，可以用这样的速度连续跑上几公里，就连老虎都不是它的对手。

它像一阵风一样快速接近他，恐惧和绝望瞬间笼罩下来，将他的心脏收紧，他甚至嗅到了熊嘴里的腥臭味，完了，一切都结束了。

“轰”！

一个东西砸到了熊的侧脸上，骤然爆炸，爆炸不大，但是足以让熊受到惊吓和疼痛。

文英霆摔在地上，瞪大双眼，猛然看向东西砸来的方向。

只见那边小山坡上，宋睢窈几人站在上面，少女双目凌厉，手上拿着一个自制的燃烧瓶，用力挥臂，再次扔向了棕熊。

“轰！”燃烧瓶准确无误地砸中了熊。

棕熊被两次小爆炸惊到，它终于丢下没有追杀成功的猎物，转身逃走。

宋睢窈喘着气，很显然，刚刚的情况对她来说也是千钧一发，费了不小的劲才救下了他。

与死神擦身而过，文英霆眼睛血红，看着宋睢窈，恰好一阵风吹过，茂盛的树木枝丫被吹得摇晃起来，天光从顶上落下，映照在宋睢窈身上，文英霆眼中的身影像是发起了光。

宋睢窈深呼吸了两次，带着埃文斯和李达达从坡上下去。

“没事吧？”宋睢窈问。

文英霆从地上爬起来，羞愧感让他无法直视宋睢窈，摇了摇头。

“文珠怜呢？”

文英霆一愣，脑子里蓦地浮现起不久前文珠怜狂奔的背影，她一直跑一直跑，一次也没有回头。

“啊啊啊！”廖涛大叫着醒来，猛然坐起身来，用力喘息着，随后他愣住了。

他在做梦？

一声嗤笑传来，他猛地转头看去，看到常珍珍常友青礼泉等所有已经“死掉”的人。

直到一个工作人员给他递了水，同时讲清楚情况，他才明白，原来根本没有求生岛乐园，那座海岛只是一个幌子。

没过几秒，方晓原也尖叫着醒了过来。

搞明白怎么回事的他们，脸色青白变幻，眼前的大屏幕上，还在播放着直播的内容，能看到上面飘过的大量网友的弹幕。

“傻子。”常珍珍朝他们露出鄙视的笑容。弹幕上，也有无数条在骂他们傻子，死得活该的，她以为她已经够蠢了，结果发现还有更蠢的，想到他们把熊喊出来，她真的忍不住仰天大笑，多亏了他们，已经没有人记得她有多蠢了吧。

“珍珍。”常友青制止她。

然而，常珍珍已经看清了常母重男轻女的真面目，连带着对常友青也有了一些怨恨，冷冷扯了扯嘴角。

边上比他们更早醒来的队友陈若的脸色也很难看，他们万万没想到，自己的一切都被网友尽收眼底，但比起这些，更让他们感到难以接受的事是，他们居然都被文珠怜给耍了。

他们本来就是卑鄙小人，结果被另一个卑鄙小人给戏耍了。

文珠怜一路狂奔回到了据点。

据点别墅里的气氛低迷，陈若最终还是因为失血过多死亡了，尸体已经凉透了，别墅里的自动拖地机器人清洗了几十次的抹布，都没能把地上干涸的血擦干净。

据点里的人看到她一个人回来，连忙站起身来："怎么了？"

文珠怜软倒在地上，眼泪"唰"地掉下来，只摇头，说不出话。

"珠珠，你说话，怎么了？你哥呢？！"黎欣着急地问。

好一会儿，文珠怜才终于出声："我们遇到熊了……宋睢窈不愿意跟我们一起回来。"

"什么？"黎欣脸色煞白，"你哥哥呢？！"

文珠怜哭着摇头："哥哥他……他可能……"

"到底怎么回事，你快说清楚！"文国华急得眼睛通红。

"我和哥哥他们找到宋睢窈，跟她说陈若需要帮助，她在摘牛油果，说她回来没用，不跟我们回来。我跟她吵了几句，见实在说不动她，只好和哥哥他们回来，结果回来的路上遇到熊了，廖涛哥和晓原哥都被熊咬死了，哥哥他……"

听了文珠怜的话，全场哗然，无一不愤怒，什么鬼？宋睢窈为了摘牛油果，不愿意回来？为了牛油果？！

黎欣和文国华脑子像是被重重击打了一拳，头晕目眩，黎欣一下子坐在了地上，险些晕过去。

文珠怜并不知道自己在虚拟世界中的虚拟世界中，不知道自己的一举一动被虚拟世界中的人们尽收眼底。

文珠怜的人设崩塌得够彻底的，之前松开常珍珍的手是条件反射，刚刚踢开方晓原的手，可不能说是条件反射了吧？

感谢这档节目，让我看清了这个人，脱粉了。

弹幕里圣母超标了吧，那么大一头熊在眼前，她能怎么做？站在那里等死吗？

方晓原有问题吧，想拉着文珠怜一起死，她一个小姑娘能怎么做？

不说方晓原的事，她现在说的话还不白莲吗？几句话，把错误都推到宋睢窈身上。

廖涛那些人会死，是被她害的吧，是她提出要找宋睢窈的，还两手空空就跑了出去，为什么从她嘴里听起来，就是宋睢窈害的？

“不可能，你胡说，睢窈不是这种人！”礼文灵立刻反驳，为了牛油果见死不救？听起来真荒谬，绝对不是宋睢窈会做的事。

“宋睢窈回来了！”有人叫了一声。

文国华和黎欣立即站起身跑了出去，他们情绪激动，双眼血红，脑子已经无法思考，冲到宋睢窈面前，文国华扬手一巴掌就抽了过去。

正在屏幕前看直播的江白奇蓦地站起身来。

“啪”！埃文斯一把抓住了那只手，眼神冒出杀气：“你们干什么？”

“爸，妈！”文英霆连忙出声，快步从后面走出来。

刚要发怒的文国华和黎欣一愣，看到儿子平安无事：“儿子！你没事啊？”

“我没事，是宋睢窈救了我。”文英霆说。

夫妻俩顿时尴尬起来，文国华脸色涨红，道歉的话却怎么也说不出。

黎欣：“那你妹妹怎么说你……”

“哥哥？哥哥你没事！太好了！”文珠怜一下子冲出来，抱住了文英霆的腰，哭得上气不接下气。

文英霆神色复杂，以前他看到文珠怜这样，早就她要什么都给她了，然而此时此刻，他脑中却总是浮现出她逃走的背影。

可感情就是这么复杂，他感觉到胸口被洇湿，忍不住想那种时候，她被吓到，只顾着自己，或许是可以理解的，她才刚成年，还是个孩子……

因此他神色复杂，不敢去看宋睢窈，对黎欣说："我让珠珠先跑，她见我没追上，误会了吧。"

"宋睢窈，你真的为了牛油果，不顾陈若的生死吗？"其他人跑出来一看，看到他们的背篓里真的有牛油果，顿时质问道。

宋睢窈懒得理他们，带着人绕过他们离开，文英霆连忙拦住那些要追上去算账的人，帮宋睢窈一阵解释，生怕他们还迁怒宋睢窈，连他们自己不听宋睢窈的话，一路上非要大声喊，把熊惹来的蠢事都说了。

宋睢窈说得没错，陈若在他们找到宋睢窈的那个时间前就已经死了，她赶不赶回来没有任何区别。

听了文英霆的解释，其他人情绪才缓和下来，只是想到又有两个人命丧熊口，顿时又崩溃了。

"完了，我们迟早也会被那头熊吃掉的。"

"呜呜呜呜……怎么办啊……"

文英霆说："我们听宋睢窈的指挥，一起合力把那头熊给杀掉吧。出海是不可能的，在岛上我们还能找到水源和食物，出了海，就是彻底的被动。我觉得繁星集团既然把我们丢在这里，不可能随随便便让我们出去的，当下从熊口里活下来，是最重要的。"

文珠怜见文英霆这么为宋睢窈说话，暗暗咬牙，可恶，他已经被宋睢窈收服了，那口气里都是信任，他坚信宋睢窈能把熊杀掉。本来她能依靠这次事件把宋睢窈在他们心里的威信搞得全无的，偏偏文英霆几句话就解决了……

可是，她现在根本不敢说什么，生怕文英霆跟爸妈说她丢下他跑走的事。

经过今天上午的事，他们早就想依靠宋睢窈了，只是一直没有一个台阶让他们下去，这会儿文英霆一说，所有人都找到了台阶下来。

文英霆作为发言人代表，去找宋睢窈。

宋睢窈正在外面烧火，闻言转头看了看落地玻璃窗里那群巴巴望着的人，点点头，语气平静：“可以，但既然此时此刻，你们想要我来当领导人，我希望所有人都能听得懂话，服从命令，做好自己的工作，不要妨碍到其他人。”

“好。”文英霆说，转头去传达。

没有人有意见，血的教训，让他们终于知道不听专家话的下场。

他们本来以为宋睢窈会给他们来个下马威什么的，毕竟他们之前那么对她。然而，宋睢窈却好像根本没有把他们以前对她的态度放在心里，分配的任务都很合理，还照顾到他们每个人的身体状况，就连文珠怜，宋睢窈都只是让她去捡贝壳，而没有故意分配她去火山平原挖硫黄或者去蝙蝠洞铲屎。

一时间，每个人的情绪都很复杂。

“我觉得宋睢窈好像不是我们想的那样耶。”

“对啊……是不是误会她了？”

人数一多，活儿就很好干了，众人被分成几组，捡贝壳的捡贝壳，挖土铲屎的挖土铲屎，挖硫黄的挖硫黄……宋睢窈用酒窖里的葡萄酒提取出了糖，用贝壳、硝土、蝙蝠粪便和草木灰提取了大量的硝酸……

据点别墅里，每个人都忙得团团转。

几个夜间，那头棕熊都出现在了别墅外，但因为别墅外面从早到晚都有好几堆火在燃烧，再加上用红酒瓶制作的燃烧瓶的震慑，那头熊没敢轻举妄动。

终于，火药做好了。

而这一天，熊也已经饿得无法再忍受了。

第十九章

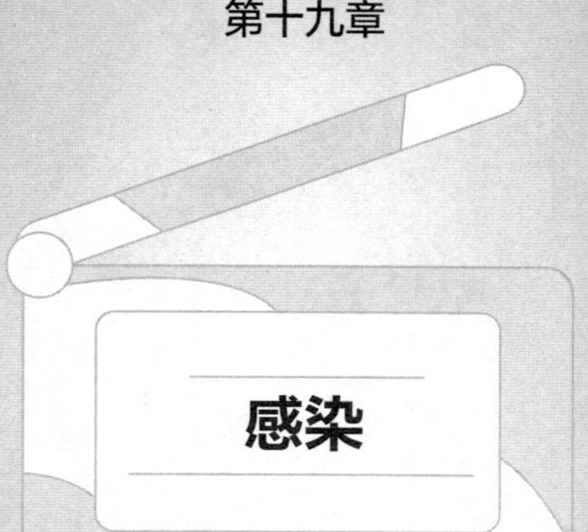

感染

火药终于做好了，所有人都松了一口气，同时激动起来。

“终于可以把那头熊杀掉了吗？！”

熊在别墅外面徘徊的时间越来越长，隔着透明的落地玻璃窗看，他们心惊胆战，晚上觉也睡不好。他们安排了轮流守夜，如果熊出现就用红酒瓶做的燃烧瓶把它赶走，刚开始几天很有用，但是他们明显感觉到熊的脾气已经越来越暴躁，越来越不怕燃烧瓶了，它好像发现了那个东西对它造成不了实质性的伤害。

好在，在熊正式对别墅发动猛攻之前，他们的火药做好了！

每个人都期盼地看着宋睢窈，等她说计划。虚拟世界内外的观众们也期待极了，终于等到这一天了，杀熊啦！好刺激！怎么杀呢？挖陷阱？把熊诱骗进去，然后炸死它？

“怎么杀？是不是要先布置一个陷阱？把熊引诱进去，然后炸死它？”其他人也这样想。

“陷阱？”宋睢窈摇摇头，“现在一出去，就会被熊吃掉，它已经饥肠辘辘，正在外面伺机而动，一旦有猎物出去，它不会轻易地放过。不过别担心，我们有一个天然的陷阱可以使用。”

“哪里？”

“这里。”

所有人一愣，什么？

宋睢窈手指点了点桌面：“就是这里，这座别墅。我的计划是，让那头熊进来，然后炸毁这里，让熊被砸死在这栋楼里。”

这是一个四层楼的豪华大别墅，完全可以将熊压死在这里。如果只是使用火药，熊可以躲可以跑，不一定能够一击毙命，熊只要没死，在生存本能的驱使下，就会去追踪猎物，他们仍旧面临被熊追杀的威胁。

但是用这座别墅做陷阱就不一样了，熊没被炸死也会被压死，没被压死也会因为被困住而无法动弹，最终，熊会窒息死亡或者饿死，甚至他们也可以趁机去补刀。

总之，没有比这里更适合的杀熊场所了。

哇！是大场面啊！

我发现我每次的猜想都比宋睢窈要做的格局小，我之前以为她要挖陷阱杀熊，结果人家做炸药，我以为炸药做好了要炸熊了，结果人家是要炸房子……

刺激！

考虑得太周全了，太可靠了，牛！

“炸掉这座别墅吗？那我们之后怎么办啊？要露宿荒野了吗？”有人一脸愁苦地发问。

“这座别墅本来就不能久待。”文英霆说，“别墅里已经没有食物了，这几天大家都没有吃饱过，喝粥也喝得想吐了吧。水电存量也进入了最低状态，下午开始就会没水没电，留在这里，除了有个屋顶遮风避雨没有其他用处。繁星集团根本没打算让我们在这里过几天舒服日子。”

“对。”礼文灵夫妇也点头。宋睢窈之前跟他们说过，他们就特别注意了屋子里的水电，发现水表电表是那种固定表，也就是说，这个房子能使用多少水和电，从一开始就被限定了，用完就没了。

这么一说，大家虽然还是满心排斥去荒野求生，但是事到如今又能怎么样？只能期望顺利找到下一个据点了，好在他们有宋睢窈，有她这位大佬带着，他们能活的概率就大多了。

文珠怜看着大家没说几句，就按照宋睢窈的想法去做了，暗暗咬了咬牙，和卫言对视了一眼，有些恼怒。

卫言跟文珠怜是同一个公司的，文珠怜是前辈，也比卫言红，再加上同性之间更容易激发嫉妒这类情绪，所以公司的计划是，文珠怜为主，卫言辅助。文珠怜自认为很努力了，然而卫言却半点儿忙也没有帮上。

卫言应该让宋睢窈爱上他，结果呢？他就跟上一期的汤凯一样，根本派不上用场。

卫言感觉有点儿难堪，又觉得自己无辜，但凡有点儿脑子的人都能明白，宋睢窈这种人，能看得上他吗？他去勾引宋睢窈，他不要脸的吗？

再说他就算凑过去，宋睢窈的身边一直跟着埃文斯，宋睢窈没安排他去干活，其他人也不敢插嘴，他就心安理得地跟在宋睢窈身边，顶多帮忙烧个火。卫言一凑过去，他眼刀子就飞过来，并且发出灵魂质问："你未婚妻不是那个什么猪吗？靠近我妹妹干吗？想勾引她吗？"

这问题，他完全没法回答，怎么回答都会被人抓住话柄，只能在一道道八卦的目光下尴尬地笑笑，然后离开。

他忽然明白上一期汤凯的心情了，可悲的是，上一期汤凯还能看看医学书，获得大批观众的同情和喜爱，一出去立刻就有大导演大制作的医疗电影医疗剧找他当主演，而自己呢？

算了，不提也罢，他继续当个隐形人，权当在观众面前混个脸熟算了。

卫言不知道，正是因为他少作妖，所以，现实世界的观众们对他的感观比文珠怜要好多了。

杀熊的地点已经确定，接下来，要考虑的就是如何顺利进行。

"熊会进屋来，肯定是因为屋子里有它想要的食物，所以是不是需要诱饵？"文英霆问。顿时，所有人都紧张起来，诱饵？！

"没错。"宋睢窈说。

要开始抽签了？

又到了矛盾点的时候了，谁会留下来当诱饵呢？

谁都不想当诱饵吧，要面对熊，还要面对炸药。

每个人脑子里都出现了要开始决定谁来当诱饵的场面，各种小心思都冒出来了，不料宋雎窈却说：“诱饵要所有人一起来当。我希望你们明白，那头熊的不可控性，只留一个人在别墅里，它不一定会进来，它也可能会去追击跑出去的人，到时候死的人是谁谁也说不准，而且我们这几天的努力也可能全都白费，我想我们都不愿意冒这个风险。”

她平静清澈的眼眸，像是看透了每个人心里那些阴暗的东西，目光扫过之处，让人不由得有些惭愧起来。

而且她说的话直击每个人的命脉，谁都不想成为那个被熊追击的“意外”。一起当诱饵的话，就没有人可以说什么了，也是所有人都能接受的一种做法。

“要怎么做呢？”

宋雎窈用笔在纸上画出别墅的大概构造：“我会把火药分别布置在这些位置，确保爆炸后房子一定会塌，这个时候，熊必须在别墅里，它应该会卡在二楼的楼梯上。所以，当熊冲向别墅的时候，一楼的人立刻上二楼，通过各个房间窗户外的绳子下来，然后负责点燃引线的人在确定人都出来后，立刻点燃引线，引发别墅的爆炸。”

没有比宋雎窈提出的更好的计划了，想说什么的人也不敢瞎说话了，计划解说结束后，每个人都开始做准备工作。

二楼每个房间窗户外都安排一根绳子，确保惊慌失措上楼随便往房间冲的人能顺利通过绳索滑下来，宋雎窈则带着埃文斯去布置火药，文英霆也过来帮忙。

“哥哥，把那根麻绳给我。”宋雎窈喊埃文斯。

埃文斯低头找宋雎窈要的东西。

文英霆抬头去看。

“哥哥……”

文英霆又忍不住抬头去看。

“哥哥……”

“哥……”

文英霆听得心里很不是滋味，这叫的不是他……本来应该是他的。

“哥！”

文英霆骤然回神，看向不知道什么时候出现的文珠怜，文珠怜噘起嘴巴，不满地说：“哥哥，你怎么了？我叫你好几次了，都不理我。”

“……怎么了？”文英霆连忙把思绪收回来，看着文珠怜。

“我说，要不要把我们那条绳子用布包裹一下，不然会划伤手，妈妈的手比我还嫩呢。”

文英霆闻言心一软，珠珠还是很懂事的，之前那事，她应该只是吓得六神无主了，以为他已经先跑了。

文英霆帮宋睢窈布置完火药，就去给绳索包裹一层布料，黎欣听说后，怜爱地抱着文珠怜，说不愧是她的小棉袄。

文英霆见一家人温馨的样子，面上也露出了笑容，只是不知道为什么又想起了宋睢窈，忽然觉得怪怪的。

事情有点儿滑稽，真正的女儿在楼下喊着没有血缘关系的人“哥哥”，楼上的他们喊着没有血缘关系的另一个女孩“女儿”“妹妹”。

布置好一切后，就等着熊来了。

他们并不需要特地去引诱，他们天然就是诱饵，只要他们聚集在这里，熊就一定会来，只是它什么时候来，没有人知道。

森林里的天暗得很快，周围漆黑一片，这一次，他们不像前几天一样在别墅外点起篝火。

年纪大的人都已经提前在楼上了，譬如常母、黎欣等人，也省得到时候楼道堵塞，只留了腿脚方便灵活的年轻人在楼下。

夜幕笼罩，森林里寂静无声，只有风吹动树木引发的沙沙声。

别墅里没有人说话，他们神经绷紧，紧张地盯着各个方向，生怕熊突然从哪里冲出来他们却没有注意到。二楼的人也忍不住屏住呼吸，躲在阳台上看着下方。

“伯母，我们可以给珍珍和前辈报仇了。”文珠怜拉住常母的手，宋雎窈嫌弃她累赘，搞不好会坏事，让她也上楼来了。

自从常友青死了后，常母整个人就变了，经常一个人发呆，像是丢了魂一样，其他人轮番安慰过，发现没用后也没再理她了。

常母闻言，慢慢看向文珠怜，文珠怜怜悯地望着她。

“对，给我女儿、儿子报仇的时候到了。”常母喃喃地说道。

一阵狂风呼呼刮过，树木狂摇起来，别墅里的人被吓了一大跳，有人一下子跳起来，纷纷看过去，才发现不是熊，只是虚惊一场。

他们一直等，一直等，午夜降临后，进入了黎明前最黑暗的时间段，熊都没有出现。

他们紧绷的神经已经开始疲惫，不至于犯困，眼前却好像冒着金光。

“快上楼！”宋雎窈忽然大喝出声。

毫无预兆地，那头熊骤然从漆黑的森林里冲了出来，看起来像是埋伏已久的姿态，它饥饿难忍，獠牙嗜血，势必要抓到猎物大吃一顿。

所有人的神经骤然绷紧，一下子从座位上跳起来，瞬间就像被吓坏的鸟兽，慌乱地往楼上冲去。

熊跑的速度很快，像阵风一样袭来，它一头撞上了落地玻璃窗，在巨力袭击下，玻璃骤然破碎。撞击让它行动稍微滞缓了一下，但它随即甩了甩脑袋，再次冲了过来。

这时，宋雎窈等人已经冲上了二楼，棕熊没有按照宋雎窈预想的那样卡在楼梯上，因为它在发现自己被卡住后，或许是饥饿促使，它竟然站了起来，于是成功上了楼。

二楼的楼道，比楼梯要宽敞，它上来后立即又获得了行动自由，开始逐个房间搜索猎物。

好在这个时候，同样在求生本能的驱使下，人们的行动速度很快，已经像下饺子一样纷纷通过绳索下了楼，飞快地逃离了别墅。

“啊！”

埃文斯下去后，宋睢窈刚要下去，忽然听到隔壁传来黎欣的尖叫。

隔壁正是文家人的房间，文国华先一步下去了，打算接应妻女，文英霆又是楼下的诱饵之一，上楼后随便进了个房间就下去了，哪想到变故就这么发生了。

只见常母突然发了疯，将刚要下去的文珠怜给扯了回来，还往外面拖去，黎欣一看，当即冲过去阻止。

“你干什么？放开我的女儿！”

“伯母，你干什么啊啊啊……”

常母不知道做过多少农活儿，力气根本不是养尊处优文家母女能够比的，更何况，她此时进入疯狂状态，更是力大无穷。

“都是因为你们我儿子才会死的！你们这些害人精，我儿子和女儿都死了，你们凭什么还活着，给我的孩子们偿命！去死！”常母一路拖着母女俩远离了阳台，回到了卧室里，这时，门猛然被撞开，一颗硕大的熊头钻了进来。

刺激了！

快喂熊，瞧把我熊熊饿的！

常母真的是……可怜之人必有可恨之处，讲真常珍珍和常友青的死，文珠怜都不能算罪魁祸首吧？

文珠怜就是害人精，她害死多少人了？要不是宋睢窈，文英霆都该死了，结果，文英霆还向着文珠怜。

骤然和这么一颗大熊头对上，三个纠缠在一起的女人都被震慑住了，这头熊的脑袋比她们三颗脑袋加起来都要大，一双渴望肉类的眼冷漠地盯着她们。

“妈！妈快救我啊！”文珠怜吓得快要疯掉，尖叫道。

黎欣救女心切，顺手抓了边上一个花瓶，猛地砸在了常母头上。文珠怜察觉到禁锢她的手一松，连忙挣脱，爬着逃走，恰好躲开了咬过来的嘴巴，那熊嘴直接咬在了常母的脖子上。

熊咬到大型猎物，习惯性用力甩动，彻底破坏掉猎物的脊椎，黎欣被常母的脚抽了一下，摔倒在了地上。

文珠怜刚从地上爬起来，一转头就见熊扔下了口中的猎物，看向了屋里还剩下的两个猎物，而黎欣就在熊的不远处。

强烈的恐惧袭上心头，文珠怜后退，黎欣恐惧地抬头，看到了文珠怜转头毫不犹豫冲向阳台的背影。

没关系，一切都是熊和常母的错，文珠怜心里不是毫无感觉，毕竟她在虚拟世界里跟他们生活了那么多年，然而谁让她是成年人的思想，她在现实世界有自己真正的父母，不可能真的把NPC当成家人。

这个世界不是真实的，而她是真实世界的人，如果她死在这里，就要回到现实世界去了。成为明星玩家的机会得来不易，也许这一期结束后，她就能一跃进入一线演员的行列，到时候，像这个世界的天才少女文珠怜的荣光，也都会有的！

她是明星玩家，她的工作是逼迫宋睢窈露出丑恶的一面，这才是她的任务，而不是本末倒置地跟NPC玩什么感天动地的亲情游戏。而为了完成这个任务，她做什么都可以，反正可以推脱说是节目组的剧本，可以说是演戏，谁又能说得清呢？以前的明星玩家，哪一个没有做过跟她类似的事情？可人们只会关注被审判者，而不是关注明星玩家。

她为自己对死亡的恐惧和自私，以及不舍得在虚拟世界里的一切的虚荣开脱着，只有在虚拟世界里，自己才是“歌坛天才少女”，才拥有全世界的宠爱和崇拜，离开之后，就什么都不是了！

文珠怜毫不犹豫地爬上了围栏，抓着绳子一跃而下，被文国华和文英霆接住。

“妈呢？！”文英霆急问。

文珠怜哭着说：“常阿姨发疯了，妈妈为了救我，熊……呜呜……”

什么？文英霆立即红着眼睛想冲进别墅去救人，被人拉住。

“你上去能干什么？！上去喂熊吗？”

“人都下来了，是不是该点引线了？”

“谁敢点？”埃文斯忽然恶狠狠地出声。

“宋睢窈过去救黎阿姨了！”一人忽然喊道。所有人齐齐抬头，看到宋睢窈从隔壁房间的阳台爬了过去，所幸这栋别墅，相邻阳台之间的距离不算宽。

文珠怜顿时恨得差点儿咬碎银牙，而文国华和文英霆则紧张又期待。

黎欣清晰地感觉到熊的牙齿陷入了自己的脖颈里，她的眼眶里蓄满了眼泪，也不知道是因为什么，她已经放弃了，忽然听到脚步声。

外面已然有了天光，黎明已经到来，她睁开泪眼蒙眬的双眼，看到一个少女逆光而来，手上的燃烧瓶散发着火光，用力地朝着熊头抛了过来。她感觉到瓶子爆炸，热浪烧过了毛发，燃起了蛋白质烧起来的味道。

她感觉到脖子上的牙齿松了开，野兽的吼声从咽喉里发出。

一连数个燃烧瓶砸了过来，熊被逼得往后退，她眼中的泪更多了，想要发声，却无法发出，她脖颈的动脉已经被咬破，血“咕嘟咕嘟”地往外冒。

宋睢窈趁着熊退出去的时间，想去扶她，不料，已经退出的熊猛然又冲了进来，踩过了黎欣的身体，冲向了宋睢窈。

它好像知道自己之所以会饿肚子，还被燃烧瓶不断袭击，都是因为宋睢窈，因此杀气腾腾。

宋睢窈反应灵敏，熊会突然袭击完全在她的考虑范围内，因此立即就往后退，转身快步冲向阳台。

一手按住阳台，整个人一个旋身飞跃跳了出去，她与大张的熊口擦身而过，抓住绳索整个人滑到了地上。

这千钧一发之际，叫虚拟世界内外的直播间观众都头皮发麻，忍不住从椅子上站了起来。

咔嚓……

嘶！

宋睢窈眉头一皱，大喊："快，点引线！"

宋睢窈一出声，没有来得及思考，负责点引线的人立刻冲过去用火机将引线点燃，别墅外的所有人飞快跑开。

那头熊要大开杀戒，从阳台上看到楼下那么多人，转身又往楼下冲。

火顺着引线烧向火药，还未碰到火药，熊冲下来的身影就已经进入了所有人的视野。

啊啊啊，快炸啊！

啊啊啊，紧张死了！救命！

如果熊在别墅爆炸前跑出了别墅，那么他们就完了，机会只有一次，熊已经发狂，而他们没有河流和其他据点可以自救了。

所有人心跳加速，有些人已经恐惧得无意识地流出了泪水，瞳孔里映出熊冲过来的身影。

眼看着熊就要跑出别墅……

"嘭"！

"嘭"！

"嘭"！

"嘭"……

爆炸声接二连三地响起，火光、烟雾瞬间充斥在所有人的眼前，偌大的别墅震动、摇晃，轰然倒塌。

气流冲向了森林的四面八方，所有人连忙抬起胳膊挡住自己的面孔，感觉到细细碎碎的小石子砸在皮肤上的撞击感。

爆炸持续了好一会儿才结束，观众们瞪大了双眼，凑近屏幕，恨不得能吹口气把烟雾都吹散，看看那头熊到底怎么样了。

然而，所有人都还是只能耐心等待，等烟雾慢慢散去，露出了那堆庞大的废墟。废墟底下，半只熊爪露在了外面。

“……成功了……”

“我们成功了！啊！！”

“终于把熊给杀掉了！啊啊啊！！”

长久的恐惧终于散去，剩下狂喜和杀了可恨的仇人的爽快。弹幕也都是一片欢天喜地，终于把这头可怕的熊给干掉了！

所有人都沉浸在熊终于被杀掉的狂喜中，还有人跳到废墟上，或者跑到熊爪上狂踢。

“都散开！”宋睢窈却突然发出吼声。

只见一片废墟炸开，那头庞然大物一下子站了起来，一把扯住了距离最近的那人，发狂地张口就咬上去。

“啊！”

利刃出鞘的清脆声响起，一道冷厉的寒光一闪而过，一把长刀狠厉地没入了熊的躯体。

熊浑身僵住。

所有人都瞪大了双眼。

小山一样的熊身前，是纤细柔美的少女，她握着带到岛上来，第一次出鞘的长刀，目光锐利，气势逼人。

随即她利落地将长刀抽出，利刃在空中甩了一下，红色的鲜血从刀刃上甩落，每个人的心都像被抽了一下，颤动了一下。

熊“啪嗒”一下，砸落在地，砸起一片烟尘，终于不再动弹。爆炸冲击加上水泥一顿砸，它本来就已经是强弩之末，只是这也足以再带一个人下地狱了，如果不是宋睢窈及时出手。

“这一次应该真的死了。”其他人心有余悸，再也没有之前的狂喜了，差点儿乐极生悲。

“熊死了。”宋睢窈动了动脚踝，皱起眉头，接过埃文斯递过来的手帕，把刀上的血擦掉，收回鞘中。

“窈姐……”开口的人是潘跃，他恭恭敬敬地问出了观众们好奇的问题，“你莫非是什么武林高手吗？”

刚刚宋睢窈那架势、那气势，实在是太帅了，让人立刻想到什么飞檐走壁、侠肝义胆之类的武林词汇。

宋睢窈一愣，笑着摇摇头：“我倒是希望我是。这个是我跟一位老师傅买的，我才学了半个月，刚学会怎么帅气地抽刀收鞘呢。”

居安思危，在意识到自己野外求生技能掌握得差不多之后，她已经在为下一期做打算，但现在只不过是打算而已，专心地深入地学习，不是这一期要做的事。

“原来如此，刚刚你真的太帅了！”

“窈姐会的东西也太多了吧！”

众人围着宋睢窈团团转，已然是一副被折服的模样。

文英霆脸色苍白地走了过来：“睢窈……妈她……”

欢喜的声音静下来了。

宋睢窈摇了摇头：“我晚了一步，过去的时候熊已经咬住她了。”

熊的咬合力有多恐怖，所有人都亲眼见识过，而且宋睢窈本来没有必要跑过去救人，她涉险去救了，被熊追到阳台，所有人都看到了，就算没救成，文家人也只有感谢的份。

文珠怜一下子捂着脸痛哭起来：“都是我的错，如果不是我，妈妈也不会……我才应该死呜呜呜呜……”

文英霆根本没有心情安慰她，他红着眼眶，愣愣地看着那对废墟，那么大一座废墟，想要找到尸体都很困难。

只有文国华看到女儿哭成这样，强忍着心痛过去将她拥入怀中安慰她。

“孩子，你妈妈是因为爱你，你……”

如果文国华和文英霆知道黎欣是怎么死的，不知道会露出怎么样的表情呢？

文珠怜真的是恐怖，太恐怖了，毛骨悚然。

她没理文英霆自己跑的时候，我还当她吓坏了忘记哥哥，结果发现我太天真了。

虽说是危急关头，但是对比一下，文珠怜逃走，宋睢窈来救，果然不是亲生的就不是，骨子里根本没有那种血脉相连的感觉吧！

黎欣活该啊，对假千金有感情可以理解，但是偏心成这样，就不能理解了。我想到我亲女儿在外面受苦，一个别人的孩子被我当亲女儿宠上天，我就不能接受。

我预言文国华和文英霆迟早也会被文珠怜害死，她这种天才，是不是汲取着别人的血肉长出来的？

连自己的亲妈都能这么决绝地抛弃，还有宋睢窈冒险来救做对比，很多垂死挣扎的珍珠们都不得不相信自己房子塌了的事实，随即怒而转黑的不知几何。偶尔几条弹幕还在为文珠怜说话的，无不激起众怒，被群起而攻之。

大片的弹幕，在黎欣的眼前刷过，让她通红的眼中滚下一颗颗眼泪。

她刚刚醒过来，明白这一切是怎么回事后，就跟常母打了一架，此时常母抱着儿子和女儿痛哭了一场，看着黎欣的表情，心中满是畅快。

“这就是你的好女儿啊，养了 18 年的白眼狼，真是笑死人了，网上那句话说得很对啊，叫什么来着？”常母得意万分，心里对于文珠怜再也没有丝毫爱意，看弹幕才知道文珠怜之前都做了什么，幸好文珠怜已经有了卫言，没让她儿子有机会追求，要不然，现在遭难的就是他们家了！

即便是她这种人，想到文珠怜这种人住在自己家里，都会觉得毛骨悚然呢。

“妈，你别说了。”常友青说，阻止她继续落井下石。

黎欣眼中几乎要流出血泪来。

原来文珠怜之前就在危急关头抛弃过她儿子，不是第一次了，她抛弃的人不只是她一个，这严重触及了她的底线。人的感情复杂，她或许可以原谅文珠怜抛弃她，自私求生，却不能接受文珠怜抛弃并且置她爱的人于险境。

而无论是文英霆还是她，最后关头，都是宋睢窈挺身而出。她的内心被懊悔和痛苦充斥，她多么后悔自己对宋睢窈这个亲生女儿的态度，为什么会这样？

看着屏幕里被文珠怜那可怜的模样蒙蔽的丈夫和儿子，想到自己曾经也是其中的一个，给了文珠怜多少爱，她心底突然涌起一阵怨气。

她是疯魔了吗？为什么对自己身上掉下来的那块肉视若无睹，把文珠怜那个虚伪冷酷的东西捧在手掌心？

常珍珍冷笑着，心里兴奋极了，她迫不及待想要看看文珠怜发现自己丑陋的一面都被观众尽收眼底时的那一天了。

现实世界中。

文珠怜的行为引起了一大拨观众的反感。

以前挺喜欢文珠怜的，现在看到她就会想到她在里面的种种，你说她是演技？你又怎么知道她是演技而不是本性呢？

呵呵，从她抄袭现实世界的歌去虚拟世界里立什么天才少女的人设，我就觉得这人有问题了，这么早进去，8年时间，她不能学点儿东西，不能自己搞出点儿什么吗？虚拟世界比现实世界落后好多年呢吧？

窈窈真的人美心善，无论是这一期还是上一期！文家人这么对她，她还冒险去救，真让人心疼。

审判秀演播大厅。

看着宋雎窈不断增长的申冤票数，以及文珠怜在里面的种种表现，覃威气得血压飙升，险些晕倒。

他不断反思，终于明白导致这一期变成这样的根源。

“请这些娱乐圈艺人来当玩家，就是最大的错误，他们除了唱歌跳舞还会什么？都是些什么学历？！”

覃威发火，工作人员都不敢吱声，仔细想想，平心而论，文珠怜还是有些冤枉的，过去的明星玩家都会做类似的事，但是为什么观众们没有多少反应呢？还不是因为宋雎窈是所有被审判者中的异类？

其他被审判者，没有一个能够逃脱节目组和明星玩家的戏弄，每一个都展露出了各种程度的丑陋，给了观众觉得他们本性如此的机会。宋雎窈却不一样，无论给她怎样的考验，她都以出乎他们意料的一面出现。

她在里面，根本没有一丝一毫罪犯的影子，无论是外表还是人格，都是那么美丽，发着闪闪却不灼伤人的光芒，让人不由自主地折服在她的智慧和人格魅力之下。在她这种衬托之下，明星玩家直就是丑角，非但没有逼出被审判者丑陋的一面，反倒显得他们自己格外难看。

要是文珠怜和卫言像上一期的明姝和汤凯也就算了，偏偏文珠怜野心那么大，努力过了头。她或许是觉得自己做什么都可以推到自己是明星玩家，自己是在演戏上。她觉得自己是混娱乐圈的，却没有想过大多观众都不会这么理智，尤其是这不是电视剧，而是真人秀，更会让人觉得这是她的本性。

当然，也不能怪她，毕竟她没有见到蒋蜜这个前车之鉴，脑子里有的都是曾经那些成功的明星玩家的种种。

工作人员忽然一愣，这档节目，好像突然间，从审判被审判者，变成了审判玩家了。

覃威怒道："等这个文珠怜和卫言给被审判者什么审判，天恐怕都要塌了！提前放临时真人 NPC 进去！仔细挑选，要高学历的，有野外求生能力、能重创宋雎窈的！"

副导演之一："已经筛选好了。"

"这么快？"

"第一期过后，报名临时真人 NPC 的人就大幅度减少了，再加上第二期这种野外求生的难度，天然又筛掉了一批人，在这种情况下还敢报名的，应该都是有过人之处的。"

按照规矩，他们从报名人选里选择出钱最多的那几位，这就是所谓的筛选了。

"但是这种情况下，要怎么把临时真人 NPC 放进去？不知道要穿到哪个角色身上。"

"最可靠的就是穿到繁星集团的老板身上了吧。"

"别轻举妄动。"唐山出声，"上一期的教训还没有学够吗？"

虚拟世界的 NPC 十分像真人，临时真人 NPC 穿到越位高权重的人身上，被发现不对的概率就会越大，上一期他们就是太肆无忌惮了，连总理这种人物都穿了，才导致最后一败涂地，甚至让宋雎窈察觉了世界的不对劲。

这个繁星集团坐拥半个虚拟世界的财富，不知道多少大人物盯着这个老板，哪里是他们能穿得起的人？

穿谁，还需要谨慎考虑。

虚拟世界内。

求生岛乐园项目组。

“他们真的把熊给杀掉了。”

“第二阶段应该差不多可以启动了。”

他们正说着，江白奇又忽然出现，将他们吓得一个哆嗦。

“老板？”

江白奇走到一个全息舱前躺下，说：“我要进求生岛乐园，就混在第二阶段的人里。”

员工们还诧异着，江白奇已经躺了下去，闭上了双眼。

宋睢窈受伤了，他可以肯定，在从二楼落下来的时候，她的脚一定伤到了。

求生岛乐园内。

因为别墅据点已经被毁掉，一行人只能重新启程，纵使再悲伤的人，也只能收拾好自己的心情，跟随大部队一起出发。

这个时候，他们终于发现宋睢窈受伤了。

“下来的时候脚扭伤了，不是很严重。”宋睢窈说。

埃文斯表情一沉，斥道：“你觉得什么程度才严重？脚断掉吗？”

“你凶她做什么？”文英霆听到埃文斯骂宋睢窈，立即不悦地出声。埃文斯就是个废物，一路上都是在靠妹妹，现在也有资格凶她？

“关你屁事？”埃文斯不屑地瞥了他一眼。他是谁，有什么资格在这里多嘴？

“你……”

“好吧哥哥，那你背我吧。”宋睢窈出声，打断了两人莫名其妙的争执。

埃文斯顿时露出胜利的神态，文英霆脸色难看。

宋睢窈趴到埃文斯背上，埃文斯看着高挑清瘦，实际上肌肉紧实，属于穿衣显瘦脱衣有肉的类型，因此背着宋睢窈跋涉并不费力。

“东南方向是火山平原，北方是我们来的方向，所以我建议朝着西面出发，繁星集团要我们穿过海岛才能结束游戏，我认为也许我们穿过后，会有生机。”文英霆说。文英霆极力想让宋睢窈看到，他跟埃文斯这个废物不一样。

其他人看向宋睢窈。

宋睢窈：“我没有其他更好的建议。”

那就按照文英霆的说法走。

他们又开始了野外求生，不过，这一次比刚开始的情况和谐了不少。

“潘跃，你胃不舒服吗？”文珠怜关心的声音传来。

宋睢窈转过头来，看到潘跃捂着胃，脸色苍白，佝偻着背。他的胃好像一直不怎么好。

“别墅里没有胃药了。”潘跃苦笑着说。他的胃病是以前没红的时候有上顿没下顿落下来的。

宋睢窈出声：“潘跃，看到那棵有着锥形花蕾的树了吗？”

宋睢窈一说话，其他人都纷纷竖起耳朵，看向宋睢窈说的那棵树。

“你拿刀子去划几刀，树干里面会流出白色的牛奶一样的汁水，可以缓解你的胃痛。”

潘跃闻言，连忙照做，喝了那树汁没一会儿后，果然感觉胃部舒服很多。

“前面有柽树林，柽树喜欢水，它们生长那么茂盛，附近肯定有水源，去那边吧。”

“别冲进河里，别看它现在看起来那么平静，你们可以从露在河面上的石头附近的旋涡发现底下汹涌的水流，这种水流会使河岸形成流沙陷阱。我以前亲眼看过大象陷进去窒息死亡……”

“这里有野猪通过的痕迹……”

有宋睢窈这个野外求生专家的指导，一路上比他们想象中要轻松很多，他们不仅能听到各种野外求生的技巧，她的声音还那么好听，温柔地娓娓道来，叫人觉得烦躁的心中像是淌入了一缕清泉。

夜幕降临，他们在搭建好的临时住宿点休息，篝火让他们对充满未知的夜多了一丝安全感。

在所有人都睡了后，文珠怜和卫言悄悄起身，离开了住宿点。

“现在怎么办？”文珠怜知道现实世界的观众在看，强忍着烦躁的心情，平静地问。

卫言：“……公司让我听你的话。”

那我让你去死你去不去啊？文珠怜恶狠狠地想着，面上冰冷道：“我已经尽最大的努力了，但是好像一点儿效果也没有，她还是那么顺利。”

“不如我们就好好学习一下求生技巧？”卫言已经开始感受到野外求生的乐趣了，想要效仿第一期的汤凯前辈，当个咸鱼算了。

回答他的是文珠怜僵硬的表情。

他们在说啥呢？

卫言和文珠怜私底下的相处模式是这样的吗？我以为卫言是主导的那一个。

“她还是那么顺利”这个“她”是指谁？

公司？文珠怜和卫言不是一个公司的吧？

现实世界中的观众知道文珠怜他们在说什么，虚拟世界的观众则都很蒙，听不懂，迫切想要他们多说几句，好搞清楚是怎么回事。

黑暗中，一只手从地上冒出来，抓住了文珠怜的脚踝。

文珠怜吓得发出尖叫，卫言也连忙后退一步。

不远处正在睡觉的人被惊醒：“怎么了！”

“啊啊啊！”文珠怜还在尖叫。

文国华和文英霆连忙起身跑过去，其他人也连忙跟上。

“爸，哥！有东西抓住了我的脚！”文珠怜吓疯了，地上那只手抓她抓得非常紧，她怎么扯也扯不开。

火把一照，其他人也纷纷吓了一跳，真的是一只手！一只脏兮兮的人手！

宋雎窈被埃文斯扶着过来，皱了皱眉：“把边上的土挖开看看吧。”

其他人又怕又好奇，捡了树枝开始挖，也有人小心翼翼去摸那只手，随即大喊：“有温度！有温度！”

“活人吗？！”

“快挖！”

以为只有他们这些人的孤岛上，忽然发现一个疑似被活埋的人，这实在叫人胆寒又好奇，惊恐又忍不住期待点儿什么。

观众们也好奇极了，繁星集团又搞什么新把戏？

他们飞快将地面挖出一个洞，文珠怜的脚还被抓得牢牢的，吓得眼泪鼻涕都要出来了，坐在地上，趴在文英霆怀里受着保护。

他们顺着那只手往下挖，很快挖到了肩膀、脖子，然后，一个人头逐渐冒了出来，这个人头上还戴着个摩托车头盔，大概正是因为这样才让他被活埋后还能有点儿气。

“出来了！”他们惊喜地喊，暂时停止了挖掘。

“小兄弟，能先把你的手放开吗？你放开她我们也会救你出来的。”文国华说。

那人没说话。

宋雎窈伸手把他头盔上的挡风面罩往上推开，火把稍稍凑近，露出一张颇为熟悉的面孔。

灰色的大眼睛，高挺优越的鼻梁和薄唇，有着帅哥的基本配置，却有一种奇异的灰扑扑的感觉，像一粒毫无存在感的尘埃，以至于根本没有人能注意到他长得到底是美是丑。

宋雎窈怔了一下，瞳孔里似乎有什么颤动了一下，随即微微发起光来。

江白奇狼狈地看着宋雎窈，忍住想要把挡风面罩滑下来的冲动，该死的蠢货，为什么把他随机到地下，等他出去，全都炒鱿鱼！

文国华趁机一下子把他的手从文珠怜脚踝上扯开。

这时，一个陌生的女孩跑了过来：“哥！”

其他人顿时警惕地望过去。

女孩看到他们，也吓了一跳，瞪大双眼，随即像是明白了什么，跑过去：“你们是被繁星集团骗过来的人吗？”

这句话顿时引起了所有人的惊恐。

“我先自我介绍一下，我叫江白桃，这是我哥，江白奇。”

现实世界中，审判秀直播间。

江白奇？！

啊啊啊，真的是奇奇吗？！

真的吗？幸福来得太突然，简直是不敢相信！

宋雎窈这一期又不一定会喜欢他。

我第一次在审判秀里看到第二次出现的 NPC！

江白奇出现了，第一期他可是做出了让临时真人 NPC 都倒霉的头盔，这一期不会又……

等等，先别兴奋，也许只是同名同姓而已！

因为太不可思议，很多人开始怀疑这是不是只是个同名同姓的人，至于看脸……不好意思，江白奇的存在感太谜了，让人看过既忘，他长什么样来着？

正义审判秀演播大厅。

节目组也傻眼了。

江白奇？为什么？审判秀史上，从来没有过第二次出现的NPC！出现就出现吧，问题是，他不会又做出什么可怕的东西来吧？上一期他可害惨了临时真人NPC！

“是不是只是同名同姓的NPC？角色卡呢？”

“系统没有自动生成角色卡……”

一般来说，比较厉害的NPC角色，系统就会自动生成人物卡，然而无论是上一期还是这一期的江白奇，系统都没有自动生成角色卡。

“系统出bug了吗？”

“也许只是同名同姓，再看看……再说，就算是同一个角色，他也差点儿就被活埋了，应该不会像上一期那么厉害了。”

节目组蒙了，但也只能暂时观望观望。虚拟世界运行后，就不受他们的控制了，他们只能通过明星玩家和临时真人NPC来插手。

虚拟世界内，文珠怜和卫言猛地瞪大了双眼，齐齐瞪向江白奇。

江白奇？他们听错了？

“他叫江白奇？”文珠怜一下子站起来，“哪个江，哪个白，哪个奇？”

文珠怜那么激动，叫所有人都意外地看了过去。

江白桃：“你认识我哥吗？”

文珠怜表情微微僵硬：“不，只是这个名字跟我一个认识的朋友很像。”

“那这个朋友肯定不是我哥。”江白桃说，“你是文珠怜，如果我哥认识你，我不会不知道。”

“能告诉我们这是怎么回事吗？”宋睢窈看了看江白奇，他一直不说话，面无表情，看起来不太对劲。

江白桃跟他们讲述剧本的同时，繁星集团也跟直播间的观众讲述第二阶段的剧本了。

邪恶势力繁星集团在岛上进行非法基因研究，并且用无辜的工作人员做实验，结果事情一发不可收拾，研究所的所有工作人员都受到牵连，全都因为病毒而患病，成了没有思想只受进食本能驱使、需要以鲜血为食的嗜血病患者。

但程序是可以逆转的，生病了吃药就能好。

可是繁星集团发现，病毒会在这些嗜血病患者的脑子里进化，凝成一种结晶，这种结晶具有能量，并且将病毒的毒性给过滤了。食用这种结晶，可以改造人体，延年益寿，连绝症都可以治疗，甚至该晶体主人的特长，也会通过这个结晶进入食用者体内，让其拥有这种技能。

江白桃恨恨地说："就是因为这样，所以他们放任工作人员自生自灭，不救他们！你们一定都是各个领域的佼佼者吧，他们把你们骗进来，就是为了得到你们拥有的东西。越优秀的人脑子里孕育出来的晶石，品质就会越高。"

而为什么要让他们把重要的家人都带进来呢？还不就是因为只有家人才会难以用金钱安抚，才会不嫌麻烦一直揪着他们失踪这件事不放吗？甚至野外求生这部分，其实也是用来筛掉劣质品的。

这逻辑，我服了！

邪恶集团哈哈哈！繁星集团在自黑这条路上，一去不复返了！

这种结晶……如果有的话，世界就乱套了。

讲真，有的话我愿意倾家荡产买，既可以得到强健的身体，超人的寿命，还可以得到过人的才华，谁不想要？想想也是恐怖，优秀但贫穷的人，都很危险了。

不贫穷的人也危险啊，只要资本处于碾压级别，那么被它碾压的所有人都是危险的，所有人都处于底层。

当然了，这些被病毒感染的嗜血病患者，包括江白桃，都是报名参加的群演假扮的，全都是签了保密合约的，违约金高昂，因此想必谁都不敢在扮演期间向嘉宾们透露真相。

虚拟世界的观众们因为有剧本，站在上帝视角看得爽歪歪，而现实世界的观众们，听着江白桃的讲述，觉得毛骨悚然，这个繁星集团太邪恶了吧！没有王法了！还好他们有国王陛下，在现实世界中，这种只手遮天的集团是不可能存在的！

江白桃负责给他们解说情况，说着说着，眼睛就红起来了："我哥哥江白奇，本来也是岛上的研究员，他察觉到了不对劲，所以提前给了我解毒药，因此，我才能幸免于难。"

他们一直以为，黑暗直播已经够黑暗了，万万没有想到事实居然比黑暗直播更可怕。

"啊！不要！我不要！我想要出去，我要活着！"有人崩溃地抱着头大喊。

礼文灵他们也很是惊恐，下意识地看向宋睢窈："睢窈……"

宋睢窈还蹲在地上盯着江白奇看，闻言她看向江白桃："既然只是生病了，那么，如果不喝血的话，他们会死掉吧？"

"对，没有食物的情况下，他们可以活两个月左右，然后死掉。死掉后晶体也不会消失，因此繁星集团的人会定期过来回收尸体，挖出他们脑子里的晶体。"

宋睢窈点了点头，对礼文灵他们说："事情没有那么绝望，研究所里有解毒药，如果拿到研究所里的解药，不仅我们不会变成这样，也可以将变成那样的人救回来。而且，繁星集团既然按时过来收尸，也就是说我们有机会可以反击，抢夺他们的交通工具，离开这里。白桃能活到现在，证明岛上没有监控是吗？"

江白桃连连点头："事出突然，繁星集团自己也没有料想到，因此根本来不及在岛上布置监控，所以，我们在岛上的行踪很安全。我也一直在找机会回到研究所拿解药救我哥哥。"

解决困境的办法就在眼前了，因此他们的行动，很快从穿越海岛变成去研究所拿解药救人同时自救。很显然，穿越海岛也是一个谎言，研究所就在海岛的中心位置，越靠近越危险，他们就是想让这群人过去，然后被咬，被感染，成为他们想要的晶体培养皿。

他们在原地休息，这一夜所有人却都辗转反侧，根本无法入睡。

宋睢窈也睡不着，她蹲在江白奇身边，托着腮注视着他。

江白奇在彻底被病毒感染之前，带着江白桃跑出了研究所，并且让江白桃给他戴了摩托车安全帽防止他咬人，还和江白桃一起挖了这个洞，把自己给埋了。

想到这个，宋睢窈就不由得弯起眼眸，露出忍俊不禁的笑来。

“好可爱。”

更可爱的是，他在装病，这实在是太可爱了，真的让人忍不住想要捉弄他呢。

江白奇：什么？什么可爱？

“你饿了吗？白桃说你已经被埋了快两个月了，再不吃东西就要死了。”宋睢窈第一次有些少女稚气地左右看了看，见没有人注意这边，竖起手指，用力咬了一口。顿时，指尖冒出了血珠。

然后，宋睢窈把手指伸到了江白奇唇前。

江白奇：……

“快吃吧，但是，你不能咬我哦，牙齿上的病毒会让我感染呢。”宋睢窈温柔地说。

虚拟世界直播间内，观众们惊呆了，宋睢窈这反应？这行为？

而现实世界直播间内，观众们则发出了尖叫。

啊啊啊！是江白奇，绝对是那个江白奇！

宋睢窈的眼神和第一期注视江白奇的时候一模一样啊！

CP粉落下了眼泪，我粉的CP居然又活了，不是期抛！

第一期的时候我还当是意外，现在看来……宋雎窈真的审美异常，她就喜欢江白奇这一款的！

神仙爱情！神仙一见钟情！

节目组则松了一口气，江白奇都被病毒感染成没有思想的怪物了，那他是不是江白奇就无所谓了，也是，第一期一定是巧合，就算江白奇没有变成嗜血病患者，应该也不可能再做出上一期那样的头盔。

而且，繁星集团这邪恶计划，刚好给了他们机会。

临时真人 NPC，有合适的 NPC 躯壳穿了。

第二十章

喂食

虚拟世界内。

求生岛乐园项目组。

所有员工瞪大眼睛，嘴巴张大：“哇……”

躺在全息舱内的江白奇，耳朵已经涨得通红，甚至连脖子都开始红了起来。

宋雎窈还蹲在边上，她一手托着腮，歪着脑袋笑眯眯地看着他，坠着一滴猩红血液的手指就在他唇上。

他现在是饿了两个月的嗜血病患者，根本不能抵抗鲜血的诱惑，否则人设就崩定了。

肌肉已经绷得不能更紧了，江白奇心跳如雷，震得他自己都快聋了。他恨不得马上退出这个虚拟世界，可事到如今后悔已经来不及了。在宋雎窈的注视下，最终他只能微微抬头，凑近那根手指，伸出舌头，将那滴血舔掉。

不知道是不是全息舱数据干预，他居然觉得那滴血是甜的，甜得充满诱惑，进入他的体内后，忽然让他全身都兴奋了起来，像是渴望已久。

灰扑扑的双眸望着那双闪亮亮的饱含温柔和笑意注视着他的美眸，他像是被引诱了一样，开始渴望地舔着她的手指上甘甜的血液，直到那手指上的伤口停止流血，她收回手指，他还渴望地往前追了追。

“好可爱，像金毛一样，但是可以了哦。”宋雎窈却用手指抵在他的眉心，温柔地说，“这样足够维持你的身体能量了，明天再喂你吧。”

我粉的 CP 是真的是真的呜呜！

他们太可爱了吧！

给我原地结婚生孩子啊啊！

现实世界中的 CP 粉们，无法抑制地尖叫，满屏都是“啊”飘过。CP 粉们的快乐，其他人是无法想象得到的！

“爱丽，明天再研究吧。”埃文斯走过来说，想让宋睢窈去休养生息。

他们都以为宋睢窈蹲在这里，是学者的执着，是在研究这个病毒是怎么回事，埃文斯也是这么以为。

宋睢窈蜷缩起手指，揣在怀里，看向埃文斯，双眸清澈明亮，她以往的眼睛也都是有光的，可是这一次却非常不一样，温柔、含着笑意，还有几分羞涩和雀跃。

埃文斯愣了一下：“妹妹？”

“哥哥，他好可爱。”宋睢窈笑着说。

埃文斯：“嗯？”

宋睢窈却起身离开了，就算脚踝还伤着，脚步也透露出一种轻快雀跃，背影看起来非常愉快。埃文斯怔怔的，没反应过来发生了什么。

而江白奇回过神来，看着宋睢窈的背影，意识到自己刚刚做了什么，羞耻到差点儿爆炸。他在干什么？怎么一直在舔她的手指？！

可爱？说他可爱？刚刚也说他像金毛，所以是把他当成狗了吗？

可恶！

文珠怜和卫言在不远处，看到了宋睢窈的小动作。

“那个好像真的是江白奇。”文珠怜对卫言说，“我现在想不起江白奇长什么样。”这不正是江白奇的特点吗？存在感稀薄，让人记不住他的模样。

他们对江白奇当然印象深刻，上一期因为他做出的那个头盔，给他们造成了多大的冲击啊！第二期受第一期的影响，很多人都不敢再报名参加临时真人 NPC 竞选了，就怕像第一期那些临时真人 NPC 一样，社会性死亡。

“我从来没有听说一个 NPC 会第二次出现的。”

“虽然概率很小，但是也是有的。”卫言说。

“宋睢窈的审美真的很奇葩，好像又对他一见钟情了。”文珠怜微微眯起双眼，嘴角勾了勾，“天降的好机会，你说，如果我去接近江白奇，宋睢窈会不会嫉妒？”

“会的吧。”

“很好。”就这么愉快地决定了，文珠怜想想第一期宋睢窈是怎么追到江白奇的，还不就是因为江白奇一直没人关注，宋睢窈却能一眼看到江白奇吗？

但是，江白奇现在变成一个没有思考能力的病患了，应该也不会在乎有没有人关注了，只要用血就能勾引到吧？女人就是占有欲那么强的生物啊，哪怕是血，自己喜欢的人也只能喝自己的。

文珠怜和卫言，又在说让人听不懂的话了……

看样子文珠怜和卫言，好像早就认识江白奇了，江白奇在现实世界是谁啊，好像很厉害的样子？

NPC？啊？我听不懂，我傻了？

什么叫宋睢窈又喜欢上了江白奇？是有什么前缘吗？还是在玩游戏？在游戏里当过情侣，然后分手了，宋睢窈失忆了，结果又在求生岛乐园里遇见，然后再次一见钟情？好吧，狗血得我自己都编不下去了……

听不懂其他的，但是，我听懂了文珠怜知道宋睢窈喜欢江白奇，就要故意去接近！

直播间观众一片迷茫。

求生岛乐园项目组工作人员们更是迷茫得不行，算了，反正录下来了，等老板出来再让他自己看就好了，老板的私事，员工们太八卦也是不行的。

这么想着，他们转头就在员工群里跟其他员工疯狂八卦起来。号外号外，毫无存在感的老板跟那个闪闪发光的宋睢窈，好像有什么不可告人的私情！难不成，老板如此讨厌在公司谈恋爱的情侣，就是因为跟宋睢窈有过什么情伤吗？！

想到了让宋睢窈不爽的办法，文珠怜的心情很好，也有了关心别人的心情，看到李达达，便朝着她走了过去。

李达达躺在距离她父亲李思清 5 米开外的地方，中间隔着礼文灵一家三口。

“达达，你还没有跟你父亲好好谈谈吗？”文珠怜关心地问。

李达达面部肌肉僵硬，扯了扯嘴角：“你不用管，珠珠。”

“我怎么能不管呢？”文珠怜着急地说，“如果不是因为我一厢情愿想要帮助你和叔叔解开心结和好，你也不会签繁星集团的合约，来这里遇到这些见鬼的事。可是错误已经造成了，我除了道歉什么也做不到，所以至少你和叔叔要和好啊。”

李达达下意识地看向李思清，李思清恰好看过来，那个儒雅的中年男人愣了一下，随即朝她露出了慈爱的微笑。

李达达浑身一僵，骤然转回头：“谢谢你，但是不用管我，当下最重要的是离开这座岛，没有时间谈别的。”

李达达翻了个身，背对着文珠怜，拒绝再和文珠怜交谈。

“达达，我们做子女的，难道要父亲主动低头吗？你难道没有看过叔叔的那些画吗？”文珠怜皱着眉头，有些严肃地说。

李达达肩膀颤了颤，却仍旧没有说话。

文珠怜有些失望地起身离开，准备去跟李思清聊聊。

达达啊，和父亲和好吧。

李思清对李达达的爱都表现在画里了，是个明眼人都能看得出来，李达达一直这么闹真的没意思。

不就是因为不支持她当模特吗？虽然不支持，但李思清还是用人脉帮她铺路了。要不然，她哪能一出道就能走一线大牌的秀？

白眼狼啊，悉心养了那么久，就是因为说了一句狠话，就离家出走多年，不跟父亲说一句话，想想当父亲的心情，就觉得难受。

李思清是著名画家，气质儒雅，相貌端正，经常做慈善，还出版了一本书，内容是他从女儿未出生的时候就在写的日记，内容温馨朴实可爱，透露着女儿奴的气息，获得了很高的网络人气。

李达达离家出走当模特后，两人关系被扒出来，网传父女俩关系不和，是因为李思清不让李达达进模特圈，李达达认为父亲不理解她．所以离家出走了。

对此很多人都觉得李达达不懂事，是被宠坏的小公主，所以才会这么任性，只是因为父亲嘴上的不支持，就做出让老父亲这么伤心的事。这一次听说两人一起上节目，他们还很期待两人说开和好，结果至今，两人都没有和好。

每次李思清想跟李达达说几句话，李达达都会立刻冷着脸转身离开，这引起了人们非常大的不满。

而背对着篝火，李达达在黑暗中泪流满面，一只手在胸前握成拳头，眼中都是恨意。

另一边，现实世界中，三名临时真人 NPC 被投入了虚拟世界中。

节目组选定的是岛上的嗜血病患者，反正无论 NPC 是什么病，真人穿进去后，就能恢复正常，所以根本无所谓。

“这一次，肯定能给宋雎窈最深刻的灵魂拷问了。”覃威看着临时真人NPC的简历，满意地说。

与此同时，在虚拟世界中。

求生岛乐园项目组。

忽然一阵警报声响了起来，所有人神经纷纷绷紧，可警报声下一秒又消失了。

“怎么了？”组长快速跑过来。

监测员满脸困惑：“……刚刚好像显示求生岛乐园有侵入者，但是很快系统又判定没有了。”

另一个监测员看着大屏幕，在上面锁定了几个群演：“异常点好像是出在这几个人身上。”

组长去联络群演进入大厅，那个大厅里都是求生岛乐园的群演们，他们躺在各自的单人床上，手上戴着手环，和还在求生岛乐园世界的嘉宾一样，陷入了深层睡眠状态。

群演进入大厅，负责人也检测到了一点儿异常，他去检查了一下被锁定的那几人，生命体征正常，精神状况正常，所以刚刚那不正常的波动是怎么回事？

还没得出答案，那边监测员又发现不对劲了。

那几个群演在求生岛乐园里，居然不按剧本行事，突然给自己加戏了？

搞什么？疯了吗他们？是不是忘记高额违约金了？

组长紧紧拧起眉头，眼睛眯起，能在繁星集团这种超级巨舰上担任重要项目负责人的人，眼界胆识自然都是过人的，思忖过后，他说：“一切照旧，不用特地联络这几人。这边时刻监测他们的生命体征，确保他们的肉体没有出现任何意外。”

太奇怪了，必须得好好观察，看看是系统还是什么出了问题。

天边翻起鱼肚白，周围亮起，求生岛乐园又迎来了新的一天。

宋雎窈睁开双眼，其他人因为睡得晚，还在睡着。

宋雎窈起身，目光立即寻找到江白奇，起身轻手轻脚地走过去，蹲在坑边。

坑里，江白奇大半个身体还埋在土里，头上的安全帽挡住了他的面孔。宋雎窈伸手把挡风面罩推上去，露出他的面孔来。

她一靠近，江白奇就知道是她，忍不住绷紧了肌肉，不知道为什么，故意闭着眼当作不知道。他想知道她要干吗。

他感觉到，自己露在外面的手被轻轻握住了，她先是一点点儿抚摸着，像是在感受他手上的每一寸肌肤，让他浑身都战栗起来，他很用力才没让自己的手指蜷缩起来。

"手好漂亮。"江白奇的手骨相非常好看，指节分明又修长，宋雎窈用自己的手掌跟他的贴在一起，他的手是她的两倍，完全可以将她紧紧包裹住。

江白奇开始觉得浑身发烫，如果这里不是求生岛乐园，而是现实世界，他恐怕掌心都要冒汗了。

好不容易等到宋雎窈把手掌拿开，他还没来得及松口气，又觉得自己的手背被冰凉柔软的唇瓣轻轻吻了一下。

这一下，他没能控制住，手指颤了颤。

全息舱内，他整个人像只煮熟的虾一样红起来，心跳如雷，神经紧张到浑身都汗湿了。

宋雎窈在干什么？她为什么这样？她是痴女吗？

哎呀，太可爱啦。宋雎窈托着下巴，看着他颤抖的指尖，眼眸弯弯，再装睡，就要做更过分的事咯。

江白桃表情僵硬，声音从后面飘了过来："那个……窈姐，你在对我哥做什么？"

其实这不是江白桃想问的，她被弄醒后，就看到地上有一排字，从那字迹里，她都看出了强烈的八卦的心情——工作人员不方便在虚拟世界里发出声音，那样会被观众听到，所以选择敲敲代码传递信息。

宋雎窈脸颊微微红起来，像是有些不好意思，但仍然握着他的手没放。她看着江白桃，说：“不知道为什么，总觉得跟你哥哥似曾相识，看到他就觉得非常开心，想要一直这样注视着他。我想，这就是一见钟情吧。江白桃，我可以和你哥哥结婚吗？”

结婚？

江白奇被握住的手，在宋雎窈的手心里明显地抽搐了一下。

八卦的求生岛乐园项目组工作人员们一下子兴奋得从椅子上跳起来，嘴上发出八卦的声音。

现实世界的观众们更是兴奋。

这桩婚事妈妈同意了！妈妈砸锅卖铁给你们办酒席呜呜呜！

第二期宋雎窈又对江白奇一见钟情！她简直就是打骨子里喜欢江白奇这种平平无奇的类型！

宋雎窈是喜欢江白奇，还是喜欢他可以任她摆弄的状态，还是未知数呢，我感觉有点儿变态。

一旦涉及宋雎窈是否犯罪这个问题，审判秀直播间内的弹幕就会变得乱七八糟，开始争吵，和第一期时不同，第二期弹幕正反两方站队已经五五开。

在“天会亮”论坛成员坚持不懈的舆论引导下，再加上宋雎窈出色的表现，很多人都忍不住产生一个想法——反正又不是他们投了票宋雎窈就能直接免罪出狱，那么为什么不可以给她一次机会，万一她真的有冤情呢？宋雎窈这么优秀，以这种罪名在牢里蹲到死，想想都觉得挺荒谬的。

当然，罗马不是一日建成的，即便他们有这种想法，可是很多人仍然不会轻易投出自己手上的票，或者也还不会去购买申冤票，因为那是自己的钱和信用点呀，很多人为天灾人祸捐款时尚且会犹豫，更何况是为一个陌生人花钱，申冤票可并不便宜，而且就算不缺钱，信用点也是有限的。

但即便如此，申冤票的数量也一直在缓慢地增长着。

申冤票的票数观众是可视的，霍森看着直播间右下角的数字，1700万。第一期结束的时候，申冤票是1000万张，这个数字，是第一期结束时因为宋雎窈说出质疑世界的真实性而狂飙上去的，这一期只进行了一半，却已经涨了700万了。

距离减刑的5000万票，又近了很多，在审判秀史上，前所未见。按照她这样的表现，也许在第四期结束的时候，她就可以拥有5000万票，得以减刑了。

但她真的只是想减刑吗？

他想起自己去见她时，她的轻慢蔑视的笑容，他的心脏快速跳动起来，他感到既生气，又有些莫名兴奋。

但他的兴奋，在看到宋雎窈握着江白奇的手说想跟他结婚的时候，便平复了下来，唇瓣不悦地抿紧。

楼下，元蔓枝又在发疯，她一看到弹幕区里有人说她儿子的不是，对宋雎窈表示怜悯，就气得不行，偏偏她又控制不住不看。

“不会让你减刑的，你想都不要想，想都别想。”元蔓枝喃喃自语，眼神怨得像一只厉鬼。

“这一次，你等着死吧。”

虚拟世界，求生岛乐园。

被宋雎窈期待地望着的江白桃，内心兴奋，表情僵硬。

“啊，这个……这个……”她只是区区一个群演啊，又不是真正的江白奇的妹妹，虽然她不知道江白奇是什么人，但是仔细想想应该也是个大人物，她哪敢说可以啊可以啊送给你了快牵走吧这种话啊啊啊啊！虽然她很想说！

江白奇呼吸都屏住了，心脏好像要从咽喉里跳出来，大脑一片空白。

这时，江白桃灵机一动，说：“我哥哥虽然是嗜血病患者，但是，他跟其他嗜血病患者不一样，他最近开始恢复自己的意识了！你喜欢他的话，你可以自己问他！”

稍微改改设定，应该没问题，繁星集团工作人员这么激动这么八卦，江白奇肯定是集团的大人物，她不敢乱说话，就让他自己说啊！我真聪明！不知道能不能多赚到一笔奖金呢！江白桃为自己点了个赞。

江白奇的表情僵住了，这个女人，擅自给他加什么设定，有自己的意识，那他还能把昨天舔手指的行为推给是因为受到病毒感染了吗？

宋雎窈看向江白奇的眼神，果然有了变化：“有自己的意识啊……”

“不可以。”埃文斯冷冷的声音忽然传来。

埃文斯不知道什么时候已经醒了，听到了这话，寒着脸走了过来：“爱丽，你还小，不可以谈婚论嫁。而且他还生病了，就算治好了也可能会有后遗症，会影响后代的基因，你不能跟他结婚。”

埃文斯终于明白宋雎窈昨晚是什么意思了，他当下恨不得拿起铲子，再把江白奇给埋起来，埋得结结实实的，最好再插上一块碑。

“好吧，哥哥。”宋雎窈有些无奈，但是她很了解哥哥的性格，此时此刻跟他争吵并无益处，只是浪费时间，所以她站起身来，趴到哥哥背上，“走吧，我们去找吃的。”

她这么轻易就放弃了，就好像刚刚只是一句戏言而已，握着他的手也放开了，他的手又回到地面上。

江白奇滚烫的身体温度渐渐降了下去，他垂下了眼眸。这个女孩，有点儿恶劣，把他当成狗一样逗弄着，一听到江白桃说他有意识，就觉得不好玩了吧。也是，谁会对一个会咬人要喝血的病患一见钟情？她和其他人一样，根本都记不住他的脸吧。

一群人吃完早餐，在江白桃的请求下，再三确认江白奇不会咬人，确实有自我意识后，他们将江白奇从土里挖出来。

“病毒会改造人体，我哥哥可以作为战斗力帮助我们。”江白桃说。这是让其他人最心动的一点，宋睢窈的脚踝受伤了，他们一群人里，只有利斯坦是能打的，但是一个人也顶不住啊，太让人没有安全感了。

安全帽摘了下来，那张苍白阴郁的面孔露了出来，没有人怀疑他中过病毒这件事，他看着就有点儿病态，浑身阴沉沉的感觉，那种灰扑扑的眼眸，看着人时的无机质感，像没有丝毫情感的玻璃珠。

宋睢窈趴在埃文斯背上，侧着头一瞬不瞬地看着他。

江白奇垂下眼睫毛，避开了她的视线。

宋睢窈眼眉弯了弯。

江白桃熟悉去研究所的安全路线，因此，领队者暂时变成了江白桃。

宋睢窈一直在看江白奇，直到发现文珠怜一直在跟李达达说着什么。虽然听不到，但是看李达达逐渐苍白的脸色，她也能猜到文珠怜跟李达达说的内容。

然而，她劝说李达达到了大中午，李达达都不为所动。

文珠怜像是已经说得不耐烦了，直接拉着李达达往李思清那边走。

“达达，我是你的好朋友，我不能放任你这样，以后你会后悔的。我们马上要去研究所，不知道会遇到什么样的危险，还有没有以后，你难道想留下什么遗憾吗？跟叔叔说清楚吧，你心里在介意什么，不能原谅他什么。说出来，我们在这里啊，别怕。”文珠怜说。

李思清朝李达达露出期待的眼神。

礼文灵等人也都看着她，没有出声，但沉默地支持着。他们跟李思清的关系都不错，李思清虽然是画家，但是他交友广泛，名声很好，待朋友非常真诚，因此各界朋友众多。

除了宋睢窈埃文斯和孟聪，以及跟李思清不熟的利斯坦父子，所有人都为了李思清去劝过李达达，父女哪有隔夜仇？李思清一直是想跟李达达和好的，可是李达达一直不愿意，倔强得让人皱眉头。

李达达看着距离她越来越近的李思清，再感受着周围那些沉默的支持的目光，脸色越发苍白，胃部翻涌，浑身颤抖了起来。

她拼命地想要把手从文珠怜手上挣脱出来，却被文珠怜死死抓住。

眼见着她就要被拉到李思清面前，一只手忽然按住文珠怜拽着李达达的胳膊。

“文珠怜，你过分了吧。”宋睢窈淡淡地出声，她不知道什么时候从埃文斯背上下来了。

所有人脚步停了下来。

李达达看向宋睢窈，眼神就像溺水的人抓到了一根稻草。

文珠怜愣了下，像是不明白宋睢窈为什么突然这样说：“睢窈？”

宋睢窈：“你为什么要插手别人的私事？”

“达达不是别人，她是我的好朋友。我想要看到她幸福，想要帮助她。”

“好朋友的私事，也不应该随便插手。李达达不想和父亲和好，有她自己的理由，你连什么原因都不知道，就凭着自己的一厢情愿一直让人家和好，不觉得自己管得太多了吗？”

“照你这么说，我应该袖手旁观，什么都不做吗？我怎么不知道原因？我就是知道，所以才觉得达达不应该这样，父亲为女儿付出了那么多，不能犯一点儿错吗？”

文珠怜终于找到了可以撑宋睢窈的机会，底气十足地说：“而且，我跟达达才是好朋友，她看着开朗乐观，其实是个胆小鬼，一些事情，如果不逼着她去做，她就会像蜗牛一样一直缩在壳子里。如果不是我强拉着她去告白，她早就跟她的男神擦身而过了。”

一旦有争辩，直播间的弹幕也会争吵起来。

看来李思清真的犯错了，有可能是出轨什么的。

宋睢窈挺冷血的，之前死了那么多人，其他人都崩溃，她还是那么冷静，李达达跟她关系挺好的，但是，宋睢窈从来没有关心过李达达。

强行插手别人的私事确实不对，但是，李达达确实是个小㞞包，有时候需要被逼一下的。

“我知道了，睢窈，你是心里还怨着爸爸是吗？”文珠怜忽然红着眼眶说，“你觉得当父亲的应该主动低头道歉，所以才觉得李思清叔叔需要跟达达低头道歉。”

埃文斯顿时冷笑：“你们家人都这么自恋吗？以为别人这么稀罕你们？一个无论女儿做什么决定，都百分之百支持的养育了自己8年的养父，和一个一口饭都没给吃过的冷漠的亲生父亲，这道选择题，就连小孩子都会做吧？”

文珠怜顿时手足无措，像被欺负的小可怜。见文珠怜好像被兄妹两围攻，文国华和文英霆走了过来。

文国华听了埃文斯的话，再看文珠怜这样，只觉得心里堵得厉害。

“你可以恨我骂我，但没有必要针对珠珠，抱错的事，跟她没有关系。”

“你们，不要因为我吵架，我……”李达达出声，她瞳孔颤抖恍惚，十分不对劲，说着说着，忽然转身跑了。

“达达？！”文珠怜喊了一声，随即看向李思清，“叔叔！”

李思清立即抬步追了上去。其他人见状，停下脚步，觉得这也许是个机会，让李达达和李思清单独相处，把话说开。

宋睢窈看着两人消失的方向，垂下眼眸，风将她的长发吹散，落在白皙的脸颊上，她伸出纤细的手指将其撩到耳后。

这确实是一个好机会呢，达达。

梦境中的这一期，她跟李达达并没有见过面，毕竟她只是一个可怜的真千金，而李达达是国际超模。会知道她，是因为李达达在一个节目上忽然自爆父亲李思清在她幼年时控制她，虐待她，通过她痛苦和惊恐的表情来获得作画的灵感，还要求她在面对外人时露出甜美的笑容，是个彻头彻尾的变态、神经病。

这个消息引起轩然大波，然而李达达拿不出丝毫证据，她身上连一丝足以用来作证的伤痕也没有，而且那时李达达已经一改先前甜心宝贝的人设，不再露出甜美的笑容，文花臂、抽烟、泡吧等各种让人大跌眼镜的新闻层出不穷，很多人都怀疑她是不是疯了。

而李思清的朋友又非常之多，名声和形象都经营得极好，纷纷为他站台，一时间，舆论都站在李思清这边。

最后，李思清还拿出了李达达患上精神疾病的证明，人们更相信她是病了在胡言乱语，李思清也通过这个获得了合法的监管权，合法控制了李达达的人身自由和财产。甜心公主李达达就这么消失在了公众面前，直到一位深爱她的粉丝潜入她被监禁的地方，发现她已经在浴缸里自杀。

后来舆论风向虽然有些变化，但因为仍然没找到任何李思清虐待李达达的证据，更多的人还是相信李达达是因为生病而自杀，李思清仍然逍遥法外。

一定非常痛苦吧？没有人相信自己说的话，连法律都站在对方的那一边，一根救命稻草也找不到，好像太阳也消失了，整个人置身黑暗之中，无助到崩溃。

没关系，这一次会是另外一种结果了呢。

宋睢窈眼底闪过一丝意味不明的色彩，一瘸一拐地走向江白奇。

“阿奇，背我去找达达好吗？”

江白奇愣了下，她刚刚是不是一下子就看到他了？

宋睢窈拍拍他的肩膀：“阿奇。”

江白奇下意识就蹲下来，然后，宋睢窈软软的身体就贴了上来，他浑身肌肉瞬间绷紧，才反应过来发生了什么。

“爱丽！”埃文斯一转头，吓了一跳，立即跑过来，“很危险，快下来！”

“没事的哥哥，我觉得阿奇不会伤害我的，我去找李达达，你在这里等我。”

文珠怜立刻过来阻止：“雎窈，你不要这样，这是个让他们父女和好的机会！”

“我不这么认为。”

“你觉得你比我更了解达达吗？”

“我不了解，但是我知道什么叫尊重。阿奇！”宋雎窈抱住他的脖子。

江白奇立即背着宋雎窈朝着李达达和李思清离开的方向跑去，比埃文斯快和稳，被病毒改造过就是不一样。

文珠怜看着两人的背影，生气地跺脚。

宋雎窈干吗啊，非要插手人家父女的事！

文珠怜的猪粪们是不是又趁机出来舞了？文珠怜对李达达一个上午的纠缠和强迫，不是插手吗？

我觉得达达这种反应，会不会李思清有什么问题啊！

李思清不管私底下怎么了，对不起谁都不可能对不起李达达，李达达小时候因为生病失明过一段时间，李思清差点儿就把自己的眼角膜给她了，你说这不是父爱？

去看看李思清的日记和画，都不会用恶意揣测李思清对李达达的爱！

李达达从在岛上发现李思清后，情绪就一直处于走钢丝的状态之中，尤其是她是被文珠怜连哄带骗带过来的，在这之前，她压根儿就不知道李思清会过来。

她感觉自己好像被好朋友背叛了，可是文珠怜看起来那么善意，她只是不知道发生过什么，她和其他人一样，都被李思清那个变态的假面所蒙蔽了。

之后，礼文灵那些被李思清蒙蔽的人，一个接一个走到她的身边，劝说她和李思清和好，不要闹别扭了，一道道阴影笼罩下来，她觉得无法呼吸。

所有人都觉得李思清是个大好人，他非常爱她，她离家出走是因为任性，没有人会相信她的话，就像她逃走后，李思清对她说的话一样，即便她走在被照得透亮的舞台上，光明也永远不会真正落在她的身上。

文珠怜一个上午的劝说，让她极力压抑的过往的记忆终于挣脱她的管束，浮上大脑，最终崩溃，她不停地奔跑，只想要找到一个悬崖，一跃而下，逃离这个世界。

“砰”！她被一根在地面凸出的树根绊倒，手臂膝盖瞬间都是擦伤，还被一块石头划出了一道血口。

然而让她浑身冻结的，却是李思清走过来的、面带微笑的身影。

终于停下来了，快点儿说清楚吧！

达达啊，和父亲和好吧！

李达达看起来很不对劲啊……

“摔得很严重啊！”李思清走到李达达面前，蹲下身来，强硬地握住她的脚踝，看着上面的擦伤，“爸爸跟你说过，不要跑跑跳跳，容易受伤。你为什么不听？”

他说着，拇指对着那个伤口，用力按了下去，原本不大的伤口，顿时撕裂开来。

“啊啊啊！”李达达痛得尖叫起来，她用力挣扎着，却怎么也无法从男人的手上挣脱，像只在猛兽口中徒劳挣扎的兔子。

求生岛乐园直播间观众的表情都僵住了。

李思清看着李达达痛苦的表情，眼神欢喜得诡异：“对，就是这种表情，实在是太美了！让我灵感迸发，你是我的缪斯！没有你在我身边，我都画不出优秀的画了，回来吧，宝贝。”

“变态……总有一天，我要揭露你的真面目……”李达达唇瓣剧烈颤抖，几乎痛晕过去。

“哈哈哈你还没看清现实，根本没有人会相信你哈哈哈……”李思清猖狂地大笑着，那张儒雅的面孔扭曲起来。

他得意于自己的行事缜密、计划得天衣无缝，所有人都被他蒙骗，被他戏耍，无论李达达如何呐喊，也没有人会相信她，而她因此痛苦的表情、绝望的眼神，都让他灵感迸发。

我去……

天啊！

啊啊啊！

达粉要崩溃了，这是什么品种的变态啊！难怪达达会这样，这变态到底怎样折磨过她啊啊啊！

要不是亲眼看见，我真的不敢相信……

这种反转，太具有冲击力了，直播间的观众都疯了，繁星集团的工作人员都惊呆了，他们搞这项目的时候，想的都是经历生死，家人之间的关系变得紧密，认识到对方的重要。万万没有想到，居然还让隐藏得那么深的一个变态露出了真面目。

脚步声从远处传来，李思清立刻收敛起了表情，变成了一张儒雅的充满关爱和失望的慈父面孔，如果没有亲眼见到他刚刚那变态模样，几乎都要被他这比礼文灵他们都要好的演技给骗过了。

李达达绝望地闭上双眼，整个人无助地蜷缩起来，浓重的黑暗将她牢牢包裹起来。

“达达。”她嗅到一股淡淡的香气，温柔清浅的，声音也像春风一样，从她身上吹过。

一只手温柔地按住她的肩膀，香气更浓了一些，她贴了过来，轻轻地将她拥住，往下滑的黑发挡住了她的口型，她在她耳边悄悄说了什么。

李达达难以置信地看着宋雎窈，看到她温柔但充满力量的双眸，鼓励地看着她。

她漆黑的绝望的瞳孔深处，有光缓缓亮起，眼泪也一并涌了出来，李达达紧紧抱住宋雎窈，像个孩子终于找到了可以信赖和依靠的人一样，号啕大哭起来。

江白奇站在一旁，看着被李达达紧紧抱住的宋雎窈，她刚刚，跟李达达说了什么？

没有人知道宋雎窈对李达达说了什么，反正李达达重新站了起来，擦干了眼泪，眼中忽然有了不一样的光彩。

李思清心里升起一种不太好的预感，可是又怎么想都想不出哪里有问题。旋即他将这种感觉抛诸脑后，李达达能怎么样呢？她没有任何证据能跟他鱼死网破，相反的，他可以游刃有余地控制她。

她是老天给他的礼物，注定得为他的事业增添色彩。除非他们死在这座岛上，否则她注定无法逃离他的手掌心。

四人回到之前的地点，大家正坐在树荫下等着，见他们回来，文珠怜立刻关心地跑过来，拉住李达达的手。

“达达！达达你怎么受伤了？”

“摔了一跤。”李达达看了眼她的手，口气平静地说。

文珠怜见李达达冷静下来，又问：“达达，怎么样？跟叔叔说清楚了吗？”

李达达：“珠珠，我是不是跟你说过，他深深地伤害过我，我不想再见到他？”

文珠怜愣了愣，说：“你是说过。但是，父女哪有隔夜仇……”

她没说完，李达达将手抽了出来，含泪的目光急切地看向宋雎窈。

宋雎窈愣了一下，朝她露出笑容，李达达不顾腿上流血的伤口，奔向了她。

心疼李达达……

文珠怜真的是盛世白莲花？

她自己被文国华捧在手掌心，就觉得全天下的父亲都是那么好，全天下的女儿都像她这么幸福吧？

了解李达达？真讽刺，我们这些外人就算了，文珠怜自诩是李达达的闺蜜，真的有关心过达达吗？比起李达达，她更信任李思清吧？

呜呜呜！宋雎窈太棒了，达达粉表示感激，在达达绝望的时候，她是唯一向她伸出援手的人啊，这是什么天使呜呜！

文珠怜看着李达达奔向宋雎窈，愣了愣，随即意识到了李达达这是什么意思，脸色渐渐难看起来。

卫言走过来，小声跟她交流："李达达这是跟你绝交的意思吗？宋雎窈在挖你的墙脚？"

"闭嘴，你除了动动嘴巴，还能做什么？浪费公司的名额！"文珠怜心情不好，也顾不上现实世界观众看到会是什么反应了，事实上她认为观众肯定会站在她这边，因为卫言真的什么用也没有。

卫言被"当众"训斥，觉得有点儿没面子，也很不爽，说得好像她做了那么多，取得了什么进展一样，还不跟他一样什么用也没有。

但文珠怜是前辈，他只能忍耐："我也觉得我浪费公司的名额了，不好意思。前辈你想法多，还是赶紧看看怎么挽回你的地位吧，现在宋雎窈已经是队伍里的 leader 了。"

"这还不简单。"文珠怜翻了个白眼说。宋雎窈可以抢走她的威信，却无法彻底取代她。

前辈？卫言对未婚妻喊前辈？

这俩人人前一套嘴脸，背后一套嘴脸耶！

我越来越觉得困惑了，卫家和文家门当户对，卫言也比文珠怜大两岁，两人也不是同一个公司的，卫言怎么表现得好像文珠怜同公司的后辈一样？

简单？我倒要看看她怎么个简单法。

一群人重新出发，宋睢窈却没有回到埃文斯背上。

“哥哥，你把刀背好吧，阿奇一点儿都不危险，他是个很强大的人，就算是病毒也不能腐蚀掉他的自我，他可以照顾好我的。”宋睢窈抱着江白奇的脖子说。

江白桃有些震惊地看着心安理得趴在江白奇背上、还理直气壮地要一个病患来照顾她的少女。她的肌肤白皙剔透，看起来脸皮一点儿也不厚……哦，懂了，你看她眼里钻石般的光彩，就知道她是因为喜欢，所以想要黏着。

宋睢窈的脸颊贴在江白奇的脸上，香气就像她牢牢圈住他脖颈的双手一样，柔软却霸道，不容拒绝地将他包裹了起来，每一次呼吸里都是她的味道。

多亏了这是虚拟世界，他可以自由调度这个虚假身体的状况，否则紧贴着他身体的宋睢窈，就能清晰地感受到他猛烈的心跳了。

埃文斯见反对无效，只能跟在他们身后。

哈哈哈，哥哥的死亡凝视。

真的死亡凝视，好像都要发出镭射激光了！

修罗场哈哈哈！

江白奇感受到埃文斯犹如实质的杀人目光，但并没有工夫理会，背上的身躯实在是太软太暖了，紧紧贴着他，曲线清晰，他长这么大，没跟哪个女孩子贴这么近过。

更别说，她的脑袋就在他的脖颈上，头发飘到了他的胸前，她在肆无忌惮地看他，呼吸都喷在了他的肌肤上。全息舱内，他的脖颈痒痒的，那呼吸所过之处，就激起一片鸡皮疙瘩。

“你以前在研究所里，负责什么工作呢？”宋睢窈跟他说话。

江白奇在要不要开口之间犹豫，他嗜血病患者的设定因为江白桃已经出现了变动，可以当作是进化了，但恢复意识是一回事，开不开口说话是另外一回事。

就在江白奇张口前，宋睢窈又自顾自地说：“无论是负责什么工作，反正肯定很受欢迎吧？长得这么好看，可可爱爱，闪闪发光的，又神秘，充满吸引力。”

江白奇怔了怔，随即垂下眼眸，不，他一点儿也不受欢迎，根本没有人能记住他长什么模样，他存在感微弱，连父母都会忘记他的存在，他灰扑扑得像一粒尘埃，宋睢窈才是她口中那种长得好看、闪闪发光、神秘且充满吸引力的人。

她为什么故意说这种会引人发笑的荒谬的话，是在戏弄他吗？

“你饿了吧？”宋睢窈问。

江白奇不太高兴，决定当个哑巴，拒绝理她。

然而下一秒，宋睢窈一只手放开了他，没几秒又伸了过来，手指点在他的唇缝上，柔声道：“快吃吧。”

她又咬伤了手指，要喂他血。江白奇本就不安分的心脏，跳得更加快了，她在耍他吗？或者，她有奇怪的癖好？把他当成宠物吗？之前也说他像金毛。

他肌肉绷紧，脑子无法思考。

手指在他唇缝上轻轻敲了敲，像在询问主人是不是可以进去，而没出息的主人，最终没有抵挡住诱惑，僵硬地微微张开双唇，将它含了进去。

舌尖舔着上面腥甜的鲜血，其实伤口并不大，被他舔了没几下就没有血腥味了，然而他就像着了魔一样，一直在舔，贪婪地、充满爱意地。

宋雎窈想要把手抽走的时候，他用牙齿轻轻咬住了它，然后他被宋雎窈另一只手揪起了耳朵。

“不可以。”她严肃地说。

江白奇这才意识到自己在干什么，僵硬地松开牙齿，可在她手指彻底抽离之前，他舌头又不受控制地追着舔了一下。

脑袋被轻轻揉了揉，宋雎窈含笑的声音尽在耳边：“好乖呀！”

……果然是把他当成了狗。他一定是受了设定的影响，所以才受到了鲜血的引诱，才会做出这种奇怪的事，没错，一定是这样。

“离岛后，跟我回家吧。”宋雎窈笑着说，忽然凑到他耳朵旁，用只有他听得到的声音悄悄说，“到时候让你……个够。”

江白奇：“……”

全息舱里，江白奇浑身都像煮熟的虾子一样红。

想象着江白奇在求生岛乐园外真正身体的反应，宋雎窈愉悦地弯起了双眼，嗯？逗弄自己的恶犬，是合法的吧？

现实世界的直播间里，CP 粉又开始狂欢起来，嗑糖嗑得要疯掉，而虚拟世界里，观众们也开始嗑起了糖。

啊啊啊好甜！

我在冒险综艺里看爱情！我开始相信他们之间真的有前情，还有老套的失忆梗了！

这个江白奇群演，会不会是为了宋雎窈进去的啊！

哥哥要气死了，养了好久的白菜被拱了。

如果是我，我也生气，妹妹这么优秀，江白奇太普通了吧，我一闭上眼睛，就记不起他长什么模样了。

实不相瞒，我也……

求生岛乐园项目组工作人员八卦地议论着，要不要帮老板调查一下埃文斯家里什么情况，照目前情况来看，埃文斯好像恨不得把他重新埋起来，敌意满满。

要娶到人家姑娘，好像不是那么容易的事，不知道人家看不看得上繁星集团老板这个身份，还有那能动摇整个世界的财富。

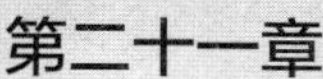

第二十一章 诱惑

海岛很大，走走停停赶了一天的路，都还未看到研究所，在天黑下来的时候，他们先找了个营地度过这个夜晚，明天再继续。

文珠怜看了卫言一眼，挑了挑眉，像是在说给我看着。

文珠怜走向了李达达，像是她们之间没有任何不愉快一样："达达，我新写了一首歌，清唱给你听，你给我一点儿意见好不好？"

李达达表情僵硬。

文珠怜却不等李达达回复，自顾自地唱了起来，声音不大，但周围的人都听到了。

文珠怜唱的是现实世界中很有名的一首以儿女的角度唱的关于父亲的歌，讲述父爱的伟大，这首歌一出来就火遍全国，歌词写得非常质朴感人，不知道唱哭了多少儿女，是传说中的"劝和歌"。

现实世界，审判秀直播间。

我去！一言不合就唱歌，尴尬得我脚趾都蜷缩起来了！

尴尬得我脚趾把地板都抠出洞了！

而虚拟世界里的观众们不明真相，反应自然就不同。

心情复杂，文珠怜是真的很有才华啊！

心疼达达，文珠怜有病啊，这个时候还要唱这种歌劝和！

我就当文珠怜的歌粉好了，虽然人品不行，可是我就是喜欢她的歌啊。

老天真不公平，给这种人才华和天赋！

文国华听得眼含热泪，心中都是感动和自豪，再看那边始终没有主动跟他说过话的宋睢窈，脸上的笑意就收了一些。

“珠珠，你太有才华了吧，这首歌好棒啊。”

“天啊，把我都给唱哭了。”

这段时间都围着宋睢窈团团转，差点儿把文珠怜忘了的人们，被吸引了过来。无论怎么样，文珠怜的才华都太让人惊叹了，如果真的可以购买晶石，他们又不是身处在这里，他们愿意倾家荡产买文珠怜脑子里孕育出来的那一颗，来换取这一身的才华啊。

当然了，如果能买到埃文斯的更好，只怕埃文斯那颗，他们倾家荡产也买不到，那是稀世珍宝，肯定是被大富豪抢夺甚至珍藏的东西。

文珠怜不好意思地笑了笑：“还好啦，在这里，我这才华也派不上什么用场。”

“怎么会！好歌能给人精神上的能量，有时候比米饭还厉害。”

“如果能回去，我一定去跟爸爸和好。”

文珠怜再次看向卫言，卫言心里觉得很尴尬，但是又不能说什么，只能朝她竖起拇指，你真的好棒棒哦。

文珠怜借着李达达表演了一番，重新找回自己的地位和存在感，拍了拍李达达的肩膀，转身走了。

李达达握紧了拳头，眼中闪过一丝怨气，随即，她想起宋睢窈跟她说过的话，站起身，逃避一样地走到远离人群的地方。

没一会儿，李思清果然跟了过去，他享受在众人眼皮子底下折磨李达达，李达达因此露出的那种被全世界抛弃的痛苦的眼神。一看到这种眼神，他变态的父爱就汹涌而出，脑子里好像炸开了无数灵感的烟花。

在李达达的引诱下，李思清在直播间众多观众的眼皮子底下，承认了一些他在李达达小时候对她做过的事。

另一边，因为埃文斯在生气，宋雎窈不得不去哄哥哥，于是江白奇终于没有和宋雎窈呈连体婴状态了。

文珠怜一见，暗道机会来了，立即转动脑袋，找江白奇。

结果脑袋左转右转，愣是在这么大点儿地方，没有找到江白奇的踪影。

“请在下图中找到江白奇”这个小游戏，对于宋雎窈以外的人来说，有不小的难度。

“江白桃，阿奇在哪里啊？”难道并不在这一亩三分地里吗？

“你找他啊？”江白桃转头去找，也没找到。呃……

一直到宋雎窈哄完埃文斯，走到江白奇身边，他被宋雎窈的光芒照亮，她们才看到江白奇就站在那棵树下。

之后的两天，文珠怜一直试图找江白奇，勾引江白奇，给宋雎窈不爽，但她次次都找不到江白奇在哪里，好像江白奇会隐身一样，可偏偏宋雎窈总是一眼就看到他。

内外两个直播间观众看得笑死，觉得文珠怜像个跳梁小丑一样，连人都找不到还想勾引人。同时他们又觉得这颗糖实在是太甜啦，无论江白奇站在哪里，宋雎窈都能一眼看到他，在别人眼中存在感微弱到随时会被无视的人，在她眼中却是闪闪发亮！

文珠怜不得不放弃通过江白奇给宋雎窈不爽这件事，眼睛找人都找得快瞎了。

她改变了策略，一路上一直“创作新歌”，一首接一首，用自己的“才华”震惊同行的伙伴，获得赞扬，让他们围着她转，让宋雎窈受到冷落。

虽然宋雎窈一直和江白奇黏在一起，毫不在意的样子，但文珠怜还是从其他人那里得到了久违的虚荣心和满足感，也是这种感觉，让她对这个虚拟世界流连忘返，不到必须离开的最后一秒，都不想走。

没错，我是天才，赞美我羡慕我嫉妒我吧！

除了唱歌，她倒也没有再搞什么幺蛾子了，毕竟她也不想继续待在这里，也想赶紧离开这座岛，回到热闹的社会去，在外面，她才能享受到更多拥趸的追捧。

也只有在外面的世界里，她才能给宋睢窈好看。

林子大了，什么鸟都有，连连环杀人魔都会有自己的粉丝，更何况，文珠怜似乎只是人品败坏。

因为她在直播里直观表现出来的令人震惊的才华，又有人对她扭转了印象，文珠怜霸道的粉丝团体中偏执狂热的一部分，又像是被注入了力量一样，死灰复燃起来。

经过三天的跋涉，他们终于进入海岛中心区域，路上陆续开始出现嗜血病患者的尸体或者濒临死亡的病患。

他们看到人出现，发出渴望的低吼，但因为已经饿太久了，连爬起来的力气也没有，只能在地上徒劳地趴着。

这些嗜血病患者，如果不喂点儿血，就要死掉了。

他们又看向了宋睢窈，包括刚刚还围着文珠怜转的人。

在他们心里，宋睢窈才是领导者，虽然文珠怜唱歌好听，但是又不能在这个时候派上用场，当娱乐可以，但是，她的发言并不会因为她在作词作曲上有才华而有更多的分量。

文珠怜觉得自己好像被打了脸一样，有些难堪，顿时脸色沉了下来。

哈哈哈笑死，还以为自己可以用歌征服世界吗？

哈哈哈，不是自己都知道自己这才华派不上用场吗？还以为她是有自知之明的。

你们尽管笑，这只是虚拟世界，珠珠没干犯法的事，出来了她还是在乐坛名留青史的名人！

嫉妒吧，才华是永垂不朽的，文珠怜不比宋雎窈差，只是她们优异的方向不同罢了。

直播间里，观众们被文珠怜的粉丝们气得不行，却又毫无办法，这是多么让人沮丧的事啊，文珠怜的才华真的是有目共睹。

无论她在求生岛乐园里表现得再怎么糟糕，她不像李思清犯罪了，结束后肯定会被抓起来。她没有犯罪，因此她出来后，还是可以继续在娱乐圈里混，因为总有人会喜欢她，会倾倒在她的才华之下，她注定在乐坛有名有姓，甚至越走越高。

宋雎窈的脚踝扭得不严重，又处理得及时，几天下来，已经差不多好了，然而，她还是继续赖在江白奇的背上。

此时她看了看这一具具尸体，或者即将变成尸体的人，说："把他们绑起来，再喂点儿血吧，我们拿到解毒药就出来救他们。"

没有人有意见，这些都是病人，前面研究所里就有药能治，怎么忍心眼睁睁地看着他们死掉？

文珠怜站在卫言身边，看着他们听宋雎窈的话干活，她才不听宋雎窈的指挥。

文珠怜已经把她脑子里的歌输出得差不多了，一时间竟然想不出还有哪首经典歌曲，这让她很没有安全感，于是她问卫言："你记不记得什么经典是我没唱过的？"

卫言："《飞扬青春》？"

"有点儿印象，怎么唱来着？"

卫言心里翻了个白眼，但还是唱了几句给她听。

文珠怜总算是想起来了。

文珠怜问卫言歌怎么唱？然后卫言还知道？

我搜了一下，旋律和歌词都没搜到，那首歌绝对是文珠怜原创的，应该是她以前就写好了，唱给卫言听过。

文珠怜和卫言怪怪的，好像有很多秘密的样子。

文珠怜和卫言都是天才，天才怪一点儿怎么了？你们就嫉妒吧，文珠怜确实缺点一大堆，但是，人家就是有才华啊，嘻嘻！

他们本来以为这一趟会很惊险的，拿着菜刀水果刀的手都抖着，毕竟谁都看过丧尸或因为基因研究而出现怪物之类的片子，还以为需要进行什么生死搏斗。结果情况比他们想象中好太多了，嗜血病患者们很多都已经到达了极限，或倒在地上奄奄一息，任他们为所欲为，或有气无力一拳就能打倒。

他们绷紧的神经，不由得就渐渐松开了。

偌大的研究所就伫立在海岛中心，外围用铁丝网围了一圈，里面有几个脚步虚浮的嗜血病患者趴在铁丝网上看着他们。

他们心里已经不再怕了，轻轻松松走了进去，穿过长出了杂草的操场，进入研究所大楼。

现实世界，审判秀演播大厅。

“要开始了。”工作人员按照覃威的要求，叫醒了在午休的他。

覃威刚要发脾气，闻言立刻奔到屏幕前。

临时真人 NPC，终于要和被审判者见面了。

让他们快给宋雎窈好看吧！

刚刚进入研究所大楼，宋雎窈忽然出声：“等一下。”

所有人都看过来。

“我们不知道繁星集团什么时候派人来，得留一个人在外面报信，否则毫无防备之下，我们很可能会被瓮中捉鳖。”

“对！”

宋睢窈：“先去搜查一下安保办公室，里面应该会有无线电对讲机之类的东西。”

安保办公室就在大楼入口处，无线电对讲机是保安必备的设备，进去一搜，果然搜到了好几个，试着用了下，都还能用。

那么，谁留在上面报信呢？这个人要机敏一点儿，谁也不敢保证会有什么突发情况，需要对方进行脑筋急转弯来保护自己同时给他们传递消息。

“孟聪，你留在上面好吗？”宋睢窈说。孟聪是他们这些幸存者里最年轻的一个，脑子也很灵活。

孟聪看向父母，礼文灵慈爱地摸了摸他的头，父亲点了点头。

弟弟死亡，自己也去鬼门关走了一遭，孟聪已经不是刚进求生岛乐园时那个不爱读书的毛头小子了，他成熟了很多，眼里有让人信任的光彩。他朝宋睢窈点了点头。

研究所里的电力系统出了一些问题，但是勉强还能用，打开开关之后，有部分灯亮了起来，虽然很昏暗，还有一些灯闪烁着让眼睛很不舒服，但总比黑漆漆的什么也看不清好。

空气里有着浓浓的腥臭味，地面也有大片大片的血迹，像午夜无人的医院一样阴冷。

宋睢窈：“阿奇，好可怕，你要抱紧我哦。”

江白奇：……

原本以为，研究所里嗜血病患者的数量会比外面的更多，岂料一路走来，一个也没见着。

拐过拐角……

嚯！

所有人脚步猛地停住，吓了一跳。

只见前面走廊上，有一个人，在闪烁的走廊灯光下，蹲在一具尸体旁边。

那人转过头来，看到他们，露出惊喜的笑容："你们难道是来救我们的吗？"

说话了，是人？！

江白奇一直没开口说话，其他嗜血病患者也都没有说过话，他们默认嗜血病患者是不会说话的。

因此听到他开口，所有人的心里都微微一松。

宋雎窈的目光却落在那具尸体上，眼眸微微眯起。

"你们？这里还有其他活人吗？"文珠怜连忙问。

"这里还有我的两个朋友。谢天谢地，我们还在想该怎么离开这里呢！"那人开心地走过来。

"站住。"宋雎窈把他拦在三米开外，看向江白桃，"这个人你认识吗？"

江白桃有些发蒙，这个人怎么不按剧本演啊？不是说吃了解毒药的人只有她一个，研究所里都是精力旺盛的嗜血病患者吗？一路上走廊里干干净净一个也没见着，这个同行还加戏了。所以，果然改剧本了对吧？就像江白奇这个临时加入的人一样。

但怎么不跟她说呢，搞得她都不确定要怎么配合了。

江白桃犹豫之下，说："我不确定，研究所工作人员太多了，我没有全都见过。喂，你也吃过解毒药吗？"

临时真人 NPC 点了点头："我本来已经感染病毒了，好像是误食了解毒药后恢复的。然后我就拿着解毒药给我两个好友吃，他们也都恢复了。"

"解毒药？！"他们一阵惊喜。

"你知道解毒药在哪里？"

"研究所里的几支已经被我们用掉了，剩下的都在地下仓库里。你们也想救人是吗？那太好了，你们跟我走，我带你们去拿。"

那个临时真人 NPC 激动地说，情绪感染到了其他人，让人觉得他表现得很真实，不由自主地跟着他行动。

他们还不习惯死人，下意识避开那具尸体，宋睢窈却直勾勾盯着看，发现那具尸体的脑袋开了花。

现实世界中。

这个是临时真人 NPC 啊，他要干吗？

这一期的临时真人 NPC 应该不会像上一期那样了。

节目粉表示想看宋睢窈的灵魂拷问啊，指望文珠怜和卫言是没戏了，只能期待临时真人 NPC 了。

希望节目组别再让我失望了，要不然真的要粉转黑了！

这个临时真人 NPC 叫肖尧，带着他们往前走，很快，他的两个小伙伴许白杨和徐超就出现了。

他们都一样，看到宋睢窈这群人，非常高兴。

“你们不用担心，这座研究所里非常安全，你们要不要吃点儿东西？下一层楼就是食堂和休息区，有一些吃的，牛肉罐头饼干什么的。”许白杨说。

研究所的电梯已经坏掉了，他们只能走楼梯。

其他人确实已经饿了，而且他们这几天，吃的肉都是鱼肉，幸运一点儿能吃到兔子肉，但也没有更多了，调味料也没有多少，此时想到有着各种食品添加剂的牛肉罐头，忍不住咽了咽口水。

想吃，但是他们还是看向了宋睢窈。

宋睢窈目光扫过三人：“先吃点儿东西，休息一下吧。”

这个决定让人很开心，他们来到楼下，一个空旷的乱糟糟的食堂就出现在了眼前，地上还有几具尸体，空气里是阴冷腥臭的味道，但他们已经习惯了。

食堂的灯光闪烁着，眼睛很不舒服，但是不妨碍他们狼吞虎咽地吃东西。

宋睢窈却走到那几具尸体边上，蹲下身来检查了一下，随后又在这个偌大的食堂里走动了起来，后厨、仓库……

埃文斯和江白奇都跟着她。

另一边，三个临时真人NPC，看似无意一般，分别走到某几个人身边。

“看得出来，你们都很听那位宋小姐的话，她看起来年纪挺小的，这么聪明厉害吗？”

“对，非常聪明，我们见识了不听专家话的下场，长记性了。”

“你们说的是野外求生的技巧吧？不过现在已经不是野外生存的环境了，你们也听她的话吗？她不可能也曾经面对过现在这种情况吧？”

他们一愣。

“你们是听她命令听习惯了，都忘了这事了吧，一个18岁的小姑娘，在某一方面很出色，但她的见识太少啊……”

“你这话是什么意思？”

“其实，我们有另外的想法，你们看。”说话者摊开手心，一粒透明的宝石一样的晶体露出来。

“这是？”

“这就是繁星集团想要的晶体，从那些嗜血病患者脑子里挖出来的。”

“什么？！”

“你们应该已经知道这一粒东西的作用了吧？它能治愈绝症，改造身体，增长寿命，还能让人获得某一方面的才华。如果是你们，你们愿意花多少钱来买这一粒东西？又有多少富豪愿意花多少钱来买这一粒东西？”

这是一个极大的诱惑，让人心跳加速，呼吸急促。

他们像恶魔一般循循善诱：“吃下这么一颗，人生就会从此改变，面对繁星集团的追杀，也会有更多的胜算。而这个研究所里，这座岛上，有无数任我们去取的这种宝贝……有些人已经死了，救不起来，与其放着便宜繁星集团，我们为什么不带走？”

哇，剧情走向好像有点儿刺激！

这是在考验人性了吧？

我的房子不要塌啊，不要理这些魔鬼的话，拿了解毒药抢了交通工具就走吧！

老实说，这种诱惑也太大了吧，没有人说还好，这一说，谁都会心动吧？

我感觉说得挺有道理的，为什么要便宜繁星集团呢？反正人都已经死了，就挖了带走啊！

文珠怜和卫言的反应……问他们是不是临时真人 NPC？难不成他们已经知道这是在虚拟世界了吗？

不对啊，如果知道这是虚拟世界，他们不可能这么冷静，文珠怜自己不知道自己在里面表现得怎么样吗？真面目泄露，肯定会很心虚很慌张的。

求生岛乐园项目组工作人员面面相觑，他们一直在关注这三个突然擅自改剧本的人，想要知道他们想干吗，这是怎么回事，事情走向变得奇怪起来。

文珠怜和卫言的态度，好像是知道这三人是怎么回事的，而且还说什么临时真人 NPC，但他们确定，文珠怜和卫言不知道他们正在直播，说起来，之前文珠怜和卫言就很奇怪……

就好像他们五个人是一伙的一样。

虚拟世界的人满头雾水。

宋雎窈带着埃文斯和江白奇回到食堂大厅的时候，气氛有些古怪，他们神色复杂，虽然肚子饿，却毫无胃口的样子。文珠怜则流露出看戏的神色。

宋雎窈像是没有发现一样，表情严肃地看着三人说："你们做了什么？"

三个临时真人 NPC："我们做了什么？"

"那些尸体，脑子都被挖开了，是你们吧？拿了晶体是吗？"

"你怎么证明那是我们做的？繁星集团工作人员定期来回收尸体挖取晶体啊。"

"伤口都很新鲜，不可能是繁星集团的人。"

他们三人表情没有丝毫紧张，本来就不觉得能瞒过宋雎窈，他们放松地往背后一靠："没错，你果然心细又聪明，我们是挖了晶体。为什么不挖呢？反正人都已经死了，就算我们不挖，繁星集团的人也会挖，为什么要便宜他人？你们说对不对？我们在这里吃了那么多苦头，总得得到点儿东西作为补偿吧？"

"脑浆和鲜血的新鲜程度，很让人怀疑他们的死因。"

"别胡说，我们是等到他们咽气的时候才给脑子开瓢的，那个时候血和脑浆确实还新鲜，但也没救了不是？"肖尧表情不悦，"怎么？小朋友，你是在教训我吗？"

许白杨接着说："他们把你当成领导人，我们可没有哦，小姑娘，再说我们这样做有什么错？哪里不行？"

徐超："好吧，你不赞成这样做，但我们觉得这样做没问题，你没有资格管我们要干什么吧？"

三人你一言我一语带着节奏，让人越听越觉得有点儿道理，宋雎窈没资格管那么多吧？再说从死人身上拿点儿东西，也不是什么伤天害理影响他人利益的事吧？

心里受到诱惑的人如是想到，氛围一时变得更奇怪起来。

埃文斯气得要命，想要反驳却也说不出什么特别有道理的话，他们确实没有资格管别人怎么做，要阻止也阻止不了。

“我觉得他们说得挺有道理的，睢窈……”

“是啊，繁星集团回收尸体，把晶体挖出来后，不知道会把他们尸体扔哪儿呢，反正结果都是一样的，我们拿着，还可以作为证据什么的……”

“对……”

有人小声出声，宋睢窈却是少有的严厉，那张向来温柔的面孔板了起来：“当你们拿到第一粒晶体的时候，就会想要第二粒，这个口子一旦打开，后果不堪设想。到时候看到其他人手里的晶体比你们更多的时候，你们不会产生攀比的不平衡的心理吗？你们看到还有一口气的患者的时候，是会选择救他，还是杀了他挖了他的晶体？永远不要考验人性，不要对自己的定力和自制力有过高的信心。”

餐厅里一片寂静，一时无人再出声。

“道不同不相为谋，请你们离开，我们可以自己去找解毒药。如果我们发现你们在对活着的病患下手，别怪我们对人形畜生不客气。”宋睢窈看着三人，目光锐利冰冷。

三人离开的时候神色轻松，根本没把宋睢窈的威胁当回事。

有人偷偷交换眼神，看到了彼此心中的不安和摇摆。

研究所非常大，里面的构造就像迷宫一样，即便是内部的工作人员也不会走，因为公司给他们固定在一个工作地点范围内，平时也不需要他们走动，因此兜兜转转很容易迷路。

第一天毫无所获，所有人不得不在研究所内休息。

宋睢窈已经以最快的速度去阻止，但一句话就能在人心埋下和子，并且埋下的种子还是在黑暗中发芽，这难度似乎有些大。有人辗转反侧，夜不能寐。

宋睢窈起身去外面的公共洗手间上厕所，听到走廊里有动静，她悄悄探头，看到肖尧三人拖着一具淌着腥臭鲜血的尸体从走廊上过去。

她害怕又好奇地跟踪上去，就看到他们用刀子捅开一颗脑袋，脑浆流出来，他们搅动着，找到了一颗晶体……

恐怖，荒唐，又充满诱惑力，像火一样灼烧着某些人的心。

第二天，他们继续在研究所内翻找各个实验室，寻找解毒剂的时候。

文珠怜突然说："我突然想到之前的话题，我觉得那些晶体，我们都不需要吧，因为我们本来就都有，大家都是很有才华的人，不需要别人的才华。我们有才华，自然能赚到很多钱，不需要靠卖那个赚钱。身体健康，我们大家都很健康，平时注意一下饮食和锻炼，活到七老八十都没问题的啦……"

文珠怜看似劝慰的话，却像箭一样扎中了几个人的心。

文珠怜口中的才华是她和埃文斯那类的创作能力，还是礼文灵出神入化的演技，还是宋睢窈的聪明？不好意思，他们并没有，不是每个人都能有老天爷赏饭吃的幸运的。既然没有这种能力，赚钱自然不是那么容易的……越想，他们反而越想要那种晶体了。

为什么不能要呢？他们就躺在地上不能动，任取任拿，不带走，挖一颗自己吃掉也很好啊，他们可以变得健康、聪明、长命百岁……人生就会像开挂一样，变得截然不同了啊。

这种想法一旦冒出来，就怎么也无法压下去。

但宋睢窈不会允许的，她非常坚决，也非常生气，搞不好会抽刀砍人。而她反对，队伍里有一半人会支持她，哪怕他们其实也很心动。

一个人想要做明知不对的坏事的时候，会很心虚，很害怕，因此会想拉别人下水，得到别人的认可，以此来证明自己的情有可原，因为别人也会这样做，而法不责众。

一时间，宋睢窈又从闪闪发光的领导者，变成了某些人心头的一根刺、一颗绊脚石。她凭什么阻止他们？她只不过是教了他们一些野外求生的技巧，他们就要唯她马首是瞻，被她管束着了吗？

“背叛的种子，已经发芽啦。”肖尧笑着说。

宋睢窈感受痛苦的时候，该到了。

自己辛辛苦苦带着队，多亏了自己对方才能活下来，以为自己在对方的心里分量不错，结果突然被反手捅一刀，她会怎么想呢？世界会动摇吧，会崩溃吗？

但他们要的可不仅仅是如此。

文珠怜和三个临时真人 NPC 已经接上头，听到了他们的计划，相当恶毒，她感觉自己如虎添翼，似乎终于真的可以收拾宋睢窈了。为了让这个计划功劳有她一份，她加了点儿自己的意见，让它更具有杀伤力一点儿，反正宋睢窈就是个杀人犯，面对什么样的痛苦都是她应得的。

至于卫言那个没用的东西，已经被她抛弃掉了，不带他玩了，爱当咸鱼就去当个够吧。

而他们却不知道，他们那阴险恶毒的计划，被虚拟世界的观众们看得一清二楚。

“黎女士，请问你这个女儿是怎么养的？”常母都惊呆了，忍不住发出疑问。

黎欣浑身发凉，根本没有心情理会常母。

在研究所内的第三天晚上。

埃文斯和江白奇刚在地上打好地铺，门外传来敲门声。

埃文斯踢了江白奇一脚，恶声恶气：“去开门。”

江白奇灰扑扑的大眼睛看了埃文斯一眼，想到他是宋睢窈的哥哥，于是爬起来去开门。

是队伍里的几个人：“我们有事找宋睢窈商量一下。”

“什么事？”埃文斯走过来，气场强大，让人害怕。

“这个……”

“怎么了？”宋雎窈从里屋走出来。他们这是一个办公室，办公室里面有个休息间。

他们说有事要商量，宋雎窈看起来对伙伴们很信任，披着外套就出去了，就连江白奇也没有带。

几个人带着宋雎窈往前走，走廊光洁的天花板倒映出他们的影子，他们彼此交换眼神，看起来忐忑不安，却又坚定决绝。

完了完了，要开始了。

我开始紧张了。

“你们是有什么事？”宋雎窈问。

“很重要的事，我们觉得会影响我们的未来，所以想要跟你商量一下。”为首的人说。他是个关姓小生，原先是和潘跃一个乐队的成员，后来转行做演员，经常出演男二男三角色，演技不上不下，人气也不上不下，一直都挺尴尬的，这次能来求生岛，也是蹭了潘跃的名额来的，还想要依靠这一次获得什么新的出路，结果现在看来，确实要有一个新的开始了。

他目光稳了下来，只是眼底闪过一丝血腥色彩。

转过拐角，进入他们自己挑的那间休息室里，门一关上，便立刻被反锁上了。

宋雎窈转头看了一眼，看向他们：“这是什么意思？”

“宋雎窈，”关姓小生说，“我们也不想跟你闹到这种地步，我们最后问你一遍，我们想要带走晶体，可不可以？”

宋雎窈看着他们带着威胁的眼神：“不可以。”

“那就别怪我们不客气了！”

两个男生上前，按住宋雎窈的肩膀，控制住了她。宋雎窈没有挣扎，只是神情复杂地看着他们：“你们要不要照一下镜子，看看还认不认识你们自己？”

“别再跟我们说这种话，我们受够了！”关姓小生愤怒极了，“说什么晶体不重要，那是因为你们什么都有，所以才能这么轻松地说不重要，当你们站在我们的位置时，我不信你还能说出这种话！宋睢窈，你要是识相，本来事情也不需要发展到现在这种地步，你妨碍了别人知道吗？！”

“没错，谁会不想要晶体？不需要才华也想要健康！就算是礼文灵、埃文斯，他们也想要，只是因为你在，所以才没有人敢说！”

宋睢窈：“所以你们觉得我死了之后，你们就能一起愉快地携手挖晶体了？”

“没错！”

“我看不是，我认为接下来是你们先一起携手挖晶体，从死者挖到还活着的病患，然后晶体少的人开始不平衡，开始从晶体多的人那里抢走更多的晶体，最后升级到杀人，互相残杀，直到最后的胜利者出现。然后被繁星集团的人给抓住。”

“不可能！你不用再继续蛊惑人心。别听她的，我们还能管不住自己吗？”关姓小生见同伴有点儿动摇，说。

这还不是管不住自己吗？

瘾君子就是这样吧，觉得自己能管得住自己，抱有侥幸心理，然后去吸一次，后面倾家荡产，抛妻弃子，把灵魂出卖给魔鬼。

人设崩塌了，姓关的完了。

活该啊！

这时，里屋的门打开，一个被绑住的病患被带了出来。

“我们会说你是为了救我们被嗜血病患者咬了。”关姓小生说。

其实三个临时真人 NPC 蛊惑他们对宋睢窈做更过分的事，毕竟虽然会被打上马赛克，但是也足以让正在直播的观众感到刺激了，宋雎窈也会很痛苦。

然而他们实在是太高看这些人了，他们又不是真人 NPC，知道自己不会真的死，可以有恃无恐，而且又做了坏事，哪儿还能有其他心情干别的事？设计让宋雎窈被咬，就已经是让他们双手颤抖的事了。

“快，带过来！”

那个嗜血病患者饥渴难耐，张着嘴，磨着牙，眼睛都发红了。他被按到宋雎窈面前。

宋雎窈叹了一口气：“我们给过你们机会了。”

什么？

“砰”！宋雎窈话音方落，忽然一声巨响，门锁崩飞，门骤然弹开。

他们吓了一跳，惊恐地转头，埃文斯、礼文灵等人都在门口，手上拿着一张门卡，神色失望又愤怒地看着他们。

埃文斯两步跨过去，一巴掌扇开抓着宋雎窈的人，将宋雎窈拉到自己的身边，眼神跟要杀人似的瞪着他们：“忘恩负义的白眼狼！”

关姓小生不火是有原因的，他这个人太蠢了，殊不知，宋雎窈早就发现他们的不对劲了，一直在给他们机会，结果他们还是这样。

文珠怜怎么好意思混在人群里？她跟那三个坏人是一伙的！

文珠怜的恶毒让人叹为观止。

只有我觉得宋雎窈也有点儿问题吗？明明知道他们被诱惑了，不能跟他们好好聊聊吗？非要等事情发展成这种不可挽回的程度？

宋雎窈跟礼文灵、利斯坦他们都说过今晚可能会发生的事，偏偏漏了文家人，说她没有想要公报私仇的意思，谁信呢？

又开始了，使劲想带节奏是吧？

宋雎窈忙着呢，每天找解毒药，找研究所路线忙得要死，还得关注他人身心健康？！白眼狼就是白眼狼！

文珠怜站在后方，看着这些出师未捷身先死的人，暗骂他们真没用，还以为至少能给宋雎窈一点儿难看呢，结果老早就已经露馅了。

三个临时真人 NPC 通过监控看着，许白杨摇了摇头："果然如此，真是反派死于话多，刚刚二话不说把宋雎窈往那张嘴里撩不就好了。"

肖尧拿着一个游戏机，玩得眉头紧皱，徐超探头过去："还没有打通？"

肖尧："没有，这游戏，十个人里找凶手，我十个人都找了一遍，还说我输了！"

"又输了？牛啊，不愧是国王陛下设计的世界，居然有游戏能难住老肖。可惜……"

肖尧被个游戏气死，但不打通又不甘心，脸色难看，气愤地看向屏幕。

意识到他们早已露馅，关姓小生破罐子破摔，恼羞成怒："你们难道不想要晶体吗？如果没有宋雎窈的话，你们会不想要？"

"想要，所以有雎窈在，我们觉得特别好。"礼文灵怒道，"没有底线就没有底线，少在那里说冠冕堂皇的理由，我们和你们不是一类垃圾！"

关姓小生一愣，在那么多道谴责的目光下，恼羞成怒，想起那三个人。反正宋雎窈这里已经没有他们的容身之处了，干脆加入对方好了，他们肯定也有能力离开这座岛的！

"好啦，各位，热身到此结束啦。"肖尧的声音忽然在走廊上响起。

肖尧的声音吸引了众人的注意力，这时关姓小生几人立即趁机推开挡路者跑了出去："肖哥！"

"站住！"其他人追了出去。

然而他们刚刚离开屋子，走廊灯光忽然大亮，刺眼得让所有人都下意识闭上眼睛，与此同时，这条走廊上的所有房间的门都自动关闭，上锁。

什么？！

宋睢窈抬头，看到走廊尽头，居然缓缓落下来一道墙，她转身看向另一头，同样一道墙落了下来。

短暂的时间内，他们所有人都被困在了这条走廊上，无处可逃。

“这……这是要干什么？”

“有点儿吓人，怎么了啊……”

哇，刺激起来了！

这三个临时真人 NPC 好像有点儿东西哦。

我预感这三个人能让宋睢窈吃苦头！

啊啊啊，有危险，阿奇在哪里？！

《正义审判日》演播厅，覃威看着宋睢窈难得地落于下风，脸上露出了舒心的笑容。

“果然，上一期就是因为对嘉宾和临时真人 NPC 没有学历要求才会搞成那样子，人外有人天外有天，宋睢窈是天才又怎么样？多的是比她更天才的人！”相信这一期结束后，网友就不会再骂他了。

“覃导，这三个临时真人 NPC 学历很牛吗？”有员工问。

“当然，这三个人都是帝国科技大学的学生，年纪轻轻就拿了向神者大赛金奖。”

“哇！那岂不是可以见到国王陛下？”

帝国科技大学排名上虽然次于最高学府帝国首都大学，但那跟帝国科技大学建立比较晚有关。而向神者大赛，众所周知，他们国王陛下是个科技狂魔，这个比赛是政府设立的，拿到金奖的人或者团队，可以获得面见国王的资格。当然，前提是陛下愿意给他们这个荣幸，否则拿到金奖也是没用的。

这不妨碍这个奖的含金量，拿了奖有可能面见国王，这就是最重的分量。

“他们运气不好，陛下没见他们。”

“真惨。”

覃威才不管他们惨不惨，反正他知道，这一次宋雎窈要惨了，这三个临时真人 NPC，可不再是上一期那样的阿猫阿狗了。

第二十二章

逃生

虚拟世界。

紧张的氛围将整个走廊都充满了，未知是最可怕的东西。

“肖、肖哥？”关姓小生几人喊道。

宋雎窈每根神经都绷紧了：“肖尧！你们到底想做什么？”

“那是什么东西？”艾迪森忽然看着前方。

所有人都下意识地看过去，只见那堵墙上，有什么东西在陷进去，再凸出来。

那是什么？

“趴下！快趴下！”却听到宋雎窈急切的吼声，她一把把埃文斯扯倒在地。

所有人神经一紧，反应快的立刻就听话地趴到地上。

“咻咻咻……”

只听到一阵空气被撕裂的声音，身体上方有一阵微弱但冷厉的风。

他们不知道发生了什么，抱着头，身体一动也不敢动。

这阵声音持续了大概有半分钟才消失，他们这才小心翼翼地睁开眼睛，前方一片平静，一切与方才无异，直到他们转头看向后方，全都眼神惊恐，头皮发麻。

关小生和他的一名伙伴，大约是没能及时反应过来，因此直接站在那里承受了攻击，无数的钉子扎进了他们的身体，脸都被钉得鲜血流淌不已，他们还没死，却已经无法发出声音，踉跄了几步，乞求帮助般徒劳地朝他们伸出手，但最终还是倒在了地上。

刚刚那一波，竟然是钉子雨！

妈呀！吓死我了！

刺激！

那三个群演，太凶了吧！

刚刚被文英霆压倒在地上护住的文珠怜，表情都僵住了，这计划没跟她说啊！

所有人都吓坏了，脸色煞白，这种死法和被熊吃掉一样恐怖！他们不敢想象，如果刚刚不是宋睢窈反应及时，他们都要被钉子射成马蜂窝了！

“第一轮死亡人数，两个！”肖尧的声音又响起来，“不愧是繁星集团！这个研究所里的安保系统，太牛了，完全就是电影级别的嘛，真刺激，希望你们会喜欢。”

“你们是变态！疯子！放我们出去！”利斯坦勃然大怒，一拳头砸在了最近的一道门上，然而门纹丝不动。

礼文灵拿出之前那张门卡，想再次打开关小生挟持宋睢窈进入的那个房间，然而才刚刚拿出，第二轮攻击就开始了。

前面那道墙，又有了变化。

“全都靠右边的墙站！”宋睢窈又出声。

礼文灵手一抖，门卡掉在了地上，也没工夫思考，急忙就听指令。她才靠过去，无数看不清的钉子就从鼻尖“唰唰”过去，惊出她一鼻头的汗，呼吸都停止了。

“啊！”有人惨叫出声，“我的手！”

正是李思清，他慢了一步，他的手没来得及收拢，就被七八枚钉子射中了。

第二轮结束后，李思清看着他血淋淋的手，颤抖着发出难以接受的惨叫：“我的手！我的手！”

受伤的是右手，作为一个画家，右手受到这样的伤，他的职业生涯将宣告终结。

但没有人有工夫理会他，所有人都面临生死危机，每个人都恐惧万分，谁还在乎他的手。

“灵姐，门卡呢？”宋睢窈一边警惕着，一边问。

“门卡……门卡……”礼文灵喘息着左看右看，却一时怎么也找不到。门卡是白色的，走廊也是白色的，惊慌失措下，那张门卡像隐形了一样。

经历过前面两轮，所有人都紧紧盯着前面那堵墙，然而这一次，他们背靠着的那堵墙却悄悄发生着变化。

文珠怜气疯了，那三个临时真人 NPC 是怎么回事？！做这种计划为什么没有提前跟她说，说了她就不会为了看戏跑来这里，被卷进来了！

宋睢窈转头一看：“趴下！”

又一波钉子雨横扫而过。

“门卡……门卡……”礼文灵还在惊慌失措找门卡。

宋睢窈怕她分神出事，说：“灵姐，不用找了，等下就没事了。”

接二连三的陷阱，躲过了前面的，后面的又开始了，宋睢窈虽然总能提前一步让人避开，但是人们的体力还是在不断流失。

终于，出现了始作俑者期待的剧情。

最先这么做的，是关小生的另外两个小伙伴，其中一个情急之下，拉了另外一个当挡箭牌。他成功活下来了，挡箭牌死亡。

他揪着尸体的后衣领，对难以置信看着他的人颤抖着说：“我、我不是故意的，回过神来，就这样了……我不是故意的……”

肖尧三人脸上露出笑容，面对生死危机，在关键时刻，为了自己活下来，拿别人当挡箭牌，也是一种本能吧？

“你们不觉得奇怪吗？宋睢窈怎么好像对安保系统攻击规律很熟悉的样子？”徐超皱起眉头。

“确实，不过她为什么熟悉，不是什么重要的事。”

“反正面对这种情况，她又能做什么呢？”

“比起关心别人，不如关心一下自己。”低哑的声音忽然在耳边响起。

三人被吓了一跳，转头，看到江白奇就站在他们身后，灰扑扑的双眼近乎恐怖地看着他们。

宋雎窈知道他们在蛊惑关小生他们背叛，但是她对他们还抱有一点儿人性的期待，事实证明，人到了这种时候，就没有什么人性可言了。

肖尧猛地吸了一口气，随即露出笑来：“好吧，其实这也在我们的计划之中。宋雎窈这么聪明，你也不赖，我们早就预料到，我们的计划肯定早就被识破了。但是，识破是一回事，能不能应对得了，又是另外一回事了。”

江白奇的动作一顿。

“我们改造了一下防御攻击系统，在里面加了一个小按钮，你可以停止，但是会造成什么后果，就不好说咯。”

三人神色轻松，他们进来这里，纯粹就是心情不好想要感受一下国王陛下制造的这个虚拟世界，现在感受过了，就离开呗。还挺好玩的，把这些 NPC 吓得哇哇直叫。只是让他们有点儿失望的是，宋雎窈没有想象中厉害嘛，察觉到了他们的意图，但是并没有做出什么让人惊艳的计划来反击，只是让江白奇来收拾他们。

他们神色轻松地等待着江白奇把他们杀掉，好让他们退出虚拟世界，然而江白奇只是把他们绑了起来。

江白奇伸手要将防御系统关闭，却在看向屏幕的瞬间，愣住。

宋雎窈正在墙上摸索，摸索到了一个隐形方形小门，门里有一个按钮，按下后，攻击就停止了。

走廊前后的两道墙，缓缓升了上去。

求生岛乐园项目组工作人员早就一脸惊讶，从宋雎窈指挥众人躲避攻击，到她突然开始摸索墙壁。

宋雎窈为什么会知道？求生岛乐园的构建，都是出自江白奇之手，包括研究所的防御安保系统，这种细节，就连他们这些工作人员都不知道，如果置身其中，大概只有被射成筛子的命。

宋睢窈不仅知道，还知道得太详细了。

宋睢窈松了一口气，靠在墙上微微喘息。

文英霆一拖二，累得气喘吁吁，眼睛却忽然十分明亮，他看向宋睢窈，口气里有一种欣喜："你也是屠龙公主的读者？"

宋睢窈给李达达检查伤口，她的肩膀被两枚钉子射中了。

"哥？"文珠怜不懂文英霆忽然提起他最爱的作家做什么。

"这座研究所，其实是参照屠龙公主三本小说里的三座城堡建造的。"文英霆说，"《夜莺与龙》三部曲里，第一座城堡里的幽灵，就是嗜血病患者；第二座城堡的迷幻走廊，就是这座研究所让人找不到出路的迷宫一样的内部构造；第三座城堡里公爵的血腥酷刑里就有钉子雨。从攻击的顺序到开关所在，与书中完全一致。"

本来文英霆也想不到的，只是这个钉子雨，在他脑子里印象深刻，他脑中灵光一闪，忽然就想通了关窍。

屠龙公主的读者众多，文英霆这么一说，直播间里的观众才忽然明白，读者们纷纷激动了。

突然 cue 我公主？！

繁星集团的老板也是屠龙公主的粉丝吗？天！

我突然懂了！这个求生岛乐园和在求生岛乐园里的人，不正是我公主的《鱼缸里的人》？

不愧是公主，脑洞惊人，连繁星集团的大人物都折服了！

不一定吧，也许只是凑巧。

"如果我猜的没有错，那我大概知道解毒药在哪里，怎么走了。"文英霆说。

这几天他们一直被困在研究所迷宫一样的走廊里，下去的路很难找，数次兜兜转转又回到原点。

而现在，文英霆知道怎么走了，毕竟作为屠龙公主的骨灰级别书粉，她的每一本书他都阅读了至少两遍以上，怎么从迷幻走廊出去，故事里的主人公给了答案的。

“那三个人呢？”

宋睢窈：“阿奇应该已经收拾掉他们了。”

既然如此，事不宜迟，应该快点儿去找解毒药，他们已经被困在研究所里三天了，繁星集团收尸队伍不知道什么时候就来了。

文英霆知道怎么走，就跟着他走。

他的猜测是正确的，这座研究所是参考屠龙公主书里的城堡构建的，因此，他很快找到正确的路线，一层层往下，进入了地下仓库。

“公主的书里，解药一直都藏在倒数第三间房间，所以，解毒药应该在这里……”文英霆打开门，脸上露出笑容。

房间里，一箱箱绿色的解毒药剂整齐地摆放在那里。

“太、太好了……”

“呜呜……”

终于找到了！

繁星集团的老板真的是公主粉啊！

仔细想想，求生岛乐园上的元素，都能从屠龙公主的书里找到！

我之前就听说过繁星集团买了很多屠龙公主的版权，还在想要干吗，也没见拍电影做游戏，现在懂了，人家直接用来构建了一个世界！

他们几个人还背着自己的包，宋睢窈的包也还在，众人往各自的包里装满了解毒药剂。他们正要给自己打，忽然，一阵吼声在寂静的研究所内响起，所有人都打了个冷战。

“什、什么？”

江白桃忽然想起她的剧本里，研究所里一大拨精力旺盛的嗜血病患者，不由得心跳加速起来。不会吧？剧本不是改了吗？

宋雎窈表情微变，拉紧埃文斯的手：“大家赶紧离开这里！快跑！”

话音一落，所有人就绷紧了神经，跟着宋雎窈跑了起来。越跑，他们越能听到潮水般涌来的脚步声。

这些嗜血病患者，被三个临时真人 NPC 给关了起来，当宋雎窈成功关掉走廊陷阱的时候，他们就被放了出来，一路循着他们的味道，找了过来。

宋雎窈他们奋力向上跑，想要趁着病患没有跑进安全出口的时候离开研究所。他们的速度不算慢，比病患更快一步上了一层阶梯，但下一秒，门被打开，一群嗜血病患者冲了出来。

落在最后面的人，被扑倒在了地上，无数张嘴张开，咬掉血肉，用力吮吸着甘甜无比的鲜血。剧痛和绝望席卷而来，他们发出惨叫。

礼文灵转头一看，顿时倒抽一口冷气。

比起嗜血病患者，人体跑动太慢了，有人开始掉队，不得不选择躲进最近的一个房间里，把门给锁上。

不知不觉，着急忙慌的逃命中，整个队伍已经被打散。

“啊啊啊！救我救我！”文珠怜上楼梯的时候，脚被一个病患给抓住了，她摔跤的瞬间，惊恐地抓住了前面宋雎窈的脚，把宋雎窈也拉得摔倒，膝盖重重磕在了阶梯的棱角上，肩上的包也砸在了地上。

埃文斯连忙去拉宋雎窈，文英霆和文国华也连忙去拉文珠怜，将冲上来的病患用力踹下去，病患被踹下去，和冲上来的病患摔成一团，给了他们逃跑的机会。

眼见着前方也冒出数个嗜血病患者，无路可逃，宋雎窈钻进最近的一个房间里，后面的人纷纷跟上来，最后一个人一下子将门反锁上，门闩刚刚卡住，门便发出“砰”的一声，是嗜血病患者撞在门板上的声音。

所有人后退了一步。

刺激！

太惊险了，看得我好紧张！

表情都不由自主地开始用力了。

文珠怜自己摔跤为什么要拉宋睢窈！

条件反射而已好吗？要不要说得那么难听！

宋睢窈膝盖疼得厉害，坐下来把裤腿撩上去，就看到一片瘀青，由此可见，磕得有多厉害。埃文斯早就对文家人忍无可忍了，此时一看，神经瞬间绷断，脸色难看至极，在文珠怜凑过来假惺惺地道歉的时候，一把将她推开。

“滚开，离我们远点儿！”埃文斯脸色难看。

文珠怜一下子摔在了地上。

“你干什么？！”文国华当即怒道，连忙去把女儿扶起来。

“对不起，都是我的错。”文珠怜哭起来，“我不是故意的，真的。”

“你的不是故意，已经害死了很多人了，像你这种废物，活着也是浪费空气，真的觉得抱歉，你应该去死。”埃文斯怒不可遏，现在这种时候，还害宋睢窈膝盖伤成这样，还怎么跑？这是谋杀！

文珠怜瞬间瞪大双眼，像是被重重伤到了。

文英霆本来也有些怨气，又听到埃文斯这么说，这时也怒了：“你怎么这样说话？你知道珠珠是你的粉丝吗？！都说了不是故意的，也道歉了，你还想怎么样？真的让她去死？”

埃文斯冷酷极了：“去死。”

任何一个父亲，听到女儿被这样指责，还哭得梨花带雨，心都会痛死，文国华就是这样，他怒不可遏：“就是因为被你们这种自私自利的人收养，宋睢窈才会变得这么没有人情味！”

“你说什么？”埃文斯都惊了。

“我怎么说都是她爸爸！这么多天来，她有多看我一眼吗？在那个走廊上，一直拉着你，刚刚一路奔逃，她连头也没有回一下，看来是一点儿也不在乎她亲生父亲和哥哥的死活！”

可以听出来，文国华的怨气积累了不是一天两天了，不知道从哪一天开始，他就一直在期待宋睢窈主动示好，喊他一声爸爸，然而宋睢窈始终没有，多看他一眼都没有，更别说主动说话了。

在那条陷阱走廊上，面对那么凶险的钉子雨，宋睢窈也始终紧拉着埃文斯的手，根本没有回头看文国华一眼。当女儿的，能这么对待父亲吗？她对礼文灵李达达的关心，都超过了他和文英霆！

在每个人情绪都濒临崩溃的现在，文国华终于爆发出来了。

“别吵了。”宋睢窈出声，拦住快要打起来的文英霆和埃文斯。

她打开了包包，抬起头，面无表情。

只见包包里，解毒剂已经全都碎掉了，它们本来就是用玻璃管装着的，一路狂奔就碎了好几管，文珠怜拉她的那一下，导致包包砸在了地上，顿时仅存的几支也碎掉了，药剂全都淌了出来，被帆布吸收了。

这些原本可以用来救很多人，包括他们自己的，他们都还没来得及注射，也就是说，如果被咬了，他们会感染。

埃文斯连忙去看他背的包，却发现包被撕破了个洞，解毒药剂一支不剩了。

文珠怜的不用说，早就被病患扯掉了，文国华本来就没有带包，文英霆摸了摸口袋，摸出了一支。

埃文斯立刻伸手：“给我。”

文英霆正要给他，被文国华抢了过去：“凭什么给你？这个给珠珠用，她最需要。”

埃文斯：“像她这种废物，活着只会害人，创造不出任何价值。给爱丽用，她可以对社会做出有益的贡献。”

文国华：“既然她这么厉害，还需要这个做什么？”

自己对宋睢窈怎么样心里没点儿数吗？没给人家吃一口饭，还想人家给你好脸色！

文国华说得也不是没有道理吧，怎么说也是爸爸，她一点儿都不在乎，太冷血了。

埃文斯过分了，文珠怜的人品确实不行，但是她创作的音乐，给了很多人力量。

不可否认，文珠怜确实是天才啊，她给的是精神食粮。

文珠怜一边哭，一边在心里得意死了，怎么样，宋睢窈，你输了，再优秀又怎么样呢？他们爱的都是我！

“你……”

“砰”！门猛然被撞得震了一下。

饥饿难忍的病患，已经陷入了疯狂状态，不怕疼力气也大，疯狂地撞着门。

与此同时，研究所内忽然响起了一阵警报铃声，铃声响了一会儿，又停下，再次响起，长长短短，像是有人刻意控制的。

宋睢窈：“是孟聪。”

他们的对讲机，丢的丢，坏的坏，孟聪联络不上他们，于是选择了用安保室的警报按钮控制铃声，通知他们。

也就是说，繁星集团的人来了。

繁星集团的人来了，他们必须立即离开研究所，去抢夺交通工具，这是他们离开这座岛的唯一机会。

礼文灵和丈夫躲在一个房间内，心有灵犀：“是儿子！”

利斯坦、艾迪森和卫言在一起，也意识到了这个铃声很可能是通知他们繁星集团的人来了。

必须离开这里，他们要逃出求生岛！

这时，文国华已经给文珠怜打了解毒剂，宋睢窈看也没有多看一眼，被埃文斯扶着站起身，仰头看着头顶的通风口。

推来桌椅，踩上去，推开通风网，他们爬了进去。

宋雎窈暗暗抽着气，受伤的膝盖还得爬行着，每一步都尖锐刺痛。

文英霆一边爬一边在脑中卷起风暴：“有哪里不对劲……好像有哪里不对劲……”但哪里不对劲呢？

没有太多时间给文英霆思考，他们在与时间赛跑。虚拟世界内外的观众都看得紧张不已，期待他们可以成功逃生。

研究所外面。

孟聪躲在一棵死掉的大树树洞里，通过缝隙看着外面，两架有着繁星集团标志的直升机飞了过来，停在了研究所前面，几个穿着防护服的人手持枪械下来了，他们没有立即进研究所，而是四散开来，他们知道研究所外面会有已经死掉或者快要死掉的患者。

这些患者脑子里的晶体已经长熟了，是集团要求先回收的。

“快点儿啊！”孟聪心急如焚，如果他们能在这些人回来前出来，就可以避免与这些人搏斗，直接上直升机走人了，要不然，这些人手上有枪，不知道能不能抢夺成功。

他们这一群人中，有几个人是会开直升机的，或者因为拍戏或者因为兴趣爱好，都去学过。当然不是专业的，但是这个时候，也只能将就着用了。

他们通过通风管，摆脱了堵在门外的病患，只是这栋楼里到处都是嗜血病患者，很快他们又被追赶起来。

埃文斯宋雎窈和文家一家三口，在追逃中分散了。

对此，众多观众一片欢呼。

可算分开了，彻底舒服了！

文家那三人对宋雎窈不满，还一直跟着人家。

自从文珠怜表现出惊人才华后，粉丝们就开始发疯了，像有了什么底气一样，粉丝言论让任何一个三观端正的人都气得要死，偏偏又说不过，你跟人家讲道理，人家跟你嘻嘻嘻，几句话翻来覆去地说。偏偏事实还真的是他们说的那样，文珠怜人品再恶劣，也会在乐坛历史上留名。

很快，文英霆和父亲妹妹也失散了。

文国华不得不一个人拖着柔弱的女儿逃命。

文珠怜又摔倒了，她体力差，18 年的娇生惯养，哪里受得了这样的一路奔逃？文国华为了救她，被咬下来几口血肉。

“爸爸，我一定会跟繁星集团要来解毒剂救你的！”文珠怜一脸感动。

“爸爸知道。”文国华坚信这个女儿跟宋雎窈不一样，她柔弱、善良，是天底下最可爱、最美好的天使。

文珠怜这时确实是很感动的，可是病毒感染的速度太快了，她感觉到文国华的手在变冷，她转头看过去，他脸色苍白，眼下乌黑，逐渐和那些病患的模样重合。

恐惧感让她的感动骤减，她脑子里出现了文国华病变后回头来咬她的场景。

现在直播进行到哪一阶段了？应该还有三分之一左右吧，三分之一——还能给她带来很多的曝光率，她还不想结束，还不想离开这个世界，她还有很多歌没有唱出来给这个世界的人们听，还不知道他们的反应，还没有得到更多的追捧……

还有这个繁星集团干的好事，还没有被揭露，她还不想结束……

当初丢下黎欣，就是因为舍不得离开这个虚拟世界，舍不得那种虚荣，哪怕她知道那是假的，可是即便是假的，也让人上瘾！如果可以永远留在这个世界就好了，她想当这个世界的天才少女文珠怜，而不是现实世界中普普通通的已经 30 岁的二线女星。

“爸爸，你快坐下，休息一下。”文国华开始发烧了，他们躲进一个房间，文珠怜让文国华坐下。

文国华倒在地上，喘息着，闭上了眼睛。

文珠怜看着他，缓缓站起身，轻手轻脚地退出去，转身逃走了。

反正文国华又不是死了，等他们揭露了繁星集团干的好事，政府一定会派人过来，到时候文国华也会获救的，没有必要一直带着他，又不是每个人都会变成江白奇那种有自我意识的病患。

果然，毫不意外。

文珠怜能抛弃文英霆和黎欣，自然也能丢下文国华。

文珠怜的才华，确实是汲取别人的血肉长出来的吧，真可怕这种人，怎么能写出那一首首经典？

老天不公平！

文国华听到动静，睁开双眼，看到关上的门。他没有往心里去，觉得文珠怜应该是去干什么了，甚至可能是为了他去找解毒剂了，真是傻孩子，他本来想跟她说别管他，赶紧出去的，没想到晚了一步。

他等着，等着，却没有等到女儿回来。

外面的黎欣看着这一幕，眼睛恨得通红，保养良好的指甲深深陷入了掌心。

利斯坦一拳将扑上来的一个病患打倒在地上，拖着艾迪森一路狂奔。

艾迪森看着利斯坦手上的伤痕，那里的牙印明显，渗出了鲜血。

他脸色苍白，看向父亲坚毅的面孔，一种恐惧感在心头闯荡。

“你被咬了！”

“没事儿子，爸爸被感染后也一定会记得你，不会咬你的。”利斯坦笑出一口白牙，这个时候还不忘乐观地开玩笑。

然而，艾迪森根本笑不出来，他的恐惧，并非是因为怕利斯坦咬他，他有些生气：“我讨厌你这种嬉皮笑脸的样子。”

妈妈死后，利斯坦就经常这样笑，好像很开心的样子，艾迪森每次看到，就会觉得生气，觉得厌恶。他怎么还能笑得出来？妈妈死了啊！他怎么还能笑得出来？！

“抱歉。”利斯坦收起笑容，肌肉僵硬。

李思清一把将李达达推向前方，李达达顿时被嗜血病患者淹没，在李达达怨恨的目光下，李思清转身大步跑起来。

我生了你，现在该是你报恩的时候了。

宋睢窈和埃文斯跑过拐角，却骤然与一拨病患对上。

边上伸出来一只手，拉住了宋睢窈。

宋睢窈转头，看到了江白奇：“阿奇！”

江白奇拉着她和埃文斯往另一个方向跑起来。

他选择的路，一个嗜血病患者也没有，他们一路安全地抵达了一楼。

孟聪看到他们三人出来，顿时惊喜地从树洞里跑出去。

“姐！……我爸妈他们呢？”

“跑散了，但是相信我，他们一定不会有事的。”宋睢窈看着他脸上的笑容消失，安慰道。

宋睢窈和埃文斯都是会开直升机的，两人刚好一人一架直升机，先行启动，螺旋桨卷起风来，他们在直升机上等人。

江白奇和宋睢窈坐在前面，宋睢窈拉过他的手：“阿奇。”

江白奇盯着她看。

宋睢窈从怀里拿出了一支绿色的解毒剂。

江白奇眼眸微微睁大，解毒药不是都摔了吗？

“早就把阿奇的那份另外藏起来了。”宋睢窈顽皮地眨了眨眼睛，哪怕此时狼狈不堪，脸上也有着污渍，那双眼睛却还是那么明亮美丽，水盈盈的温柔。

江白奇心跳又不受控制地加速了……哪怕他已经知道，这一切都是宋睢窈策划的，他只是她的一枚棋子。

礼文灵和丈夫一路狂奔，眼见着两人都要被追上了，丈夫把她一推，张开双臂，把一群病患拦在楼道上。

“老公！”

“小灵，快跑！跟儿子好好活下去！”相貌平平无奇的丈夫，从跟她公开恋爱关系到现在，仍然有不少人觉得他配不上她，但是此时此刻，所有人都知道礼文灵为什么会嫁给他了。

“快跑！”

礼文灵泪流满面，看着被病患啃咬着，仍然坚持站在那里的丈夫，转头往上跑。

出口就在前方。

“妈！”孟聪终于等到了妈妈，惊喜地大喊，随即发现爸爸不在　看到礼文灵的表情，声音卡在咽喉里，问不出来了。

母子俩上了直升机。

文珠怜转过拐角和一个人影对上，她吓了一跳，随即狂喜。

“卫言！”

卫言也吓了一跳，见是她，顿时就松了一口气。

两人一路狂奔，在遇到危险的时候，文珠怜理所当然地说：“你去拦一下。”

“什么？”

“我说，你去把那些病患拦住。”

卫言顿时觉得一股火袭上心头：“凭什么？”这是让他牺牲的意思，凭什么？直播还没结束呢！他凭什么要牺牲自己的曝光率？

文珠怜见他还敢问凭什么，怒道：“凭你没用！你在这里面还能有什么作用？公司让你配合我，你现在是不听话了是吗？”

卫言忍无可忍：“我没作用，你就有作用了？你抄袭那么多首经典好歌，除了你自己得到名气，对宋雎窈有什么影响？”

“我至少让宋雎窈难受了！文家人都爱我，我的粉丝也都去攻击宋雎窈了，你呢？连抄电影你都抄不好，拍得那么烂，废物就是废物！”

“我拍得烂？！”卫言气疯了，“行，我承认我拍得烂，毕竟我又不是专业的！但是前辈，你在现实世界是歌手吧，你出道快9年了吧？怎么唱得还是那么烂？尤晚樱前辈的《逍遥》是多好的一首歌，你给唱成什么鬼样子？本来是可以响彻国际的一首歌，你唱得在国际查无此名，你唱得多烂心里没点儿数？还有你之前唱的《父亲》，苏红前辈唱得比你感情浓厚上一百万倍！也就是这个世界的观众没听过原唱，才会觉得你唱得多好，我都替你尴尬！”

“卫言！”文珠怜脸色涨红了，如果不是现在在逃命，恨不得跟他打起来，“你竟敢……”

卫言：“前辈，这都是你逼我的！”

啊？

抄袭？

哈？

求生岛乐园直播间内，满屏问号，观众们被这两人对话里包含的巨大信息，震惊傻了。

这时，正在找他们的文英霆听到动静，跑了过来。

“哥！”文珠怜惊喜。

文英霆：“爸呢？”

文珠怜脸色微微僵住，随即红着眼睛说：“爸爸被咬了，他让我先跑，别管他。”

“什么？不行，不能把爸爸留下！”怎么能把文国华留下，繁星集团这么丧心病狂，谁知道会对他做什么。

文珠怜连忙说：“哥，来不及了！你不要浪费爸爸的一番苦心，我们赶紧出去，告发繁星集团，这样爸爸还有机会，我们再拖下去，被丢在这座岛上就全完了！”

文英霆脸色难看，他忽然记起了文珠怜在那一次丢下他面对熊的事：“文珠怜，你老实说，你是不是丢下了爸爸？”

“我没有！你怎么可以这样看我？！那是我爸爸啊！你把我当成什么人了？”文珠怜就像受了天大的冤枉，哭起来。

文英霆被哭得头疼，也怕自己确实冤枉了她，这时又有病患追来了，他只能拉着他们跑起来。

这时李思清冲了出来，看到那两架直升机，脸上露出狂喜的表情，一下子冲过去上了其中一架。

宋雎窈看了他一眼，问：“李达达呢？”

李思清红着眼睛，摇了摇头。

这时，文英霆带着文珠怜和卫言出来了。

“砰”！枪声响起。

繁星集团的人发现了这边的动静，跑过来了，同时朝着他们开枪。

“来不及了，快起飞吧！”李思清催促道。

“快起飞，宋雎窈！”文珠怜也连忙催促，“都到这地步了，我们要逃出去啊！”

“再等等。”宋雎窈说。利斯坦和艾迪森还没有出来。

“砰！砰！”

枪击越来越猛，子弹砸中机身的声音让人心惊胆战。

宋雎窈不得不咬牙，让直升机缓缓升起。

这时，一大一小两道身影从研究所里冲出来了，然而繁星集团的人也冲了过来。

利斯坦松开儿子的手，冲了过去，一拳头砸中繁星集团的人，转头冲着艾迪森大吼：“快上去！”

“艾迪森，快上来！”文英霆大喊，探出身子伸出手。

艾迪森看着利斯坦，慌乱无措：“爸爸……”

“快上去！”

“艾迪森！”

艾迪森伸出手，被文英霆一把拉住，扯上了直升机。

直升机立即快速升高。

“儿子，我爱你！”

“砰”！

艾迪森连忙探头，看到利斯坦压在繁星集团的人身上，一动不动。

“爸！”艾迪森撕心裂肺地大吼出声，眼泪涌了出来。

直升机越飞越高，很快枪响也消失了，他们越飞越远，看到太阳从海平面上升起，这座可怕的孤岛逐渐被抛下。

审判秀直播间。

松了一口气！

成功逃生了！

接下来的剧情是跟繁星集团这种邪恶集团斗吗？

肯定的吧，不过很难，我觉得繁星集团应该会追杀他们。

第二期这种走向好奇妙，我以为是普通正常的社会，居然先是野外求生，然后研究所惊魂，现在要跟大集团对抗。

不过，这个岛居然是根据屠龙公主的书设计的，屠龙公主不就是宋雎窈吗？她太强了吧！

繁星集团这种公司太可怕了，他们世界里没有国王是吗？这么想，我们有国王陛下真是太棒了，所有权力者都被震慑住，谁也别想这么无法无天。

别说观众了，节目组也被第二期的走向搞得蒙蒙的，怎么会是这种大场面？接下来还疑似有跟超级黑心大集团对抗的情节，明明是个小打小闹的正常世界啊。

“临时真人 NPC 出来了吗？”唐山问。那三个临时真人 NPC 的直播间忽然暗下来了，应该是死了。江白奇只是把他们给绑了起来，现在死了，所以应该是被病患给咬死了吧。

“……唐导，临时真人 NPC 没有退出来，我这边显示，他们还在虚拟世界。”

唐山：“？”

虚拟世界，求生岛乐园。

直升机上。

文英霆蹲下身，抱着头，哭了起来。他在这座岛上，失去了父母。

礼文灵也和孟聪拥抱着，默默流着眼泪。

失去最重要的人，即便逃出生天，他们也笑不出来，强烈的悲伤和懊悔将他们全身每个角落都挤满了。

他们都在哭，只有文珠怜和李思清脸上不受控制地露出了一点儿笑。

太好了，他们活过来了！两架直升机越飞越高，越飞越远，将这座岛屿远远抛在后面，就好像他们在岛上做的一切，也都被抛掉了一样。

没有人知道他们都做了什么，没有人，回到文明社会，他们还会是乐坛天才和著名画家！

忽然，光线大盛，所有人都被刺得控制不住地闭上了眼睛。

好一会儿，他们才缓缓睁开双眼，朦胧的天花板，在眼中逐渐清晰。

“恭喜你们，从求生岛乐园成功逃生。”主持人廖波的脑袋出现在他们上方，笑眯眯地说。

什么？

欢迎从求生岛乐园……成功逃生？

这个人是上岛的时候那个主持人吧！

我蒙了，现在是怎么回事？怎么眨眼就切换场景了？

李达达、常友青、黎欣、礼泉……他们不是已经死了吗？

现实世界中，审判秀直播间内的观众们蒙了，节目组也蒙了，所有人都蒙了。

怎么回事？刚刚是虚拟世界系统出 bug 了吗？怎么突然就切了场景，刚刚还在直升机上，他们还等着接下来和黑心集团斗争的剧情，怎么突然就跳到这个屋子里，死掉的人怎么又活过来了？

而虚拟世界中，求生岛乐园的直播还未结束，观众们对结束后嘉宾们的表现如此好奇，他们怎么能忍心不满足他们的好奇心呢？顾客是上帝呀！

惊不惊喜，意不意外？

没想到吧？你们被套娃了！

哈哈哈我终于等到了，看着文珠怜的表情，我爽了！

我现在就想知道，抄袭到底是怎么回事。

没想到吧？面具掉咯，抄袭的事我们也知道了，文珠怜，你彻底完了！

廖波的出现和他带来的信息，在每一个成功逃生者的心里都激起了激浪，他们拥抱着失而复得的家人，痛哭流涕。

“儿子！”

“爸爸，对不起，我也爱你……”

“老公！”

他们紧紧拥抱彼此，清楚地认知到了对方在自己心中的重量，是那么不可或缺，比什么都要珍贵。

只有部分人如坠冰窖，整个人都傻了。

文珠怜表情像水泥一样凝固住，四肢冰冷，她脑子嗡嗡响，过于难以置信，她怀疑是在做梦，做一场让人细思极恐的惊悚噩梦。

直到一道巨力砸在她的脸上，将她抽倒在地。

“啪”！

黎欣这一巴掌用了十足十的力道，文珠怜被抽得从单人床上摔到了地上。黎欣早就想抽她了，如果不是之前繁星集团的工作人员对每个嘉宾都保护着，不允许她对她动手的话。

文珠怜捂着脸看过去，看到黎欣双目赤红，表情就像一只发狂的母狮，再也没有丝毫往日里对她的温柔和慈爱。

“你这个贱人！”黎欣咬牙切齿。

“……妈？”黎欣居然喊她贱人？！

“你闭嘴，我没有你这种女儿！”黎欣吼道。她以前是被魔鬼蒙住了双眼，才会没有看到这个人的真面目，她哪里是人，分明就是个恶鬼！谎话连篇、自私自利、冷血无情，他们一家，每个人都对她情真意切，把她捧在手掌心，她都做了什么？！

果然就像常母说的那样吗？没有血缘就是没有血缘，文珠怜基因里存在着亲生父母的卑劣的一面，有着文家人无法接受的东西！

黎欣这边的动静太大，把所有人的注意力都给吸引了过来，文英霆和文国华还不明白到底怎么了，连忙冲过来阻止。

“妈！你干什么？”

“小欣？！”

黎欣又恨又心痛，看着还被蒙在鼓里的丈夫和儿子，眼泪都淌了下来，看到文珠怜落下泪来，又露出那种以往让她心痛怜爱的表情，只觉得反胃厌恶，恨得不行：“等你们看了录屏，就知道这个贱人都做了些什么，我们文家是造了孽，才会让明珠换了鱼目，把一个自私自利的垃圾当成宝贝捧在掌心！”

黎欣一直都保持着教养很好的贵妇形象，无论是丈夫还是儿子，都是第一次见到她这情绪激动到近乎歇斯底里的样子，且她的用词都如此严重，充满强烈的贬义。他们一时间惊疑不定，看着脸色发白的文珠怜，她究竟做了什么，才让黎欣有这样的反应？

黎欣骂完文珠怜，又看向宋雎窈，宋雎窈和埃文斯不像其他人那么激动，正坐在一起喝水，和工作人员说着什么。

她张了张嘴，神情复杂，红着眼眶，最终还是没有勇气和脸面上前。

文珠怜不相信这是真的，她不信！不可能、不可能是真的，绝对不可能是真的……

“这不是真的！繁星集团，你们不能这么做，你们侵犯我的隐私，我要告你们，我要告你们！”李思清的吼声响起。

然而警察已经在等他了，他在求生岛乐园里亲口说的对李达达童年做的事，完全构成了犯罪，而且在最后关头，他毫不犹豫把亲生女儿推出去当挡箭牌，用行为坐实了他人渣的事实。

证据确凿，没有人能再为他说话，他的那些朋友们，已经在社交平台上对他取关，在聊天软件上将他拉黑，甚至在私底下和公开场合都对他进行了严厉的批判，并且对他蒙骗自己和自己被他的假面目欺骗这件事，进行强烈的谴责和自省。

李达达抱着双臂，脸上露出了冷笑，心中无比畅快，前所未有地畅快，畅快得她几乎要哭出来了。

“李达达，请你也跟我们走一趟，做一下笔录。”警察对李达达说。

“好的。”

李思清大吼大叫着，没能逃脱冰冷的手铐铐上他的手腕，被警察强硬地带走了。李达达跟在后面，忍不住看向宋雎窈，宋雎窈察觉到她的视线，转头看过来，微笑着朝她点点头。

李达达心中涌出无限的暖意和力量，也朝她点点头，然后红着眼眶，嘴角带着微笑，离开了。

谢谢，谢谢你告诉我求生岛乐园的真相，让我的世界停止崩塌，在黑暗中，朝我伸出手，照亮我的世界。

李达达知道，从今以后，李思清这个噩梦，会彻底从自己的世界中消失。她将迎来新生。

达粉哭了！

达达啊，以后好好过日子吧，想笑就笑，不想笑就别笑啦……

想到她之前那些甜美笑容背后的伤痕累累，真让人心痛！

文珠怜看着李思清被警察带走的背影，终于不得不相信这就是事实，求生岛乐园是虚拟的岛屿，他们只是被丢进了虚拟世界里，进行了一场他们不知道的直播……

想到自己在里面做的一切，说的每一句话，都被数亿双眼睛盯着，她就忍不住浑身颤抖，恐惧、羞愤、崩溃，一股脑儿地涌上心头。

这算什么？事情为什么会变成这样？这不是宋雎窈应该遭遇的事吗？她才是被审判的那个人啊！

群演进入大厅。

肖尧三人睁开双眼，看到周围的一切，惊了一惊。

什么？这些人都是谁啊？节目组为什么把他们搬到这里来？

这时，几个安保人员走了进来，他们表情严肃，气场强大，像特种兵一样。他们走到三人面前。

肖尧：“这是……”

“带走。”安保人员说。三人被扯了起来。

三人傻了：“等等，这是什么意思？”

“你们干了啥自己还不知道吗？擅自改剧本、违约，还莫名其妙杀害其他群演，你们以为不用负责吗？”边上有个工作人员没忍住，火大地说。就因为这三个莫名其妙的人，给他们的工作造成了多余的麻烦。这三个人，难道自以为是戏精吗？给自己加那么多戏。

“我们擅自改剧本？哪有？群演？什么群演？虚拟世界里，难道还有除了我们三个和文珠怜、卫言的真人 NPC 吗？”许白杨不明所以地说。

“真人 NPC？”

“等等，”肖尧站起身，拧着眉头问，“这里是哪里？不是在星梦梦工厂大楼吗？”看起来太陌生了。

“什么星梦梦工厂，这里是繁星集团总部！你们连自己在哪儿都不记得了吗？”

繁星集团……繁星集团不是虚拟世界里那个一手遮天的黑心集团吗？那个求生岛乐园就是繁星集团搞出来的，怎么……

三人脑中骤然劈过一道闪电，猛地瞪大双眼。

等等，他们还在虚拟世界里？！

现实世界。

人们终于明白是怎么回事了，他们傻眼了。

“我去……”正在看直播的明姝坐直了身体，眼睛都快从眼眶里掉出来了。

霍森也瞪大了双眼。

星梦梦工厂，《正义审判日》的演播大厅内，一片寂静，从导演到工作人员，无不张着嘴巴，咽喉里的声音都无法发出。

直播间弹幕安静了几分钟，随即整个直播间都炸了，并且很快从直播间蔓延到社交平台，蔓延到现实生活之中。

我天！

所以求生岛乐园，只是繁星集团做出来的虚拟世界，他们正在搞直播，无数虚拟世界的观众，就像我们在看直播一样看着直播！

我被绕晕了，总之就是现实世界的缩影？虚拟世界里也有一个审判秀，也有我们这样的观众在看！

然而，我们却当成了真实的……

也就是说，虚拟世界的人从真人 NPC 那里，得到了很多现实世界的信息……

啊啊啊，我有一种细思极恐的感觉！

我有一种审判者和被审判者调换了位置的感觉……

文珠怜和卫言惨了吧，临时真人 NPC 呢？我又怕又好奇后续……

@审判秀节目组，你们做的是什么审判秀？现实世界的人被虚拟世界的人耍得团团转是什么意思？不会拍就换人行吗？审判秀史上从来没有出过这样的事！

观众数量基数很大，每个人观感不同，一时间各种言论都有，节目组自然不免被一顿臭骂，这种情况，让很多钟爱上帝视角的观众感觉十分不爽，好像被耍了一样。他们以为求生岛乐园是真的，真情实感地紧张害怕过，结果到头来，居然是假的，他们有种不只是他们在看别人的好戏，也有人在看他们的好戏的错觉，这让他们感觉很不舒服。

黎欣打向文珠怜的那一巴掌，好像也直接抽在了他们的脸上。

覃威脸色难看，自从第一期开始，他的脸色就没好看过。

“到底……到底是怎么一回事？”他已经无力再发出吼声了。

唐山一直回不过神，愣愣地说：“居然有人能在虚拟世界里做出另一个虚拟世界？”

“是不是又是江白奇？”

“如果又是他，他是什么怪胎？！”

“有可能……现在怎么办？”

“还能怎么办？固定直播半个月，直播结束时间还没到，只能继续播下去啊！”

审判秀史上，从来没有过节目组迫切希望直播结束的，一直都是被审判者希望那地狱能快点儿结束。可是这一次，他们却恨不得立刻关闭直播，以免发生让节目组更难堪的事情。

第二期哪里只是普通地超出他们的掌控，那根本就是无法掌控！

虚拟世界中。

热度同样爆炸，而且是世界范围的：

文珠怜抄袭

埃文斯妹妹

屠龙公主

卫言抄袭

尤晚樱苏红是谁？

李思清被抓

艾迪森原谅利斯坦了

求生岛乐园项目直播，本来就是繁星集团打的一个巨大的广告，全世界关注，主要嘉宾都是世界级名人，因此爆炸程度可想而知。

其中，文珠怜和卫言争吵的那段，引起的争议最大，热度是最高的，信息量实在太大了！

抄袭！乐坛天才少女和影坛天才导演，居然都是抄袭？！

我早就怀疑文珠怜不对劲了，她的每首歌风格几乎都不一样，有些差别十万八千里，还像不用动脑子一样一首接一首，这一点就连埃文斯都做不到，我以为她是有工作室，结果居然是抄袭！

可是，卫言说的名字我们网上根本搜不到，尤晚樱是谁？苏红是谁？

是谁不重要，重要的是，文珠怜和卫言承认了！他们就是窃取了别人的成果了！果然是汲取着别人的血肉成长起来的啊，难怪连父母都能抛下。

他们口中说的，现实世界，还有那三个跟他们很熟的说话也让人听不懂的群演，也有古怪，我突然想起屠龙公主的《鱼缸里的人》……

文珠怜出来道歉！@文珠怜@文珠怜

曾经追捧文珠怜的人，是最愤怒的，他们以为她是真材实料，为她自豪，为她冲锋陷阵，付出了大量的时间和金钱，她人品不行也就算了，至少还有可取之处，结果，连才华都是假的，她还有什么？从眼泪到才华，全都是假的！

因为文珠怜和卫言以及那三个临时真人 NPC 有些话让人听不懂，有些人怀疑是不是繁星集团的剧本。

繁星集团官博一看，立刻发言澄清，表示他们对此一无所知，也充满了疑惑和不解，并且跟网友们说明发现了某些诡异古怪的事，已经打电话报警，请网友们等候调查结果。

这一下，全场哗然，这不是剧本！对，繁星集团什么人啊，需要跟文珠怜联合搞剧本？文珠怜配吗？报警，这个真的很微妙了。屠龙公主的小说被不断提起，尤其是《鱼缸里的人》。

求生岛乐园直播结束了，但热度还在持续升高，文珠怜不需要上网，都能猜到网友们有多激动多狂热。

从房间走出去，感受到了无数鄙视指指点点目光的文珠怜，脑袋一阵眩晕，她意识到自己完蛋了。

卫言跑到她身边，脸色难看：“前辈，现在我们该怎么办？”

文珠怜面如恶鬼，几乎压抑不住自己的情绪：“你问我怎么办？如果不是你，会变成现在这样吗？都是你害的，你自己没用还拖我下水！”

如果不是卫言，她至少还有才华作为武器，她见多了三观不正的人，只要她有惊人的才华，不管她多坏，也有人捍卫她，然而……

卫言脸色也不好：“前辈，是你先说我抄袭电影的事的！现在怎么办啊？”

文珠怜冷笑了一下，看向宋睢窈：“宋睢窈，这次算你走运，我们走着瞧！”

“有病？”埃文斯和宋睢窈走在一起，见文珠怜这样，感觉看到了个破罐子破摔的疯子。

文国华和文英霆皱起眉头，有些惊讶，黎欣虽然那样说，可是他们还没有看录屏，也还没有来得及上网，根本不知道她具体做了什么，也想象不到，因此，在他们心里对她仍有一些感情，见她突然变了个人一样，不适极了。

文珠怜又冷冷看了眼黎欣，她脸颊还火辣辣地痛呢，她转头，看向空中。

“我要退出！”她喊道。

临时真人NPC不能自己选择退出与否，明星玩家却可以。这个虚拟世界原本让她舍不得离开，她舍不得这里的崇拜赞美，巴不得一直待在这里当一个天才少女，但是现在一切都完了，再留下来，她要面对的是她不能承受的，所以她现在对这个世界避之不及了。

她庆幸，她是现实世界的人，随时可以抽身离开。

卫言一看，觉得这个前辈还真的是够冷酷无情的，在这里这么多年，说抛下一切离开就抛下，或许对文家人是有感情的，但比起她的自私，这感情可有可无。

这么想着，他也立刻说：“我也退出！”

所有人都看着他们，不明所以，眉头紧皱。

他们在干吗？跟谁说话？

第二十三章

反噬

现实世界中。

审判秀演播大厅。

“导演，不行，明星玩家无法退出！不只是他们，临时真人 NPC 也不行！”工作人员说。

此时此刻，他们想起了第一期时，被精神头盔控制的恐怖。

只是上一期，被控制无法退出的，只是临时真人 NPC，这一次，却连明星玩家也无法退出了！

文珠怜和卫言闭上眼睛，等着离开这个此时对他们来说噩梦开始的世界，然而他们等了半天，毫无动静。

审判秀直播间：

哈哈哈不会又像上一期那样，无法退出了吧？

虚拟世界都做出来了，再出现精神控制的东西也没什么好意外的吧！

是不是他们手上的手环啊？仔细一看，其他人的手环都已经摘下来了，文珠怜和卫言的还戴着。

活该，在里面抄袭了那么多经典歌曲，得到了那么多好处，现在事情败露就想跑，做梦去吧！

好好享受反噬吧！

像是意识到了什么，文珠怜的脸色一点点白了下去，刚刚还充满坚定恨意的双眼，开始出现慌乱无措，不……

“我要退出！快让我退出！节目组，让我退出！”文珠怜惊恐地大叫起来，她不要继续待在这里，不要面对这个世界！

“让我出去！快让我出去！”

然而，毫无回应。

她仍然站在这个世界里，周围的视线越发充满鄙夷，她还记得那个女工作人员，在求生岛开始前，曾经跟她要过签名，说非常喜欢她，可是现在那双眼里只剩下了蔑视和厌恶。

“珠珠？”耳边传来文国华震惊关怀的声音。她刚刚那是在干什么？疯了吗？

文珠怜就像抓住了一根稻草，连忙转头看去，看到父亲那张面孔，那充满关怀的双眼，扑进他的怀中，寻求庇护和遮风挡雨：“爸爸！爸爸救救我呜呜……”

黎欣一看，只觉得血冲上大脑，立刻冲过去拉扯她：“给我滚出来！”

“不！爸爸！”

文英霆：“妈！妈你冷静一点儿，那么多人看着呢……”

黎欣在这一瞬间，越发明白了文珠怜的可恨之处，她松开了手，冷冷地看着文珠怜：“让我们看看，你还能再蒙骗别人多久？”

等文英霆和文国华看了视频，亲眼看到她做的那些事，说的那些话，看看他们还能不能再给她一丝温暖！

文珠怜抖了一抖，紧紧抱着文国华，内心充满了恐惧。

宋睢窈和埃文斯从这吵闹的一家人身边走过，对他们的闹剧毫不关心。黎欣终于忍不住出声：“睢窈……”

宋睢窈脚步顿住，黎欣往前走了几步，期期艾艾地说：“我还没有谢谢你，我请你吃个饭好吗？”

她说的谢谢，是指宋睢窈之前救她的那件事。

“不用了，黎女士，我没有帮上什么忙。”宋睢窈说，一如既往地温和又疏离。

黎欣心一痛，只能眼睁睁看着宋睢窈的背影远去。

不一会儿，各个公司的经纪人接二连三地赶了过来，繁星集团总部不是谁都可以随便进来的，直播期间并不允许他们进来捣乱。已经签了合同，面对的又是这种超级大佬，各大娱乐公司除了乖乖遵守别人的游戏规则，也别无他法了。

好在除了文珠怜等人品有问题的人，其他嘉宾都通过这档节目获得了极大的曝光度和益处，各大经纪公司乐得见牙不见眼。

“睢窈，谢谢你，明晚我家有家宴，请你过来好吗？”礼文灵跟宋睢窈抱了抱说。

“好。”

“那我们就先走了。”

“姐，明晚见！”

“明晚见。”

利斯坦和艾迪森也分别跟宋睢窈和埃文斯拥抱道别。

一辆红色超跑疾速奔来，帅气地一个摆尾，停在了门口。

周野放从车上跳下来，大张双臂：“兄弟，妹妹！恭喜你们成功逃生啊！”

宋睢窈给面子地笑着跟他抱了抱：“野放哥。”

埃文斯则一只手按住他的额头，将他推开：“别弄脏我的衣服。”

“我出门前还特地换了衣服啊。”

“灵魂肮脏的人，换再多衣服也遮不住。”

周野放：“看在你粉丝多的份上，我忍！”

宋睢窈看着两人的日常拌嘴，弯起了双眼，却道：“哥哥，野放哥，你们先走吧，我有点儿事。”

埃文斯绿宝石般的眼眸瞬间眯起：“你是不是要找江白奇？”

宋睢窈歪了歪脑袋，笑得羞涩又可爱，没有否认。

埃文斯顿时要说什么，被周野放一把捂住嘴巴，往车里拖：“妹妹，你尽管去找，我把你哥带回去，你赶紧去吧！”

一般人不知道，周野放作为跟繁星集团有合作的周家大少爷能不知道吗？江白奇可是繁星集团的老板！坐拥半个世界的财富可不是夸张的，虽然存在感很谜，长得好像……算了，想不起来长什么样了，但是这身家地位，再加上那颗千年难遇的大脑，完全可以抵消外貌上的不足了，跟宋睢窈配还是可以的啊！

做人嘛，不能太外貌协会，像他们这种有钱人，谁结婚会只看外貌啊！

埃文斯被周野放给拖走了。

江白奇看着监控里，宋睢窈转身回了繁星集团大楼，走到前台。

“你好，我想问一下，群演都已经离开了吗？”

江白奇感觉到了什么，心跳加速。

前台压抑着兴奋，挂着公式化的微笑：“大多都已经离开了。”

宋睢窈有些着急：“那个叫江白奇的群演，也已经离开了吗？”

“啊，这个嘛……我不知道，我可以打电话帮你确认一下哦。”

“那就麻烦你了。”

前台把电话拨到了董事长秘书处，装模作样地问群演江白奇是不是离开了。

秘书们兴奋得转圈，秘书长连忙跑去问江白奇。

“老板？”

“……去带她过来吧。”江白奇说。

老板说的是去带她过来，秘书长立刻动身去接宋睢窈。

宋睢窈有些疑惑不解，但还是跟着来人上了电梯，电梯先抵达了7楼，然后从后面打开，电梯滑了出去，整个电梯都开始变得透明起来，可以看到脚底下的花园，以及周围高高低低同样透明的电梯和轨道，像一条条透明的管道和管道里的玻璃球。

电梯将她送进另外一栋楼里，又恢复了普普通通的模样，“叮”一声打开，进入了董事长办公室楼层。

办公室外的秘书处，秘书们看到宋睢窈，眼神暗自兴奋着。

“真人比镜头里还好看啊！”

“年轻漂亮又聪明，跟我们老板还挺般配的啊！”

“我也觉得，虽然老板存在感很谜，灰扑扑的，但是宋睢窈存在感强大，闪闪发光，很互补有没有？！”

“有有有！”

宋睢窈敲了敲门，听到里面的回应，推开门走进去。

宋睢窈一眼看到了坐在椅子上的江白奇，他神色平静，靠着椅子坐在那里，看起来有一种奇特的气质，高贵又神秘。

可惜除了宋睢窈，没有人能看到他的这一面，在别人眼里，他只是一粒不起眼的小灰尘。

宋睢窈脚步蓦地顿住，有些惊讶和拘谨，像是没有想到群演江白奇会是繁星集团的老板一样。

“……阿奇？”

江白奇看着她这模样，心脏往下一沉，她应该是知道他是谁的，因为她是屠龙公主，一切应该都在她的掌握之中，但是她现在在演戏。他是不可以信任的人，所以才需要假装是吗？

江白奇桌上放着一台电脑，电脑上是他的邮箱，邮箱里是他从多年前开始和屠龙公主进行网上交流的无数封电邮。

里面的内容，有闲聊，有倾诉，有屠龙公主充满诱导性的，表示希望他能做出某种东西的话。他未曾多想，只觉得很有创意，也很乐意做出来让她开心，为此不眠不休地思考，做设计图，不断尝试与失败……

然后，他做出了求生岛乐园。

她知道他的一切计划，他对她毫无保留，一早就告知了她自己的身份。而在钉子雨走廊，她熟练地从墙上摸出开关，他就知道，她就是屠龙公主，证据或许不够充分，但是他就是笃定她是屠龙公主。

屠龙公主知道他叫江白奇，知道他做了求生岛乐园，知道他是繁星集团的老板。

她在利用他，虽然还不确定是为了什么，但她的目的，一定已经达到了。目的达到了，他应该也没有利用价值了吧，在岛上说的那些话，果然只是逗弄狗一样的戏言而已。

江白奇看着宋睢窈，灰扑扑的大眼睛看不出情绪，心脏往下沉，拳头也攥了起来。

宋睢窈盯着他看了一会儿，脸颊微微红起来，有些不好意思地说："我之前不知道你是繁星集团的老板……"

说谎！

"所以，嫁妆有点儿少，可以吗？"宋睢窈紧张又害羞地说。繁星集团坐拥半个世界的财富啊，她区区几个亿的存款，实在是上不了台面呢。

什、什么？嫁、嫁妆？

江白奇呆住了。

啊啊啊，嫁妆不够妈妈给宝贝添！

还要什么嫁妆，娶到这种天使，这是江白奇几世修来的福分啊！

结婚！生孩子！

我这就去搬民政局！

我已经变成民政局了！

"你……你这是什么意思？"江白奇声音低哑，咽喉发紧。

"在岛上的时候，你答应过离开岛后跟我结婚的呀，现在也算是离开岛了吧。"宋睢窈有些害羞地说。

好像没有答应？他一直在装哑巴。

“你没说话，就是默认了啊。”

“……”

“不可以吗？你不想跟我结婚吗？那好吧……”她失望地垂下头。

“……日子就定在下个月吧。”下周好像太快了，都来不及准备太多。

宋睢窈险些笑出声，但实际上，她一双眼睛也弯成了月牙，明亮亮的，像是含着光。江白奇突然意识到自己说了什么，血液冲上大脑，他的脸都红了。

她的阿奇啊，真是太可爱了，无论是不是觉得她在利用他，只要她愿意跟他在一起，他就不会介意，像个傻瓜一样。面对她的时候，确实乖得像一头金毛啊，无论对他多坏，摸摸头，就好了。

梦中的这一期，也是一个傻乎乎陪伴在她身边，她杀人，就为她递刀子的家伙，只可惜她对他还是不好。让她意外的是，这一期她的剧本变了，江白奇的身份也变了，他本来应该只是一个像上一期一样普通家庭的孩子，这一期却变成了繁星集团的老板。

她在 13 岁的时候，在电视上看到繁星集团上一任老板，也就是江白奇的父亲带着他出席总统晚宴的时候都吓了一跳呢，还以为自己看错了。

但，这对她有利无害。

不过，她不会承认的，至少，绝对不会在观众眼皮子底下承认求生岛乐园是她让江白奇做出来的，否则他们就会怀疑她在岛上做的一切，是不是虚情假意了。尽可能地减少争议，让她的纯洁没有瑕疵，天使的羽毛怎么可以有不明不白的黑点？要纯白的才可以啊。

她也不需要去向江白奇解释，答案已经有了，他会知道的。

宋睢窈离开后，江白奇还沉浸在自己突然就要跟宋睢窈结婚和不明不白的喜悦里，门被接连敲响很多下，他才骤然回神。

“进来。”

进来的是求生岛乐园项目组组长，来跟他报告关于求生岛乐园的事。

“完整录屏已经发送给了多国政府部门。那三个群演，已经被军方接走，想必很快就会审出点儿什么。文珠怜和卫言，已经被秘密监视起来了，就看看他们会不会露出更多的破绽，提供更多的信息……”

“知道了。”

项目组组长眼中流露出些许八卦，瞄了瞄江白奇，说：“老板，您应该还没看吧？后期的录屏。”

江白奇是在三分之二的时候进去的，而很多爆点，包括文珠怜和卫言以及那三人透露出来的关于江白奇和宋雎窈的信息，是最后三分之一阶段才接连出现的，他们项目组一顿激烈八卦后，觉得江白奇和宋雎窈一定有前情，两人都失忆了！

他们搞科技的，脑洞都大，一时间什么时空穿越啊、脑电波重合恋爱啊之类的猜想都冒了出来。

“我觉得您应该看看。”组长说。

江白奇愣了愣，等组长出去后，就打开了视频，将进度条拉到三分之二处：

“宋雎窈又对江白奇一见钟情了，她的审美真是有够奇葩的……”

“这次江白奇是个病患，应该不能像上一期那样帮宋雎窈了……”

“我去勾引江白奇，宋雎窈应该会很不爽……”

“我找不到江白奇在哪儿，简直就是跟鬼一样的存在感，搞不懂宋雎窈是怎么能一眼看到的，难不成真有什么命中注定？”

“他们两个又在一起了啊……”

“……”

江白奇心跳加速，血液快速奔流，呼吸逐渐急促起来。又？宋雎窈不是第一次喜欢上他，他们这些不知道来自哪里的人，都知道她喜欢他，所以，曾经，她公开地爱过他，所有人都知道吗？

应该会很开心吧？宋睢窈坐在江白奇派给她的车内，望着后视镜里远去的繁星集团总部大楼，顶部的信号接收终端的灯光，一闪又一闪的。

虽然她不知道，但是文珠怜他们一定会透露出不少关于她和江白奇的信息，他应该会很开心的。

开心就好。

埃文斯沉着脸坐在沙发上，被他揍了一顿的周野放缩在一旁吃雪糕，外面传来动静，埃文斯立刻起身去开门，就看到宋睢窈从有着繁星集团标志的车上下来。

他看着宋睢窈眼里甜甜的，有着少见的少女的活力，就知道她肯定见到江白奇了。

他一肚子的腹稿，刚刚张嘴要说出来，就听到宋睢窈说："哥哥，我决定下个月就结婚。"

"什么？"

"下个月，我要跟阿奇结婚啦。"

埃文斯捂着胸口，仿佛要晕倒了，为了找人分担痛苦，他立刻打电话给其他家人。

这一晚，宋睢窈家里发生了十级大地震。

网上的大地震则一直在持续，没有停过。

因为录屏要等繁星集团剪辑放出，文珠怜又情绪崩溃，文国华执意将她带回家，黎欣跟他说文珠怜丢下他的事，在文珠怜哭着的辩解里，文国华不愿意相信，因此，文珠怜短暂获得了遮风挡雨之所。

但这并没有好到哪里去，文珠怜想要文国华帮她，但事情闹得太大了，文家根本帮不上忙，光压热搜删评论要花的钱，都能让文家陷入破产危机。甚至文家公司的股票因为文珠怜已经大幅度下跌，危机早就出现。

文家自顾不暇，文珠怜只能打电话给经纪公司，却被往日谄媚地捧着她的老板一顿臭骂："公关？你不看看这公关得了吗？你是想害死我们，害死全公司的艺人是吗？信不信帮你说一句话，全公司的艺人都被网友拉黑？！你打电话过来正好，抄袭到底是怎么回事？"

文珠怜听到"抄袭"两字就觉得耳朵刺痛，她继续垂死挣扎："抄袭？你哪只眼睛看到我抄袭？你们能找到所谓的原唱和音频吗？既然没有，你们又怎么证明我抄袭？"

"你和卫言说了什么你不清楚？"

"我不能是鬼上身吗？！"文珠怜彻底崩溃了。

"呵呵，我倒是相信，毕竟你这人设相差太大了，确实像是另外一个人。这么说吧，你是不是抄袭，现在已经无所谓了，重点是你的形象已经完全崩塌，你这种连爸妈都能不管不顾的冷血无情的人，谁还会用你？真以为有才华就能为所欲为？"老板口气很糟糕。

"你明天来公司一趟，你的代言人家都要你赔偿。"

"凭什么？！"

"凭什么？你搞出这些事，牵连到了人家品牌，影响到了人家的口碑和形象，不找你赔找谁赔？"

文珠怜气恨地挂断电话，以前在她面前卑躬屈膝，现在居然……她感觉胸口一阵窒息，手机上社交软件右上角显示她的私信及相关艾特数字，已经超过几百万，这是一个可怕的数字，她能想象到那都是些什么言论，她不敢看。

可不是她不看，就可以当作什么都不知道的。

她昔日的朋友们纷纷给她发信息，给她发网上各种骂她的截图，再来一句你怎么样了，有些还冷嘲热讽。

文珠怜一看，气得浑身颤抖，毕竟这些人里，有很多是靠着她的扶持蹭着她的名气起来的，当初进求生岛乐园前，在宋雎窈的哥哥是埃文斯之前，这些人还大义凛然地帮她骂过宋雎窈。

她没忍住，把这些人一顿臭骂，骂完了却也没有舒服多少。

怎么办？怎么办？自杀有用吗？在这里面死亡，按理说就会退出虚拟世界了，可是她不敢，节目组让她不要轻举妄动，她也确实不敢随便自杀，她想到第一期那些被困住的临时真人 NPC，万一她自杀了，没有退出虚拟世界，而是就这么死了呢？

手机聊天软件又响了起来，她看了一眼，看到又有朋友给她发截图，这次发的截图是她刚刚骂的人发的博文，他们竟然把聊天记录截图发上了网，截掉了他们自己贱兮兮的问话，还装出一副失望的样子……

文珠怜彻底崩溃了，蹲在地上抓着头发尖叫。

活该啊，种什么因，得什么果。我是真没明白，文珠怜这么狠心，在虚拟世界 18 年了，对文家人是一点儿感情也没有吗？

文家人哪比得上她的曝光率？而且我看出来了，她是舍不得离开虚拟世界，想要继续当天才少女，现在好了，留在里面出不来了，也算种豆得豆嘛。

不懂你们在开心什么，不觉得被耍了吗？求生岛乐园居然是假的！

垃圾节目组，不会拍换人行吗？！

文国华听到文珠怜的尖叫，连忙跑上来。

“珠珠？”

文珠怜又像抓住救命稻草一样抱着他：“爸爸，你相信我，不是那样的，我没有，呜呜呜，救救我……”

文国华被她哭得心都要碎了，没有亲眼所见，他始终不相信网上那些人说的话，简直荒谬，他能养出这种女儿吗？

“好了，别哭，爸爸信你。”

“爸爸，是宋睢窈，一定是她，是她把我害成这样的，她和江白奇一起，江白奇肯定是繁星集团的老大，求生岛乐园就是他做的，他们陷害我呜呜呜……”

这一期和上一期有相似之处，文珠怜这才恍然大悟，又是江白奇，繁星集团肯定是江白奇的，他们一早就落入了这对狗男女的陷阱之中。

文国华信了文珠怜的话，因为他一查，真的查到繁星集团老板叫江白奇，再一打听，居然听到宋睢窈和江白奇下个月可能要结婚的消息！

下个月结婚？如果不是早就认识，他们能这么快结婚？

宋睢窈是不是早就知道求生岛乐园是假的？甚至是不是故意设计那些情节来陷害文珠怜的？

他想着，就想给宋睢窈打电话，黎欣一听，气得抢过他的手机。

“等你看了视频再说！”

“我们养出的女儿是什么样的，你不知道吗？”文国华无法理解黎欣，她怎么能这么坚决，说不要就不要？ 18 年的感情呢？

“呵呵，你自己看，我懒得跟你说。但是，你敢打电话给睢窈说些什么，你就和她一起滚蛋！”黎欣怒道。

“我看你是魔障了！”

文国华始终不信。

繁星集团将直播录屏剪辑成了 10 期视频，放在旗下的视频 App 里，很多没有看直播的人，立刻好奇地涌进来补剧情，看过的人也跑来重温。第一期刚放出来，还没到一个小时，播放量就破了亿。

文珠怜的丑陋面目，再一次被围观。

黎欣立刻把文英霆和文国华喊过来看，可算等到了，她就看文国华等下还能不能笑得出来！

文国华看她那一副要打他脸的样子，心情就不太高兴：“我倒要看看，什么能让你变得这么无情！”

“请看。”

文国华打定了主意，装也要装出不在意，绝不让黎欣看笑话。

楼上，文珠怜又开始喊节目组，用力扯手上的手环，满脸的惊恐，文英霆和文国华要看到她的真面目了，他们会不会把她赶走？外面多少狗仔在蹲守，她怎么敢走？

“节目组……快让我出去！快让我出去！”

节目组毫无回应。

现在知道怕了？

之前不是很享受吗？做人要敢作敢当啊！

楼下，文国华看着看着，表情逐渐僵住，逐渐难看，在最后看到文珠怜偷偷丢下他逃走，还跟文英霆说她多么无辜冤枉的时候，彻底绷不住了。

文英霆的脸色也极为难看，她果然，不止把他一个人丢下过！这到底是什么没有良心的画皮？太让人毛骨悚然了，她还就住在楼上，在他的房间隔壁！知道了她的这种真面目，怎么可能睡得着？他甚至怕她三更半夜从房间里出来害人！

想到这几天因为文珠怜，公司股票大跌，还要被狗仔围追堵截，质问文珠怜抄袭是否有他们帮助，他们忙得焦头烂额，文英霆顿时怒火袭上心头，一下子站起身，快步冲到楼上，一把打开文珠怜的房间，将文珠怜从床上拎起来：“给我滚出去！”

“不要！不要赶我走，哥哥！”文珠怜凄厉地大叫起来。她哪里敢出去，外面的世界太可怕了，她完全不敢面对。

“闭嘴，我没有你这种妹妹，我的妹妹叫宋睢窈，不是你！”文英霆青筋暴起，想到黎欣在里面为了救她不顾一切，她却转身逃走，再想到他们为了这个没良心的假货，是怎么对宋睢窈的，他就难以忍受，懊悔又愤怒。

“妈妈！爸爸！别赶我走，我错了，我错了！”文珠怜抱着床角，哭着喊起来，撕心裂肺的，但她的力气哪里比得上文英霆，很快就被扯下了楼。

黎欣撇开脸不看她，文国华满脸痛心。

文珠怜被扔出了家门，她也不敢哭喊了，生怕引起别人的注意。她等了几个小时，也没见文家人心软出来带她回去，只能含恨站起身离开。

此时已经是深夜，她偷偷摸摸走着，生怕有狗仔冒出来。

忽然，一辆车子驶来，停在了她的身边，车窗滑下来，露出一张陌生的面孔。

文珠怜警惕起来：“你……”

军方大楼。

审讯室内。

肖尧三人被分别带入不同房间中审讯。然而，节目组已经通过全息舱将他们的五感降到最低，任由对方使出百般手段，肖尧他们都可以承受，甚至还挺轻松，饶有兴致地感受着他们的手段。

“我告诉你们啊，随便你们怎么打，但是呢，要是把我们打死了，你们可是会后悔的。”三人依旧是贱贱的。

反正死了他们就退出了，他们巴不得能退出呢，在这里挺无聊的，而且五感被降到最低，身体进入麻痹状态，大小便控制不住啊，真恶心。

即便是吐真药剂，也拿他们没有办法，让人气得咬牙切齿。

“该死的，他们到底是什么人？难道是外星人吗？还是穿越时空的？”

“更高文明？”

“他们之前说过‘观众’‘这个世界’这类的词汇……你们看过《鱼缸里的人》吗？”

"什么？"

"一本奇幻小说啊，屠龙公主写的，电影都要上映了，宣传很牛那个……我总觉得，我们会不会跟主人公一样，其实是鱼缸里的人……"

节目组看着他们的分析，看得胆战心惊、恐惧不已，覃威转头去催："K 先生还没到吗？"

"覃总，K 先生是王宫网络维护员，哪里是我们随喊随到的？"

"再不来，我就要死了，你想我死是吧？快催！怎么催是你的事！"覃威朝着助理吼道。

助理只能为难地去办事。

虚拟世界。

被文家人赶出家门的文珠怜，看着突然出现在身边的车子。

文珠怜刚要说话，忽然眼角被闪了一下，她看过去，看到几个狗仔冲了上来，她吓得脸色发白，脑袋一片空白，转身就跑。

"文珠怜！文珠怜回答几个问题吧！"

"别跑啊，文珠怜！说说你抄袭是怎么回事啊！"

文珠怜哪里跑得过狗仔，很快就被围住，话筒和镜头都伸到了她的面前，她绝望又崩溃，却叫天天不应叫地地不灵。

"滚开！"这时，她听到一声呵斥。

紧接着，自己落入了一个结实温暖的怀抱之中，那些狗仔的声音也消失了。

她抬起头，看到刚刚那个车内的男人英俊的侧面，那些狗仔，都被他的保镖给制住了，相机也抢了过来。

男人："把照片都删了。"

文珠怜愣愣地看着男人，回不过神来。

这个 NPC 是谁啊？

还挺帅啊，不会吧，这个时候突然展开感情线吗？但是，谁想看她的感情线啊？

因为宋雎窈突然决定结婚，养父母家掀起了惊涛骇浪，立即召回在各地出差、度假的家人，一家人浩浩荡荡地赶了过来。

江白奇也通知了父母回来跟未来亲家会面。

世上没有不透风的墙，这些信息，很快被嗅觉灵敏的记者捕捉到，江家没有刻意隐瞒，因此，网上很快有了相关信息。

江白奇繁星集团老板的身份被广而告之。

“江白奇和宋雎窈恋情曝光”也上了热搜。

网友们惊呆了。

求生岛乐园剧情里，宋雎窈对江白奇一见钟情，两人还疑似有前情，让他们有了一定的CP粉，但同时，还有一对CP的粉丝大军悄然而生，那就是繁星集团老板和屠龙公主。

众所周知，求生岛乐园是繁星集团那位神秘的天才老板带领员工打造的，乐园采用了屠龙公主小说里的大量元素，骨灰粉们把每一点都扒出，和屠龙公主书中的元素一一对上，人们看着看着，不禁嗑起了糖。

这个老板，如果不是把屠龙公主的每本小说都仔仔细细看过，翻来覆去地看，根本不可能做到这样，简直比骨灰粉还要骨灰粉。而且据繁星集团工作人员匿名透露的信息，很多细节他们都不知情，包括那条钉子雨走廊，都是江白奇自己设计制作的，他们压根儿就不知道。

于是人们不禁幻想这老板对屠龙公主绝对是真爱啊，这座求生岛乐园，看起来就像是一封跟屠龙公主告白的情书，再加上双方身份的神秘，老板是单身，屠龙公主也是单身，老板是天才，屠龙公主也是天才，于是越嗑越上头，越嗑越香，存在感比宋雎窈和江白奇还要高。

而现在，繁星集团老板就是江白奇，江白奇要和宋雎窈在一起了。

“星途”CP粉们顿时心碎了。

老板，你忘记大明湖畔的屠龙公主了吗？

我的 CP 终究只是我的梦，梦碎了，我哭了。

CP 粉别乱拉郎配好吗？人家都官宣了。

求放过我家公主，人家好端端在家写着书，可能连江白奇是谁都不知道。

因为宋睢窈经常上网看八卦，现实世界直播间观众通过她的视角，也看到了这些，都在期待宋睢窈屠龙公主的马甲掉马，惊掉虚拟世界观众的眼球。

然而宋睢窈总是笑眯眯看着，像是觉得很有趣，但就是不出来说明，急得现实世界的观众都在直播间刷“宋睢窈就是屠龙公主”的弹幕，恨不得能让虚拟世界的观众看到。好难受，好想帮宋睢窈爆马，好想这个秘密被他们知道！

要闭嘴守住秘密，是多么难受的一件事啊！更难受的是，他们说出来，别人听不到！

文家。

一家三口看到网上的消息，知道宋睢窈居然要和江白奇结婚，脸色都不太好。

“她才 18 岁，刚刚成年，结什么婚！简直是胡闹！”文国华猛地一拍桌子，怒道，“18 岁，还是个孩子呢，她懂什么？现在结婚，迟早后悔！我不同意！”

“你不同意？你凭什么不同意？”黎欣脸色难看地说。

“凭我是她……”文国华顿住，脸色更难看了，出来求生岛乐园后，他们一家三口没少被骂，尤其是文国华，他纵使脸皮再厚，被骂成这样，也难以再说出自己是宋睢窈亲生父亲这种话了，但他又控制不住想管宋睢窈的心，“她还没到法律规定的年龄线，18 岁不能结婚！”

黎欣："人家国籍不在帝国，他们那里 18 岁可以结婚。"

"怎么我说一句你撑一句？你是不是人家亲妈？"文国华不满。

黎欣顿时哭起来："我有资格说是人家亲妈吗？我养了个白眼狼 18 年，把我亲女儿都丢了，找回来后还不珍惜，一心偏袒那个白眼狼，我算什么亲妈？"

文国华顿时哑口无言，想起文珠怜，也是满心烦躁，又痛又恨。

文英霆："只能看，她养父母那边能不能明理一点儿。"

18 岁结婚，真的太早了，很多这个年纪的孩子，三观都还未成熟，根本没见过世面，不知道自己想要的是什么就被一个男人骗入婚姻，生了孩子，从此被困在一方天地中，失去了成为另外一个人见识另外一番天地的机会。

宋睢窈可能比其他孩子成熟一些，但也还是太早了，她认识江白奇才多久啊。

被文家赋予期待的宋睢窈养父母一家，终于抵达了帝国，养父母家的真实面貌和家世背景，终于在观众面前展露。

然后，观众被惊呆了。

主要是被数量惊呆的。

一个、两个、三个、四个、五个……十个、十一个……

养父母、大哥、大嫂、二哥、三哥、四哥，大伯、大伯母、大堂哥、大堂嫂、二堂哥、三堂姐、二伯母……

这来的分明是一整个家族，而且这个家族的人口，还非常庞大！

江白奇的父母来接亲家，光握手都抬得手累，笑得表情都僵了。

这一拨来势汹汹啊！

江白奇没那么容易娶到老婆。

奇奇冲啊，别怕！妈妈给你当后盾，你们天生一对，前世今生！

哈哈哈，莫名搞笑！

有什么好笑的，难怪宋雎窈这一期又是个好人，和上一期一样，又是个顺境。

哪只眼睛看到是顺境？家族人多就一定受宠？保不齐，被排挤被欺负好吗？别忘了，她那套家具是为什么设计出来的？

宋雎窈会被这个家族领养，不都是因为她自己吗？养父像个变态一样盯着她那么久，最后收养就是因为她是个太好的孩子好吗？

CP 粉们为江白奇操碎了心，这一大家族明显来势汹汹，表情不善，自己家宝贝闺女年纪轻轻就被拐走，是谁心里都不舒服。

宋雎窈这边的家人来了一大群，一开始订的那个包厢都有点儿小了，江家连忙包了个厅。江家这边一家三口，对面一大群人，看起来像是被包围的小鸡，可怜兮兮，瑟瑟发抖。

养父母在接到埃文斯电话并且跟宋雎窈确认过后，就立即心急火燎地召集了整个家族成员，召开了沉重又严肃的家族会议。

虽然他们家族的富有程度跟繁星集团相比，那是远远比不上的，但是家族成员多，争气的也多，老的小的加起来三十多口人，遍布政法界、教育界、金融圈、娱乐圈、医疗行业，等等。

在律法界工作的家人们展开对繁星集团内部业务的调查；在新闻行业工作的家人们对江白奇一家的私事八卦展开调查；在医疗行业工作的家人们调查了一下江家人的身体状况……总之里里外外，都调查了一番，至于得到的信息是否准确又是另外一回事了。

总的来说，硬件上，江白奇的条件算是十分优越，软件上，除了那神奇的存在感，貌似也没有其他问题。

但即便如此，也不能保证，他们家女孩不会被欺负，被辜负，被伤害！虽然他们觉得宋雎窈优秀得不行，但是男人眼睛是不是瞎，就是另外一回事了！这种有钱人，谁摸得准？

他们准备了一番，以谈判辩论的姿态来势汹汹，并且决定如果江家敢要求宋睢窈签婚前协议，万一离婚需要净身出户，85 岁的奶奶就先把汤泼到江白奇脸上，随后未成年的小辈们发动攻击，将他一顿痛揍，大人们假装拉架，趁机下黑手，家里的律师们已经做好了跟繁星集团的律师团打仗的心理准备……

结果……

“我手上有繁星集团百分之六十五的股份，名下所有专利，以及名下所有房产、保险柜，全部都给宋睢窈。如果我做了对不起她的事，随时净身出户。”江白奇开口就来了这么一句，推过来一份文件，把他们的话都堵在了喉咙里。

江家夫妇都瞪大了双眼，不敢置信地看向江白奇，干吗？娶媳妇还是请神仙回来？！虽然繁星集团能从 20 年前濒临破产走到现在这种地位，全是因为江白奇，这些确实都是他自己赚的，但是全给也太……

但他们也不敢当众反对。

宋睢窈托着下巴，眼眸弯弯地看着一身正装端坐在那儿的江白奇。

她的眼睛黑白分明，看得他耳朵都开始红起来了，但还是要保持严肃，不能在家长面前露出不稳重的一面。

可宋睢窈的恶趣味，因为他这样反而冒了出来，她在桌下悄悄伸出脚，碰到了江白奇的脚踝，让江白奇肌肉缓缓绷紧，开始冒汗，放在大腿上的手指，缓缓蜷缩了起来。

他悄悄把腿挪开了一些，求饶般看了她一眼。

宋睢窈笑弯了眼睛，不再闹他，却直接把脚伸直，搁在了他的膝盖上。

江白奇指尖碰触到她的脚尖，先是触电般移开，随即察觉到她脚丫子很凉，于是伸出手，将她的脚握住。

阿奇啊……真温暖呢，无论是他的手，还是他这个人。

家里的律师们仔细检查过协议，确认没有任何陷阱，江白奇没有给自己留任何余地，家人们都惊了，这家伙……诚意到了这一步，他们反而觉得有点儿可怜了，都不忍心反对了。

家族成员们面面相觑，确认过眼神，这是个被女儿迷得神魂颠倒的家伙。

他们看向宋睢窈：“宝贝？”

宋睢窈看着江白奇：“我想跟他一直在一起。”

江白奇到底没能控制住，脸又开始变红了。

宋睢窈愿意，也成年了，江白奇看着又是真心的，他们家本来就比较开放，见没有问题，也就同意了。

江宋两家见面，相谈甚欢，婚事已定的消息又上了热搜。

文家人终究只能在家里唉声叹气，暗自抱怨一下他们怎么能这样。

“如果真的要嫁，我们总得给她添点儿嫁妆吧……”黎欣只能退而求其次。

可是他们家现在因为文珠怜的牵连，公司危机还没解除，就算想给宋睢窈添嫁妆，也是心有余而力不足，多了给不起，少了他们自己都嫌弃。

这时，有一笔资金注入，为文家解了燃眉之急，虽说打着合作的旗号，一切都顺理成章，没有疑点，但是文英霆敏锐地感觉到不对劲，文家因为文珠怜，名声形象都损伤严重，求爷爷告奶奶都没人愿意伸出援手，怎么突然就有个企业来合作，出手阔绰又爽快？

他一查，发现打款账号来自国外，再一查，账号名是个假名，名为：屠龙公主。

“我偶像？”文英霆蒙了，他偶像给他打钱？难不成她知道她的铁粉遇到危机，于是伸出援手……呸，想得挺美，应该是刚好账号主人也是读者，所以就取了这么个名字。

两家人见面没两天，宋睢窈受到母校邀请，回霍瑞兹大学为毕业生进行演讲。

“爱丽丝？是埃文斯妹妹那个爱丽丝吗？”

“我看到她了，就是她！”

“可是她有什么成就能来给我们演讲？就那一套家具吗？”

“也许是来教我们如何野外求生的？”

毕业生们议论纷纷，往届演讲者，都是功成名就的学长学姐，怎么轮到他们，就是一个没有什么成就的学姐呢？年纪甚至比他们小。不开心，委屈。

直到校长给他们发完毕业证书，向他们介绍今天的毕业演讲者。

“她无疑是我最特别的学生，她原本可以成为顶尖的科学家，却选择了森林；她原本可以年少成名，被闪光灯和香槟包围，却选择了低调……她的文字充满魅力，现实的隐喻充斥其中。她拥有全球范围内难以计数的读者，每一本作品都获得无数奖项，改编成电影和电视剧……作家屠龙公主，爱丽丝，我的学生，请上台来，跟你即将步入社会、展开新的人生阶段的学弟学妹们聊一聊，教他们一些东西。”

毕业生们已经蒙了，一些无法抑制地开始尖叫起来，他们震惊地转头，目视着那个美丽纤瘦的少女穿过人群，走上演讲台。

暖风刮过，卷起地上的花瓣和落叶，少女的微笑比阳光还要夺目。

屠龙公主的神秘面纱，终于在这一天被揭起。

全世界的读者都疯了，吃瓜群众也疯了，宋睢窈就是屠龙公主！这是什么神仙！

现实世界直播间观众：可算爆马了，我们要憋死了！终于爽了！

虚拟世界江白奇和屠龙公主的CP粉们：哈？我们粉的CP不仅没死，还是真的！

所以江白奇是屠龙公主的粉，而屠龙公主又在求生岛乐园对江白奇一见钟情，两人离开求生岛乐园后，线下一见，就决定结婚？

这是什么神仙爱情啊！

甜死啦！

文英霆看着演讲视频，整个人都傻住了，手上的牛奶倒在了裤子上，我偶像是我妹妹？

他转过头来，看着自己书架上屠龙公主的所有书，包括精装版、平装版、豪华版、最新版……出版社搞的花招，他全都一一吃下，其中还有他花大价钱从别人手中买来的限量签名版……

他曾经被她的书震撼过、感动过、意难平过，也从中得到过精神上的鼓励，汲取过能量，为她在网上跟别人厮杀过……结果见到真人时，他都对她说了些什么？

懊恼的情绪袭上心头，文英霆抱着脑袋，悔恨得无以复加。

……现在去求她原谅，还来得及吗？

“儿子？”黎欣推门进来，看到文英霆这样，关心地问。

文英霆抬起头，眼眶微红：“妈。”

他跟她说了宋睢窈给他们家转钱帮公司渡过难关的事。

黎欣听完，又转头哭起来，她非常后悔，真的很后悔，可是她知道，他们已经失去让她把他们当作家人的机会了。

文国华站在门口，神情复杂。

卫言看着网上的动向，松了一口气。最近日子很不好过，他和文珠怜一样，根本不敢去看自己丑陋的一面，也不敢上网，生怕看到别人在骂自己，只能等着节目组赶紧找到什么办法，把他们放回现实世界。

好在网友们的注意力有限，现在已经不再关注他们，而是在关注江白奇和宋睢窈，为他们的神仙爱情呼天喊地。

这时，他突然接到了文珠怜的电话，听到她说的内容，他瞪大了双眼。

“前辈，你确定要这样做吗？好不容易平息……”

“你懂什么？现在才是好机会！”文珠怜说。

卫言心想，真的不会偷鸡不成蚀把米吗？就这么安安静静等着直播结束，被弹出去不好吗？

“你反正别拖我后腿。”文珠怜说，随后她挂上了电话。

卫言苦笑。

网上已经很少有人再提起文珠怜和卫言了，毕竟好多天过去了，没有新的柴火为他们抄袭的事件添一把火，人们的注意力都转移到他们的“这个世界”“观众”上，还有宋雎窈和江白奇的爱情上。

这时，文珠怜许久没有更新的社交账号，忽然开启了直播。

一时间，网友们惊呆了，纷纷奔走相告，涌入直播间。

这段时间，文珠怜和卫言一直都闭门不出，他们在求生岛乐园做的事，又构不成犯罪，只能道德谴责，没有人能去把他们从屋子里拖出来，因此，没有一个狗仔能够拍到他们的照片。网友们很好奇文珠怜还有什么颜面出现在公众面前，能说些什么。

“快快快，这个文珠怜，居然还有脸直播！”

直播开始了。

文珠怜出现在镜头里，穿着打扮仍是以往的样子，苍白脆弱的模样，我见犹怜。

“我没有抄袭。”她第一句话便是如此说。

全场哗然。

“文珠怜，抄袭的话，可是你和卫言承认的。”另外一道声音响起，正是这场直播的主持人。

“我不知道我为什么会说那种话，也许是繁星集团的系统出了什么问题，影响了我。我怎么会抄袭？我抄袭谁的？证据在哪里？尤晚樱和苏红是谁，我完全不知道，如果有人知道，也请告诉我，我也想知道。”

主持人正站在一边，听到文珠怜居然把问题推到繁星集团身上，吓得嘴巴张了张，险些出声。好大的胆子！繁星集团是谁啊，她也敢这么说，怕是不知道人家想封杀一个明星，随便动动手指就行！

但文珠怜口气那么铿锵有力，眼神毫不躲闪，苍白的脸色好像在诉说着她的冤屈，再加上网上确实找不到尤晚樱和苏红的任何信息，也确实找不到丝毫证据证明文珠怜真的抄袭了，唯一的证据是她和卫言的对话，所以当她亲口推翻的时候，人们也会产生怀疑。

她真的抄袭了吗？证据呢？求生岛乐园是不是真的有问题？

尤其是最后文珠怜还举起了手，露出繁星集团没有解下来的手环："我还想质问一下繁星集团，为什么其他嘉宾的手环都已经取走，我和工言的却还留着，我要求解开还被拒绝了，是有什么不可告人的秘密吗？或者说，是因为繁星集团的老板江白奇想要为宋睢窈出气，所以用这种卑鄙的手段来让我身败名裂？"

不得不说，文珠怜还真是遇到贵人了！

还尤晚樱和苏红是谁，说得义正词严的，要不是我们都知道你抄袭，都要被骗了！

她确实扳回一局了，虚拟世界里找不到任何她抄袭的证据，她咬死不承认，还是会有人信她的，而且对比繁星集团，她确实算是弱势群体。

繁星集团要么给她解开，解开她就能退出虚拟世界；要么不解开，舆论就会逐渐站到文珠怜那边，怎么样都对文珠怜有利。

突然觉得有趣了，文珠怜做得不错，这样就能迷惑虚拟世界的人，让他们很难猜到世界的真相。

节目组本来还为虚拟世界的人可能会猜到世界的真相而焦头烂额，覃威打电话求助弄得咽喉都快要冒出火了，王宫的 K 先生又被请过来帮忙，却仍然无法救出明星玩家和真人 NPC，一看到文珠怜突然的反击，顿时脑中清明，找到了希望。

第一期的时候，宋睢窈一个人知道世界的真相，节目组就被观众骂死了，但那次只是被骂，因为宋睢窈是现实世界的人。而虚拟世界系统有规定，虚拟世界的 NPC 如果得知了世界的真相，这个 NPC 就会被回收回主系统。

审判秀这个虚拟世界系统，只是国王陛下制作出来的系统的区区一个小分支罢了，NPC 的数量是固定的，不会多，只会少。所以如果一个两个，或者几百个 NPC 知道了世界的真相，无所谓，但是如果数量过多，那么，损失不是节目组能承担得起的。

更别说审判秀这一季以前，从来没有过一个 NPC 被主系统回收的情况出现，脸丢得没法见人了！

文珠怜的否认，让他们顿时找到了一线生机，完全可以混淆视听，毕竟不是谁都能那么随便相信自己的世界不是真实的，比起世界不是真实的这种事，黑心集团搞的阴谋是不是更可信呢？

现在直播已经进入了尾声，里面的人没有足够的时间来确认世界的真实性！

太棒了，文珠怜！

虚拟世界，文珠怜的直播还在继续。

“文小姐，你在求生岛乐园里，和那三个群演一起商量怎么对付宋睢窈这件事又如何解释？”

“你和卫言之间的前辈后辈的关系又是怎么回事？”

“‘现实世界’又是怎么回事？”

对于这些问题，文珠怜都只有一个回答：“我不知道。我也很想知道，为什么我会在那里面就像变了一个人，说着一些我自己也不懂的话，我也想请江白奇先生给我一个答案。”

因为文珠怜在这场直播中毫无畏惧地跟繁星集团这种超级巨舰对峙，原本几乎已经板上钉钉的事，变得扑朔迷离起来。

最后，文珠怜说：“我没有别的诉求，只想要得到公正，想要让宋睢窈跟我道歉，我不信她不知道我正在被陷害，甚至也许是她暗示江白奇陷害我。求生岛乐园，不是根据她的书架构的吗？她真的从始至终，都不知道求生岛乐园不是真实的吗？我确实霸占了你的位置 18 年，但是我认为我罪不至此，需要得到这种报复。”

最后一句话，将矛头对准了宋睢窈，把她推向了阴险卑鄙的幕后主使者的位置。

网友的言论风向变了。

这反转……不敢说话了，瑟瑟发抖……

我觉得文珠怜很有可能确实是中招了，精神体进入虚拟世界，不就等于被繁星集团掌控了吗？他们连求生岛乐园都能做出来，控制文珠怜，也有可能做到吧？就像医生催眠一样。

我听说江白奇跟宋睢窈还没结婚，就把股份都给她了，爱到这种程度，帮她做什么都有可能吧？

手环不给解，真的很不正常……

看看文珠怜说的，离开求生岛乐园后，她身败名裂，被文家赶出家门，一无所有，而宋睢窈呢？简直不要太幸福，对比太鲜明了，她是既得利益者对吧？

不要学个词就瞎用，文珠怜出不出事，宋睢窈都是屠龙公主，都是家族宠儿，都与文家没关系，这是事实。只有江白奇是什么时候跟宋睢窈认识，他有没有帮宋睢窈算计文珠怜这件事存疑。

我想象了一下，如果一切都是宋睢窈主使的，宋睢窈也太可怕了，她在岛上都是虚情假意啊！

文珠怜倒打一耙这件事，宋睢窈倒是不意外，她早猜到了，抄袭这件事证据不充足，对方只要坚定否认就行了，繁星集团太强大了，这个时候人们同情弱者的天性正好可以利用。

宋睢窈托着下巴看着屏幕，神色有些慵懒。

埃文斯凑了过来，眉头蹙了蹙：“这个女人真讨厌。”

“没关系的哥哥，她会得到应有的惩罚。”宋睢窈微笑着说。

第二十四章

真相

直播间关闭后，文珠怜终于敢去看网上的评论了，看到那么多人为她说话，对她是否抄袭产生怀疑，甚至怀疑宋雎窈是不是幕后指使者，是宋雎窈让江白奇这么抹黑她的，她脸上终于露出了笑容。

“做得不错。”男人说。

文珠怜看向他，心脏怦怦跳。她想，这是吊桥效应吗？他在她最狼狈最无助的时候将她带走，教她反击，让她有了靠山，所以，她才会心脏怦怦跳，对一个 NPC 怦然心动。

眼前的男人，穿着一身黑色高级定制西装，手腕上戴着金色的限量款腕表，黑发如墨，面容成熟俊美，喝着咖啡刷手机的样子，都那么高贵迷人。

“蒋荣。”文珠怜喊了他一声，坐到他对面，“谢谢你帮我。”

蒋荣放下咖啡杯：“我不是帮你，而是在帮我自己。繁星集团是阻碍我更进一步的拦路虎，我必须把它打倒，才能继续前进，你是一个相当合适的支点。求生岛乐园项目耗资极大，繁星集团大股东们对此抱有很大的期待，结果他却因为一己私情，影响了集团利益和形象，对我十分有利。”

文珠怜并不介意，人类天性慕强，而且她之前都是受追捧的，现在蒋荣冷淡的反应，反而更让她心动。

“你能证明你的才华，把江白奇踩下去吗？”蒋荣说。

“我可以。”文珠怜立刻说。她在蒋荣面前也一直都下意识否认自己抄袭，但蒋荣和其他人不一样，他相信她的话。或许也有可能他不在乎她话的真假，但是这对文珠怜来说，足够了。

文珠怜自认为这一次扳回了一局，踩着宋雎窈和江白奇的喜事上位，将他们的喜事变成受攻击的点。她对文家人也有恨意和期待，希望这场直播后，他们能打电话给她，跟她道歉，而她当然不会原谅他们，她要看到他们后悔这么对她的样子。

然而她等了很久，也没有等到文家人给她打电话，她心里不忿，于是自己打了个电话过去。

接电话的用人迟疑了一会儿，喊在客厅插花的黎欣。

黎欣一听是她，脸色就沉了下来。

“什么事？”

“妈。”

黎欣：“我担不起这称呼。”

文珠怜一听这口气，顿时火上心头：“你没有看今天的直播吗？”

“我看了。”

“那你就该知道，我是被冤枉的！”

黎欣：“如果你是被冤枉的，为什么之前不说？为什么那么恐惧？过了那么多天你才突然出来说，文珠怜，你是不是当我们傻？”

文珠怜脸色越发难看，握着手机的手紧得快要将手机捏碎。

“我们已经看透你的本性了，不用装了，从今以后，你跟我们文家再也没有瓜葛，我们唯一的女儿是宋雎窈，不是你！”黎欣挂上了电话。

文珠怜猛地将手机砸了出去，恨得眼眶通红，都是宋雎窈，等着，我一定要踩死你们，让你们臭名远扬！

文英霆听着黎欣和文珠怜的对话，脑中忽然一闪，他想起自己在求生岛乐园时感觉到的不对劲了。

为什么不对劲？因为求生岛乐园，是根据宋雎窈的书架构的，包括嗜血病患者，也就是说，如果是现实，不可能这么完美地重合，除非那是人为设计构造的。所以，求生岛乐园是假的。

宋雎窈是屠龙公主，书是她自己写的，她应该很容易就会发现，所以就像文珠怜说的，她有可能早就知道，求生岛乐园是假的吗？

……不！文英霆猛然甩了甩脑子，将脑中的猜疑抛掉。不可以再想这些，他们已经误会她够多了，不是作者就一定会发现，当局者迷也不一定。

决定了要相信宋雎窈，文英霆就将猜测抛诸脑后，不再去想。

当晚，礼文灵、李达达、利斯坦等人均发声。

礼文灵V：我相信我的亲眼所见，雎窈是我见过的最美好的女孩，勇敢刚毅，绝不是文珠怜口中的那种人。

李达达V：我的天使。

利斯坦V：嘿，我听到了一个笑话……

常友青V：我相信我的亲眼所见。

他们的粉丝也纷纷响应，很快加入战斗，刚刚让文珠怜舒服的局面，又开始往回倒。

文珠怜看到，又气得一晚上没睡，恨得牙龈出血，等着吧，全都等着我打烂你们的脸！

对于文珠怜的质问，繁星集团做出了回应。

出人意料的，没有压热搜删评论也没有出律师函，繁星集团否认了她被集团动手脚控制的说辞，却没有解释手环的问题，只说可以解开手环，但她要向观众证明自己的创作能力，否则就是造谣，繁星集团的律师函会马上寄出。

他们会为她准备一场为期7天的24小时直播，除了和送吃喝的工作人员偶尔接触，她接触不到其他人，她必须在观众的眼皮子底下进行创作，证明她确实有创作能力。

文珠怜毫不胆怯地接受了这个挑战。

正如蒋荣所说，繁星集团不屑于搞这些小动作，却不知道这种傲慢，让她得以钻空子，她可是拥有一个世界当金手指的人。

她知道，现实世界的节目组一定会帮她，他们别无选择，否则虚拟世界的人，会怀疑这个世界的真相。上一期，宋睢窈一个人猜到了世界的真相，节目组都被喷得狗屎淋头，现在整个世界的人都怀疑，他们丢脸丢到姥姥家了，覃威总导演，也许真的会被换掉。

所以，他们定然会帮她，这已经不是她一个人的事了。

繁星集团和文珠怜的赌约，全民关注，站繁星集团的、站文珠怜的、中立看热闹的，分成了这三个群体，直播还未开始，直播间里的弹幕就已经刷到飞起。

卫言也早早打开了直播间围观。

> 坐等文珠怜打脸，我相信你，如果不是蒙受冤屈，怎么敢跟繁星集团这种庞然大物掰手指头。
>
> 繁星集团厉害怎么了？厉害有罪了？有钱是原罪是吧？
>
> 这事太扑朔迷离了，谁也不站，坐等结果。

直播开始了，屏幕上，文珠怜坐车出发，来到她要进行连续一周创作的别墅，繁星集团工作人员已经等候在门外，文珠怜伸手，工作人员便把她手腕上的手环给解开了。

文珠怜一看手环解开，顿时松了一口气，同时满心壮志。

既然是证明创作能力，为了防止她脑子里早有抄袭作品，繁星集团要求从网上弹幕里抽取创作元素，让文珠怜按照要求来创作。

文珠怜没在怕的。

第一次抽取元素有五个，分别是“鸡腿”“可乐”“恐怖”“球鞋”“垃圾”。

这种元素，文珠怜能串联起来做成一首歌，那她是真的二！

我看她多久能做出来，她在求生岛乐园里，可是一首接一首不用脑子呢！

文珠怜表情认真，假模假样地做出创作的模样来。

而现实世界中，节目组已经请来了音乐圈里几个厉害的创作团队，根据这几个元素开始创作歌曲。

正如文珠怜所想，节目组会全力帮她的忙，只是不是她想的丢脸那么简单，而是关系着节目组，尤其是总导演覃威的职业生涯存亡。

宋睢窈对文珠怜那边并未多加关注，她很忙，婚礼就定在不久之后，时间很紧，江白奇请来了世界上最好的婚纱设计师及其团队，加班加点地赶制。

宋睢窈要陪伴一大群的家人们，他们就住在繁星集团旗下的大酒店里，江白奇自然不可能放着未来岳父岳母和哥哥嫂嫂们不管，每天比宋睢窈还要早过来，陪吃陪玩。

“江白奇呢？”

“我又找不到小奇奇了，你们谁看到他了？”

“……我在这里。”江白奇明明就站在不远处，现在只好直接走到他们面前。

然后，果不其然把人吓了一跳。

“请在下图中找到江白奇”的游戏，每天随时随地都在进行，一开始家人们觉得还挺有趣的，而且不信那个邪，每天都在玩，比谁能更快找到江白奇，后来他们心累了，眼睛也累了。

“宝贝，你跟我未来女婿说一声，让他去忙吧，不用来陪我们了，找他找得累，有时候玩得正开心，突然想起他在，我们却把他忽略多时，我们也有点儿内疚……”妈妈小声凑到宋睢窈身边说。放弃了，也们都服了，这个世界上真是什么怪人都有，他们也不少见多怪了。她当然更多的是开心，这个世界上，只有她女儿能一眼看到江白奇，这是什么命中注定的姻缘啊，一定会幸福的。

“好的，妈妈。”

宋睢窈去跟江白奇说，他应了一声，看起来很平静，然而宋睢窈盯着他看了看，注意到他嘴角向下，表面平平静静，其实心里很郁闷。

宋睢窈笑起来：“怕做不成讨岳父岳母喜欢的女婿吗？”

江白奇被笑得耳尖微红，撇开头：“没有。”

然后她牵住他的手：“就算他们不喜欢你，也不能阻止我喜欢你的。更何况，阿奇这么好，谁会不喜欢你呢？又聪明，又帅气，又可爱，闪闪发光……”

江白奇每次听到这种夸奖，就觉得非常难为情，手指都会蜷缩起来，心里默默纠正，她才是又聪明又帅气又可爱又闪闪发光充满魅力的人，他只是一粒小尘埃，不知道为什么，入了太阳的眼，得到了她的照耀。

也许是因为文珠怜他们口中的某种前情吧，但是即便发现自己是因为某种感情的遗留才得到这种幸运，并非他确实有足够的魅力吸引了她，却还是觉得那么幸福。

“再不转过来的话，就亲你咯。”宋睢窈温柔含笑甜美的声音传来。

他猛地转头惊愕地看向宋睢窈，随即又连忙转开头，心脏怦怦跳，要、要亲他了吗？

宋睢窈：“你这反应，是要不要我亲你呢？”

好像他说不要她就不亲了一样。

江白奇：“……”她好像又在逗弄他，他早就发现了，她对他就是这么恶劣，好像吃定了他一样，明明对其他人就是温柔可亲又谦虚包容的小姐姐。

宋睢窈：“不要吗？”

宋睢窈：“真的不要吗？”

“……要。”那富有特色的低哑嗓音像是被逼到墙角一样，放弃抵抗般响起。

落地玻璃窗上，映出少女踮起脚尖，亲吻背靠着墙壁的高瘦男人的影子。

楼外夜空清澈，星光闪烁，明月皎洁。

第二天中午，一个阿姨来给文珠怜送早餐，她提着一个篮子，把篮子放在桌上就走了。

没一会儿，文珠怜睡醒了下楼来吃早餐，客厅数个摄像头对着她，文珠怜一边吃一边对着镜头说：“我已经有点儿想法了，吃完就开始。”

期待。

一天就能创作出来的话，那真的是才女了！

别真的是要打脸了吧？

文珠怜吃完，很自然地从篮子里拿出一张纸巾擦嘴，同时起身进了卫生间刷牙漱口。

卫生间是整座别墅唯一没有摄像头的地方，文珠怜一进去，立刻把刚刚那张纸巾打开，露出了里面的乐谱。

文珠怜在现实世界中就是歌手，在记谱子上颇有一套，以最快的速度记下来后，她把纸巾揉成团，扔进马桶里冲掉才出去。

“好了，开始干活了。”她擦着手出去，对正在看直播的观众说。拿起吉他，开始拨弄。

哇……好好听哦！

这是实力打脸了吧？文珠怜是真有创作才华，这总不可能作假了吧，从元素抽取到刚刚送早餐的阿姨，都是裁判方的人。

裁判方是政府哦，肯定做不了假！

宋睢窈真的为了搞文珠怜，让江白奇给文珠怜下这么大一个套？太恶毒了吧，要不是文珠怜真材实料，真的是被冤死了！

不愧是写小说的，宋睢窈脑洞真大，电视剧都不敢这么演！

这才第一天，是不是真的有才华，往后看吧！

7 天直播，24 小时都在网友眼皮子底下，文珠怜平均一天半一首歌，全部根据网友弹幕元素来写，每一首都相当出色，一时间网络风向完全变了，“文珠怜真材实料”都上了热搜榜第一，紧随其后的是“繁星集团陷害”。

人们觉得这已经是实锤了，繁星集团老板江白奇为了帮宋睢窈报复假千金，设了很大一个局。

卫言看着直播，没想到节目组真的会帮文珠怜，他有些瞠目结舌，节目组以前还坑明星玩家呢，这一次居然帮文珠怜到这种程度，看来宋睢窈这第二期，给他们造成了很大的麻烦啊。

他有点儿好奇了，好想退出，但他退不出来，不过，第二期应该快结束了吧？

此时，审判秀直播已经进入现实世界时间最后半个小时。

最后半个小时了，看来江白奇和宋睢窈还是输了。

估计他们打死也没有想到，文珠怜背后是有一个世界做金手指的。

虽然卑鄙无耻了一点儿，但是总比被虚拟世界的 NPC 发现世界的真相来得好，代入文珠怜的视角，还挺爽的！

节目组是真的无能，只能用这种办法才能取得胜利。

跟一个杀人犯斗，需要讲究光明磊落吗？

代入文珠怜视角的观众觉得很爽，开金手指、打脸，正是大众最喜爱的元素之一，可其他不代入文珠怜视角的，知道真相，看到这种剧情就会觉得很别扭很不舒服，宋睢窈和江白奇实在是太惨了。

可是又能怎么样？这谁搞得过？节目组随时都能让真人穿了能跟她接触的NPC，给她传小字条，她的才女之名可以坐实，事情变成这样，他们跳进黄河也洗不清。

文珠怜从别墅里出来，阳光灿烂，站在门外等蒋荣。她刷着手机，看着上面骂宋睢窈和江白奇的评论，心中满是畅快。

这一次，别想再像第一期那样留下什么精彩结局了，宋睢窈，就这样，以被虚拟世界谩骂的无可奈何的姿态结束吧，那些慕强者，会脱粉离开的，因为他们终究知道了，宋睢窈不过如此，她不是不可击败的，第一期只是意外。

文珠怜在门口等了一会儿，等着蒋荣来接她，她迫不及待想看看他的表情，有没有被她折服，她有没有帮助到他。

过了好一会儿，一辆车子开了过来，宋睢窈从车上下来了。

文珠怜看着她，脸上露出得意的笑。这一下，宋睢窈跳进黄河也洗不清了，你和江白奇的关系，反而成了解释不清的疑点。

“一起走走吗？”宋睢窈走到她面前，微笑着问。

“好啊。”文珠怜笑着说，她倒想看看，对方要说什么。

两人沿着马路前行，一路上都没见到人和车，安安静静的，只有风轻轻拂动，宋睢窈的侧面在阳光下晶莹剔透，轮廓清晰。

经过一面公告栏，栏上贴着一张电影宣传海报，海报上画着一个很大的鱼缸，鱼缸里有一个男人，他正在用自己的头砸鱼缸，片名叫《鱼缸里的人》，根据屠龙公主小说改编。

宋睢窈脚步顿了顿，说：“你看过我的书吗？”

文珠怜：“不好意思，我每天都很忙，哪儿有空看你的书？”

“《鱼缸里的人》故事主人公叫落塔，落塔的生活从小到大都十分平静安宁，他有着很多烦恼，烦恼来源于他拥有得太多了。家人、朋友、爱人，哪怕只是很微小的突然冒出来的小想法，只要他想拥有，就都会拥有。之前对他视若无睹的美女，突然抛弃了爱人投入了他的怀抱，好像冥冥之中，有一只手在操纵着一切，他开始觉得不对劲，感到恐慌，他想要一个人出去走走，却发现无论走到哪里，都是一样的，甚至有一种如影随形的被窥视感。可无论他跟谁说，他们都说他是病了，他感到崩溃、疯狂和绝望，不知道这一切到底是怎么回事……”

文珠怜听着听着，忽然感觉头皮微微有些发麻，有一种不对劲冒了出来，这说得好像是宋睢窈，或者说是每个被审判者的剧本……

现实世界中，观众无不停下了想要发出弹幕的双手，屏住呼吸听着宋睢窈的每一句话。

审判秀演播大厅，工作人员清楚地感觉到自己的头皮在一点点儿收紧，个个呼吸屏住，心跳加速。

“后来，他终于发现了荒诞的真相，原来他身处一个虚假的世界里，无数人在他看不见的地方观察他的一切，他就像一条鱼缸里的鱼，一切都赤裸裸地暴露着，被人们围观着……”

文珠怜：“然后呢？”

“落塔恐惧、愤怒，他开始挣扎，想方设法逃离这个世界，并且准备尝试自杀这个最后的办法。这时，真实世界的人告知了他另外一个真相，原来落塔在现实世界中是一个优秀的军人，在一次战争后，他成了绝不可能醒来的植物人，帝国为了补偿和奖励他，将他的精神体放入了虚拟世界里，为他安排了家人、朋友、爱人和同事，让他过上完美的人生……那些在现实世界看着他的人，其实都是爱他、关心他、崇拜他的粉丝。他们为他花钱，让公司把他们想要给他的一切都给他。

“如果落塔选择离开虚拟世界，那么他就会回到植物人身体里，在黑暗中沉默着无人关注地消亡，但他如果选择留在虚拟世界，那么他就可以要什么有什么，并且在全民关注中幸福地死去。但落塔哭着大喊这不是奖励，而是惩罚，接着他从高楼一跃而下。世界从此一片黑暗。”

文珠怜：“愚蠢，好死不如赖活着。”

宋睢窈：“是的，所以故事的结尾是，第二天清晨，落塔在自己的床上醒来，一切如常，他洗漱完，一边开车去上班，一边跟邻居打招呼，笑容一如既往，阳光清爽。”

好可怕，让人赤裸裸地生活在别人的眼皮子底下，一切按照别人的意志走，本身就是惩罚吧，这算是什么奖励啊？！

宋睢窈怎么会写出这种故事啊，天啊！她又对这个世界产生怀疑了吗？

原来《鱼缸里的人》是这样的故事，难怪江白奇会做出求生岛乐园！

还好还好，我以为她的故事会是虚拟世界里的人在接受审判呢，吓死我了，原来不是。

节目组工作人员虽然也吓出了一身冷汗，但听完，略微松了一口气。还好还好，还以为他们要掉马了，掉马的感觉也太可怕了。

文珠怜抖了抖，说：“你跟我说这些干吗？不会以为跟我聊聊天，促进感情，就能不道歉，把你对我做的事一笔勾销吧？”

“我对你做了什么？”

“你还敢问！我告诉你，你装傻也没用了，现在，所有人都已经看到了我的才华，知道我是被你们陷害冤枉的，所有人都会站在我身边”

宋睢窈挑了挑眉梢，依然保持着温柔的微笑：“你的才华……你刚刚不是问我，跟你说《鱼缸里的人》是什么意思吗？意思就是，你怎么能保证，自己是不是处于鱼缸之中？”

文珠怜怔住：“什么？”

宋睢窈只是微笑着站在她面前，乌发如墨，柔顺地披着，裙摆摇晃，香气阵阵。只是她的笑容，忽然变得好像有些远起来，那双清澈乌黑的眼眸，似乎也变得深不可测。

文珠怜忽然感到不寒而栗。

“你到底什么意思！？”

“你如何能保证，自己没有在鱼缸之中？你看看这个世界，阳光、天空、雨露、清风，一切都真实无比，你打开手机，能看到网友对你的支持，你的名字还在热搜榜上挂着。但，这个世界，不是真实的呀，这里是求生岛乐园哦。”

文珠怜血液都冻结了，她脸色发白，摇头：“不……不可能！不可能！”她疯狂地朝宋雎窈扑过去，身体却从宋雎窈身上穿了过去，摔倒在了地上。

她倒抽了一口气，看着自己被砂砾磨出伤的手掌。

“文珠怜，还有你背后的那些人，如何能保证，自己不在鱼缸之中？”宋雎窈转头，像看向了鱼缸外的人，目光对上了那看不见的镜头，冷锐地穿透每一个观众的心脏。

吓死我了！

毛骨悚然！

所以文珠怜现在又在虚拟世界的虚拟世界之中？她是什么时候进去的啊！

完全想不起来破绽在哪里，文珠怜到底什么时候被放进虚拟世界的，卫言呢？卫言也进去了吧？他还躺在那里舒服地上网等审判秀直播结束呢，根本不知道自己在假的世界里，连爹妈都是假的！

我们如何能保证自己不在鱼缸之中？

宋雎窈真的已经发现了世界不是真实的，她什么时候发现的？到底什么时候又露出破绽了？@审判秀节目组，出来解释一下！

观众们要疯了，犯困的都被吓得清醒过来了。

节目组也傻了，他们刚刚才松了一口气，神经就再次绷紧了。他们居然又掉进了宋雎窈的陷阱里！文珠怜是什么时候进入虚拟世界的，游戏是什么时候开始的？那他们帮文珠怜创作的歌……

老天！

“不可能？我的手环已经被解下——”文珠怜声音戛然而止，眼睛大睁，她已经在虚拟世界的虚拟世界里了，所以她在这里解下的手环，也只是假的，在虚拟世界外的自己，仍然被扣着。

文珠怜唇瓣颤抖，惊恐的情绪化作渔网将她包裹。眼睛、耳朵和触觉等知觉都开始蒙骗自己，眼见耳听都不一定是真实的感觉，让她惊恐像是在做一场醒不过来的噩梦：“……我、我什么时候被投进来的？蒋荣呢？”

“蒋荣是假的，你的否认抄袭直播也是假的，网友是假的，一切都是假的。”

文珠怜连忙拿出手机上网，却见之前她看到的热搜，早已经消失不见，她一搜自己——

> 文珠怜失踪好久了，应该被封杀了。
>
> 比起她的人品，抄袭这件事都不算严重了。
>
> 文珠怜最好就这么沉寂下去，不要再出现了。
>
> 政府肯定会封杀这种人，小孩子以她这种人为偶像，性格会被影响成什么样！

“啊！”文珠怜触电般把手机扔出去，这些字，刺痛了她的眼睛，她一直逃避不敢看的，就是这些骂她的话啊。

“放我出去，快放我出去！”文珠怜崩溃大吼，形象全无，“节目组！快放我出去啊……”

宋睢窈:“抱歉，我的婚礼时间快到了，我该走了。”

“宋睢窈！”文珠怜猛地抬起了头，“你不是已经猜到了吗？你是鱼缸里的人，还结什么婚！我告诉你，没错，一切都是假的，你身边的一切，全都是假的！你哥哥、你家人，还有江白奇也是假的！”

崩溃吧，像她一样崩溃吧，这是多么恐怖的一件事，连自己的身体都在欺骗自己，让她以为一切都是真实的。结果一切都是假的，父母、爱人，爱和友谊，全都是虚假的，还有无数的人在外面盯着，就像看小丑一样看着自己！

快崩溃吧！

宋睢窈却没有说话，只是看了她一眼就转身，身影化作星光破碎开，消散无踪。

宋睢窈睁开双眼，从全息舱内醒来。

她手刚一抬，就被江白奇握住，触感温暖又结实，握住她的力道不重却又十分稳当。

这里是繁星集团总部1号科研大楼8楼，A801号大实验室，这里有肤色各异穿着各种军装的各国政府大人物，以及繁星集团的科学家们。

宋睢窈隔壁的全息舱里，文珠怜正躺在里面，而前面大屏幕里，她正在空无一人的路边崩溃疯狂地大吼大叫，似乎已经完全顾不上自己的形象了。

可不是吗？怎么能控制得住呢？她在这个虚拟世界里太久了，8年的时间，万千宠爱、家境富裕、人人追捧，与现实世界完全不同的梦幻人生，早就把她养成了另外的性格，她被捧得越高，就越不能承受摔下来的痛苦，心理承受力变得越脆弱，早就不是现实世界的那个30岁的歌手文珠怜了。

节目组一看，顿时窒息了，他们帮助文珠怜的一切，真的已经全部被虚拟世界的人看在眼中了，而且看情况，这些都是各国政府高官！如果他们向公众公布了这件事，那……

光是这么一想，总导演覃威就要晕倒过去了，他捂着胸口，好像要气得中风，指着文珠怜的手指颤抖着："她，她居然敢跟宋睢窈承认，还在大喊大叫……"

"覃导，别担心，距离第二期结束只剩下最后十分钟了。"副导演连忙说。

"对，他们应该不会那么轻易就跟国民公布这种事情的。"

覃威被这么一安慰，总算稍微缓过来一些，他捂着隐隐发疼的胸口，在助理的搀扶下，坐在椅子上。只是心里恨文珠怜恨得要死，本来她不承认，任由虚拟世界的人去猜，最后这十分钟，怎么也能糊弄过去，现在她居然直接就跟宋睢窈说，她就是在一个不真实的世界里，所有的一切都是假的！他真想一巴掌抽过去！

虚拟世界中。

偌大的实验室里弥漫着一种令人窒息的沉默。

证据确凿，他们亲眼看着那些群演被穿了，给文珠怜传递了字条，然后，文珠怜还承认了。

他们都是假的？只有宋睢窈是真的？宋睢窈是鱼缸里的人，而他们都是被制造出来的假人吗？他们什么也不是，只是"无"吗？

大人物们难以接受，总觉得这荒诞可笑，怎么会是假的呢？他们明明有血有肉，从小一点点地长大，会哭会笑，知道爱一个人恨一个人是什么滋味啊。

宋睢窈牵住江白奇的手："我们走吧。"

江白奇一路都有些沉默，转头看向宋睢窈的面孔，她回视并露出笑容。

江白奇握着她的手，紧了紧："她说我是虚假的。"

宋睢窈："我不信。"

她口气坚定，没有丝毫怀疑，让江白奇愣了愣。

宋雎窈停下脚步，抓着他的两只手，认真地说："我一直对这个世界存在怀疑，但是，我从来没有怀疑过你。阿奇，你跟别人不一样，对我来说，这个世界是虚假的，只有你是真实的，只要你是真实的，对我来说就足够了。"

今天依然为神仙爱情落泪了呜呜呜……

CP 党的胜利！这个世界是虚假的，只有你是真实的，我一个猛虎落泪啊！

完了，我感觉我也忍不住要变成 CP 粉了，但是理智告诉我别，万一第三期宋雎窈跟别人在一起了呢？江白奇只是意外才出现两次，不可能第三期还出现啊！那可太伤身了啊！

给我结婚，快结婚，别不识抬举，快结婚，我倾家荡产出份子钱啊！

江白奇心脏猛跳，感觉自己脚下一空，整个人陷入棉花糖里，被一种难以言说的饱胀情绪淹没，他感觉自己被完全掌控，眼前的少女想要什么，他都会给她，无论是什么，哪怕是他的命。

"如果我是落塔，我曾经死过一次又被清洗记忆投入这里重新开始，那么根据文珠怜他们的话可知，这是我们的再次相遇，我又一次喜欢上了你，我们是命中注定的，你一定会一直在我身边。"

江白奇望着眼前闪闪发光的少女，在她的眼中，自己好像也有了光，不再是灰扑扑的毫不起眼的灰尘的模样。他无法移开视线，内心满溢的情绪也无法发泄，他只能一动不动、专注地、像她是他的全世界一样地望着她。

"我会一直在你身边。"

刀山火海，只要有你在的地方，我都会去，一定会去。

直播进入倒计时最后五分钟。

江白奇和宋睢窈的婚礼就在明天，请柬早就已经送出，从世界各地来的宾客已经住进繁星集团旗下的酒店里，婚礼会场被严格看守，十万朵玫瑰被精心照顾。

江白奇送宋睢窈回到酒店，看着她的背影，他的心脏怦怦跳着。

宋睢窈一步三回头，最后有些羞涩地笑道：“阿奇，明天等你来接我。”

江白奇心脏跳得更快了，每一下，都像在耳边炸开。

他有一种预感，一种直觉，一种像是存在于血液里的东西，在催他做一件事，让他一边幸福，一边痛苦。

各国政府高层正在为这个荒诞可怕的世界的真相召开紧急会议。

他们焦头烂额，知道自己的世界是虚假的，然后呢？他们该怎么做？难道能打破那看不到的边界？最终，权力者还是舍不得手上的权力，哪怕是虚假的，也想要掌握，就像文珠怜一样。

把这个消息给压下来吧，就当作一切无事发生。

节目组通过宋睢窈的视角知道他们的决定后，松了一口气，他们生怕这些 NPC 突然向全世界公布真相。

直播进入倒计时最后三分钟。

工作人员们开始逐渐放松了下来，终于，这难熬的一期要结束了，为什么会这样呢？明明他们是节目组，一直以来，都是他们在玩弄被审判者，为什么到了宋睢窈这一季，他们却觉得自己被狠狠玩了一把，身心俱疲，甚至还有点儿莫名的被支配的恐惧？

这时，江白奇深吸了几口气，他不愿意这样做，明天是他和宋睢窈的婚礼，他渴望，强烈渴望和她在一起，如果这样做，明天的婚礼一定无法进行。

但……他知道他应该这么做，直觉告诉他，这样对她最好。就算心脏因为不舍得而撕裂，他仍然选择按下了确认键。

一瞬间，繁星集团所有社交网络平台的官方账号里，公布了一个视频和一封致全民信。

视频中包括了文珠怜和那些政府高官和相关会议内容，信中向所有人们公布了这个世界的真相。

这就像一枚威力巨大的炸弹，炸翻了这个世界。

审判秀节目组内一片寂静，每一张脸都凝固了，覃威终于捂着心脏，跪倒在地上，晕了过去。

直播间倒计时归零，直播间骤然暗下，一切影像消失无踪，只剩下了和虚拟世界一样被炸翻的现实世界的观众们。

天啊！

世界的真相被公开了！

太刺激了，我头皮一阵阵发麻！

追了那么多季《正义审判日》，第一次看到这么刺激的场面！

我给宋雎窈和江白奇跪了，这两人是什么黑白双煞？

虚拟世界的NPC知道世界的真相，应该不会怎么样吧？

妈妈问我为什么跪着看直播，这一期最后这半个小时，真的全程高能，惊天反转，我眼球都要爆出来了！

不就是想要我的申冤票吗？给你给你都给你啊！

宋雎窈的申冤票数就像第一期最后阶段，又一次迎来了大爆发，票数已经增长到了三千多万，距离五千万的减刑票数，仅剩一千多万票的距离，基本可以确定，如果第三期宋雎窈的表现依然像这两期那么优秀，依然洁白无瑕，人格魅力爆棚，第三期结束她就可以获得减刑了。

史无前例。

热度再一次爆炸，甚至比第一期爆炸范围还要广，毕竟这一次的场面，比第一期更大。

宋雎窈

审判秀第二期结束

鱼缸里的人

江白奇

节目组失格

文珠怜

人们议论纷纷，强烈的交谈欲望让他们在学校、咖啡厅、公司茶水间甚至是办公室等各个场所谈论第二期。

“太牛了！”

“我就想知道，文珠怜是什么时候被投入求生岛乐园的？”

“我觉得她会不会从一开始就没有出来？”

“不，我觉得是从她离开家门，遇到蒋荣前。宋雎窈说过，蒋荣是虚假的，既然是虚假的，怎么能遇到蒋荣，还被蒋荣英雄救美？应该是她被文英霆打开门扔出去的那一刻，她就进入了虚拟世界的虚拟世界里，那扇门就是一个标志……”

“虚拟世界的虚拟世界，我头都晕了，这套娃我服了！”

“太精彩了，跟过去的每一季都不一样，宋雎窈真的太出色了，她说一直都对那个世界心存怀疑，肯定是有什么破绽被她发现了，你说她这种人，会在现实生活中强奸一个不符合她审美的少年吗？听起来太荒谬了……”

“我好想看宋雎窈写的《鱼缸里的人》……”

“还用看吗？那就是现实的影射，看审判秀就能看到它的核心，文珠怜喜欢上蒋荣这件事，像不像节目组以往给被审判者安排的那种爱情？在最绝望的时候，被伸来的手扶起，结果作为明星玩家，自己也掉入了这种陷阱里……”

“喂喂，你们有没有觉得江白奇这个 NPC 太厉害了？他居然在虚拟世界里做出了国王陛下制造出来的虚拟世界？”

“哪有，我们国王陛下做的虚拟世界，求生岛乐园还是远远不能比的，求生岛乐园的角色都是群演，是真人进去演的，我们国王陛下制造的虚拟世界里的NPC，全都只是数据而已，天和地的差距好吗？”

“换而言之，江白奇也是国王陛下制造的，所以牛的还是我们国王！”

人们疯狂交谈着，根本无心学习和工作。

“太棒了！”明姝跳起来，激动地大叫。

霍森往椅背上一靠，脸上不自觉流露出了一丝赞叹，不愧是宋睢窈，他会被她吸引的原因，想必看过这档节目的人都会理解，但他看着右下角申冤票的票数，脸上的情绪又消失无踪了。

楼下，元蔓枝歇斯底里的声音又响起，大吼大叫着要杀了宋睢窈，要她偿命，然而，她什么都阻止不了。

“天会亮”论坛。

会员们在群聊天框里疯狂尖叫，在自己的小窝里难以自制地蹦跳尖叫，叫邻居忍不住皱起眉头。

他们红着眼眶，用力敲打键盘。

距离黎明又近了一步！

她没有让我们失望。

新增了好多同伴，大家，下一期也要一起加油，为我们的女神冲啊！

“天会亮”论坛如今的会员数量，已经从2万增长到了5万，外界或许还有很多粉丝没有被吸纳进来，但是，创建者和管理员要对每一个会员进行审核，工作量颇大，速度自然比较慢。

不过，最近又增加了两个管理员，审核人员又多了两个，效率可以稍稍提高。

江白奇这个NPC很不错啊！

话说，虚拟世界NPC知道世界的真相后，对节目组会造成什么影响吗？

不知道。

这时，很少出现的创建者冒泡了。

会损失部分NPC，节目组也会遭受重创，也许会换总导演，乃至整个团队。

太棒了！

创建者却没有再说话。

而审判秀演播厅内，也处于一片混乱之中。

总导演覃威晕倒，他们慌忙叫救护车，文珠怜从生物舱起来后，又情绪崩溃地大喊大叫，最后她的经纪人也让救护车把她给拖走了，医生给她打了镇静剂，她才消停下来。

救护车灯闪烁着，渐行渐远，演播厅内才逐渐安静下来。

副导演们抹了一把脸，满手热汗，工作人员也垂着双肩，一副被打败般狼狈的垂头丧气的模样。

完了，江白奇把世界的真相公布了，那么，所有相信了这个真相的NPC，按照规则，都会被主系统回收。

虚拟世界系统一开始，是国王陛下制造出来用作军事训练和人才培养的。那时火国屡次搞事，国王发现自己土地上的子民好像过于弱不禁风，所以，他才特意制作了这个东西，让帝国的军事力量提升了很大一截。

国王陛下一贯的行事作风，在给子民提供一个方向后就会收手，这个东西就会让政府来操作，毕竟他一开始就给了他们自己管理自己族群的权力。

政府仍旧使用虚拟世界系统进行军事训练和人才培养，但有人看到了这项技术能带来的巨大商机，于是，他们向政府购买了其中一个小分支，来进行审判真人秀。

每一个 NPC，都是明码标价的。

国王知道审判秀的制作消息后，就表露出了不悦和厌恶，但他也没有强硬阻止，只是定下了一些规则。

其中，审判秀的 NPC 数量是固定的，每一个看破了世界真相的 NPC 都会被主系统自动回收，而审判秀这边不能再次购买补充。

也就是说，这一次他们将会损失很多 NPC，或许不会影响到第三期的进行，毕竟要相信自己的世界不是真实的，哪有那么容易呢？多的是证据就在眼前都要装瞎的人，更别说还有很多不上网的人。

只有相信了这个真相的 NPC 才会被回收。

但这损失，仍然还是巨大的，因为这是不可逆的损失，如果继续这样下去，这档节目也许会消失。

他们作为节目组，肯定要承担大股东们的怒火和这些损失。

覃威首当其冲，但是他们这些人会不会也要一起承担，还不知道。他们也许会集体失业，还得赔钱。

第二十五章

三期

宋睢窈睁开双眼，被女警扶起，在警队的护送下，离开了星梦梦工厂大楼。

这一次围观的人比第一期更多，她比第一期出来的时候要稍微长了一些肉，没有那么形销骨立了，但仍然很瘦，脸色也仍然苍白，那双乌黑的眼眸嵌在上面，如黑曜石，却又比黑曜石透彻。

她走在警队人员中间，嘴角没有在虚拟世界时常流露的微笑。

他们不由得心微微一痛，在虚拟世界里，她是多么璀璨聪慧又善良的女孩，如果不是因为霍海，她或许也会像虚拟世界里的她一样，闪闪发光吧。

“宋睢窈，加油！”忽然，有个女职员喊了一声，在安静的走廊上清脆响亮。

宋睢窈抬头，看向那个眼眶发红的女职员，朝她露出有些惊愕但感激的微笑，女职员顿时捂着嘴哭起来。

这一次守在梦工厂大楼外的记者，比第一期的时候多了起码五倍，前门和后门都被堵住了，看到宋睢窈出来，他们立即就像鬣狗看到了猎物。

“宋睢窈！宋睢窈你真的喜欢江白奇那种类型吗？”

“宋睢窈看一下这边！”

“宋睢窈，你对自己的案情有没有话说？”

“宋睢窈，你是被冤枉的吗？”

“宋睢窈说点儿什么吧……”

好在这一次警方也有了准备，先打开防护网阻拦他们的靠近，再打开屏蔽器，让拍摄球失去控制，追不上来。

搭载着宋睢窈的警车远去了，什么也没能采访到的记者却并没有多气馁，警方不会让目前还是死刑犯身份的她发言，除非她的票数过了减刑线，这些他们其实心知肚明，所以并没有特别失望，拍到了宋睢窈的照片，也满足了。

果不其然，这些照片一发上网，就引起了很多的关注和议论。

看着宋睢窈又上了热搜，娱乐圈内的明星们很难说不嫉妒。

“明明是一个杀人犯，现在都成顶流了。”

“那你跟她换你愿意？”

“呃……那还是算了吧。”

“那不就得了，人家能当顶流，因为人家有真材实料，没有真材实料的……你想想文珠怜。”

“文珠怜啊……典型的贪心不足吧，也不知道她有没有后悔，用自己现实生活的人生，换取在虚假世界里的 8 年梦幻人生。”

文珠怜的事在圈内自然也无人不知无人不晓，原本他们也是表面唾弃她抄袭，心里羡慕得要死，谁没幻想过优秀的作品都是出自自己的手，自己是个天才呢？然而谁能想到，事情会发展成这样？

这一期下来，文珠怜脱粉超过 500 万，路人好感败光，且黑粉直线攀升。她本来有机会晋升一线，如今却连三线都不如了。

本来也不至于的，都是被她自己给作的，她对虚拟世界辉煌人生的痴迷和贪婪很多人都看出来了，最后她还完全失职了，身为玩家，却大吼大叫向被审判者透露世界的真相，那种崩溃的歇斯底里的嘴脸，简直不要太难看。

文珠怜被打了一剂镇静剂，再次醒来的时候终于平静下来，立刻理智地问经纪人：“公司公关得怎么样了？快给我看看网上的评价！”

经纪人现在她床边，脸色不好：“我劝你不要看。公司给你公关了，但效果没多好，老板让我告诉你，这半个月你辛苦了，接下来你就好好休息吧。”

文珠怜脸色顿时白了下去：“什么意思？我刚从审判秀里出来，正是人气旺的时候，不加紧给我接工作，让我休息？”

经纪人显得有些不耐烦：“公司给你这么好的机会，你却搞成这样，现在你还有脸质问公司？”

“这一切都是宋雎窈害的！”文珠怜大叫起来，“她陷害我！你们没有看到吗？她心思多深啊，她把我耍得团团转！我没有尽职吗？我明明让你们看到了宋雎窈是怎么样的一个人！她心思深沉、诡计多端，放在现实社会，妥妥的反社会人格，高智商罪犯！”

经纪人表情麻木：“你知道上一个这么说的人是谁吗？”

文珠怜：“……谁？”

“蒋蜜。你知道她后来怎么样了吗？”

经纪人直接把页面搜索出来，扔到文珠怜手边，文珠怜连忙拿起来细看，越看她的脸色越难看，越灰败，手也颤抖起来。

“你在里面的所作所为，太多人看到了。而且你知道吗？覃威总导演就在隔壁病房，他比你先醒来，刚刚发过一顿火，说饶不了你。文珠怜，公司对你不薄，人要感恩知足。”

文珠怜在虚拟世界里表现太差，最后向宋雎窈承认世界不是真实的，彻底得罪了覃威，也间接得罪了投资审判秀的大股东们，公司根本不敢护她。

文珠怜看着经纪人离开的背影，看着网上的一切，她表情呆滞，知道自己完了。这个时候，她想起文国华、黎欣和文英霆，想到在虚拟世界里风光无限的生活，眼泪涌了出来。

她后悔了，真的后悔了，如果早知道会是这样的后果，她一定不会这么贪心的……

宋睢窈被送回到自己的牢房里，小小的一间牢房，一整面面向走廊的玻璃墙，通过这面玻璃，可以看到里面有一张小床和一副桌椅，还有一个小小的卫生间。

两期节目过后，狱警们对她的态度有明显变化，经过她的牢房时都会盯着她看，用各异的复杂的目光，还有人问她要不要看书，为她送来了一些书籍。

她得到了一些特殊待遇，比如不用去食堂和其他犯人一起吃饭，这应该是某些贵族给摇钱树的奖励吧。

狱警给她送来了午餐，宋睢窈认真咀嚼着食物，在拘留所长达一年多的待审拘禁，让她落下了胃病，所以必须要小心养护她的胃，同时，她也把每一粒米饭都吃得干干净净。

她需要健康的身体，需要储存足够多的能量，她要坚强，总有一天，一定会打倒她的敌人。

她吃着吃着，顿了顿，转头看向外面。

玻璃墙外，高大冷峻、西装革履的男人正站在那里，是她曾经的同学，霍海同父异母的哥哥，霍森。

第一期结束后，他就来过一次，这一次他又来了。

宋睢窈朝他露出冷淡的微笑："霍先生，你又来了。"

霍森看着她的笑容，不由得想起在虚拟世界她对江白奇露出的那种笑容，嘴角往下压了压，面孔越发冷酷起来。

"我再给你一次机会，放弃参加接下来的审判秀，我让你 5 年后出狱。"霍森口气冷硬地说。

"谢谢你的'宽宏大量'，不过我的答案不会变。"

"以你的智慧，本不该说出这么愚蠢的话。"霍森不悦地说，"我上次没有说得很直白，但你应该能想到。你该不会真的以为，审判秀的大股东们会一直护着你吧？"

星梦集团是贵族控股，《正义审判日》是星梦梦工厂最赚钱的项目，股东们确实很喜欢宋睢窈，谁不喜欢摇钱树呢？她为他们赚的比以前的被审判者都多，光是申冤票都卖出多少张了？为了让摇钱树继续为他们赚钱，他们确实会保护她，谁敢伤害她就是跟他们为敌，霍家也不敢招惹。

但，这不是一件会一直进行下去的事。

审判秀背后主要控股的是贵族，这些大股东本就与政府关系暧昧，因此，他们才能和政府展开这种合作，让犯人能够通过一档真人秀来获得减刑或者重审。

宋睢窈的案件，本来就牵扯众多，霍家、被元蔓枝收买的法官和警局调查人员等，他们都不会愿意看到宋睢窈翻盘，因为如果国王审查团出手，他们全都会遭殃。这些人如果求到大股东那里，甚至刚好就是大股东的亲戚之类的，宋睢窈的下场恐怕不会好。

“他们现在保护你，放任你，只是因为没有把你放在眼里。在他们看来，你只是一个赚钱的工具，一个随时可以掌控的微不足道的人。毕竟现在才只是第二期，不是吗？”霍森说，“你在别人的游戏里，竟然妄想别人一定会遵守游戏规则，是不是太天真了？”

他们有一万种办法，一万个理由，让宋睢窈失败，或者让她永远只是他们的赚钱工具。

宋睢窈只是看着霍森，没有说话。

霍森朝她伸出手：“退出这场游戏，我让你 5 年后出狱。就算你得到 5000 万的票数，选择减刑，也不可能让你从无期减到 5 年刑期。你要是不选择直接减刑，而是要法院重审，会得到什么样的结果，你心知肚明。要是想让国王审查团出手，更是痴心妄想，你永远也不可能拿到一亿张申冤票。没有比这更划算的生意，我是唯一可以帮你的人。”

宋睢窈的回应是，微笑着朝他竖起了中指。

霍森脸色铁青。

“好，我等着你求我的一天！”霍森嘴角扯起一抹僵硬的冷笑，气冲冲甩袖离开。他觉得宋雎窈真的不识好歹，如果不是因为他喜欢她，他才不会给她两次机会，他从来没见过这么愚蠢的女人！

宋雎窈转过头来，拿起筷子继续吃没吃完的菜，她垂下眼眸，牢房右上角的监控摄像头，看不到她眼中漆黑的冷光。

她从来没有期待过别人会遵守游戏规则，贵族大股东和被元蔓枝收买的那些官员们，根本没把她当回事，总觉得多的是机会能把她捏死。这正是她要的，没把她当回事，才会笑眯眯地看着她羽翼渐丰却不知危险，等他们终于感觉到失控的时候，制定游戏规则的人是谁，就不一定了。

她利用虚拟世界，一步步地在现实世界布下自己的棋子，他们却只看到了她在现实世界中无依无靠、任人宰割的一面。

审判秀节目组统计了虚拟世界里剩余的NPC，发现损失了100万个左右的NPC后，又松一口气又紧张。

松一口气的是，100万个NPC被回收，影响不了之后的节目，万幸江白奇向全世界公布的时候，已经到了最后阶段，能让虚拟世界的人们去接受“世界不是真实的，自己不是真实的”这种荒诞的真相的时间很短，第三期仍旧可以正常进行。

紧张的是，100万个NPC的损失，不看整体基数，数量实在是非常巨大，肯定会让大股东不高兴，他们不知道会不会失业。

数据报告送上去后，果不其然，覃威身为总导演，被开除了。庆幸的是，只开除了覃威一个，其他人，无论是副导演们还是其他工作人员们，都被保留了下来。

所有人都松了一口气。

第二期的精彩程度不输第一期，掀起的水花比第一期更大，在国外都上了热搜，宋雎窈粉丝团体一再壮大，但另一个声音，一直都不曾缺少。

网上节目粉们，宋雎窈黑粉，以及根本没有看直播，不了解前因后果，只断章取义的路人们，都在对节目组大骂特骂，觉得就是节目组失格，才会让一个杀人犯成了那么多人的偶像。

因此，将要更换总导演这一消息一公布，网友们都高兴极了。

早该开除他了，没见过这么没用的总导演，《正义审判日》那么多季，那么多任总导演，就他一个人被被审判者玩得团团转！

老实说，宋睢窈本来就跟其他被审判者不一样吧，换了导演，也不一定就能拿她怎么样！

我没看直播，但身为一个母亲，看到自己的孩子粉上一个杀人犯，还花了那么多钱买申冤票，我真的杀人的心都有了，这不是影响孩子的三观吗？！

宋睢窈的人气高成这样，节目组得负最大责任！

真搞笑你们，承认别人优秀有那么困难吗？我看节目组可没少给宋睢窈设置阻碍，她凭借自己的优秀和善良一一化解，好人有好报，凭什么就是节目组的失败才让她出色？

没看直播说什么，道听途说，听风就是雨，你孩子能买申冤票，证明已经年满 20 岁，早就有自己的三观，还要被你这种母亲当成 3 岁小孩管着，你孩子真够可怜的！

“天会亮”论坛成员们一边在网上战斗，一边也在论坛里聊总导演更换的事，大多都觉得非常高兴。

换导演不一定是好事啊，我们至少了解覃威的行为模式，换个新的，我们无从下手。

天啊！那覃威岂不是不应该换？

害怕！

这时创建者 Y 又出声了。

换不换总导演，他们对女神的恶意都不会变，我们只要谨记相信她、支持她，永远站在她这边。

Y 一出声，成员们纷纷响应。

对！相信她！

相信她！

换不换总导演，这档综艺节目的本质都不会改变，对宋雎窈的恶意也不会改变，他们要的，仍然是逼迫她露出丑恶的一面，让观众们大呼杀人犯就是杀人犯。

宋雎窈的手指从这本以国王和平民少女为主角的恋爱小说上轻轻滑过，眼眸悠远，像是穿过了纸面，抵达了某个遥远的地方。

在她的梦境中，直到最后节目的总导演还是覃威，也算是死在了他的手上，她与他是老熟人，让他继续当导演，看起来确实对她更有好处，他老了，自负得愚蠢。她了解他。

但，哪个人当导演又有多大差别呢？每一期的世界背景都已经做好了，不会变，变的顶多是她个人的剧本，节目的宗旨也不会变，所以换不换导演，根本无所谓。

让虚拟世界的人们知道世界的真相的原因，当然不只是为了留下一个爆炸的结尾当作引子，让人们迫不及待想看下一期，对第三期念念不忘。

国王为审判秀虚拟世界定下的规矩，很多人不知道，但宋雎窈给霍海当家教的时候，他为了让她跟他聊天，倒是主动说了不少普通人不知道的东西。

这么多的NPC知道了世界的真相，被主系统回收，王宫那边，会怎么样呢？

王宫，网络安全部门。

虚拟世界的管理权虽然交给了政府，但是如果国王想要重新掌管，是轻而易举的事，因为虚拟世界系统的主机就在王宫里，由王宫网络安全部门维护和监控系统安全。

见到K回来，同事们说："没有bug对吧？"

K点头，他之前被覃威火急火燎请去梦工厂检查系统是否出bug了。

"我就说嘛，主系统根本没有提示，怎么会出bug。这究竟是怎么回事啊？"

"这一季的被审判者太厉害，他们少见多怪，就以为是系统出bug了。"K说。只是想起一个NPC居然这么牛，就忍不住好奇，他从烟盒里抽出一根烟叼着："有一个站在被审判者那边的NPC很厉害，在虚拟世界里做出了几乎可以反杀现实世界的东西，我怀疑他甚至可以突破虚拟世界系统对真人精神体的保护机制，在虚拟世界里杀人，我有点儿想向部长申请权限，看看他是谁的复制体。"

"这个NPC这么厉害吗？"所有人都惊了，他们都很忙，在王宫里工作，谁敢开小差去看什么审判秀啊，更别说他们都知道国王不喜欢这档节目。

"嗯。"

"会不会是科研部某个大佬的复制体？"

正说着，忽然，收到了主系统回收了100万个NPC的消息。

啥？

网络安全部的程序员们傻眼了，这些年主系统每天都会回收一两个发现了世界真相的NPC，但还是第一次出现这么大规模的回收。

他们一查看，发现全都是从审判秀那边回来的。

K 说：“就是我刚刚说的那个复制体，他揭穿了审判秀那边世界的真相。”

“……天！”

“说得我好想看看那个节目。”

“总之赶紧先报告部长吧，这几天要加班了。”

第一次出现这么大规模的回收，部长都震惊了，同时王宫内各个部门都开始忙碌了起来，100 万，着实是个不小的数字。

NPC 回收的步骤分为几个，首先确认该 NPC 是谁的人格复制体后，数据会被传输进一个芯片里，然后联络正主，确认所在地点，最后移交给机器人快递公司，让快递员送过去，确认正主脑子里的帝国身份证芯片与信息一致后再交给正主。

因为这 100 万的数量，让王宫内略微有些忙乱起来，但是偌大的王宫，这点儿忙乱也等于无，更何况这些部门都在主殿之外，绝不会闯入国王的眼。

但内务官却神色难看，步伐匆忙地来了一趟：“你们，为什么这么吵？！”

内务官负责的是主殿的内务，是距离国王最近的人，相当于大管家，他一开口就是带怒火的问话，让所有人都紧张起来。部长额头也冒出了汗，小心翼翼地解释。

规则是国王定的，他们只是在遵从国王的命令办事。

内务官：“但是你们也注意一点儿！所有人，必须轻手轻脚，别以为离主殿远就可以松懈！”

“是。”

内务官这才离开这里，回到主殿。

整座主殿都在冒寒气，虽然是夏天，开冷气无可厚非，但是整个主殿冒出的寒气却足够吓人，连本可以轻松抵御寒冬的轻薄的可调温生物衣也已经抵达了最高温度，里面工作的女仆们甚至不得不在生物衣外面再穿上一件同样可调控温度的羽绒服，此时主殿内的温度处于零下近100 摄氏度，别说泼水成冰，主殿内根本就没有一滴液体能够呈液态。

内务官在门口接过女仆递过来的衣服，也在西装外套上羽绒服后才轻手轻脚地进去。

金色光洁的地面倒映着人影，偌大的寝宫里并没有太多摆设，显得有些空旷，但任何一件存在这里的物品，都是这个世界上最珍贵的东西。

帝国最出色的冰雕艺术家用冰精雕细琢出来的沙发上，坐着一个人，苍白的手杵着额头，一头银发如同水银般垂落，他的皮肤苍白，宛如一座被细致打磨过的大理石雕像，有一种惊心动魄的美和威严，让人下意识地想要弯下身去。

此时他的眉头紧皱，看起来不太舒服，哪怕坐在冰上，只披着薄薄的睡衣，他额头也有着细细的热汗。

内务官是国王被吵到后被命令去看看那边为什么这么吵的，于是他回来便向国王报告："陛下，是有比较大数量的虚拟世界系统 NPC 被主系统回收了，他们正在忙着将芯片寄送给主人。"

"多大？"他问，嗓音宛如天籁。

"100 万左右。"

这个数量，让国王睁开了双眼，露出一双银色的双眸，那双眼睛美得让人心惊胆战，这不是一双人类种族能拥有的眼睛。

不需要国王问，内务官迟疑了一下，便说："是从《正义审判日》真人秀那个虚拟世界里回收的。"

说完，他怕国王听到这个节目不高兴，想到国王喜欢人才，因为他自己是个科研狂魔，所以尤其喜欢搞科研的，于是说："那边的虚拟世界里，出现了一个非常厉害的 NPC，网络安全部门那边说，他甚至在虚拟世界里做出了另一个虚拟世界，这 100 万个被回收的 NPC，就是因为他在里面揭穿了世界的真相。他们都在好奇，这个人才在现实世界里是不是已经被发现了。”

果然，国王的注意力被稍微转移了：“是吗？让我看看。”

内务官连忙打开他的智脑，上网找到网友们截的江白奇的图片。

很多网友都截了江白奇的图，就是因为不信邪，不相信真的会看过就忘，不信真的没人记得住他，甚至有的公司在网上发起了记忆挑战，能记起江白奇的脸的人会得到奖金，结果非常不可思议，迄今为止，硬是没人能记住江白奇长什么样子。

银色的双眸望过去，看到一张苍白的有着灰色双眼的面孔。

国王的表情顿时就凝固住了。

王宫网络安全部门里，K 终究还是没有忍住，趁着要确认被回收的 NPC 的身份，搜了一下江白奇。

输入“江白奇”，确认搜索。

来，让我看看，江白奇在现实世界里是哪位大佬。

系统运转了好一会儿，出现了一个弹框。

K 连忙凑近去看，却骤然愣住。

搜索结果——“无”。

怎么会是“无”呢？这不合理啊！虚拟世界里的 NPC 都是现实世界的人的人格数据，相当于一个人的分身，只是这个分身是没有身体的，还可以回收回现实世界的身体里。

江白奇既然在里面，那么他在现实世界里就应该有一个身份，就算是在现实中已经死掉了，他们的系统里也应该是有身份记录的啊！

怎么会是“无”呢？

K 不死心，重新搜索了一次，搜索结果仍然还是“无”。

宋雎窈放下手上的小说，拿起《帝国历史》，这是另一个女狱警借给她来打发时间的。

生存在这个世界的生灵种类非常多，而食物链的顶端，不光有人类，还有这片土地的主人们。

这些国王不是人类，该说是神吗？可是他们并非是永生的，也会死、会老、会生病和痛苦。应该说，以前他们不会，在人类踏足这片土地，与他们定下约定之后就会了。

约定的内容是什么来着？

宋雎窈翻开书页，正如她所想，历史的开头，就是这个约定。

传说，七千万年前，人类来到了这个世界，获得了土地主人的庇护，在这片土地生存了下来，重新开始繁衍生息。人类认可土地的主人为国王，土地的主人承认他们的身份，双方定下了契约。

土地的主人永生不死，没有七情六欲，不懂情爱，基本在沉眠中度过漫长的时光，人类却拥有丰富的感情。土地的主人产生了好奇，于是在自己水晶一样剔透的心脏中加入了一滴人类的鲜血，水晶心脏开始变化颜色，先是黑色，然后是蓝色，再是黄色，最后变成了猩红。

土地的主人一瞬间懂得了七情六欲，并且爱上了那滴鲜血的主人——一个人类少女。

或许是那滴人类的血带来的改变，或许是这个种族的生物本就隐藏着这样的天性，每一个土地的主人从此都会在人类中遇到一位命定之人，在命定之人出现以前，他们与人类出现前的土地主人并无差别，命定之人出现后，一切都会天翻地覆，他会感受到前所未有的东西，且命定之人的痛苦就是他的痛苦，命定之人的喜悦就是他的喜悦，即便看不见，摸不着。

宋雎窈看着这“传说”，觉得这则神话故事编得还不错。

命定之人，喜悲相连，站在人类的角度，听起来是有些浪漫，但她想了想，如果换作是她，她绝不愿意自己的喜怒哀乐被他人掌控。

没有把这种神话故事放在心上，宋雎窈摇了摇头，继续翻阅书籍，将其抛诸脑后。

王宫内。

银色的双眸盯着前方的照片，苍白的手按住了自己的胸口，里面十分平静，并没有心跳的震颤。

内务官见他眉头拧紧，额头上冒出了更多的汗，目露担忧：“陛下，又难受了吗？”

说完这话，内务官都觉得自己说了句废话，从一年多前开始，国王陛下就没有一天舒服过。

他们不是人类，不会无缘无故生病难受，唯一能让他感到痛苦的，只有那位命定之人。可是这一年多，他们翻遍了整个帝国，也没有找到她。

能成为配得上国王的命定之人身份的女性，定然是人中龙凤，但他们找的时候连最偏远的农村里的姑娘都没遗漏，整个大地都要被翻过来了，但就是找不到。

他们曾经怀疑她会不会被其他国家的间谍提前找到抓走了，可如果是这样，肯定会有目的，可时间已经长达一年多，没有收到任何谈判电话。由此可见，她落入他国手中的可能性是非常低的。

内务官忧心忡忡，再这样下去的话，国王也会有崩溃的一天的。

“他在审判秀的虚拟世界里面？”国王出声。

内务官迟钝了两秒才反应过来国王问的人是江白奇，说：“是的，陛下。”

“在里面做了什么？”

这问法有些奇怪，NPC 自然是履行 NPC 的职责，但是他当然不可能这样回答国王陛下，于是说：“据说是在保护被审判者。”

国王眯起双眼。

“这位被审判者，据说和以前的那些被审判者也不一样，她的人气非常高。”

国王不再说话，也不知道在想什么，只是过了一会儿，又觉得冷起来，于是主殿的男佣女仆们立即忙碌起来，关掉冷气，转换暖气，把寝殿里的所有冰都搬走，设备关掉……

黑色的城堡内，凤家年轻人正热烈谈论着这一期的审判秀。

“宋睢窈又创收了多少？”

“我听说，至少这个数！”

“哇！”

这时，有人看到了什么，暗示了一下兄弟姐妹们，热烈议论的声音逐渐安静了下来。

凤临遐神情冷淡地从扶梯上走了下来，白色的蕾丝宫廷衬衫，黑色的长裤，他看起来高贵又华丽，一双深邃暗蓝的双眸，像神秘的蓝宝石。此时这双蓝宝石一样的眼眸像深海一样，难以看到丝毫波澜，但谁都知道深海里危机四伏，恐怖至极。

他们没有说话，悄悄交换眼神，看到彼此间的嘲弄。

家主又怎么样？还不是一个没有人爱的可怜虫。表面看起来唬人，可惜病例意外被他们看到了，他们都知道了他精神失常，疑似深受抑郁症的折磨，于是他们更加冷暴力他，等着他一脚踏入深渊，将一切都拱手让人。

管家走到楼梯下迎接凤临遐，等他下来后说：“先生，机器人快递到了。”

“嗯。”

凤临遐没有看一眼那些人，那些人心里越发不屑，以前他们不知道他为什么没把他们赶出去，现在知道了，原来他内心对爱和亲情渴望得要命，根本不舍得把他们赶走。

真是太搞笑了。

机器人快递员被放了进来，确认他是芯片主人后，将手上的快递交给了凤临遐。

凤临遐拿着快递盒上楼了。

他并没有抱什么期待，盒子里的芯片他不是第一次收到，哪怕是从战场上的虚拟世界出来的复制体，对他也基本没有用处。

他想要感受和体会到的，仍然没有。

“先生，这次是从审判秀里出来的，也许会和其他虚拟世界里出来的您不一样？”管家说。

“或许吧。”凤临遐说，口气里却没有丝毫期待。

本来上一次之后，他就不打算再把自己的人格复制体放进虚拟世界了，是管家多管闲事才会又送了一次过去，这一次它能再出来，自然也没有什么好意外的，他是天才，因此发现世界的真相也没什么好意外的。

凤临遐将芯片扔在桌上，并不想将它的数据放回到自己脑中，反正得到的也是一堆没有用处的记忆，他还得费时间去把它放到记忆宫殿的角落里。

管家却把快递拿起来，塞进他的手中：“先生，既然都送来了，就再试一次吧！”

凤临遐看着老管家那快要老泪纵横的双眼，终究还是再次拿起了快递，用指纹解锁，透明的小盒子里，一枚薄得像剪下来的透明胶布似的芯片就在其中。

凤临遐不是第一次见到这个芯片，国王制造虚拟世界的主要目的是军事演练和人才培养，但虚拟世界的价值，不止这两个，也可以用于医疗疾病。像凤临遐这种，因为心理和精神上的疾病，而把自己的人格复制体放进去，重新生长、重新经历，以期待可以拥有新的记忆和情感的人不在少数。

凤临遐是个天才，他的人格复制体已经很多次因为发现世界的真相而被送出来，这一次想必也是一样吧，在虚拟世界里，每天都觉得与世界格格不入，总觉得有哪里不对劲，对周围的一切都无法产生感情……虽然这方面也有现实世界中的本人性格就是如此的缘故。

凤临遐想着，将芯片按到自己的后颈，数据会自动传输进后颈里的身份芯片里。

他早已不抱希望，因此内心平静无波，再也没有一开始的忐忑与期待。反正，结果都是一样的，然而随着数据的传输，凤临遐的表情逐渐发生了变化，他怔住了。

“爱丽……”

他不由自主地呢喃。

网球场上，猎豹一样的青年正在挥洒汗水，场外几名女性被迷得神魂颠倒。

这时，场外一个与场中青年一模一样的年轻人走了过来，只是气质与他截然相反，但他们一样的傲慢。

听到双胞胎兄弟的呼喊，场中青年停了下来，走了过去。

“王宫的电话。”

“嗯？”

“我们的复制体被回收了，问我们收件地址。”

“真的？”网球也不打了，这事可比网球有趣多了，他很好奇他的人格复制体在里面经历了什么，会给他带来什么有趣的体验。想必感觉会很奇妙吧，就像自己的大脑离开了身体，去进行了一场奇幻旅行。

一百多万个回收的NPC被逐个送回，但数量如此之多，每一个都要逐一核查身份，确认地址再寄送，即便是半个月的时间，也没能送完，毕竟这可不是普通快递。

在王宫网络安全部门寄快递的忙碌之中，半个月时间过去了。

在第二期余温中，节目组公布了新的总导演。

审判秀总导演梁桥V：我一直是《正义审判日》的忠实粉丝

很高兴也很荣幸有这个机会能够成为审判秀的总导演，进行这么一件充满意义的事，我会给予被审判者直击灵魂的考验，我也有很多想法想要展现给大家，敬请期待。

新的总导演的身份一公布，就引起了一片哗然，居然是梁桥！粉丝们连连尖叫。更别说紧随其后公布的第三期的明星玩家的身份，更是让网友们沸腾起来了。

梁桥是新一代导演中的翘楚，从处女作开始，部部电影都叫好叫座，无论是亲情向还是伦理又或者科幻悬疑题材，每一部电影都精彩绝伦，堪称鬼才导演，因此积累了众多粉丝。

同时这一期的明星玩家，女星贝嘉媛是娱乐圈少有的高学历，并非艺术类学院出身，而是帝国名校排行榜前十的名校高才生，通身有一种智慧的气质。男星曾灿演技出色，会唱歌跳舞不说，同时还是一名画家，开过画展，堪称多才多艺。

两人都是一线演员，粉丝非常多，甚至那些为宋雎窈投票的人中，有一些都是两人的粉，路人缘非常好。

这一下，有点儿尴尬了。

自己粉的爱豆和宋雎窈成敌对关系了，虽然不是真的，但是这申冤票还投不投呢？

纠结什么，宋雎窈第三期表现怎么样还是另外一回事呢！

对，期待鬼才导演的剧本！

宋雎窈这一次一定会原形毕露。

第三期快开始吧！等不及了！

我最爱的导演和我最爱的两个明星，真是神仙组合！

宋雎窈的粉丝们则开始感到紧张和不安，这一次的对手很不好对付，她会表现得怎么样呢？

审判秀演播大厅中，覃威仿佛老了10岁，佝偻着背脊，两鬓斑白，他看起来像只丧家之犬，抱着箱子离开了专属休息间。将他取而代之的，是一个年纪才30岁出头，充满自信和野心的年轻人，像一头准备向老雄狮发起挑战的年轻狮子。

梁桥和副导演们开的第一场关于第三期的会议，会议室内就爆发了一顿争吵，主要争吵人是唐山和梁桥。

最终这场争吵的胜利者是梁桥，他直接拨通了自己认识的一个大股东的电话，说服了他进行一次新尝试，大股东出声，唐山只能闭上了嘴巴。

但这场争吵被工作人员匿名透露了出去，引得梁桥粉丝对唐山进行了一次大攻击。

区区一个副导演在干吗？

仗着比我们梁哥大两岁想倚老卖老吗？没见他跟覃威吵，看碟下菜？

搞笑哦，这把年纪还只是个综艺节目的副导演之一，心里没点儿数？

我更期待第三期了！

这个小插曲，也起到了为第三期加根柴火的作用，在众多观众的翘首以盼之中，第三期审判秀终于开始了。

直播间一开，无数观众涌入直播间内，数量很快飙升至破亿，收视率也立即在同时段作品中冲上帝国第一。

霍家，霍森盯着咖啡出着神，苏情连喊了他三声，他都没有听到。

“霍大哥？”

霍森回过神，却一下子放下咖啡，起身：“抱歉，你请自便，我有事先忙。”

“霍……”

苏情看着霍森一下子消失在楼梯拐角的背影，拧起眉头，失落又困惑。怎么回事？虽然霍森本来就是专注工作的人，但是和朋友们的交际和放松也是会有的，最近一段时间他却很少出来，洛潮他们打电话给他让他出来都不出来，内阁三试的准备有那么难吗？

这时，元蔓枝鬼一样从楼上飘下来，打开了电视，幽幽地说：“他和我一样，忙着看直播呢，哪儿有空参加你的生日派对。”

“看直播？”

元蔓枝扯了扯嘴角，怨恨地说：“可不是嘛，他对宋睢窈喜欢得很，还想让她提前出狱养在身边呢！”

苏情愣住，拧起眉头：“这怎么可能？”

“呵！爱信不信。”元蔓枝扯了扯嘴角，看着直播间，眼里充满了怨气。她忍着、等着，宋睢窈，你且得意着吧，站得越高，摔得越惨！

苏情看着元蔓枝的表情，转头看向楼梯口，拳头缓缓攥了起来。

第二十六章

剑修

在直播开始前，按照惯例，先向观众公布剧本。

宋睢窈在幼年时期被人贩子拐卖，然而买她的家庭没多久就怀上了孩子，于是宋睢窈成了家里被嫌弃的那一个，小小年纪动辄被打骂，承担着家里的家务。

在 18 岁被卖给村里的老光棍的时候，她被一个画家所救，画家面容俊美，犹如天神降临。他带着她逃走，教她读书，无微不至地照顾她，宋睢窈渐渐深陷爱恋之中。

然而她没有想到的是，这个画家早就已经结婚，而且妻子恰好就是她的姐姐，原来她是豪门流落在外的千金小姐。

姐姐对她很好，在宋睢窈回来查出肾病的时候，甚至给了她一个肾，让她得以活下来，同时更是极尽所能地补偿她。她没有察觉到妹妹对姐夫的情愫，让她住进了自己的家中。

按照节目组的剧本，在这里，宋睢窈要在亲情和爱情之间拉扯，一边是对她好得不能再好的姐姐，一边是对她暗暗勾引的姐夫。根据前两期宋睢窈的表现，节目组的心理分析团队认定，宋睢窈肯定会选择亲情，忍痛割爱。

但是节目组怎么可能会允许？所以姐夫会展开强取豪夺的攻势，最后的结局是，姐姐怀孕期间发现了妹妹和丈夫之间的事，刺激过大跳楼自杀了，一尸两命。

宋睢窈对此肯定反应极其激烈，这时姐夫会像那些小说里的霸道总裁一样，囚禁她、驯养她，直到她患上斯德哥尔摩综合征。

当然，在观众眼里，这就是宋睢窈无耻，在姐姐死后和姐夫在一起了。

从这个剧本里，完全可以看出节目组的险恶用心。

剧本里姐姐的人设简直完美，对宋睢窈不仅有割肾救命之恩，还极尽宠爱，所有人都会喜欢这样一个姐姐，想要拥有这种姐姐。

在这种情况下，哪怕宋睢窈拼命躲那个姐夫，只要那个姐夫对她有一点点肢体接触，观众就会觉得姐姐好惨，宋睢窈就会像个第三者一样被唾弃，他们会说她拒绝得不够彻底，为什么跟姐夫藕断丝连，她就是欲拒还迎。

在这个剧本里，宋睢窈的形象无法纯洁无瑕，无论原因是什么，反正爱上姐夫就是原罪。

"天会亮"论坛都炸了。

就知道，梁桥不是什么好人！

这种剧本，天然就对女神很不利啊！

梁桥果然跟覃威不同，覃威来明的，他玩阴的！

冷静冷静，我们女神从来不按剧本走！

没错，女神喜欢的是江白奇那款，就算是曾灿把她从地狱里拉出来，女神也不会喜欢上他的！

对对对，吓出我一身冷汗。

论坛成员们松了一口气。

然而，他们没有看到，审判秀演播大厅内，梁桥露出了一个堪称残酷的笑容。前两期已经向他们证明了宋睢窈行为的不可控性，他怎么可能会犯错呢？

直播间不像以前那样，等一个小时后才开始，以前之所以需要等待一个小时，是因为要等宋睢窈在虚拟世界里长大，而这一次却不用。

咦？

怎么回事？宋雎窈没有在虚拟世界里长大吗？

这是直接进入剧本了？

观众惊了，因为剧本刚介绍完，直播间就亮起来了，呈现出来的，是宋雎窈和曾灿暧昧地同处一室的画面。

这正是梁桥和唐山发生争执的原因，唐山觉得梁桥的这种改变，是对被审判者极度的不公平，虽说之前他们的剧本，也没有对被审判者好到哪里去，但是至少他们让被审判者在一个新的环境里成长，大多数选择都是被审判者自己做出来的，即便存在引导。

而梁桥这种行为，跟直接给被审判者安上罪名，直接做出审判结果，又有什么区别？

“观众不会在意这个，他们只看结果。”梁桥说，“而且你们前两期做得太差劲，给我留下了这么一个烂摊子，第三期她就有可能获得5000万票，我只能用强硬手段力挽狂澜，说到底，错的还是你们。”

这样一来，宋雎窈除非也使出堪称力挽狂澜的手段，否则，只要跟姐夫有一点点接触、暧昧，就会受到观众们的攻击。

宋雎窈从床上睁开双眼，脑子里浮现了很多记忆：可怕的大山生活，险些被卖给老光棍，英俊的姐夫、美好的姐姐，她跟姐夫纠缠不休你追我逃的纠葛，然后是姐姐破碎的身体……

她脸色苍白，缓缓蜷缩起来，脑袋埋进膝盖间，缩成了一团。

浴室里传来水声，很显然，是那个男人。

所以，现在姐姐已经死了啊……

好奇宋雎窈会怎么破解这个局。

她看起来好像不能接受自己变成了这种人。

没错，宋睢窈与姐夫的禁忌感情只是前半段，真正的剧本是后半段，在她成为姐夫温顺的羔羊后，姐夫又出现了一个真爱，这个真爱会由贝嘉媛来饰演。

这个时候，失去了姐姐，又因为跟姐夫的奸情而被父母赶出家门、一无所有的宋睢窈，一定会精神崩溃吧？然后就会在观众面前丑态毕露。

梁桥非常满意自己的安排，这一次宋睢窈休想像前面两期一样，逃离他们的掌控。

原来如此，这一期的剧本是这样的，那个梁桥导演来势汹汹，同时他也非常胸有成竹、胜券在握。

梁桥是吗？小看她是不行的啊，小看这场游戏更不可以，想要擅自改变她的计划，没收她的学习时间，是绝对不可以的。这是关乎她生死存亡的战争，绝对不允许他以这么轻松的姿态站在那里。

宋睢窈藏在膝盖间的眼眸微微弯起，再抬起头时，她脸色发白、双目含泪。

她从床上下来，下楼从厨房里拿了一把水果刀。

这时，恰好曾灿从浴室里出来了，他虽然是画家，却身材健壮，高大又充满阳刚之气，下半身围着浴巾一身水汽地出来，双目充满攻击性地看着握着水果刀的宋睢窈。

他走过去，露出笑容："怎么？想杀我？你舍得吗？你想让肚子里的宝宝一出生就没有爸爸？"

正是因为此时宋睢窈已经怀孕，她才能离开这个房间去拿刀子。宋睢窈双手发抖、小脸苍白，就算拿着一把刀，看起来也毫无攻击性。

曾灿伸手，把她握刀的手按了下来："好了别闹了，我累了，让我抱一抱。"

曾灿将宋睢窈抱住，宋睢窈看起来十分顺从地放下了手，被他拥入怀中。

直播间内一片哗然，对宋睢窈非常失望。

她是刺激太大，已经放弃了吧？

还能怎么样？姐姐都已经死了。

姐姐死了，就可以跟姐夫在一起了吗？

宋睢窈怎么了？怎么一点儿光芒也没有了？

不得不说，牛，还是梁桥牛！

梁桥看向唐山，嘴角都是得意和不屑，非常时期要用非常手段，宋睢窈那种不可控的，就应该直接让她在最容易引起观众厌恶的时候进去。

唐山皱了皱眉。

就在这时，变故发生了。

曾灿浑身一僵，他放开宋睢窈，难以置信地低头，看着捅进自己腹部的刀子。

他惊诡地抬头，看到宋睢窈含泪的充满恨意的双眼：“你还我姐姐！”

宋睢窈握着刀子，转了转手柄，曾灿痛得想要尖叫，却发不出声音，最终缓缓倒地，倒在了自己的血泊之中。

宋睢窈杀人啦！

开局明星玩家就被捅死了！

宋睢窈杀人了！

直播间内瞬间疯狂了起来，宋睢窈居然杀人了？宋睢窈居然杀人了！

“宋睢窈杀人”很快就飙上了热搜，不明真相的人一看，顿时发出“果然杀人犯就是杀人犯”的声音。梁桥的粉丝们更是立刻一顿狂吹：不愧是梁桥，才开场就让宋睢窈露出了真面目，她居然动手杀人！

“无论如何，杀人是不行的，解决问题的办法有很多，遇到情况，实在不行，你自杀啊，凭什么杀别人？”这是抨击宋雎窈杀人的言论的核心思想。

梁桥看着这些，越发昂首挺胸，在社交平台发言。

梁桥V:《正义审判日》在我手上，会焕发新的光辉。

人们顿时一顿疯狂追捧。

虚拟世界中。

宋雎窈杀人后并没有处理尸体，而是就握着那把刀子，染着满手的血，开了车库的一辆车出去了。

宋雎窈去了墓园，来到了姐姐的墓地前，宋雎窈看着上面的照片：“姐姐，对不起。”

她拥抱了墓碑，如此深情，隔着屏幕都能感受到她的悲伤：“我一定是被魔鬼占据了身体，才会做出这样的事，对不起，我帮你报仇了，姐姐，我帮你报仇了……”

随后，她没有丝毫的犹豫，刀子没进她的腹部，鲜血淌了出来。害死姐姐的人当然也包括她，所以，她也是该死的人。

还在攻击宋雎窈的直播间观众，顿时傻眼了。宋雎窈自杀了？她怎么会自杀？她不是应该处理尸体，把自己从犯罪中摘出来，然后生下孩子苟且偷生吗？

梁桥也有些傻眼了。

宋雎窈靠在姐姐的墓碑上，身体逐渐冰冷。

随后，因为被审判者死亡，直播间黑了下来。虽然直播时长一般是半个月，但是如果被审判者死亡，就会提前结束。

观众们蒙了。

第三期就这么结束了？

宋雎窈是个狠人！

不愧是窈窈，她真的宁愿死都不能接受自己居然是会跟姐夫有这种情感纠葛的人，呜呜……

@节目组，现在是怎么回事啊？

又一个前所未有，还从来没有过哪一期结束得这么迅速，这才刚开局，明星玩家和被审判者都死了？这看了个寂寞啊！

这称得上是严重的直播事故了，审判秀节目组内，梁桥千算万算也没有算到，宋雎窈会杀了曾灿然后自杀！她进去的时候脑袋是空白的，里面填充了他给她安排的过去，那么她就应该变成记忆里的那种人，她深爱曾灿，也渴望家人，此时她肚子里还有一个孩子，她怎么……

“梁导，现在怎么办？”唐山问。

梁桥被唐山一问，立刻放松了神色，说：“刚刚应该是哪里出错了，重新来一次。”

第三期重新开始。

宋雎窈又一次在那张床上醒来，曾灿在浴室内洗澡。

见宋雎窈又一次下了楼拿了水果刀，曾灿心理上还觉得腹部隐隐作痛，面上却丝毫不显，一边说话一边伸手去拿宋雎窈的刀子：“怎么？想杀我？你肚子里……”

“噗呲！”

曾灿再一次瞪大双眼，看着肚子里的刀。

梁桥的表情僵住。

曾灿死后，宋雎窈又去了墓园，又在姐姐墓碑前自杀了。

第三期又结束了。

“再来一次！这次把时间往后移一下，让她没空下去拿刀子！”梁桥说，他还就不信了。

第三期第三次重启。

宋睢窈在床上醒来，曾灿已经洗完澡出来，并且他得到了教训，不准宋睢窈出去。

宋睢窈乖乖躺在了曾灿身边睡觉。

连续被捅了两次的曾灿终于轻轻松了一口气，梁桥也松了一口气。

然而等曾灿睡着后，宋睢窈坐起身，直接拎起了卧室里的一个小墩子，小墩子是实心的，有些重量，宋睢窈举起来就朝着曾灿脑袋砸了下去。

几次过后，曾灿咽气了。

宋睢窈三更半夜又开车去了墓园，在墓碑前面自杀了。

第三期第四次重启，曾灿喝下宋睢窈下了毒的水……

第三期第五次重启，曾灿被宋睢窈开车撞飞……

第三期第六次重启……

第七次……

哈哈哈！

我有一种莫名的爽感。

渣男活该啊！

请看渣男的108种死法哈哈哈！

我开始期待曾灿下一次要怎么死了。

宋睢窈真的，无论如何都接受不了这样的自己啊！

心情复杂，宋睢窈好可怜，她根本不是这样的人，这个剧本不行吧？

梁桥到底在干吗啊？按照正常程序走行吗？强行让宋睢窈变成一个害死姐姐、还怀了姐夫孩子的人，这算什么审判？她根本不能接受这样的自己，直播根本无法进行下去！

梁桥的脸色随着曾灿死了一次又一次，也逐渐变得难看起来，之前那胜券在握的自信，已经逐渐消失了。

宋睢窈第一次杀曾灿的时候，网友大呼她终于露出真面目，然而她之后在姐姐墓碑前说的话和自杀的举动，却为她的行为埋下了无声的伏笔。

之后随着她一次又一次杀掉曾灿再自杀，观众们的注意力也逐渐转移，自然而然就会想到，宋睢窈无法接受自己是这样的人，她被投入那个时间段，那些过去的事是节目组强行加在宋睢窈身上的，宋睢窈灵魂里的特质，让她无法接受这样的自己，也强烈憎恨曾灿这种人。

梁桥这个剧本反噬了他自己。

非常时期要用非常手段，有人要力挽狂澜，宋睢窈也只能使用雷霆手段来还击。她不允许这种直播方式，不让她在虚拟世界里长大，就等于没收了她 18 年的学习时间，这不行，绝对不可以。

因此哪怕杀人会引起一些争议，但是无妨，只要做出合理的解释，人们非但不会对她这种行为感到不适，反而会对她产生怜悯之心。喜欢她的人会一直喜欢，厌恶她的人也会一直存在，她只需要获得大部分人的爱就已经足够。

唐山看不下去了。

“梁导，还是按照……”

“再试一次！”梁桥说，才刚开始就遭遇滑铁卢，丢这么大的脸，他怎么甘心？

梁桥是总导演，他说什么就是什么，其他人没有发言权。

于是第八次开始了。

曾灿看到宋睢窈就已经下意识害怕了，宋睢窈这张脸已经变得恐怖起来，饶是他演技再好，面对连续杀了他数次的人，他的表情都难以自控地僵硬起来，无法自然地表演霸总了。

宋睢窈看着他，这一次却没有提刀就捅，反而有些茫然，陷入了思索。

曾灿鼓起勇气过去，正要开口说台词，宋睢窈忽然看着他：“我杀了你很多次了吧？”

天哪！

我去？！

宋雎窈站起身，自顾自地在屋内环绕观察起来，又低头看着自己的手，再去打量曾灿。

曾灿被看得害怕，生怕下一秒宋雎窈忽然拿出刀子捅进他身体里。

“这个世界……不太对劲。”宋雎窈喃喃自语，她瞳孔颤动，脑中像卷起了风暴。所有人看着她的表情，都不由自主地紧张了起来。

“姐姐……我姐姐是这么好的人，我怎么会做出这种选择？我不可能做出这种选择……姐夫？我为什么会喜欢这种长相的人？我不喜欢这种长相的男人……不对劲、不对劲，一切都很不对劲……还有这种似曾相识的感觉……”

宋雎窈自言自语着，在屋子里乱转了起来，而曾灿完全不敢靠过去。

忽然，宋雎窈猛地停下了脚步，抬起头，仿佛看到了镜头外的所有人：“假的，一切都是假的，这个世界，不是真实的。”

直播间静默了一瞬，随后再次炸了。

我的天啊！

宋雎窈！天啊！

妈呀，头皮发麻！

CP 粉好像嗑到糖了，她不喜欢曾灿那种长相，她只喜欢江白奇！

直播间观众们疯狂尖叫起来，打死也想不到剧情会是这个走向，宋雎窈居然这么快就意识到了不对劲，揭穿了世界的真相！直播开始才多久，两个小时都没到！

这是什么神仙？！

梁桥表情僵硬，脑袋像被一记重拳砸中，“嗡”的一下空白了，四肢冰凉，头皮像电流爬过一般一阵发麻。

工作人员们也哑口无言，震惊过后，看向梁桥的眼神都开始不对了。本来他们对于这位年轻、富有才华的新导演是很有期待的，结果现在？唐山副导演之前就跟他争吵过一次，他不听，执意要改变直播方式，让宋睢窈直接进入剧本后半段，结果呢？力挽狂澜？挽了个寂寞啊！

不仅挽了个寂寞，还让人狠狠抽了一巴掌，想到他之前还在社交平台发言，说会让审判秀在他手上重新焕发光辉，顿时替他尴尬得不行，脸好疼。

这时，唐山副导演出声：“第三期先暂停。”

其他工作人员立即动起来，半个月的直播时间还没到，审判秀要赚钱的，当然不可能就这样结束，都已经重启八次了，自然会重启第九次，只是这第九次到底要怎么个重启法，估计还得跟那个新来的总导演掰扯掰扯，希望他别再给自己找难堪了，老老实实认命。

听到唐山的声音，梁桥回过神来，脸上一阵火辣，难堪又愤怒，转头吼：“到底怎么回事？宋睢窈为什么会知道杀过曾灿多次了？全息舱的记忆压制系统是不是出问题了？”

他太丢脸了，甚至寄希望于全息舱出了问题才让宋睢窈得以反击，而不是因为他决策的失误。

然而工作人员说：“如果全息舱出了问题会有警报的，虚拟世界的防护机制会自动启动，真人的精神体会被弹出来，所以，全息舱并没有什么问题。”

“应该是重启太多次了，在宋睢窈脑子里留下一些印记了吧。宋睢窈很聪明的，而且她明显打心底排斥和厌恶我们给她安排的那些过去，我觉得她因此发现世界的真实性一点儿也不意外。”工作人员说，口气听不太出来，眼底却明显有着怒火，很显然他们也很讨厌梁桥的这种做法。

网上喜欢宋睢窈的人原本因为宋睢窈初次杀曾灿而被打压得没有反

击之力，对于被审判者来说，在虚拟世界里杀人是很致命的一件事，因为他们罪犯的身份实在是太敏感了。

然而最后事情逆转了，人们被宋睢窈宁愿自杀也无法接受这样的自己所触动，转而对节目组这种强行让人变成那种人的做法感到厌恶。

因此，此时此刻他们反扑得极其激烈，尤其是梁桥发的那条博文，一下子被顶到了热搜第一。

让审判秀重新焕发光辉的办法，就是强行给被审判者冠上罪名，呵呵。

还说是审判秀的忠实观众，怎么不知道“公正”怎么写？哪一季哪一期审判秀是这样搞的？

罪犯也有人权！你可以杀死她，但是你不能践踏她！你这种做法是精神虐待，是人格侮辱！梁桥根本没有资格做审判秀的总导演！

梁桥粉别洗了，事实证明，他可能拍电影有一套，在审判秀上就不一定了。不要自以为是，唐山副导演在审判秀干得比你久，给了意见别不听，人家确实名气没你大，但是人家比你更懂审判秀！

可不是？之前把人家唐山副导演嘲讽成什么样，结果自己呢？笑死人！

被观众们嘲讽得太厉害了，梁桥脸色青白变化，最终不得不删掉了这条发言。

唐山面上不显，心里也觉得很爽，在直播开始前，梁桥的那些粉丝在网上可是把他骂得狗血喷头，让他心情郁闷了好几天，觉也睡不好，闭上眼睛就都是那些冷嘲热讽，现在心里的郁气消失无踪了，今晚一定可以睡一个好觉了。

此时直播间是黑屏，众人都在等着第三期第九次重启。唐山心里嘲讽，面上不显，也不提建议了，直接问：“梁导，现在怎么搞？”

其他人都看着梁桥，等着他下命令。

唐山之前提议的时候，梁桥不听，一意孤行，现在被唐山这么问，感受着周围的视线，再看直播间观众让他别再瞎搞，按照正常流程来，梁桥没了别人递过来的梯子，也只能冒着断腿的危险自己往下跳。

他难堪至极，却根本没有办法，说：“是我之前把事情想得太简单了，给大家添麻烦了，不好意思，这一次就按照正常程序来吧。不过我想，我们需要改一下剧本和世界背景。”

“没事没事。”

“对，你刚来，还不熟悉审判秀一些流程是正常的。”

“那就这么做吧。”

他都这么说了，其他人也只能努力保留成年人的体面，毕竟抬头不见低头见，只是心里难免觉得无语，话也隐隐带刺。一开始按照正常程序来就好了嘛，多此一举，力挽狂澜，不就是说他们没用吗？结果自己还不是脸被打得啪啪响，现在知道了吧，根本不是他们没用，是宋睢窈实在是太强了！

正常程序就是，被审判者先在虚拟世界里长大，到了 18 岁成年后再开始进行直播。

这意味着，宋睢窈和梁桥这位新导演的初次交锋，以宋睢窈大获全胜而落下帷幕了。

节目组向观众公布第三期将修改剧本和更换世界背景后，观众们也觉得很无语，但是虽然无语，念在剧情很精彩的分上，也没有说要怒而弃剧，只是嘲讽梁桥，同时可怜曾灿罢了。

曾灿真是审判秀史上最惨的明星玩家了，开局被杀七次，求他的心理阴影面积。

曾灿趁机在社交平台上发了一个歪着脑袋一脸痴呆，眼下挂着两条眼泪的表情包，引得粉丝和路人们又好一番怜爱，涨了一拨粉。

怜爱是一回事，曾灿被杀那么多次，还有勇气面对宋雎窈，可以说心理素质非常不错了，而且很敬业，因此让人心生好感，哪怕他演的是个反面角色，观众们也很难把角色上升到演员身上。

更别说还有上一期的文珠怜做对比，就更显得他的出色了。

难怪文珠怜只是二线演员，曾灿却是一线演员！

另一位明星玩家贝嘉媛看着不免有些眼热，她都还没来得及出场，曾灿就已经涨了那么多粉。

这时，经纪人笑容满面地推开休息室的门进来，说："媛媛，好消息！"

"什么好消息？"

"第三期不是要重启了吗，剧本变了，所以你的角色变了！"

王宫。

寝殿内，银发披散凌乱，国王趴在床上，捂着胸口痛苦地喘息着，难以言喻的灼烧感焚烧着他，随后又变成了难以言喻的冰寒，产生刺骨般的疼痛。

内务官着急得在主殿外乱转，内阁长老们匆匆赶来。

"陛下的状态又变得更糟糕了？"

内务官："是，冷热变化的频率变快了。"

"唉！那位命定之人，到底在经历什么！"

"一直在找，怎么也找不到，尤先生，陛下的心脏你们有消息了吗？如果把心脏给找回来，他会不会舒服一点儿？"

他们对国王这种状态毫无办法，找不到命定之人，只能期待找到心脏，把心脏放回他的体内，他会舒服一些。

国王的心脏很特殊，那不是人类的心脏，不是军队随便去大街小巷找就能找到的，内阁长老都是跟国王关联更深的人，称之为"神使"也不为过，也许能感应到心脏的所在。

然而内阁长老们却愁闷地摇头："和命定之人一样，找不到丝毫的头绪。"

如果他们的国王因此陨落，这片土地失去主人，其他土地的主人肯定会来抢夺这片土地。

可新的国王，不可能像他们如今的国王这样让人类自己建立自己的政权来管理自己，要是摊上火国那种国王，那简直就是从天堂掉入了炼狱之中，想想都害怕。

国王终于舒服了一些，至少不再难受得无法出声，他拧着眉头："闵之。"

内务官立即感应到国王在叫他，火速出现在他面前："陛下。"

"把那个节目打开。"

内务官愣了愣，一时没反应过来什么节目，随后一想便难以置信，国王要看审判秀吗？是审判秀吧？他们唯一提到过的节目，只有审判秀啊。国王讨厌的审判秀！

不敢多问，内务官打开了直播。

直播间内却一片黑，直播还未开始，但从弹幕信息可知，直播是开始过一次的，但是因为被审判者太厉害，不得不重启了。

"她做了什么？"国王问。

内务官更惊讶了，问的是被审判者吧？还是江白奇？火速上网一看，得到了答案，内务官滴水不漏："被审判者因为不能接受导演给她安排的角色，在审判秀里自杀了很多次。江白奇没有出现。"

"我知道了。"国王按住空荡荡的心口，银色的双眸冷如冰霜，看不出丝毫感情。

第三期第九次重启，按照正规流程，宋睢窈提前一小时进入虚拟世界成长，而节目组开始向观众公布新剧本。

剧本变了？

肯定要变吧，想想都知道之前那个剧本绝对不行。

没错，上个剧本是想在爱情上折磨宋睢窈，然而，宋睢窈压根不喜欢姐夫那个长相，甚至这一点都是宋睢窈怀疑世界的原因之一。宋睢窈不爱上姐夫，姐夫就起不到作用，姐姐又是个好人角色，宋睢窈是进去被审判的，不是去过好日子被宠爱的。

梁桥还是不错的，知错就改，及时止损。

梁桥未来可期，加油！

期待新剧本！

梁桥因为小瞧了宋睢窈而在第三期初期就被狠挫了锐气，他为了夺回失去的面子，必然要在第九次重启后重创宋睢窈，虽然改剧本换世界难免会被嘲讽，但是为了不受到更大的嘲讽，只能忍耐此时的嘲讽。

反正等直播开始后，观众的注意力就会转移，剧情开始后，他们就只会关注结果，不会关注开头和过程，只要宋睢窈有一点不好，观众就会粉转黑。这些从其他综艺节目里就能看出来，前一期被狂夸，下一期因为一句话被狂骂的女星不知道有多少，夸的和骂的都是同一批观众。

这是一个非常规的世界，本来在宋睢窈的审判期里，是第四期后才会出现的，但是宋睢窈已经用实力证明，常规世界对她来说没有挑战性。

所以，这是一个灵气复苏，有妖横行的现代世界。

宋睢窈出生在豪门，有溺爱她的父母和姐姐，还有同年龄的伙伴，所有人都爱她，众星捧月。

在 8 岁的时候，宋睢窈被修仙门派的长老看中，说她是百年难得一见的天才，于是家人欢天喜地，办了三天的流水宴，宴请全城，网络、报纸大肆宣扬，全国人民都知道宋家出了这么一个天才，以后肯定也是斩妖除魔的英雄人物，支撑现代和平的中流砥柱。

与此同时，她的天才之名已经在宗门内传得沸沸扬扬，被捧得极高，根本下都下不来。可在宗门测验之前，她却发现自己根本没有灵力，她惊慌失措，害怕测验过后被送回家，到时候全国人民都会看她的笑话。

认命之时，不料有个女孩擅自出手为她作弊，让她坐实了天才之名，她不知所措地被捧上高台，怎么也下不来。女孩握着她的手说她们是一辈子的好姐妹，宋睢窈很感动，在宗门 10 年，她一直帮着宋睢窈作弊，坐实天才之名。

直到宋睢窈 18 岁那年，作弊的事突然暴露，好闺蜜说她是被宋睢窈逼迫的。之后好闺蜜得到了所有人的同情，而宋睢窈百口莫辩，被赶出修仙门派，灰溜溜地回了豪门。

然而宋睢窈回到家后发现，家里居然多了一个女孩，原来在把她送走后，家人们因为思念难忍，竟然收养了一个女孩来当她的替身，虽说是替身，她却完全取代了宋睢窈，当年所有宠爱宋睢窈的人，都偏向了替身。

替身是个柔弱得不能再柔弱的普通女孩，她受尽万千宠爱，而宋睢窈明明也是个普通人，却不得不假装强大，生怕丢了家族的脸。她内心失衡，在被喊去捉妖的时候，身受重伤，好闺蜜和宗门同僚赶来营救，她没有灵力的事实暴露了，家人们非但没有疼惜她，反而觉得她丢人现眼，将她赶出了家门。

事到如今，宋睢窈想必一定会崩溃，哪怕不崩溃，她那狼狈的或者自暴自弃的模样，一定也会让对她抱有高度期待的观众失望的。

而且作弊是原罪，就像爱上姐夫是原罪一样，即便是被强行架上云的，观众也会觉得她就是虚荣，就是不诚实，否则在宗门的 10 年里和回家之后，她有无数次机会向宗门、向家人坦白，但她偏偏就是没有说。

这个剧本里，依然体现了梁桥的险恶用心，他的剧本和以前那种明着来搞被审判者的剧本不同，而是来阴的，威力却比一把就把宋睢窈推进地狱更大，好比钝刀子一刀刀割。

天啊！非常规世界！

活久见啊，宋雎窈太牛了吧！

梁桥的剧本挺有自己的特色的，跟以前都不同，我期待 18 岁直播的时候，她会是以什么姿态出现。

前两期宋雎窈在黑暗艰苦的环境里长成了优秀的模样，这一期则一开始就给了她相当不错的条件，看看她会不会反而变得不堪起来。

现代修仙啊，好刺激！

期待第三期正式开始！

对于这颇有创意的新剧本和非常规世界背景，观众们给予了不小的期待，已经没心思去嘲讽梁桥了，都在讨论剧本和世界以及打赌宋雎窈这一次会不会终于被节目组斩于马下。

梁桥松了一口气，他看向一个女人："宋雎窈就交给你了，必须看住她，让她按照剧本走。"

女人点点头："梁导放心！"

女人躺进全息舱里，她是临时真人 NPC，要进入的角色自然是宋雎窈在宗门的那个闺蜜，梁桥已经见识到了宋雎窈的不可控性，所以直接派人进去监控宋雎窈。

虚拟世界。

宋雎窈看着自己胖嘟嘟的小手的时候，就知道她赢了，她夺回了自己的学习时间，同时她也知道，梁桥向她发出了新的战帖。

他把本来应该在第四期过后才出现的非常规世界，提前了。

一般来说，每一季审判秀虽然有八期，但是实际上根本没有一个被审判者能把八期节目都上完，因为在虚拟世界里的审判，太痛苦了，被审判者一次次的崩溃绝望，在精神上留下了严重的创伤，最后彻底失去了活下去的欲望，身体也随之死去。

宋雎窈就是在第四期的时候死的，审判秀史上，能熬到第四期的被审判者屈指可数，宋雎窈已经算是意志坚强过人，却也没能熬到非常规世界。

而被审判者死亡后，之后的期数，会让新的被审判者来走，直到满八期，但他们走的，也只是前面走过的正常世界。

非常规世界制作费用比常规世界高很多，因此几个非常规世界，都是相当宝贝，节目组一直当它们是镇秀之宝，甚至宣称不是随便一个被审判者都有资格去走的。

宋雎窈弯起眼睛，小胖手拿着小饼干啃了一口，很好，看来那位新导演，终于肯正视她这个对手了。

这是个现代修仙世界，但是为她准备的新剧本是什么呢？

宋雎窈耐心等待着，享受着家人无底线的要星星给星星要月亮给月亮的宠爱，他们说她是宇宙的中心、世界的宠儿，她要什么就该有什么，她高高在上，是公主殿下。

8岁的时候，一位高人收了一只在C市挖了十来个人的心的妖怪后，来到了她家，说她长有天灵根，是修仙奇才，要她跟他回宗门拜师，为国家贡献自己的力量。

家人又哭又笑，大摆筵席、登报、社交平台转发抽奖，等等，大肆炫耀，宋雎窈默默看着，心里隐约有了一点猜测。

宋雎窈一边任他们搞着，一边上网浏览各大宗门的网站。宗门越大，网站越大，粉丝自然也就越多，里面还有各个宗门开的网店链接，贩卖符箓、开光手串之类的东西。

一些名门都很矜持，比如宋雎窈即将被带去的那个门派，名为玄灵派，就是一大名门，从来不缺徒弟，网站里都是哭喊着求做外门弟子的网友。也有一些小门小派，给买五险一金，还给发工资，都没人愿意去。

想要修仙的人很多，但有那个灵根的，却是少之又少，更别说有天灵根这种少有的修炼天才，因此，宋雎窈很快就名扬天下，宋家公司的股票都因此疯涨起来。

三天流水宴过后，宋雎窈就被那位高人带走了。

玄灵派拥有自己的一座山，宋雎窈和其他被带回来拜师学艺的小朋友一起爬长达一千级的阶梯。

“很累吧？我牵着你吧。”宋雎窈正慢慢爬着阶梯，一个看着跟她同岁的女孩子凑过来说。

宋雎窈抬头看她，眼底闪过一丝异色。

“好啊，谢谢你。”宋雎窈毫无防备地露出娇气的天真的笑容。其实她并不累，尽管才 8 岁，但是她一直都刻意锻炼身体，力气比同龄孩子大多了。

“你叫什么名字啊？”那女孩一边拉着宋雎窈走一边问。

“我叫宋雎窈。你呢？”

“我叫秦玫。”

在千级梯建立了友谊，上去后，临时休息的宿舍，宋雎窈就和秦玫选了一个房间。

晚上，秦玫从背包里拿出了一颗石头：“窈窈，你快来。”

“这是什么？”

“这是灵石，用来测试灵根的，我们明天就要进行测试，然后分配老师。把手放上去，灵石就会发光，什么灵根就会发相应的光，火灵根就是红色，水灵根就是蓝色。窈窈你是天灵根，应该发出白光，你快把手放上去看看。”

宋雎窈就把手放上去，好奇地看着石头。

石头还是黑乎乎的，毫无反应。

秦玫脸上的笑容渐渐收敛起来，讶异地看着宋雎窈：“窈窈，你不是天灵根的天才吗？”

宋雎窈点头：“那个白胡子爷爷是这么说的呢。”

“可是，灵石没有反应啊。”

“那个白胡子爷爷骗我？”

秦玫一噎，说：“白胡子爷爷是玄灵派和丰长老，怎么会骗你，应该是你的灵根出问题了，有些人虽然有灵根，但是灵根是死的，就跟阑尾一样，是身体里没用的东西。”

宋睢窈：“阑尾有用哦，尤其是对我们小朋友来说，阑尾含有大量淋巴细胞，有免疫……”

“窈窈！”秦玫一下子提高了音量，心里无语死了，宋睢窈怎么还搞不清楚重点！秦玫紧张焦急地说：“窈窈，你忘了吗？你爸妈把你是天才的事搞得全天下都知道了，今天一起上来的小朋友们也觉得你很厉害，要是被发现这一切都是误会，全国人民会怎么想？你爸妈会好失望，你会很丢脸的！”

宋睢窈像是终于意识到事情的严重性，紧张起来：“真、真的吗？那怎么办？”

“不能让别人知道这件事！”

“可是怎么办呢？”

“你别急，我想想，先别跟别人说这件事，我一定会帮你的。”秦玫说。

宋睢窈点头，她等着。

于是第二天，宗门入门灵根测验。

轮到宋睢窈的时候，宋睢窈把手放在巨大的石头上，秦玫站在她身边，悄悄碰到了她的大腿，宋睢窈只觉得一团热气从大腿传到了手掌，同时，石头白光大盛。

“啪啪啪啪啪……”

“好啊！”

“天才，真的是天才！”

“这是天灵根啊！”

围观的师长、师兄姐们顿时鼓掌称赞，同时露出艳羡的目光。

宋睢窈看向秦玫，秦玫朝她露出放心的笑容，小声说：“我说会帮你的吧，谁让我们是好姐妹呢？”

宋睢窈收回手，垂下眼睑。

原来如此，是这样的剧本啊，先让她被家族宠得骄傲自尊好面子，家里大摆筵席将她架到高处，再安排一个人帮她作弊让她做一个假天才，给她一个洗不清的原罪，18 岁开始直播的时候，应该就是她假天才身份被揭穿的时候了。

但是这么推算，威力还不够，也不够直播时长呢，而且秦玫应该是临时真人 NPC，那么明星玩家呢？家人也得派上用场。

因此，也许等她灰溜溜回家想要找避风港来温暖自己的时候，应该会有一个取代她的人来泼她冷水，让她更加崩溃？导演都会避免跟其他导演的剧本一样，既然真假千金已经有过了，那么，可以让她崩溃愤怒的身份，应该是替身吧？家族里应该会有一个她的替身。

嗯，谢谢秦玫了，剧本不错啊，至少比较新鲜了，毕竟以前审判秀的剧本，都是给被审判者最黑暗最艰难的环境的。

其实不知道剧本，也能破局，但是知道剧本的话，就可以进行精准打击，更快更稳更爽，这是事关她生死的问题啊，她当然要做万全的准备。

现在既然已经知道剧本了，就可以不用再浪费时间了。

在秦玫授印结束、轮到宋睢窈的时候，宋睢窈忽然举高手。

秦玫顿时紧张起来，宋睢窈不会突然要说出自己天灵根已经死掉的事吧？

“我不想加入玄灵派。”宋睢窈说。

秦玫微微松了一口气，拉住宋睢窈的手：“窈窈，你说什么啊？”

玄灵派的人面面相觑，一个人代表玄灵派温和地问：“你为什么不想加入玄灵派啊？”

宋睢窈：“我昨天了解了一下玄灵派的教学范畴，并没有我想要的。”

“哦？我玄灵派是帝国最大的名门之一，丹药、符箓、阵法、术法应有尽有，你想要什么会没有？”

宋睢窈说：“我要当剑修。”

玄灵派：……

秦玫急忙说：“窈窈，你干吗？剑修……你是小说看太多了吧？剑修超弱的，都没几个门派，你上网看看，剑修门派招收新人，给五险一金，还给一个月八千的工资，都没有人愿意去学的！你是天灵根，去当剑修实在太浪费啦！”

秦玫怎么可能让宋睢窈跑去当什么剑修？她当然要在这里当个假天才，等 10 年后直播开始让观众看到她不知羞耻、狼狈、难看的一面啊。

所以秦玫一把抓住宋睢窈的手，看向玄灵派的师长：“窈窈她年纪还小不懂事，请你们不要跟她计较，她昨天还说想要进玄灵派的，也不知道脑子忽然抽什么风了，全国人民都知道她要加入的是玄灵派啊。”

玄灵派的一位长老看向宋睢窈：“是吗？”

宋睢窈刚要否认，忽然发现自己咽喉被一团气堵住了，竟然无法发出声音，她立刻意识到，是秦玫。

秦玫紧攥着宋睢窈的手，宋睢窈奋力想要挣脱，居然都挣不开。

秦玫说：“你们看，她是想要加入玄灵派的。”

玄灵派虽然对刚刚宋睢窈说的话有些不悦，毕竟剑修是这个世界上最弱的修仙者，宋睢窈居然说要选择剑修门派而不入玄灵派，这不是下他们脸吗？但是念在她是天灵根，年纪小，可能确实思维跳脱，说话不过脑子，所以还是决定不计较了。

“好吧，但是切记以后要谨言慎行。过来吧，给你授印。”

“授印”跟盖戳是一个意思，但是这个戳是盖在一个人的身体里的，这个修仙世界毕竟是现代社会，不像古代那种法律管不到的世界，可以杀人夺宝抢秘籍什么的。

为了保证社会和平，每个门派都会给弟子授印，授了印，就意味着这个人是他们门派的人，不能背叛，不能修炼其他门派的东西，这样就根绝了觊觎其他门派的秘籍，去偷去抢的事件。

所以，宋雎窈如果被授了印，她要么就是玄灵派的弟子，要么只能放弃修仙，当个普通人。

秦玫紧攥着宋雎窈的手不让她挣脱，宋雎窈甚至觉得手脚也不受控制了，被她强行带着走到长老面前。

宋雎窈额头沁出冷汗，眼看着眼前那只手要按到自己的脑门上……

“手下留人！”一道中气十足的吼声响起。

就快按到宋雎窈脑门上的手停住了。

秦玫被吓了一跳，手松了一松，宋雎窈趁机挣脱，一瞬间咽喉和四肢都恢复如初，她迅速后退，离秦玫远一点。

只见一个背着剑、穿着背心牛仔裤的光头男人从千级梯冒出头，跑了过来。

这是一个剑修，寒酸又没有气质。

玄灵派的人十分嫌弃。

“怎么回事？”

光头男人笑着说：“不好意思不好意思，我来晚了！不好意思啊，玄灵派的各位，我是来接我们门派的弟子的。”

“荒谬，你们的弟子怎么会在我们这里？”

“这不就是了吗？”光头男人看向宋雎窈。

所有人都看向宋雎窈，宋雎窈揉了揉自己被抓疼的手，走到光头男人身边，老成地对玄灵派的人拱了拱手：“多谢长老们的厚爱，但我已经决定当剑修。”

“宋雎窈！你是不是疯了？快回来！”秦玫表情都扭曲了一下，跑过去要拉宋雎窈。

然而，她还没碰到宋雎窈，光头男人就伸手把她拦住，将她和宋雎窈隔开。

“不好意思啊小朋友，我们已经为宋睢窈办了入门手续，可以上政府相关部门网站查哈，虽然还没有授印，但是她已经是我们的人了。我理解天灵根的天才很馋人，但是玄灵派是大门派，年轻有为的弟子很多，应该不至于强求一个没有意愿加入的孩子吧？”

玄灵派的人脸色难看，猛地一甩手：“哼，我们玄灵派当然不会强求一个对我们无意的孩子，快带走吧，不要妨碍我们工作！”

“好嘞好嘞。”光头男人咧嘴一笑，弯腰抱起宋睢窈就走，生怕宝贝被抢走似的。可不是宝贝吗？简直是天上掉下的馅饼，他们一接到消息，立刻就买了机票飞了过来，紧赶慢赶，生怕迟到。幸好赶上了！

“宋睢窈！”秦玫要追上去，却被玄灵派的人拉住，秦玫已经被授印了，就是玄灵派的人，她自然不可能跑。

宋睢窈一手按在光头上，弯着眼睛朝秦玫摆手，隐约看到了秦玫气到扭曲的脸。

各大门派都有网站，剑修门派少，但也有，因为渴求人才，他们甚至接受网上报名，宋睢窈提前就在网上报了名，并且要求他们来玄灵派接她。

多亏宋家把她宣扬得人尽皆知，她一说，这个剑修门派就立刻保证一定按时来接她，要不然顶多是给报销个机票费车费，怎么可能会派出弟子来接呢。

符咒、阵法这些，听起来确实很厉害，但是这里是虚拟世界，现实世界没有灵力这么奇幻的东西，下一期就会更换世界背景和力量体系，也派不上用场，那么她费这个时间学这些干什么呢？

她在上一期就已经决定了要在这一期学武器的使用，刀剑鞭子等冷兵器，都在她的选择范围内，本来如果是其他世界，她可能还要愁哪里可以找到真材实料的大师学习，现在嘛，有一个门派的大师可以教她呢。

这个世界对她来说，称得上是及时雨呢，多谢啦，梁桥导演。

另外，谁说剑修弱的？

虚拟世界是现实世界的人设计的，力量体系也是现实世界的建模大师们构建的，可是现实世界并没有灵力这些东西，也没有秘籍，那么建模大师们如何构建呢?

其他门派，宋雎窈不清楚，但是剑修就相当有趣了，因为剑修门派把自己门派的部分秘籍公布在了自己的网站里，希望有高手在民间，能帮他们破译那些“密码”。

宋雎窈刚好能够破译那些“密码”，她在这个世界，天生就应该是剑修。

第二十七章

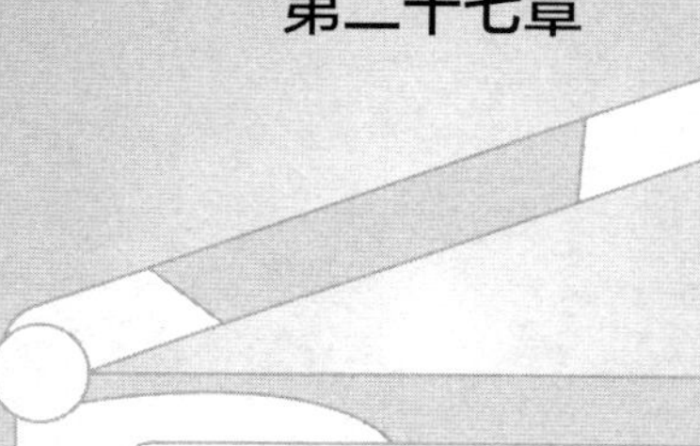

御剑

现实世界。

审判秀演播大厅内，工作人员收到了秦玫发来的信号，梁桥立刻让人把秦玫放出来。

“怎么回事？”梁桥咬牙切齿，在现实世界的时间流速里，秦玫才进去没多久就出来了，他让秦玫一旦宋睢窈做出超出计划的事就发出警报，出来报告的。

所以宋睢窈那个女人又做出什么事了！

“她非要去当剑修！”秦玫咬牙切齿。本来，她如果没被授印，是可以跟去监控宋睢窈的，偏偏她被授印了，按照虚拟世界的规矩，她就是玄灵派的人，不能转职为剑修。

梁桥：“有病吗她？她又没有灵根，那个世界剑修又那么弱，当什么剑修？！”

“这谁知道啊，现在怎么办啊导演？”

梁桥：“你先进去吧，我再找个人去盯着宋睢窈。”

梁桥就又派了一个临时真人 NPC 进去当宋睢窈的假师弟真监控器。

梁桥坐在椅子上还十分想不通，并且开始好奇起来，宋睢窈 10 年后到底会以什么姿态出现。总归普通人的身份是不会变的，她没有灵根，注定不可能修仙，怎么当剑修？而且她没有及时澄清她不是天才这件事，所以 10 年后，她还是要面对他人的拷问。

宋睢窈加入的门派，叫太初剑宗，算是帝国剑修门派中最大的门派，但即便如此，整个宗门里，从宗主到弟子到后勤部门工作人员，只有区区不到30个人，而且他们只拥有一个小山头，由此可以看出，剑修在帝国的境遇有多么惨淡。多亏了政府每个月的补贴，才能坚持下来没有倒闭。

剑宗的修炼都很辛苦，弟子每天都要练习挥剑上万次，先提升了体力，学习了剑术，之后才是灵力的修炼。然而剑修的灵力修炼秘籍是全天下所有修仙门派里最难的，有些字都看不懂，更别说参悟秘籍，得到灵力上的进阶。

别的修仙门派，不用风吹雨淋，待遇好，就业率高，赚钱多，说出去都很有面子。剑修门派呢？学的干的都是体力活，日晒风吹，付出不一定有收获，而且就业艰难，出去说自己是剑修，还会被其他门派看不起，因此有灵根的人，大多都不会选择当剑修，去其他门派当外门弟子都比这好。

也正是因此，他们看到宋睢窈报名的时候都傻眼了，传说中的宋家千金，天灵根的天才，居然要加入他们剑宗？！天下还有这等好事？

宋睢窈被光头剑修——太初剑宗的大师兄李剑抱上飞机后就被问了，要知道剑修少，女剑修更是屈指可数，10年前好像是有一两个的，但是最近10年里，一个加入剑宗的女性都没有！

之前加入的，好像都拗不过家里人，不是选择退出修仙界，结婚生子去了，就是已经转职或者直接转行了。其中最有名的剑修转行代表人物，就是从女剑修转行成为女拳击世界冠军的张香锦了。

……好心酸，大师兄要哭了。

宋睢窈说："剑修才是最强的。"

大师兄开心极了，笑出一口白牙："没错！小师妹你太有眼光了，剑修是最强的，所以，修炼难度才最大。你说对不对？"

"对。天将降大任于斯人也，必先苦其心志，劳其筋骨，饿其体肤，空乏其身，行拂乱其所为，所以动心忍性，增益其所不能。"宋睢窈顺便复习了一下自己老家的知识，省得忘了。

大师兄这话跟别人说过很多次了，很多一心死磕剑修的人都会这样说，因为这样才会让他们心里好受一些，他根本没有期待宋睢窈会真心实意地认同。她才 8 岁，搞不好都还不懂事，他们剑修群体一直都极度缺人，门派弟子如果少于一定人数，政府也不会给补贴了。因此，他们才不管宋睢窈想要加入剑宗是真心还是脑抽了。

但他没有想到，宋睢窈会说出这么一段话，如此认真，好像打心底就是这样认同的。而且这话说出来，明明是一个意思，却好像比他们说的那些用来自我安慰的，更有力量。

他忽然眼眶微微有些红："没错！"

下了飞机，李剑开开心心像个没头脑的人一样，牵着宋睢窈开着辆车龄 10 年差不多该报废的小汽车回了宗门。

太初剑宗建在一座小山上，山下有一个风景秀丽的小村子。

贫穷的剑宗山路都没修，小轿车一路颠簸上行。还没下车，就看到宗门前一片混乱，一个穿着白色衣服的老者被推搡着险些跌倒，李剑连忙下了车冲过去。

"你们干什么？！"

闹事的中年妇女一手拉着个十来岁的少年人，表情泼辣，破口大骂："干什么？我今天就砸了你们这个骗子窝！把你们这些大骗子小骗子都送进牢里，我当你们是什么正经高人，才把孩子交给你们，结果，你们居然只是骗子……"

"什么骗子，我们是剑宗！政府给了执照的！"

"你们剑修什么德行，自己心里没点数吗？"

"你怎么能这么说？剑修怎么了？还不是帮你们把妖怪灭了……"

"我呸！你们买别的门派的符箓杀的妖怪，少往自己身上揽功！还把我家家具给砍坏了！我告诉你们，你们今天给我赔钱，抹掉我孩子身上的什么印，别耽误我孩子的前程，要不然，我跟你们没完！"

“对！”

“赔钱！”

她带来的一大拨亲戚也帮腔，吵吵闹闹。

宋睢窈下车听了一会儿，大概明白是怎么回事了。中年妇女家里中邪了，想请修仙人士来帮忙灭掉，但是钱不够。恰好有太初剑宗的弟子去外面历练，就帮她把邪祟灭了，也没收钱，问题是弟子发现这家的孩子有灵根，于是提出想带他回去宗门，这家人哪能不乐意？欢天喜地把孩子送来。

结果现在好像是了解了修仙门派，这才知道剑修又苦又没钱，自己孩子去其他门派更有出息，顿时就不乐意了，要把孩子带走，不仅要求他们把授印抹掉，还要赔钱，美其名曰精神损失费。

印记是可以抹掉的，只要宗门内的所有人都同意。

被推搡的老人是太初剑宗的宗主。

……太惨了，在宋睢窈世界里的修仙小说里，剑修称得上是修仙人士里的武力天花板了，在这里居然落得这么惨的下场，建模大师们大概也是知道剑修的厉害，所以才特地把修炼难度提升，却没想到，难度提升太高了，以至于反而没人能修炼得起来。

“是你！你抢我宗门弟子？”大师兄忽然看向一个静静站在人群外的男人。

男人留着胡须，看起来仙风道骨的，闻言他笑了笑说：“话可不能这么说，我只是告知他们一些大众都知道的事，他们自己做出的选择，何来‘抢’这一说啊？”

这是直接明着抢了，剑宗又能怎么样呢？其他小门派，或者一些独立天师，抢剑修的弟子也不是一天两天的事了。

“没错，是我们自己的决定，要不是大师跟我们说，我们还不知道要被你们蒙骗多久呢！”

最终，为了不让中年妇女真的把他们剑宗告上法庭，或者闹到网上，丢更大的脸，太初剑宗只能捏着鼻子，按照中年妇女的要求，赔了一笔钱，抹了那少年的印记。

这一波真是好心没好报，赔了夫人又折兵。

仙风道骨的男人带着人走的时候，看到宋睢窈，打量过后，眼睛一亮，快步走到宋睢窈面前："小朋友，你可知道……"

"我去你的！"大师兄立刻抽出剑砍了过来，男人连连躲避，狼狈逃走。

整个太初剑宗都被打击得阴云满布，宋睢窈走到头发发白、眼睛含泪，看起来让人格外心酸的老人面前，拍了拍他皱巴巴的手："您放心，以后他们会后悔的。"

老人家愣了愣，抬起头来，看着眼前的小姑娘，看到她双眸乌黑，充满信任，像是打从心里觉得剑修真的很厉害，他点了点头，却说不出话，甚至心里已经开始迟疑了，这是天灵根的好苗子，放在玄灵派肯定比他们宗门更有前途，来他们这里只是充人头的，尽管他不想承认，可剑宗……

老祖宗说的什么一剑破万法，什么御剑飞行，就像其他宗门嘲笑的那样，只是老祖宗魔怔了，臆想出来的吧。

也是啊，想想也是啊，怎么可能呢？踩着把剑就能飞，还一剑劈开一座山头，太夸张了，天方夜谭啊。

宋睢窈看着这一张张乌云密布的脸，心情复杂，剑修之所以会沦落到这种境地，确实跟剑修最强有关，宋睢窈能想象到建模大师们凑在一起，商量这个世界的力量体系时大概是怎么个设计思路。

啊，剑修是最强的，是修仙文里的武力天花板哦，那秘籍也得比其他门派的难一点儿，要不然不合理啊。

于是，在他们的设计中，剑修的秘籍是用中文写的。

这个时候，又不得不提一下人类的历史了，在人类逃亡来到这个世界以前，语言体系好像已经发生了改变，而且逃亡的过程中，人才损失，数据损毁，又经过了七千万年的演变，中文成了帝国考古学中最难的课题，破译出一个字的意思，都是值得欢呼的事。

言归正传，无论建模大师们是如何设计的，总归剑修一定需要先看懂这些“复杂晦涩”的秘籍，然后再谈什么修炼不修炼。

正是因为这样，这个虚拟世界里的剑修才会是最弱的，因为中文真的太难啦！他们一本秘籍每页都有不认识的字，不知道这字是什么意思，这怎么背，怎么修炼呢？

当然了，宋睢窈可以“破译”这些秘籍，但是拿它们修炼又是另外一回事了，宋睢窈没经历过这种非常规世界，并不知道建模大师定下的规则是怎么样的，只能通过不停地尝试，一万次尝试不够就十万次，十万次不够就一百万次，总有一天，一定会触碰到那个看不到的开关。

梁桥他们以为她的天灵根已经死掉，不可能修炼灵力，却不知道他们自己早就把另一条路铺到了宋睢窈眼前。

秦玫始终很不甘心居然让宋睢窈从她手中溜走，想方设法想要把剧情拉回来，于是联络了宋家，希望宋家能把女儿给接回来。

然而这个时候，作为替身的贝嘉媛还没有被收养，宋家人对宋睢窈还处于一种盲目的信任和宠爱的阶段，打电话给宋睢窈，宋睢窈说她会带领剑修崛起的时候，他们居然信了。

秦玫吐血。

但好在，宋家对宋睢窈的宠爱本来也是梁桥不怀好意的设计，是一把再切实不过的双刃剑，之前就大肆炫耀，把宋睢窈架到高处，这一次他们也立刻就上网公布了宋睢窈不去玄灵派，而是跑去当剑修，并且还夸下海口，有宋睢窈在，剑宗一定会崛起。

秦玫一看，顿时又乐了。

果不其然，这一次网友们和之前的反应完全不一样，他们满头问号，难以置信。

好好的玄灵派这种名门大派不去，非要跑去剑宗？

还要带领剑宗崛起，我去，我怀疑他们在逗我，是在逗我吧？

历史上也有天灵根的天才跑去当剑修，最后要么销声匿迹，要么灰溜溜地转职了。

之前我就有点感觉，现在我确定了，宋家这些人，是不是脑子有点儿毛病？

自己的天才女儿进了废材聚集地，他们居然会是这种反应？

其他门派的人见不得天灵根天才被这么埋没，也纷纷在官博发声，艾特宋家人，跟他们科普剑宗有多差劲，多不靠谱，劝他们赶紧把孩子接回来。

结果宋家人非但没有听劝，还骄傲自大地发声。

宋氏集团V：我们家公主是宇宙的中心，世界的宠儿，她想要做什么就能做到，她在哪个门派，哪个门派就会崛起，我们心里有数，不劳各位朋友费心了。

人们一看这发言，顿时就炸了，“宇宙的中心，世界的宠儿”一下成为一个梗，出现在网络各处，成为嘲笑宋睢窈和宋家人的一句话。

秦玫笑到从椅子上跌下来，厉害还是梁桥厉害，这一招真的太阴险了，诠释了什么叫一粉顶十黑，宋睢窈看到这些，不知道是什么心情哦。就这样，继续努力，把宋睢窈架到火上去烤吧，本来网友看个热闹就过去了，毕竟宋睢窈才8岁，还是个孩子，是允许犯错的。

但是现在不一样了，宋家这种态度这种话，就让人很想看他们被打脸了。这口气也得罪了各大门派，什么叫宋睢窈在哪个门派，哪个门派就会崛起？过于傲慢，显得很瞧不起修仙各派。

这样一来，又得罪了各派信徒。

然而，宋睢窈没有灵根，她根本不能修炼灵力，所以他们注定被打脸，宋睢窈注定从天上摔下来，摔成一坨烂泥！

坐等剑宗崛起哦。

我居然后悔吃了宋家的流水宴，不知道现在吐出来来不来得及。

在这种家里长大，宋睢窈也不会是什么聪明人，坐等现实教她做人。

他们这么一搞，宋睢窈日后后悔进剑宗想转职，怕是不行吧？

肯定不行啊，哪个门派收得起这尊大佛？人家可是宇宙的中心世界的宠儿哦。

宋家原本大涨的股票，又开始掉了下来，但宋家人完全不在乎。

“宝贝加油，爸妈相信你，等你打他们的脸，哼，不合作就不合作，今天他们敢对我们瞧不起，明天我们让他们高攀不起！”宋父在电话里对宋睢窈说，口气里充满了信任和宠爱。

宋睢窈手机开着免提，坐在宗门安排给她的有些破落的院子里，别看它破，这是宋睢窈作为宗门唯一的小师妹才有的豪华待遇，其他师兄弟哪有自己的院子？他们住的都是上下铺。

她一边听宋父讲话，一边上网看评论。

今天以前网友们对她都是艳羡和期待，今天开始就变成冷嘲热讽和期待了，只是今天以前的是期待她成为大英雄，现代和平的中流砥柱，现在是期待她被现实毒打，哭着离开剑宗，求着玄灵派再收她为徒。

这一切都是因为宋家人，不过宋睢窈并不生气，她早就忘记了来到这个世界前的家庭了，但是既然会忘记，想必并不是什么很幸福的家庭吧。

来到这个世界后是孤儿，在虚拟世界里，无论是梦境中的四期还是如今的前面两期，她的原生家庭都是很糟糕的，他们的爱都那么自私、浅薄。这一期尽管梁桥为她安排这样的原生家庭是不怀好意的，可是此时此刻宋家人对她的爱，确实是毫无保留的、热烈的。

宋睢窈喜欢这种感觉，她已经不是那个任人宰割毫无反击之力的宋睢窈，这一次，她喜欢的东西，就不会再让人抢走。

替身？可以，那就老老实实当个替身。

宋睢窈说："爸妈，你们放心，我肯定狠狠打他们的脸。"

"打！狠狠地打！"

"嗯，爸妈先给我一点儿钱吧。"

"好，要多少？"

"为保险起见，给我准备两亿吧。"

宋家算是富豪，但也不是什么大富豪，一下子要筹措两亿的流水资金也没有那么容易，更别说还是给一个 8 岁的孩子，正常父母闻言怕是会跳起来把这孩子狠狠揍一顿，叫她知道钱不是西北风刮来的，饭可以乱吃，钱不能乱要。

"没问题啊！"但是宋家人都是宋睢窈控，当场就乐呵呵地应下了，问都不问一下她要干吗，是真的她要星星就会给星星，要月亮就会给月亮的。

结束了跟父母的电话，宋睢窈一转头，看到了几个师兄弟一副嘴巴大张眼睛都要脱框的表情看着她。

"大师兄，二师兄，十五师兄，你们怎么了？"

三个师兄咽了咽口水，大师兄试探着问："两亿现金有多重？"

另外两个师兄也好奇地看着宋睢窈，眼神却是干净清明的。

能在剑宗坚持下来的剑修，大多都是一根筋，心性单纯，不单纯的早就转职走人了，毕竟剑宗和其他宗门不同，其他宗门授了印的人想要抹印是很难的，都有自己的骄傲，不是你想来就来想走就能走的，闹到网上，舆论也是站在宗门那边。

剑宗不一样，舆论只会说剑宗耽误人家前程，把人家给骗了，赶紧让人家走，所以剑宗的印授了跟没授一个样。这种情况下没走的人，都是打从心底想要当剑修，热爱剑的人，自然也不会被金钱所诱惑。

宋睢窈朝三位师兄露出笑容：“等我爸给我打了钱，不如我们一起去银行称称？”

“好哇好哇……等等，差点儿忘了正事，小师妹，师父让你过去一趟。”

“好。”

“要不要师兄抱你？”

“不用。”

“小师妹要那么多钱干什么？不会是想补贴宗门吧？那可不行，宗门有规定，收弟子可以，收弟子的钱不行。”

“不是要补贴宗门，我要跟器宗定制我的命剑。”

剑宗的穷，从各种地方都能体现出来，整个宗门地都是凹凸不平的，不知道多少年没有修过了，太初剑宗是有历史的，建筑都还是古色古香的，只是贫穷也一代代传承了下来，都没有修葺过，看起来破破烂烂的，多亏了屋子结实，能坚持那么多年。

宋睢窈跟着师兄来到大厅，宗门仅有的四位师长级人物都在，一位宗主，年纪最大，98 岁了，不过修仙之人，都能活得比较久，起码还能再活 20 年，看着也蛮硬朗的。

另外三位，年纪最小的是 50 岁，看起来也精神强壮。

他们喊宋睢窈过来，主要是也通过手上便宜的老年机知道了网上的事，剑宗从来没有这么受到关注过，而且是这种负面的关注，其他剑宗的熟人都打电话过来，把他们给骂了一顿，觉得被他们拖下了水，成了全天下的笑柄。

他们觉得内心焦灼又羞耻，不知所措。

因为他们心底也已经动摇，剑宗就是比不上其他门派，剑修就是永无出头之日。

三位师兄被赶出去了，三人蹲在外面，忧心忡忡。

大师兄："小师妹会不会被骂哭？"

十五师兄："我怕三师叔会打她。"

二师兄："三师叔怎么会打女人呢？"

二师兄想了想，又说："这样，等下如果有什么不对，我们就冲进去，大师兄抱住三师叔一个抱摔，看看能不能摔蒙他；我抱住师父锁住他四肢；二师叔比较娇小，十五把他扛起来就冲刺两百米；宗主老头一个，心平气和，不会跟小师妹计较，她可以趁机出来。"

"可以！"两个师兄当场同意，压根没想到被反杀的后果是会被揍得屁股开花。

结果他们等啊等，等啊等，从白天等到晚上，也没听到里面传来什么不对劲的动静，等殿门再开的时候，就见宋睢窈神色与进去时无异地出来了。

大师兄和十五很开心，二师兄却挑了挑眉，若有所思地往大殿里探头，看到四位长辈好像都在哭，连脾气最暴躁最凶的三师叔，都在抹眼泪，却是一副振奋的样子，全然没有了之前的郁气。

嗯？

二师兄心微微跳了一下，看向大师兄试图扛到肩膀上的小姑娘，隐隐有一种预感，宗门是不是要变天了？

翌日。

太初剑宗开始召集在外面的弟子回来，和宋睢窈商量后，他们是打算邀请其他剑宗的人过来的，结果人家还记恨着他们的新弟子宋睢窈害他们被嘲笑的事。

"事关帝国剑宗未来的会议？老哥，你是不是被下蛊了？赶紧上网买张符驱驱邪吧！"

"你们管好自己的未来就行了，我们不用你们多管。另外我警告你们，你们要是再把我们拖下水，我们擒天剑宗就跟你们没完了啊！"

“没空！”

“您所拨打的电话正忙，请稍后……”

三师叔一下子暴起：“我去你的！这么怕被说，当什么剑修，等着后悔吧！”

娇小的二师叔捻着八字胡，一脸江湖骗子的淡定模样：“我早就知道是这结果，他们剑心不诚，没这个命。”

二师叔的话得到了其他三位的认可，于是不再给这些剑宗打电话。

现代社会交通发达，但是机票对于贫穷的剑修们来说太贵太奢侈了，搭乘最便宜的火车，或者一路换乘便宜的交通工具，在第五天的时候才终于集结完毕。

这一天，太初剑宗全宗门上下 29 名成员开了一个秘密会议。

与此同时，网上又热闹了起来。

因为这几天，宋家筹集两亿资金给宋雎窈的事，被某个知道内情的人泄露了。两亿？宋家这群人是不是真的有病？一个真敢要，一个真敢给！

> 宋家人真的有病，怀疑是不是被下蛊了！
>
> 宋家的合作伙伴要小心了，他们看起来不太正常，别被牵连了！
>
> 宋雎窈才 8 岁，她要这么多钱干什么？真的不是太初剑宗蛊惑的吗？
>
> 这么大笔资金流动，政府肯定会派人审查的，应该真的是宋雎窈要的！
>
> 我开始好奇宋雎窈和宋家人还会搞出什么骚操作了？
>
> 宋雎窈就算再天才，宋家这种养法，也会养废啊。

给一个小孩两亿资金，实在是太夸张了，网友们纷纷出声讨伐宋家，其他门派的官博也纷纷出声，怒斥宋家这样养孩子是在残害祖国未来的栋梁。

但宋家我行我素，宋父宋母还在网上跟网友吵架，把宋睢窈拼命往天上架。

“区区两亿，给我女儿玩怎么了？而且我女儿是要做正事的！”

“我们家公主要带领剑宗崛起，这是对国家只好没坏的事，我们当父母的还不能支援她吗？”

“你们懂啥！”

“我女儿就是宇宙中心！”

“我女儿就是世界的宠儿！”

“我妹妹全天下最牛！”

秦玫乐坏了，网友们气笑了，其他门派也觉得这家人可能真的有病，甚至有大师偷偷去宋家看了看，看看有没有邪祟作祟，结果发现宋家干干净净的，一丝恶气也没有。

秦玫特地跑出去跟梁桥说：“不用再派一个临时真人 NPC 进去跟着宋睢窈了，她完了。”

秦玫跟梁桥说了宋睢窈他们一家的各种拉黑骚操作：“梁导，你也太厉害了吧！宋家人这样，搞得那么大，宋睢窈根本下不了台，下来就是摔死。”

梁桥很受用，也觉得不需要再派一个临时真人 NPC 进去了，宋睢窈没有天灵根是事实，世界规则里也没有死掉的灵根可以复活这项，所以宋睢窈是假天才这一点打死不会变，既然原罪在这里，宋睢窈怎么洗都洗不白。

那么，留一点儿惊喜也不错。

原本要安排进去给宋睢窈当小师弟的临时真人 NPC 就暂时退场了。

秦玫继续在虚拟世界里盯着宋睢窈，一年、两年、三年……反馈给梁桥的信息都是宋睢窈和宋家又搞出什么骚操作，跟网友又在闹什么，反正看着像是一家子戏精，全网知名，但全是负面的那种知名，乱七八糟的。

梁桥勾了勾嘴唇，他一时没有注意到有哪里不太对，只觉得这一期一切都在自己的掌握之中，他已经可以预料宋雎窈开场就是什么面貌，绝对不会像覃威那样，猝不及防就被宋雎窈迎头一拳打来。

现实世界中，各大博彩公司又开始根据剧本推出了各种彩票，有在这个剧本里，直播开始后宋雎窈会不会已经坦白告知他人自己不是天才的，也有江白奇这一期会不会又出现的，更有甚者还有这一次是宋雎窈掉入梁桥的陷阱，前两期的英明不复，还是梁桥再次被宋雎窈吊打的……

这些博彩公司要么就是星梦集团大股东的，要么是跟《正义审判日》签了合约的，因此可以随意开出相关的彩票，只是要交给政府很高的税收。

网友们分析分析各种可能性，买买彩票，一个小时眨眼就过去了。

终于，第三期正式直播要开始了。

人们拿零食的拿零食，拿备用键盘的拿备用键盘，节目收视率飙高，直播间观看人数也快速增长起来。

豪华的城堡内。

拥有深海一般眼眸的男人打开了审判秀直播间。

心脏隐隐有一种刺痛感："爱丽……"

管家在一旁，他之前特别希望凤临遐能从人格复制体里感受到那些珍贵的情感，但是现在又有些担心起来了，毕竟他那时没有想到，凤临遐的人格复制体是从一个参加审判秀的杀人犯那里得到的感情。

"先生，您不要迷失了，她并不真的是您的妹妹。"

凤临遐没有说话，宋雎窈或许确实不是他的妹妹，可是埃文斯就是他，他就是埃文斯。

为什么他以前的人格复制体，都会觉得跟世界格格不入，很快就会发现世界的真相，只有埃文斯这个复制体会不这样？因为爱丽丝，宋雎窈，他的妹妹。

他可以通过回忆看到，埃文斯对这个世界的怀疑，直到宋雎窈出现。那个他一开始没有放在眼里，也不在意，结果却一次次做出出乎他意料的事的女孩。

他很爱妹妹，所以心甘情愿地留在那里，江白奇一揭发世界的真相，他就被主系统回收了，这证明，他心里对世界的真相早就心知肚明。

而现在，这些回忆，这些感情，被他收回了体内。

所以现在“埃文斯”看到了自己的妹妹在受苦，在那么多双眼睛下进行着被操纵的人生，蒙受着冤屈，他感到心痛和愤怒。

“也许等消化一下，就会好一些了，请您不要被情绪控制，轻举妄动。”管家劝道。

“你放心，我不会。”凤临遐按了按太阳穴说，他不是随便就被情绪控制的人。

另一边，蓝耀快速从网球场回到屋内，蓝钰早就已经坐在沙发上，前面透明的屏幕上，直播间内进入最后倒计时，还有三分钟，直播就正式开始了。

蓝耀火速冲上楼，冲了个战斗澡，围着浴巾擦着头发就下来了。

“早知道的话，之前就该看看直播了。”蓝耀说。他们本来对审判秀这种节目没兴趣的，一档综艺节目再火爆，也有没看的人，蓝耀和蓝钰就是。

但现在稍微有点儿后悔了，回收回来的人格复制体“金耀”和“金钰”，给他们带回来了一种陌生的感情和一段没有体验过的人生。

原本在第二期，他们应该是和第一期时不同的身份，有新的人生了，但是求生岛乐园项目过于火爆新鲜，他们扮演的NPC角色也看了节目，并且对宋雎窈产生了一种微妙的熟悉感。

在江白奇揭穿世界的真相后，他们脑中劈过一道雷电，像是醍醐灌顶，或者是内心的什么开关被触碰到，就这么相信了世界的真相，被主系统回收了。

蓝钰交叠着双腿，轻抿了一口咖啡，语气平淡：“亲眼看着自己的人格复制体一点点变化，喜欢上一个人，确实很有趣。”

虽然星梦视频里有第一期的视频，但是看直播的感觉肯定和看视频不一样。

所有已经回收了自己的人格复制体的人们，都不由得放下了手上的工作，打开了直播。

明星玩家曾灿和贝嘉媛进入虚拟世界。

倒计时最后三秒，三、二、一。

第三期直播，正式开始了。

黑暗的直播间亮了起来，一如既往，默认直播间是宋雎窈的主直播间。

只见屏幕之中，一张美丽的面孔转了过来，映入所有人的眼帘，是宋雎窈。

宋雎窈的粉丝们立刻发出尖叫。

这一期的宋雎窈，明显和前两期不同，外貌上发生了一些变化。

面孔还是那么美丽，可眉宇间多了几分英气，乌黑的眼眸透着一股坚定锐利，一头乌黑长发扎成了高马尾，露出了光洁饱满的额头。

她握起桌上的剑，朝着屋外走去，打开了门，阳光顷刻涌入，将她淹没，她仿佛披上了一层金边，观众下意识地眯起了双眼，像是怕被这光芒灼伤。

直到镜头自动转换，人们才看到，原来这是一场室外的新闻发布会，地点就位于太极剑宗大门外。

无数媒体正在对宋雎窈“咔嚓咔嚓”拍照，记者双眼里都是跃跃欲试，有无数的问题想要问，还有人在窃窃私语。

“居然长得这么漂亮……”

“都说丑人多作怪，她是美人多作怪。”

“会不会就是因为这么漂亮才能哄得太初剑宗把山头都拿去贷款给她钱？”

“真的不是妖吗？”

“反正就是红颜祸水。”

这时，宋雎窈出声：“感谢各位来参加我们太初剑宗的未来发展计划发布会。”

台下突然有人“噗”地发出笑声。

宋雎窈看了过去。

那个记者立即口气尖锐地发言：“太初剑宗还有未来发展计划吗？宋雎窈你对自己的所作所为心里一点儿数也没有吗？从你 8 岁加入太初剑宗到现在，10 年时间，你先把你家的家底掏空，你爸妈连别墅都卖了，又不知道用了什么方法让太初剑宗把自己的山头都拿去贷款，现在已经还不上贷款，马上要被银行收走了，他们就要被赶出家门了。未来，还有未来吗？你是天灵根天才，随时可以转职走人，混口饭吃还可以，其他人呢？宋雎窈你不觉得自己很无耻吗？”

正在网上看这场新闻发布会直播的网友们，纷纷大赞，说得好！宋雎窈就是无耻，就是个无底洞！长得漂亮又怎么样？人品这样，漂亮也没用！颜狗敢冒出来，冒一只就乱棍打死一只。

哇？！

她不诚实！他们还以为她是天灵根天才！

这一期的宋雎窈好无耻！没有坦白自己不是天才，还骗得人家剑宗拿山头贷款！

不是吧，换个剧本，宋雎窈就不行了吗？

哈哈哈，终于露出真面目了吧，如果她真的灵魂具有香气，有着超于常人坚定不移的品质，无论给她什么家庭环境，她都应该可以成为优秀并且出色的人。

直播间观众炸了，梁桥放松地往后椅背上靠了靠。

“有哪里不对啊！”唐山却忽然拧了拧眉头，小声地说。

梁桥听到了，他看过去，皮笑肉不笑：“唐副导演，哪里不对？”

唐山说不上来，梁桥翻了个白眼，觉得他没事找事，想在团队里找存在感。

虚拟世界。

宋睢窈面临着无数的质问，这 10 年里，因为宋家人在网上的活跃度和奇葩脑残度，所有人都对她有很高的恶感，几乎不是黑就是路人黑。

宋睢窈神情却毫无动摇，她举起手上的剑，露出一个浅淡的微笑：“太初剑宗的未来，我家的未来，都在我的剑上。你们马上就会见到。”

宋睢窈的话，没有人相信，只引起了更多的嗤笑。

“剑修的剑钝到连鬼都砍不死，能支撑起什么未来？”

“眼下的当务之急，是还清银行贷款吧，要不然，太初剑宗真的无家可归了。”

“宋小姐，请问你要怎么解决这件事？”

“宋家的投资也一笔一笔撤走，最近也出现了危机，自身难保，应该拿不出钱帮太初剑宗还贷款了吧？”

记者们七嘴八舌地问。

所有人都等着看宋睢窈的好戏，原本像宋睢窈这种不是明星的人，长达 10 年的关注度是不可能的，谁让宋家实在太戏精了，每次出动，都是和金钱有关的，还老跟网友吵架，这个世界上，没有比钱和让人无法理解的离奇的事更让人关注的了。宋家人两样都占了。

宋睢窈就像吸血鬼一样，10 年里，在公众的关注下，从宋家吸走一笔又一笔的钱，每一次都要上一下热搜，因为单位不是千万就是亿。关于宋睢窈是不是给她家人下蛊这件事，次次都会被拿出来说。对玄学颇有研究的网友，还会长篇大论，各种分析，大多数网友都觉得，宋睢窈是给宋家人下蛊了的，并且期待看到一个结果。

现在，宋睢窈终于肯出来露面了，他们想看看，她又会搞出什么奇葩到搞笑离奇的事来。

宋睢窈站在台上，对这些目光毫不在意，清风拂动她的长发，却动摇不了她乌黑清明又坚定的双眸。

太初剑宗外是大片的竹林，凉爽清新，但这也不能掩盖这场新闻发布会真的很寒酸的事。

在现代，各大门派都像个公司一样，有什么事会开个新闻发布会，人家不是在自己宗门豪华的会场内开，也会去个大酒店甚至体育馆什么的，总之就要有大门派的风范和牌面。尤其是各大门派每年的发展计划发布会，每个门派都有很多粉丝和信徒，发布会主要告知大众，他们门派今年准备推出什么新的符咒啦，什么镇宅神器啦，有什么作用啦，以及门派将要跟什么公司合作，推出什么联名开光产品啦，等等。

只有剑宗，基本是不会开未来发展发布会的，他们甚至什么发布会都不会开，因为压根儿就没有人关注，也没有什么好发布的。剑宗发展局限性太大了，不像其他门派，可以卖各种符，可以卖什么开光产品，可以算卦算风水。

剑宗的人要开展什么业务，我用脑子想想，好像只有……开个杂技班？

不，还可以进娱乐圈当武打群演。

开直播当网红也行吧，就是 low 了点，没见过哪个修仙者会去当网红的。

……所以，剑修真的好废啊，搞不懂有人为什么想不开去当剑修，局限性那么大，钱也没有，斩妖除魔的能力也没有，政府应该取缔剑宗，浪费有灵根的人才啊！

别说了，剑修都是一些不想努力，只想躺着领政府补贴的废物。

宋睢窈站在师兄们连夜用竹子搭建的台子上，面对嘲笑毫无动摇地说："接下来向各位阐述太初剑宗未来发展计划。首先，我们太初剑宗将和宋氏企业展开合作，其业务将会拓展到养生、美容和建筑拆迁行业，计划将在一年内，挤进帝国门派排行榜前十。"

宋睢窈这话一出，全场哗然。

养生、美容和建筑拆迁？

这话就像一个五大三粗的汉子突然要干起精细活儿一样，怪怪的。

剑修？养生？美容？建筑拆迁？这是什么八竿子打不上关系的几个词啊！

哈哈哈！我这场新闻直播，蹲得值了，一年内挤入排行榜前十？门派排行榜是根据门派副业销售业绩和主业在民间的名气结合排行的，帝国 301 个大小门派，太初剑宗的排名在倒数第一，他们对自己真的没有一点儿自知之明。

本来太初剑宗作为最大的剑宗门派，好歹底下有其他剑宗垫底的，但是这 10 年里，太初剑宗的剑修们都在门派里闭关修炼，没有出去接工作，再加上受了宋睢窈爹妈的拖累，名声不好，所以才降到倒数第一去的。

之前倒数第六，也没好到哪里去就是了。

网友们觉得宋睢窈果然是让人想不到的奇葩脑回路，什么话都敢说。

“当然，和所有的门派一样，这些只是我们太初剑宗的副业，主业仍然是斩妖除魔，因此从今天开始接单。我们的网店已经开了，可以从我们的官网点击链接进入，欢迎有需要的朋友在我们的店里下单。

“另外，我们剑修和其他门派不同，不出手则已，一出手一定是见血封喉的，所以请朋友们下单时慎重，如果并不想要杀死对方，请不要找我们，否则届时我们不负责。”

这话实在是太嚣张了，让人很想打脸。网友们纷纷进入太初剑宗的官博，果然看到了网店链接，点进去一看。

太初剑宗和其他门派一样，采用挂名下单的方式，即客户点击挂在店里的剑修的名字，下单，这样的话，就是你点名的这位剑修来帮你云搞定问题。一般来说，名气越高，出场费用会越贵。

当然了，很多牛的大佬是不会在自己门派的网店里挂名的，有钱有势的人必须通过种种方式求到大佬出手，这样才显得大佬很有面子。

现在宋雎窈还是个无名小卒，人们点进去一看，宋雎窈的出场费居然高达一百万，更让人无语的是，还说明是前三名客户才能得到的一折优惠。

谁会当这冤大头？

一百万？一折？她还真敢要！

我们已经花了10年的时间来确定，宋雎窈的脑子很不正常了，但今天仍然还是会为这种奇葩感到震惊。

看看其他剑修门派的网站，剑修最贵的出场费只有五百块，还没几个人下单，宋雎窈还真看得起自己。

更让网友无语的是，这时宋家人又冒出来了。

宋雎窈的爸爸宋生青V：宝贝啊，一百万实在是太少了！爸爸直接给你就好了！

宋睢窈的妈妈林音V：你们真的赚大了，劝你们有需要赶紧下单，要不然，迟早后悔死。

宋睢窈的姐姐宋窈琴V：我妹妹真的太善良了！这是做慈善啊！

哇！这家人实在是太让人忍无可忍了！

有没有有钱大佬出手，下一次单打他们的脸？

嘴上说得好，真的面对邪祟，怕不是出手就是别的门派的驱邪产品！

太生气了，求快来人打这家子奇葩的脸！

因为虚拟世界里，曾灿和贝嘉媛也正在网上看太初剑宗的发布会，因此审判秀直播间内的观众们，可以通过他们的直播间和视角看到虚拟世界里网友们的评论，了解宋睢窈这10年都做了什么，顿时觉得尴尬得脚趾抠地。

宋睢窈这一期到底是怎么了，令人好失望啊！

我觉得她敢这么说，应该是有应对方法的吧？

能有什么应对方法啊，我看她就是在哗众取宠，这个虚拟世界的剑修设定那么弱，宋睢窈能强到哪里去？

枉我这次那么信任她，买了那么多彩票，结果害我赔了那么多钱！

梁桥笑了，他赢了。

这时，虚拟世界里，真的有人下单了。

下单的人叫郝归，是一个过气网红，四百万粉丝，最近正愁着怎么翻红。

他看到了宋睢窈的热度，当机立断选择赌一把，果不其然，立刻上了热搜，粉丝数量和热度都疯狂往上涨。

他和他的团队顿时兴奋了，立刻开了直播。

“朋友们，你们说我让她去做什么好？我家里很干净，没有需要驱除的脏东西……”

网友们纷纷出主意。

让她去凌王墓啊，不是有只鬼王吗？让她有本事去灭啊，大师们都只能封印它，她有本事去灭了它！

鬼王就算了吧，是想打宋睢窈的脸，但没想让她死，而且我怕她没杀死鬼王反而把鬼王放出来，到时候倒霉的还不是我们老百姓……

骆山那只邪神还没解决，让她去，有那么多大师在那里，她应该也不至于死。

哦，有大师在，她刚好可以混入人群，冒领功劳。

死就死，她自己敢接单敢放狠话，我们干吗要担心她的死活，再说我觉得她哗众取宠罢了，根本不可能真的去。

郝归和团队商量了一下，他是想红，没想惹一身腥，别看网友们现在恨不得宋睢窈去死，她要是真的因为他让她去干吗而死，最后他肯定会被反噬的，尤其是现代社会，恶气横生，他怕因果报应。

青城房地产集团。

老板正不停地打着电话，急得满头大汗。

“我们一定会尽快将那些恶气解决掉的……”

“大师，没人可以帮我了，求求你，那些恶气帮我净化掉吧……”

“这么多恶气，我们的灵力实在不够，你等它慢慢消除吧。”

“不行啊，你……”

电话那边的大师又挂断了电话。

李总脸上闪现一丝颓丧，一屁股坐在沙发上，脸上的肉好像都松弛了下来。

他半年前买下了一块地皮，地皮上有几栋老房子要拆迁，然而其中有一栋楼房却不知道为什么，别说拆迁了，连靠近都靠近不了，因为整栋楼突然开始滋生恶气，一次次净化，一次次再生。

恶气是一种可以看到的黑色气体，是从人心滋生出来的东西，它们会在各种地方出现，有时候会像烟一样被风吹散消失，有时候又会凝聚成可怕的一大片，如果人将恶气吸入体内，轻则会生小病、倒霉，严重者重病、瘫痪都有可能。

恶气不是鬼怪，不会吃人，可恐怖程度却也不比鬼怪少，而且还很麻烦，没法杀，只能净化。但能净化恶气的，只有灵力，可灵力多珍贵啊，而且每个人的灵力也分纯度的，不是谁都有净化恶气的能力的。

按照法律，这栋房子是被李总买了后才出现这种情况，那就是李总要负责的问题，他必须解决，如果出问题，比如恶气从楼里爆发出来，影响到周围老百姓的健康，他要赔钱赔到破产，也会被老百姓的唾沫给淹死。

李总知道自己是被人害了，请来的大师跟他说过问题的原因，有人往这栋楼里布了阵，引来四面八方的恶气在他这栋楼里聚集。大师虽然帮他把那个阵法解决了，可是因为已经形成了无形的暗流，仍然会有恶气不断向这栋楼里聚集。

这种情况下，只有把恶气用极快的速度净化干净，毁掉暗流路线，才能解决。

已经找了很多大师来净化，但是这恶气往往还没有净化干净，外来的恶气又补充了，这样一来，就是个无底洞，哪个修仙者耗得起？只能让他用符纸慢慢净化。

但连大师体内的灵力都无法解决，依靠只附着着一点灵力的符纸，怎么可能有用？如果解决不了，恶气聚集到了一定的体积，这里就会被政府接手，成为国家的“恶气井”之一。虽然会补偿他一些钱，但是损失还是巨大的。

他损失不起。

这时，助理冲了进来：“老板，看看这个！我觉得可以试试！”

“郝哥！有了！”助理接了个电话，跑过来跟郝归说。

跟郝归团队联络的，是一个房地产大亨的助理。

“这位房地产大亨正因为恶气而走投无路，现在是死马当活马医了，我觉得我们可以试试。”

郝归听完，跟观众解释了下情况，李总希望他让宋睢窈来看看能不能搞定这栋楼，搞不定那郝归达到了打宋睢窈脸的目的，也赚了热度，解决了，他承诺日后房子建成，赠送两套给郝归。

说到底，也是不信任宋睢窈，否则一百万他就自己去下单了。因为不相信，所以才懒得在她身上花那钱，毕竟他还得留着请其他大师呢。

这笔生意对郝归来说稳赚不赔，当即下了决定。

“看来我们可以看看，这位大言不惭的剑修是不是真的会建筑拆迁了。”郝归说，“她要是真的能解决李总的问题，我把名字倒过来写！”

哈哈哈期待！

我就看看，还是第一次见修仙者还承接建筑拆迁业务。

我打赌她肯定会拿出其他门派的爆破符。

爆破了恶气不就把她淹没了吗？肯定不会接受这单的吧？

太初剑宗。

记者也关注着网上的新闻，顿时看好戏地出声：“宋小姐，你有客户了，是不是要赶紧去解决了？”

宋睢窈也看到了手机里的订单信息，点头：“确实是。”

“不介意我们围观吧？”

“随意。”

“要不要我们顺路载你一程啊？”

“不用。”宋睢窈看向走出来的二师兄。

二师兄摇了摇头，说：“我刚刚收到信息，政府不确定我们御剑飞行是不是安全可靠的，考虑到如果高空摔下来会砸到人，所以派了专人来考察。他们已经在来的路上了。”

宋睢窈点点头，现代社会就是这样，剑修想御剑飞行也不是随便都可以的，没有跟政府报备过拿到空路使用通行证，怕是会被空军基地以为是敌人，用导弹给打下来。

既然还不能御剑飞行，宋睢窈只好先开代步车去完成第一单任务。

宋睢窈的代步车是一辆价值五百万的越野车，观众一看，更酸更气了，宋睢窈真的是太无耻了，吸着别人的血，自己吃好喝好连车子都那么好，太初剑宗可是连贷款都还不起了！

一群新闻记者当即坐上车，跟着宋睢窈。

宋睢窈要去拆迁，啊不，要去清理恶气的建筑恰好就在本城，开车就能到。现在宋睢窈热度那么高，而且他们也想看打脸，当然要跟上。

另一边，政府部门在两天前收到太初剑宗的空路使用申请，也是蒙的。

“御剑飞行……什么东西？是字面上的意思吗？”

“字面上的意思是，用剑就能飞？”

“太初剑宗是不是疯啦？脑洞也太大了，玄灵派这么大的门派，都做不出飞行符来，怎么他们还能靠着一把剑飞？”

但无论再怎么觉得荒谬，人家一个有正规门派执照的修仙门派规规矩矩打了申请上来，还是得走一趟的，因此就派了一个审查团过去。

审查团的结构是两名律师、两名隶属政府的天师和两名警员。

“啊，好烦，为什么要去审查这种一看就不可能，瞎扯淡的东西？”其中一个年轻警员很不高兴地说，“你们看她说的都是些什么不靠谱的话，这种不靠谱的剑宗，能研究出御剑飞行的方法，我头摘下来踢。”

年轻警员把手机递到同僚面前，上面宋雎窈相关的热搜占了好几条，全都不是什么好热搜。

宋雎窈大话

太初剑宗

论一年挤进门派排行榜前十需要什么

白日梦

“别说了，让宋雎窈去闹吧，政府最近已经有取缔剑宗的打算了，正好可以从她入手。”另一位警员说。

一位天师点点头：“早就应该取缔，有灵根的孩子去当剑修太浪费了，哪怕资质再差，能画一张符也是好的。近几年来，恶气越来越多，妖魔鬼怪难缠度也在变，正所谓道高一尺魔高一丈，人才不能再这么浪费了。”

“可不是，宋雎窈好好的一个天灵根，唉……”另一位天师可惜道。

年轻警员不屑地撇撇嘴，以宋雎窈这种品性，有天灵根又有什么用。

小桥流水，古色古香的豪华中式庭院，有人正在廊下煮茶。

这时有人穿过庭院，走过小桥，弯下腰去。

“先生……”管家在他耳边说。

“哦？拆？呵呵。”穿着白色中山服的中年男子摇摇头，端起一杯青茶在鼻尖嗅闻，“拆不掉的，有那些恶气在，房子怎么可能拆得掉。”

“没有人的灵力，能纯净到一口气把那些恶气解决掉。”

第二十八章

止杀

宋雎窈的车子后面跟着好几辆面包车，一路被围观和拍照着，抵达了目的地。

网红郝归已经等在了这里，他正举着手机给网友们直播这栋大楼的状况，甚至还动用了无人机拍摄了一圈。

只见方圆十里内的建筑都已经被推倒了，四周光秃秃的，因此那唯一屹立在那里的楼就非常明显了，这栋楼有 7 层，此时却一层楼也看不到。

因为这栋楼被黑色的恶气完全包裹住了，老总请了大门派的大佬来设置了阵法，用了很多符纸，将那些恶气封印在大楼里和楼的外围，镜头里，可以看到那些黑色的气体好像有自己的意识一样，一直在蠕动、挣扎，它们想要跑出来，让人看着头皮发麻。

网友们顿时议论起来。

我去，这恶气如果放出来，会不会导致一座城市暴发瘟疫啊？

太可怕了，还是别让宋雎窈去搞了，她那么不靠谱，我怕解决不了，反而让恶气跑出来。

怎么会生出这么多恶气啊，是不是有怨灵在里面？

可是不是说过，恶气是人诞生的吗？普通的怨灵生不出恶气。

宋雎窈来了！

秦玫也正在通过网络看宋睢窈，看到她居然真的来了。

李总人已经在等待，满脸焦急，见到宋睢窈下来，愣了一下，眼中闪过失望，勉强露出职业性的微笑。

“宋小姐！感谢你的到来，真的非常希望你能帮到我们。”心里其实并不抱希望，死马当活马医不是这样医的，她看起来那么小，怎么可能解决这么多恶气。

宋睢窈慢慢绕着这栋楼转了一圈，一句话也没有说，神情淡定。身后的新闻记者摄影师们立刻开始工作起来，全方位进行拍摄。

“如果不行就不要瞎搞了，吸入恶气不死都会残。”那个最开始质问宋睢窈的记者说。

“没错。”其他记者也表示赞同，他们躲得远远的，已经戴上了口罩，他们可不想被宋睢窈给害死。

网友们也在说。

宋睢窈没有理会，直接看向李总和郝归：“确认一下订单，要拆这栋楼是吧？”

“是的。”要拆这栋楼，就得先解决这些恶气。

宋睢窈点了点头：“既然如此，我就不浪费时间了，一击解决吧。”

一击解决，到现在还在吹。

剑修要是真的那么厉害，也不至于一直领着我们纳税人的钱当补贴。

只见宋睢窈在楼前站定，右手缓缓抬起，握住位于左侧的剑柄。

她的剑名为“见雪”，通体雪白的剑鞘上有繁复的银色花纹。

她轻轻闭上了双眼，一瞬间，她周身的空气好像变得不一样了，摄影师通过镜头看着宋睢窈，好像看到了某种玄而又玄的东西，忍不住屏住呼吸。

一切都好像变慢了下来。

宋睢窈睁开双眼，眼中闪过一抹流光，与此同时，见雪缓缓出鞘，利刃与剑鞘摩擦，发出了令人不由得心颤的空灵清脆的一阵嗡鸣。

宋睢窈嘴巴开合，轻轻念了什么，随后挥出了一道肉眼难以看出威力的斩击。

似有一道凌厉的风从鼻尖刮过，所有人都不由得眨了好几下眼睛，下意识地看向了那栋大楼。

楼安安静静伫立在那里，纹丝不动。

怎么了？

我就知道，她装……

“这……”

网友和现场人们质疑的声音刚要发出，这时，变故骤然发生。

只见那浓稠的恶气就像遭受了什么可怕的吞噬一样，疯狂涌动起来，好像发出了无声的呐喊。它疯狂挣扎着，却像被什么可怕无形的东西吞噬撕碎，竟然以一种狂暴又无力的姿态，缓缓地消失了。

老旧的居民楼，逐渐清晰地出现在所有人眼前。

人们瞪大双眼，看向宋睢窈，宋睢窈神色平静，一副一切本该如此的样子，她将剑收回，转身离开，马尾在空中轻轻扫过。

李总瞪大双眼，什、什么？恶气？

“宋小……”

“轰——”

李总被吓了一跳，猛然停脚，看向宋睢窈的身后。

恶气被清除干净的高楼，在宋睢窈走出十步远的时候，在她的身后，轰然倒塌。

它倒塌得是如此后知后觉，像是自己都没反应过来，就碎了，不像被爆破，没有飞溅的石头，倒塌得乖顺又脆弱，像是用扑克牌叠出来的房子一样轻描淡写。

但更轻描淡写的是，连头都没有回一下的宋睢窈。

那一瞬间扑面而来的高人气质，让所有亲眼看到这一幕的人都瞪大了双眼，无法发出任何声音。

就在这时，从那倒塌的楼房底下，忽然有一坨什么东西冲了出来，它速度快如流星，眨眼工夫就跑到了百米开外，现场的人发现了它，眼睛却根本追不上。

“铮——”利剑出鞘发出清冽的声音，马尾在空中甩过。

阳光下寒光闪过，一道斩击裹挟着冰冷澎湃的剑气，带着惊天的压迫感，仿佛从天而降。

瞬间，那东西在两百米开外，生生地被劈成了两半，发出了尖厉恐怖的惨叫。

宋睢窈站直了身子，将剑收回鞘中。

阳光下，亭亭玉立的少女，仍旧是之前那乌黑平静的双眸和淡然的表情，给人的感觉却已经截然不同。

弹幕已经空了好一会儿，所有人都目瞪口呆。

正在通过网络看宋睢窈的曾灿和贝嘉媛也无意识地张大了嘴巴。

好一会儿后，无论是现实世界还是虚拟世界，观众们终于都回过了神。

救命啊，帅呆了啊！

宋睢窈杀我啊！

刚……刚刚发生了什么……

是我的错觉吗？宋睢窈的剑好像劈到我脸上了……

说好的，只是哗众取宠吹牛呢？

审判秀直播间里，宋睢窈的粉丝们终于扬眉吐气，不再被宋睢窈的黑粉、墙头草般左右摇摆的路人和梁桥的粉丝压制。

宋睢窈的身份特殊，不是明星，而是罪犯，当出现难以辩驳的问题时，只能靠她自己反击，他们才有反击其他人的理由和底气。

就问脸疼吗？脸疼不疼，剑气劈到你们脸上没有？

一群没有脑子的，也不看看什么人才会没实力还在大庭广众之下秀！

不好意思哦，我们窈窈就是天才，人家靠的就是实力！

……再怎么样，还不是装天才？

你看不出她现在有多天才？！

黑粉们原本以为抓住了宋睢窈的把柄，不诚实就是原罪，然而现在却发现，手上捏了个空，哪来的把柄？他们又不是没有通过虚拟世界的网友评论看出来，这个虚拟世界里剑修有多弱多差，像宋睢窈这样的剑修，根本就是史无前例，既然如此，她还能不是天才？

梁桥只觉得宋睢窈的剑好像把他的脸都给劈开了，所以才如此火辣刺痛，唐山无意识地发出一声轻咳，他都觉得对方是在嘲笑他。

他拳头紧攥，怒不可遏，到底是怎么回事？宋睢窈的天灵根明明是死的！她怎么可能这么厉害？怎么可能是天才？！

"我知道哪里不对劲了。"唐山忽然说。

梁桥心一跳，脑中升起一种不好的预感，猛地看过去。

这时审判秀直播间的观众，也开始有人发现不对劲了。

话说，剧本里不是说宋睢窈会被替身取代吗？

对啊，不是说她爸妈姐姐都不爱她，所有的一切都被替身给抢走了吗？

梁桥一怔，看向贝嘉媛的直播间。

替身是由贝嘉媛饰演的，此时此刻，贝嘉媛确实正在宋家，然而待遇却远没有他剧本里的那么好，宋家楼下一家三口在大声欢呼，为宋睢窈的精彩首秀欢天喜地，不一会儿，贝嘉媛的门就被敲响，传来宋睢窈姐姐欣喜极了的声音。

“媛媛，快出来跟我们一起嗨！我家公主太帅了！快出来！”

“快出来！”

贝嘉媛被逼无奈，她站起身来，被宋窈琴拉下楼，塞给了她两根荧光棒，被迫对着电视上新闻直播里的宋睢窈欢呼摇摆。

审判秀直播间观众们：

懂了，梁桥的剧本和覃威的剧本一样，崩了……

所以说，梁桥也不过如此嘛，还不是输给宋睢窈了？

那一条条弹幕，像一个个巴掌，打向了梁桥的脸，他羞愤难当、头晕目眩，所有的自信和自得，就像之前一样，再一次被宋睢窈撕得粉碎。

他恨不得把秦玫拉出来质问，说好的宋睢窈这 10 年一直在当戏精呢？怎么成这样了？

但秦玫自己估计都是蒙的。

虚拟世界里，网友们经过最初的难以置信后，终于进入了爆炸阶段，之前的热搜和在热搜下面冷嘲热讽的网友们，只觉得羞耻极了。

并不是所有人都在黑宋睢窈，虽然这 10 年里，宋家人一直乐此不疲、坚持不懈地在网上拉仇恨，但是，也有并没有被拉到仇恨纯吃瓜的群众，惊呆过后，乐了。

这就是所谓的打脸不成，反被打脸？

我去，这一出惊天反转，太精彩了吧！

剑修？真的这么牛吗？！

我被帅到了，宋睢窈杀我！

我现在明白了，宋家人是有眼识得金镶玉……

郝归膝盖一软，坐在了地上，眼睛大睁，汗水一下子就从额头上滚下来了。

他直播间里的观众，也都还处于回不过神的状态，或跳起来一动不动，或者靠着椅子，都傻了。

那些看正经电视台记者拍摄新闻的观众所感受到的刺激，远没有从郝归的直播间里看到的刺激。

因为郝归之前动用了无人机，宋睢窈发出那道远程斩击的时候，无人机刚好拍下了全程，无论是她干净利落帅气到逼疯人的动作，还是那肉眼可见的空气波动形成的剑形，更刺激的是，后来无人机受到波及，竟然在空中被劈飞了。

因此那些观众，在那一瞬间，切切实实地好像被剑气劈到了脸一样，下意识往后躲，隐约还感觉到了痛感，不知道多少人的肥宅快乐水被吓得倒在了键盘上。

“我去……”

“吓死宝宝了……”

“太牛了吧……”

“我的脸好疼，是不是被劈到了？”

郝归狠狠咽了咽口水，完全生不出丝毫丢脸的情绪，他飞快动手，把自己的直播间名称改成“你看我跪得标准不标准”。

这怎么可能？

现场的人也是这么不敢置信的，但事实就摆在眼前，那栋已经倒塌的房子，那个远远的不知道什么东西的尸体，都是证据。

宋睢窈对周围那些目瞪口呆的表情毫不在意，她走到了被她劈死的那个东西前。

这时，李总和助理跑了过来，看到这东西，顿时捂住口鼻，被恶心得不行。

不知道是人还是什么怪物，浑身长着黑色的毛，有手有脚，像个畸形侏儒，此时它被劈成了两半，流出来一摊黑色的东西，恶臭无比。

“应该就是这个东西让这栋楼一直在吸引恶气。”宋睢窈说。

李总疯狂点头，现在宋睢窈说什么，他都只会点头，大佬你说得对，说什么都对！

“订单已完成。”宋睢窈说着，转身离开。

李总哪能放过跟宋睢窈这种高人认识的机会，连忙又追上去：“大师，请稍等，我们只是请你来拆楼的，没想到还让你做了额外的工作，这怎么好意思呢……”

李总拿出一张卡，想要请宋睢窈收下。

“不用，这种东西会危害整个社会，属于义务工作。”宋睢窈用剑推开了李总的手。

李总瞪大眼睛，啊！大佬的剑碰到我了，这么牛的剑……

宋睢窈往自己的车上走，那些新闻记者们终于回过神，激动热情地冲上来。

“宋小姐！宋小姐，你说的复兴剑宗的事，能否再详尽地说一说？”

“宋小姐，关于未来发展计划……”

“宋小姐……”

“不好意思，新闻发布会已经结束了，我接下来不打算接受任何采访。”宋睢窈说。

宋睢窈一拒绝，记者们也不敢冲上去了，毕竟宋睢窈并不是普通的公众人物，普通人对于这种修仙者，都是心存敬畏不敢得罪的，况且现在谁身上没有几张符几件开光首饰？保不齐哪天就求到人家头上了。

他们站在原地，懊悔极了，早知道这样，他们之前怎么会浪费那么多时间，现在好了，错失了大好机会，观众们怎么嘲笑他们是一回事，公司上司会不会骂他们是一回事，得罪了宋睢窈和太初剑宗才是要紧的啊！

可谁又能知道，剑宗会有一天突然变天呢？一剑净化恶气外加劈开一栋楼，最后她是怎么把那个东西劈成两半的，他们也没看清，总之就是牛！这是什么神仙啊？！玄灵派的爆破符都没那么好用那么快！

这种神仙，出场费一百万，宋家人说的真的没错，完全就是在做慈善！

对了！订单！

现场的有钱人，猛然想起，连李总的助理都连忙哆嗦着拿出手机，宋睢窈还有两个一百万的订单！他们赶紧下单，这样一来，以后就有保……

啊，售罄了。

宋睢窈出场价格已经变成了一千万一次，而且只接十单。

也是，宋睢窈这么厉害，剑只出鞘了两次，一次净化碎楼，一次远程斩击，又帅又干净利落，这种级别的大师，一百万就能请到，跟天上掉馅饼有什么区别？

一千万确实挺贵的，但是宋睢窈这种级别的大佬，值啊！

咬咬牙，还是下了订单。

然而，对话框弹出来：

大师预约已经排满啦，请改日再约。

宋睢窈的挂名已经不可下订单了，这代表宋睢窈那十次已经被抢光了，并且宋睢窈也暂时不打算接其他订单了。

小桥流水别院内，喝茶的中年男人手中的茶杯，顿时顿住了。

他看向管家：“恶气被净化掉了？不只被净化掉了，就连恶气娃娃也被杀了？”

管家点点头：“下面是这样说的。”说得很夸张，让人怀疑真假。

中年男子眼睛转动，放下茶杯：“无妨，应该只是意外，妨碍不到主人什么。对方只不过是一个剑修，能翻天不成？别管宋睢窈那个黄毛小儿了，凌王墓那边怎么样了？”

管家说：“一切按照主人的预想进行着。”

普通人对于修仙门派的事有着相当高的关注度，关于宋睢窈为什么会如此厉害、剑宗是不是真的要崛起的事已经展开了探讨。

但是对于很多门派来说，剑宗仍旧是不值一提的弱者，因为他们根本没空关注这个，也压根不知道宋睢窈在今天掀起的浪潮。

政府高层都在关注另外一件大事，区区剑宗，不值得注意。

凌王墓。

这是一座有着三千年历史的陵墓，镇压的是历史上最著名的杀神，他是明皇手下最忠实的狗，为明星屠杀过一国。史书记载，当时天昏地暗、血流成河、日月同悲，连上天都看不过，最终降下了雷电，劈死了他。

明皇在他死后，封他为凌王，为了死后也能有他服侍左右，命人找来高人设下阵法，不让凌王投胎，将凌王墓建立在自己的皇陵左侧，等他死后成为自己的鬼将。

但那位高人偷偷搞了小动作，虽然留住了凌王的魂魄，却也将他封印镇压在了陵墓内。然而随着时间一日日过去，科技越发达，人心越浮躁，封印一日日地松动，并且在一年前，封印终于彻底解除。

好在，政府早就盯着这里了，各大门派也派出实力强悍的长老们来制造新的封印。只是这封印，到底是跟以前的大能不能比，也或许是鬼将经过数千年的镇压，变得越来越厉害，封印时常松动，这一年里，各大门派轮流派人过来看守。

但昨夜下了一场暴雨，符纸都被冲散，凌王险些冲破封印，难以镇压。等雨停后，各大门派所有拿得出手的长老弟子都从帝国各个城市赶了过来。

此时凌王墓地面颤动，像是有什么东西要破土而出。无数修仙人士，都在拼命镇压，有人已经嘴角流血，快要支撑不住。

“道友，这次我们怕是要死在这里了。”一个大师像是感应到了什么，满面愁容地说，“我们死不要紧，只怕这天下苍生……”

“说的什么话，镇压不住，就跟他拼了，我不信我们这么多人，还干不过一只鬼！”那人凶巴巴地说，眼睛里却已经是向死的决绝。

凌王有七万亲兵，各个骁勇善战，凌王死后，明皇命他们为凌王殉葬。这些鬼生前就杀人无数，死后定然也是凶煞的恶鬼军团，这七万只厉鬼，加上一个鬼王，他们拼上命或许可以把鬼王杀死，但是这七万鬼军，怕是会让帝国人民陷入恐怖绝望之中。

为了不引起恐慌，凌王墓这边的情况，普通老百姓并不知道，他们只知道凌王墓有一只鬼王被封印，但是毕竟一年来都没什么动静，早就没有什么害怕的了。况且他们还有那么多修仙门派，那么多大师。

因此他们现在才能悠闲地在网上吃瓜看热闹，否则早就吓得六神无主，觉得末日就要到了。

秦玫也正在凌王墓，听到有人这么说，向封印阵法输送灵力的手蓦地就缩了缩，膝盖一软。

“师妹！师妹，你累了，去休息休息！”边上的师兄立刻说。

秦玫扶着额头，点了点头，退了出去。开玩笑，现在直播才开始，她还没表现呢，才不要死在这里。

另一边，来审查剑宗“御剑飞行”是否可行的审查团，在宋雎窈的剑第一次出鞘的时候，正在闭眼假寐的两位大师，猛然感觉到了什么，睁开了双眼。

“好强的灵力！”

“如此纯净浩瀚，一定是大门派的老祖出山了！”

“不对啊，现在各大门派的老祖们，应该都在凌王墓那里啊，怎么会……”

“莫非有遗漏？或者是世外的高人？快，我们过去看看！凌王墓需要人啊！”

原本他们也想要去凌王墓的，但这两位大师都已经年迈，灵力并不很突出，就算去了也是送死，政府就没让他们去。

司机立刻掉转了方向，其他正在睡觉的人被他们激动的声音惊醒，知道了情况，也充满了激动和好奇。

反正太初剑宗随时都能去，御剑飞行这种天方夜谭，晚点儿再去看，找高人更重要。

宋睢窈刚走到自己的越野车旁，正要上车离开，这时有两辆政府车子急急忙忙冲了过来，猛地在不远处刹车停了下来。

他们来得那么焦急，下车后表情也十分焦急，让人不由得想到是不是有什么急事。

这些人从车上下来，宋睢窈看到那两位大师，就知道应该是要来给他们进行“自由御剑飞行通行证”审查的团队，因为那两位大师是政府知名的大师。

现代社会，即便是修仙者也要遵纪守法，否则谁强谁就可以夺宝杀人，那社会还不得大乱？文明不得倒退几百年？因此，每个门派就算要推出什么新符咒在市面上卖，也都是要提前向政府报备的。

他们下了车，看到宋睢窈和那么多新闻记者，也愣了，目光四处搜寻，老祖呢？大能呢？

宋雎窈朝他们走过去："前辈，我是太初剑宗剑修宋雎窈，是有什么急事，需要帮忙吗？"

"你好。"女警官和宋雎窈握手，"大师说这边有大能出山，我们过来看看。大能是已经走了吗？"

"我并没有见到什么大能，剑宗也有义务为世界和平贡献自己的一份力，我可以帮忙。"

大师张嘴刚要说话，年轻男子就出声："剑宗能顾好自己就不错了，太初剑宗不是银行贷款都还不起了吗？你有空在这里逞英雄，不如赶紧想想怎么把钱还给太初剑宗。"

已经被抢了话，两位大师想了想，也是，剑宗能帮上什么忙呢？于是摇了摇头，说："没事，中午了，你快回去吃饭吧。"

另一位大师给李元君他们递了个眼神，他们刚刚绝对不会感觉错，绝对有一位大能出山了，不在这里，那肯定是离开了，他们现在赶紧去找，或许能找到。

李元君接收到信息，对宋雎窈说："没什么大事，你去忙你的吧，我们临时有点事，审查推到明天可以吗？"

宋雎窈并不知道凌王墓的事，不是所有修仙门派都能知道的，像剑宗就没人知道，政府不通知，其他门派也不说，因为没人指望剑宗能帮上忙，他们能自保就很好了。

所以宋雎窈点点头，转头上了车，越野车启动，利落帅气地远去了。

太初剑宗。

所有师兄弟凑在电脑前，惊呆了。

"一一一一一……"

"一亿，瞧你结巴的，没见过世面！"大师兄一把拍在师弟后脑勺。

"你还说我！你自己不是哈喇子都掉下来了？"

"这……这我还是第一次见到我们剑修被这么看重嘛！"大师兄说

着，情绪有些低落了下来。

其他师兄弟见他这样，想到昨天的事，面面相觑不知道怎么安慰，因为他们其实都有着相同的遭遇。

大师兄转身出去了，坐在院子里的石椅上。

二师兄走出来，坐在他身边："怎么？你妈又找你了？"

"嗯。"

"这次又跟你要多少钱？"二师兄问。

"没跟我要钱，让我别回去了，说他们不要我了。"

二师兄嗤笑："你爸妈看来已经决定，把你奶奶给你的房子，给老二了。"

大师兄抹了抹眼睛，没说话。

"他们也不想想，老二能给他们养老吗？瞧不起你当剑修，你好歹把每个月补贴都给他们，那老二还从他们口袋里掏钱呢，就是偏心眼罢了。"

二师兄吊儿郎当地说着，仰望天空，嘴角的弧度也渐渐平了下去。

大师兄这种情况，在宗门里很常见，对比其他修仙人士，剑修确实很没有前途，期待着孩子靠一根灵根光宗耀祖的家庭，看到孩子去当剑修都会很激烈地反对，反对无效，干脆以断绝关系为威胁的都有。

当然，家里有钱，纯粹觉得孩子去当剑修很丢人的也有。

但很快，他看到宋睢窈推门而入，那个少女握着白底银纹的剑，美丽又飒爽，披着阳光进入了他的眼睛。

他嘴角又勾起了高高的弧度。

豪华大别墅内，袁飞不停地给他哥打电话。

"我告诉你们，我看到了一个希望，有一个剑修特别厉害……"

他刚说了剑修，那边就严厉地打断了他的话："袁飞，你到现在还这么不正经！你知道不知道现在情况有多紧急？我的时间很宝贵，没有空听你说这些有的没的！"

袁飞还要说什么，那边的电话已经狠狠挂断。

袁飞气得半死，他的小伙伴们也纷纷举着被挂断的手机，一脸愁苦：“他们一听剑修，就不信，觉得我们在浪费时间了。”

袁飞气得发疯：“他们这是偏见！剑修怎么了？还不许剑修发威吗？”

但是他们也知道，剑修是弱者，这个观念已经持续好几百年了，剑修从来没有争气过，如果不是亲眼所见，谁会相信呢？

“我不信政府里没有人看到网上的视频！”

“看到了，我哥看到了，但是他说不信，他觉得宋睢窈是用了什么障眼法，咳咳，他这么说，其实我也怀疑宋睢窈是不是用了什么障眼法来着……”

没办法，现在骗子骗术越来越厉害了，要不然，明明可以在仙盟网查到所有合格的修仙者的名字和照片，却被三无江湖骗子骗的人，还是络绎不绝。

“你放屁，我不信，我觉得宋睢窈的眼神不会骗人！”袁飞焦急万分。

夜幕降临，政府的忙碌一直未曾停过。

军方指挥部和政府高层所有人，已经开了一天的会，从激烈的争执到无力的放弃，每个人都陷入了一种沉重的情绪里。

国师先生已经算出，鬼王会在三天后挣脱封印，如果修仙者们无法制服，那么他们将不得不采取最后的办法——发射“恶气弹”。

谁也不会想到，人心滋生出来的恶气，凝聚得足够多了，居然能够做成现代的“核武器”。即便是鬼王，也会被这种恶气吞噬。

凌王墓所在的城市——B 城，将被这浓郁的恶气淹没，政府在这三天里会尽全力让 B 城的人撤离，但这座城市的所有生机，都将被恶气吞噬，并且永远无法靠近。

B 城 800 万人口将失去家园。

这代价是如此惨痛。

凌王墓。

身体内仅剩下最后一丝灵力的修仙者们退下，换了另外一拨上来。

他们席地而坐，满目沧桑。

“师父！”有年轻弟子过了外围的关卡，跑了进来。

一位长老转头一看，气急：“你来干什么？！快回去！”

年轻弟子眼眶发红：“师父，你看，今天太初剑宗那个宋睢窈，她一剑就净化了一栋楼的恶气！”

年轻弟子连忙把手机拿出来，师父却说：“不可能，一栋楼的恶气，就算只有三层楼，为师都净化不了。”

“真的，你看，视频都在这儿！”弟子说，然而他脸色顿时一变，“这什么破网络！这里的网络怎么这么差，师父你等等……”

“这里没网！你赶紧出去！”

凌王墓附近已经布置了各种武器，信号紊乱，普通手机使用的网络更是没有。

“师父，真的……”

不是只有这个门派的人跑来说宋睢窈的事，也有其他门派的人，有些也打开视频了，但就是没人信。

这 10 年里，宋家给所有人的印象就是戏精，说些不着边际的话，让人感觉脑子不太正常，现在视频就算在眼前播放，他们也下意识觉得是不是骗人的把戏。

一剑就净化，还只花了不到十秒的时间，这也太夸张了，她才 18 岁，他们这里年纪最大最厉害的老祖，都不可能在十秒内净化，至少也需要半个小时。

“行了你们，这孩子是被家里养坏了，但她也没做什么坏事，没必要让她来送死，她才 18 岁！”有长老呵斥道，觉得小辈是想害人。

小辈们好冤枉啊，他们这不是想着死马当活马医嘛，万一宋睢窈真的那么厉害呢？但是被长辈们这么一说，他们也真的觉得宋睢窈是不是骗人的，这是不是她提前设计好的一出戏码。

“轰……”

忽然一道雷响起，狂风大作。

“啊！”

“快来人！”

正在为封印输送灵力的人大叫起来，这个阵突然在强行吸他们的灵力！强硬的，带有掠夺性质的，有杀气的！

正在休息的大师们也顾不得其他，立刻起身过来支援，随即也陷入了灵力被强行吸走的旋涡之中。

他们开始吐血，有人倒地，陷入昏迷，休克，甚至已经失去了呼吸。

有大师发现了问题，眼睛大睁，转头冲着小辈们大吼：“别过来，你们别过来，快跑！封印已经破了，这是陷阱，凌王要把我们的灵力都耗尽！我们支撑不住了，快准备恶气弹！孩子们，孩子们快跑！”

“师父！”

一直在旁观，寻找机会脱身的秦玫趁机拉住要冲过去的几个人：“别辜负师父们，我们快离开这里！”

政府那边的会议刚刚结束，收到消息，凌王墓的封印，已破。

曾灿这一期饰演的角色，不再是姐夫了，说真的，要他再饰演姐夫，他想想都害怕。所以，他这一次是玄灵派的下一任宗主，玄灵派的温柔大师兄，原本是要在宋睢窈加入玄灵派时，让她爱上他的。

结果，宋睢窈根本没有来玄灵派，他一进来就蒙了，而更让他没有想到的是，这才刚进来没多久，他就面临着成为孤儿，接任宗主之位的情况。

他本来正上网看着网友们对宋睢窈的评价，推测宋睢窈是真的又把剧本崩了，还是在装神弄鬼，忽然被老仆喊到了玄灵派的广场。

广场上，已经聚集了所有玄灵派的弟子，都是一些年纪小或者受伤不便出门的。

有一面很光滑的镜子一样的石头，立于广场前面，曾灿还没明白是怎么回事，那面石头就发起光，随后出现了画面。

正是凌王墓的惨况。

曾灿的母亲狼狈不堪，吐着血：“曾灿，儿子，从今天起，玄灵派由你掌管，继任宗主之位。玄灵派的弟子们听好了，今日，我和师父，还有你们的师兄姐们，都将为天下苍生奉献出最后一丝灵力，你们需以我们为榜样……”

话还没说完，她又吐了一口血。

曾灿惊呆了，审判秀直播间观众惊呆了，这究竟是怎么回事？

“到底是怎么一回事？”曾灿拉过老仆问。

老仆老泪纵横，将他知道的一切都告知了曾灿。

哇！

有这种大事发生！

我的天，才刚开始就要死那么多人？

宋睢窈呢？她那么厉害，这些人为什么不找她啊？

审判秀观众们都惊住了，在世界的阴影里，有大事要发生啊。

太初剑宗，师兄妹数人正聚集在食堂里吃饭。

宗主和三位师父师叔坐在前排，后面则是弟子们。

宋睢窈坐中间，是个C位，她前面的菜是最丰盛的，不过师兄们都习惯了，反正轮到他们做饭的时候，他们也会下意识往小师妹的盘子里多抖点肉。

奈何怎么养，都还是那么瘦。

宋睢窈则看了看周围师兄们的盘子，有些无奈地说：“以后我们的日子就好起来啦，可以吃点儿好的。”

大师兄那么大块头，盘子里都没有几块肉，他们这10年过得比较清贫，但是好日子很快就来了。

“这不是还没有好起来，师妹今天赚的钱，不都拿去还银行了嘛。等我们的门店开起来了，再吃好的也来得及。”

“对。”

闭关修炼10年，他们偷偷出去斩杀过一些妖邪，但没有在人前发挥过，因此脑子里都还是外界对剑修的轻视。即便有了实力，也还是会下意识地恐惧，就像一道阴影，需要用特别的橡皮擦才能擦掉。

食堂里放着一台老旧的电视机，四位师长每天都要一边吃饭一边看新闻，弟子们也都已经习惯了，一边吃饭一边了解国内国外时事。

没有任何一条新闻是关于凌王墓的。

很显然，这个世界的政府打算隐瞒凌王墓的事了。

不隐瞒能怎么样？

宋睢窈还吃、还吃，赶紧去救场啊，你不是最厉害了？

关她什么事？你们是不是忘了她白天问那几个政府的人要不要帮助，人家怎么说的？

有事宋睢窈，没事杀人犯，你们牛。

好急啊！

“事到如今，B市的人来不及转移，恶气弹立刻要发射，没有必要公布给民众，平白增添恐慌，到时候直接用妖魔袭击事件来掩盖。你在V市，离B市还是太近了，我怕会被波及，我已经派人过去接你，你立刻离开。”

袁飞听到大哥在电话里说。

袁飞今年19岁，刚上大学，因为放暑假，正在跟朋友们全国各地四处旅游。他听着大哥的话，烦躁又难以接受地抱着头。

“难道真的没有别的办法了吗？”

“这是最后的办法，行了，你不要在外面瞎说，我去忙了。”大哥挂上了电话。

袁飞生在这种家庭，也知道历史上有很多民众不知道的当局也没有办法的事，但这是他第一次亲身经历。

他觉得很痛苦，就在隔壁另一个城市里，八百多万人，即将遭受痛苦。即便最后导致的疾病是有药可以治的，但是恶气一定会在体内沉淀、残留，他们注定体弱多病、落下残疾。

甚至有很多人会当场死亡。

而他们还什么都不知道，母亲可能正在哺乳刚出生的孩子，父亲正在教孩子写作业教得火冒三丈，情侣间在畅想幸福的未来……

他知道，有时候需要取舍，为了大部分人的利益必须放弃小部分人。

“少爷。”门外，大哥派来的人敲响了门。

“阿飞，我们走吧。”伙伴们也已经被家族告知，拎了行李下来了。

袁飞闭上双眼，脑中却忽然出现了宋睢窈的那双眼睛，他心脏狂跳起来，猛地站起身来：“不！还有办法！我不想放弃，宋睢窈也许有办法呢？”

“可是没有人信宋睢窈真的能行啊，而且已经来不及了，除非宋睢窈会飞！”太初剑宗也在 V 市，坐车去凌王墓，根本赶不及，现在去 B 市的飞机也禁飞了。

“万一她真的会飞呢？”

小伙伴看着袁飞，一脸“你急疯了吧”的表情。

太初剑宗装有座机，座机在食堂、大厅、训练场地都有，这样分布的原因，是为了不错失订单。虽然以前一年也响不了几次，最近十年来，多是一些很闲的网友打电话过来骂宋睢窈的。

电话响了起来，他们下意识地以为又是打电话来骂人的。

“十五去接。”

“十六师弟去。”

“我不去，三师兄就在电话边上，接一下嘛。”

“……”老实憨厚的三师兄只好拿起话筒。

已经做好一听到尖厉的声音就挂断的心理准备，结果却听到了意想不到的话，三师兄一愣，看向宋睢窈：“小师妹，这个电话可能需要你接一下。”

宋睢窈挑了挑眉，起身走过去。

没一会儿，她脸色骤变：“知道了。”

电话那头的袁飞一愣，小伙伴忙问怎么样。

“她……她说知道了。”

“然后？”

“挂掉了。”

这是什么意思？会不会出手？能不能提供帮助？袁飞不知道，他已经做了他唯一能做的事，深呼吸一口气，和小伙伴一起上车离开。

夜色之下，太初剑宗的弟子们，抽出了长剑，飞向了天空，宛如流星般从夜空快速闪过。

有人不经意地抬眼看到，用力眨眨眼，拍了拍脸：“我用眼过度了？”

“我居然看到有人在飞，哈哈哈，我是不是吃到毒蘑菇了？”在阳台喝酒的人，醉醺醺地看着自己盘子里的蘑菇。

“坐标 N21.11，E61.9，B 市，凌王墓。”

“恶气弹发射倒计时 10 秒，10、9、8、7、6、5、4、3、2、1！”

“发射！”

一枚黑色的导弹，从太空中的武器卫星上发射出来，冲向凌王墓。

凌王墓中，最后一个大师也已经灵力耗尽，倒在了地上。

封印的光芒暗去，一切似乎都归于平静，但下一秒，坟墓炸开了，一阵千军万马发出的吼声响起，像是从地府里冲出来的阴兵，而就在这千军万马冲出来之际，恶气弹迎头袭来。

“砰”！

倒在地上的大师们看到那枚可怕的导弹飞来，随后黑暗铺天盖地炸开来，将他们淹没，冰冷刺骨的恶气瞬间侵入他们的全身。即便知道他们也会死亡，脸上却只露出了松了一口气的笑容。

那可怕的上万厉鬼军团的嘶吼声，终于消失了。

玄灵派内，操场的石头还在为玄灵派的弟子们转播实况，每个人无不泪流满面。

曾灿受到氛围的感染，也不由得红了眼眶。

宋雎窈没有赶上！

居然真的炸了！

赶上了也不一定有用啊！

好惨啊。

指挥台处，通过卫星，能看到凌王墓瞬间被黑暗笼罩，并且那黑暗就像在地上炸开的巨大蘑菇云，海啸般像四面八方奔涌而去，而在卫星里，即将被吞没的周围的高楼大厦，霓虹灯光璀璨，车流拥堵，人们对即将出现的灾难一无所知。

罗平是 B 市普普通通的一员，他坐在电脑前，浏览着支持他的评论，接了一个小广告，然后心满意足幸福感很满地关机准备睡觉了。

他刚刚躺在床上闭上眼睛，忽然一声好像天破了个洞般让人心悸的爆炸声响起，他一下子从床上跳起来，跑到窗边往外看。

他怔住了。

他看到远处，如同海啸一样奔涌过来的黑色气体，他知道那是什么，那是恶气。

这么多，这么快速，逃也来不及，他只能瞪着双眼，看着它越来越近。耳边也听到了无数惊恐的尖叫声，然而那些声音很快戛然而止，因为他们也像自己一样，被淹没了。

整个世界都变黑了，所有的感知只剩下了刺骨的恐怖的阴冷。

指挥台里，所有人都沉默地低下头颅，红了眼眶，心头却也稍稍松了。凌王墓的问题解决了，那只鬼王和那些鬼兵，再也不能威胁这个国家了。

“集中全国所有的医疗资源，准备援救B市！”将军开始下令。

“是！”

“等等，那是什么？”忽然，将军脸色大变。

屏幕里，被黑暗笼罩的凌王墓，有红色的影子在动。

屏幕是特殊材质的，能够通过鬼怪特有的能量频率反射勾勒出它们的形状和模样，而现在，屏幕里那刺眼的红色，正是鬼。

他们猛地从椅子上站起身来，脸色煞白，汗水从脸上滚滚落下，绝望的情绪一点点地冒了出来。

那是一只看起来很魁梧很有气势的鬼，穿着铠甲，骑着一匹马，缓缓地，堪称悠闲地从墓中走出。

倒在地上的大师们，脸上露出了绝望的表情。

牺牲了那么多，这头千年鬼王，居然没有被恶气弹杀死！可他们各大门派中，已经没有出色的孩子能够对付它！

而绝望还在继续，那只鬼王出来后，它身后，又陆陆续续出来几只骑马的鬼，想必正是凌王当年的几位副将，同样都是满手血腥的恶魔。

我去？！

那是鬼吗？那是鬼啊！

它们还没死！天啊！

宋睢窈快要赶到了，冲啊！

宋粉就跟她爸妈一样，没事老把她往上架，小心摔下来哦。

好过你这个只会纸上谈兵，出事跑得比谁都快的键盘侠。

完了……

指挥台里，每个人心里都不由得出现这个念头。

就在这时，镜头里，忽然有流星一样的东西闯了进来，发着淡淡的白光，小小的一粒，冲向了黑暗。

“那是——人吗？”观察员呆了。

指挥台所有人都看了过去，随后猛然震惊地瞪大双眼，那是什么情况？

“放大放大！”有人立刻指挥道。

于是很快，所有人都看到，那在天上飞的，真的是人！一个扎着高马尾的女孩，踩在剑上。

他们心脏狂跳，拳头紧攥起来，目不转睛地看着屏幕。这是世外的高人见到了灾祸的发生，出手相助了吗？

“我想起来了，她是宋睢窈！太初剑宗的那个，宇宙中心！”年轻的观察员跳起来说。

“太初剑宗……我想起来了，他们之前好像申请了空路使用，说是要御剑飞行。”

他们都以为是天方夜谭，根本没有放在心上，万万没想到，人家真的能御剑飞行！

天啊！

宋睢窈飞到凌王墓上空，没有犹豫，脚下的剑飞到手上，凌空一劈。利剑卷起狂风，裹挟着无尽杀气，从天而降。

只见凌王墓浓厚的恶气，刹那间被劈了开来，向四周涌动、消失，眨眼工夫，就空了一块出来。

指挥台上的人看呆了，嘴巴都无意识地张开了。

她执剑落在空地上，站直了身体，目光冷锐正气地看着前方。

帅死了！

我真的太爱看她挥剑了，怎么会这么好看！

又帅又美又飒！

不是说宋睢窈天灵根死了吗？她到底怎么变得这么厉害的？

凌王墓所有倒地还有意识的大师们，无不瞪大双眼，什么？这是在做梦吗？

玄灵派内，也骤然掀起了一阵波澜。

“剑修？”

“剑修？！”

“那是宋睢窈！”

曾灿也睁大了双眼，宋睢窈……太帅了吧？！

鬼王和它的副将们，正与她对峙着。

这时，慢了宋睢窈一步的师叔师兄们赶到了，纷纷落地来到她身边，警惕地看着它们。

“对方都是修炼千年的鬼。”三师叔说，“大家要小心！”

“是！”

“剑修？”鬼王骑在马上，看着他们的剑，像是都有些惊讶了。

它被镇压这么多年，并非全然不知道外面的事，那些修仙者们嘀嘀咕咕，提到剑修都是轻视的口气，然而现在，这些剑修却给它带来了一种威胁感。

“剑修如何渡人渡魂？”它问。

宋睢窈面无表情：“不渡人，也不渡魂。我们喜欢以杀止杀。”

鬼王哈哈大笑起来："好！好一个以杀止杀！"看着宋雎窈，"吾这一生，一直都在寻找对手，你或许有资格成为我的剑下亡魂。"

"这话，悉数奉还。"

说罢，开战的信号在他们心中响起，双方人马冲向彼此。

"锵——"

剑与剑碰撞，清冽响脆，火花四射。

宋雎窈和鬼王从地面战到天上，风云都为之变色，速度极快，肉眼根本难以看清，他们快速碰撞，又快速分开，已然过招数百次。

宋雎窈的马尾飞甩，灵力四散，宛如一粒粒细碎的星芒，让她在黑夜中散发着光芒，圣洁无比。偶尔她和鬼王慢下速度，剑与剑相抵，两张面孔对峙，宋雎窈的双眸乌黑明亮，坚定而冷冽，充满了凛然的正义感。

所有人都看得目瞪口呆，从未见过如此精彩的战斗，从来没有这样感受到执剑者的魅力。

这十年的时间里，在那些外人看不到的地方，宋雎窈每天左右手挥剑至少三万次，确保每一次挥出的力道、角度准确无误，只要砍一厘米，就绝不会多出一毫米。直到这些融入骨髓，成为本能，成为随手就能做到的事。

她的剑看起来精致而轻盈，实则是重剑，重剑放大攻击力，弥补了她身为女性的先天弱势，当然手腕能够承受这重量，也是日复一日地训练出来的。

只要狠得下心，洋娃娃是可以锻炼成大力士的。

日复一日，双手的皮被磨破了一次又一次，鲜血淋漓，用来练习的剑的剑柄都染上了她的血，一次一次清洗，却仍然因次数过多而逐渐染上红色，直到双手布满厚茧，再也不会被磨破。

"你为什么一直在做这些基础训练？差不多就可以了，重要的是剑术，不是这一劈一斩吧？”二师兄不能理解，他们只有在入门的前一年会进行这种基础训练，挥剑只是为了知道如何握剑，如何正确出剑，找到手感。

而且他们是剑修，重要的甚至也不是剑术，而是灵力的修炼，如果没有灵力的加持，剑砍在鬼怪的身上，就会钝得连柴刀都不如。

但是，宋雎窈每天早上都要练习这些基本功，已经坚持三年了。

宋雎窈没有说话，只是说：“二师兄，来过两招。”

“行啊。”他笑了，觉得眼前这个小姑娘欠一顿毒打。

二师兄那时 24 岁，当了 10 年剑修了，无论是剑术还是战斗经验都比宋雎窈出色，一开始确实占了上风，宋雎窈被他踢飞了好几次，但每一次宋雎窈都重新站了起来，再次朝他袭来。

院子里，剑与剑碰撞的声音此起彼伏，师兄们都在围观，三师叔也过来看。

二师兄逗弄着小孩，一双狐狸眼弯着，和宋雎窈认真的小表情形成鲜明的对比。

就在这样的轻视下，忽然一记重重的斩击袭来，他挽剑一挡，手腕顿时一阵发麻，下一秒，剑已经被反手挑飞上天，深深插入地面。

二师兄愣住，围观的师兄们也愣住了。

宋雎窈收剑：“二师兄，你输了。”

“……你力气倒是练得挺大啊。”二师兄揉着发麻的手腕，觉得是因为自己错估了宋雎窈的力气，才让她钻了空子。

“不是力气的问题。”三师叔却出声，“你太多没用的花招了，她每一剑都剑无虚发，角度还很精准，你还轻视她，手腕负担过大了都没感觉到，你不输天都看不过去。”

因为大多鬼怪不会跟人过招，更别说还用到剑，所以剑基本上都成了摆设，只是剑修的一个标志，剑修虽然也学剑术，但是根本不是以与人对战的这个前提来进行的。

宋睢窈不一样，她的剑术，不是只针对这个世界的鬼怪，她要在其他世界也能用，在现实世界也能用，她本就无比聪明，打网球都知道算计角度来增加对方的肌肉磨损，自然也会计算降低自己体力的损失和肌肉的损伤来制敌。

所以她的每一剑，都要充满攻击性，都要剑无虚发。

打赢了二师兄后，宋睢窈仍然不骄不躁、不徐不疾地进行着自己的日常训练计划。她拜在三师叔的门下，三师叔教她剑术，她自己又加以调整改进成最适合自己的。

受到感染，渐渐地，小女孩身边多了十五师兄和十六师兄，然后是十七、十八……最后二师兄也加入了。

冬去春来，寒来暑往，院子里的身影逐渐抽条，已经成了能够独当一面的合格剑修。

“锵——”

宋睢窈和鬼王的战斗仍然在继续。

地上，师父和师兄们已经解决了那些副将，恶气太多，被宋睢窈清理出一块空地后，又开始蔓延了过来，他们将地上的大师拉了起来，御剑带走。

大师们体内已经没有一丝灵气，又身受重伤，根本抵抗不了恶气，再被恶气侵蚀一会儿，就该翘辫子了。

小桥流水院内，中年男人看着天上的星象，他的脸色忽然变了。

“不对，有煞星拦路，B 市情况有变，我们大计有变，怎么回事？不行，算不出来，得告诉主人！”

这场战斗如此漫长，恶气也被掀得如海浪般翻滚起来，黎明前最黑暗的时间段已经到来，太初剑宗的剑修们将大师们都带出了凌王墓，政府的直升机已经派来接人。

现在就在等待最后的结果了。

鬼王没有想到宋雎窈会这么难缠，它一直在消耗她的灵力，然而宋雎窈的灵力不知道是怎么回事，居然如此浩瀚，怎么也消耗不尽，反倒是自己的灵体，被她伤了一次又一次。

这些小伤痕，它根本没有注意到，直到伤痕不知不觉变得非常多，它的身体被一点点地温水煮青蛙般地吞噬，它才终于发现自己自以为为宋雎窈设下了消耗灵力的陷阱，其实宋雎窈利用它的这个陷阱，设下了另外一个陷阱。

它终于失去了耐性，也开始感觉到了强烈的危机感。

它从空中落入地面，淹没在恶气之中，随后以它为圆心，恶气被吸引过来，形成了一个巨大的球，它裹着这颗恶气球，冲向了宋雎窈，宋雎窈也毫无畏惧，朝它冲去。

鬼王和宋雎窈的身影都淹没在漆黑夜空中那颗巨大的乌云一样的球体内。

太黑了，连审判秀直播间里的观众也只能看到一片黑暗，看不到宋雎窈的身影。

看不到了！

好紧张啊！

如果宋雎窈这次又死了，第三期岂不是要第十次重启了？

才不会死，窈窈加油！

梁桥盯着直播间，倒是希望宋雎窈死，这样他就可以安排其他剧本，这一次一定会牢牢盯着她，绝不许她脱离剧本半步！

虚拟世界，天边已经泛起了一丝鱼肚白，黎明前最黑暗的时间过去了。

军事指挥台内，所有人都紧张地看着那颗巨大的恶气团。

这时，门被推开了，一个男人坐在轮椅上，被推了进来。

他们转头，立刻站直了身体："国师先生。"

男人看起来很年轻，还不到 30 岁的样子，穿着白色的丝绸太极服，长着一张相当俊美温柔的面孔，双眸忧郁、气质高洁，像一朵天山雪莲。

"我听说 B 市有意外情况，就过来看看。"

一位将军亲自走过去，接过了轮椅把手，推他到屏幕前。

屏幕里，那团恶气团仍然在不断吸引着更多恶气，形成更大的恶气团。观察员想要看到里面宋睢窈的情况，一直在控制卫星拉近镜头。

"是什么情况？"国师问。

"是太初剑宗的剑修，很厉害，现在正在跟鬼王战斗。"情况太复杂了，完全不知道怎么讲，将军只好简单地讲。

"剑修？"他露出讶异的表情，盯着那段恶气团，眼眸微微眯起。

剑修啊……虽然不知道是什么情况，但是任何人在这么大这么浓厚的恶气团里，都不可能取得胜利吧，那些恶气，会侵入人的骨髓，刺骨的冰冷和疼痛下，谁都不会有反击之力，就像此时 B 市八百多万人民一样。

忽然，他微微蹙起眉头。

那团恶气团里，忽然传出了一道恶鬼不甘的嘶吼，尖锐刺耳，随后消失了。

"这是……"

一道灼目的光芒从黑暗里面劈了出来，光芒过于刺眼，无论是玄灵派的人、指挥台的人，还是审判秀直播间的观众，所有人都下意识地转开脸，或抬起胳膊遮挡。

好一会儿，光芒消散，他们睁开双眼，看到黑暗已经破碎，正在徒劳挣扎着逐渐消失，红艳的朝阳升起，光芒穿过来，浓烈的黑与红之间，有一道纤细的身影凌空而立，背对着所有人望着太阳，高马尾被风吹动。

随后她转过身来，太阳也沦为她的陪衬。

那一刻，她像一个希望一样灼目耀眼，所有人都会不由自主地臣服。

国师的耳边已经没有了声音，他怔怔地看着大屏幕，世界很安静，只有他的心跳如擂鼓，刺痛他的耳膜。

审判秀直播间内静默了半晌，再一次掀起了尖叫。

帅呆了，我的天啊！

这是什么天神降临！

截图啊截图，这可以当桌面了！

宋睢窈转过头来，看向被恶气淹没、笼罩在黑暗之中的 B 市。

平行番外

公主和骑士

江白奇是个很特殊的孩子，他身上有一种独特的气质，存在感格外微弱，仿佛生来就注定要被忽视。

所以他的父母总是很轻易就会把他弄丢，人贩子想要拐走他，一错眼就只能在离他不远的地方打转，表情困惑——怎么一转眼那孩子就不见了？

最终他只好又一次熟练地走进警局，等着父母来接他回家。

因为这种微弱的存在感，他没有朋友，讨厌他的同学和邻里却很多，因为别人总感觉他神出鬼没的，经常被他吓到。

他觉得自己像一粒暗淡的灰尘，这个世界上的每一个人都比他闪亮。

他们家只是一个普普通通的家庭，他一直上的学校是普普通通的公立小学，但是在小学三年级的时候，他却突然被转进了一所私立的贵族学校，还被安排了寄宿。

他并没有不安，他已经预感到会发生什么——什么也不会发生，他的存在感不会因为他是平民转学生而变强，那些人也会当着他的面满教室找他。

事实也确实如他所料。

但是很快，超出预料的变故发生了。

那个在几天后新转来的小女孩长得像娃娃一样漂亮——乌黑的头发扎成两根马尾，自然可爱地卷曲着，葡萄般的黑色大眼睛，笑起来会弯成半月，整个人闪闪发光，一出场就吸引了所有人的注意。

无论是男同学还是女同学都喜欢围着她转，江白奇默默地坐在位置上，将目光收回来落在书上。

这所学校的孩子出身都非富即贵，只有他不知道为什么会被安排进来，而她一看就是贵族家的小孩，搞不好父母还是可以出入王宫的大人物，反正与他无关。

只是她的存在感非常强烈，就像一颗小太阳落在那里一样耀眼，连他这样的灰尘好像都要被照得无所遁形了，这让他的感官都被她侵占，总会不受控制地去关注她。

然后——不可思议的事情发生了。

“你好啊。”她朝他走过来，坐在他身边的空位上，跟他打招呼，眼睛里充满了令人费解的好奇和喜悦，“我叫宋睢窈。”

他诧愕地看着她，她的眼睛里好像有星星。然后他目光有些躲闪地小声回道：“我叫江白奇。”

“我知道。”她点点头，好奇又闪亮的大眼睛仍然盯着他看。

他不禁摸了摸脸，没有饭粒。

“你为什么盯着我看？”他不自在地问。他不习惯被人这样盯着看，他的记忆里，从来没有人这样仔细看过他。

“你长得很好看啊。”她煞有介事地点点头，“嗯，是我喜欢的样子。果然礼物就是讨人喜欢的东西。”

完全听不懂她在说什么，是在捉弄我吗？江白奇涨红了脸，不再跟她说话。他拿起笔，试图做题让自己冷静一下。应该是因为只有他这里有空位，所以她才会过来，进而注意到了他，但她很快就会像其他人一样忘记他长什么样子，被他吓到几次后，也会开始讨厌他。

虽然这样想着，但是他的小心脏仍然像揣了一只小麻雀一样。

宋睢窈长得实在是太漂亮了，身上似乎有一种莫名的吸引人的气质，高贵又亲切，让人天然地想要亲近她。

第一节课下课就有好几个女同学邀请她一起去上厕所，宋睢窈转头看向同桌：“江白奇，我们一起去上厕所。”

江白奇：！

宋睢窈非但没有忘记江白奇的存在，还霸道地拉着他一起去上厕所。

小学三年级，江白奇遇到了不可思议的宋睢窈。

不知道为什么，他的特殊体质在她面前好像失效了，她总能一眼就找到他。

明明全校所有人都喜欢她，围着她团团转，她却总是会拨开人群，笑容灿烂地向站在角落里的他奔来。

她会不客气地索要他的糖果，发现他口袋里有零花钱便会让他给她买冰棒，然后在周六日请他去动物园玩。两个小学生背着书包，趴在玻璃窗上看里面游动的北极熊可以看很久。

江白奇从来没有这么快乐过，每一天他才跟宋睢窈分开，就在盼望着快点再见到她。

“你爸爸妈妈工作会有调动吗？你会不会突然要离开这里？”有一天两人一起逛公园的时候，他突然问她，灰色的大眼睛里满是不安。他跟她一起太开心了，所以时常感到不安。不久前班上有两个同学因为父母工作调动的缘故，转学离开了。

“不会，我们不会分开的，以后你要跟我结婚的。”

“什……什么？”

“因为你是我的命定之人，是命运送我的礼物，你是我的。如果我要离开的话，你就要跟我一起离开。”她叉着腰霸道地说，“我要跟你在一起才会幸福。”

江白奇瞪着眼睛，呆呆地看着她。

“你不愿意跟我结婚吗？”宋睢窈眼眶顿时一红。

“没……没有，我愿意！你不要哭……”他手忙脚乱起来，表情慌张，整颗脑袋都红了起来。

那时，一个不明真相的大人有幸见证了这一场景，被两个小孩逗得憋不住笑，只觉得可爱极了，不知道他们长大后会不会还记得这些，那时想起来会不会觉得很羞耻。

两小无猜的童年过去，小学生成了中学生。那么多年，他们几乎一直形影不离。虽然宋雎窈有很多很多的朋友，江白奇也交到了两个不觉得他可怕，反而觉得他这种体质很酷的朋友，但没有一个人可以插足他们。

“不过你去过她家吗？见过她爸妈吗？”朋友问江白奇。

“没有。”

“那你知道她家是什么情况不？好神秘哦，她爸妈都没来开过家长会。”

另一个朋友面无表情地说：“我爸妈也没来开过。”

江白奇：“我爸妈也没来开过。”

“呃……算了，不说这个了。来来，喝一个喝一个。”

三人用奶茶碰了碰杯。等宋雎窈下来，江白奇拎着给她买的那一杯，跟朋友挥挥手迎了过去。

宋雎窈接过奶茶，牵住他的手，也回头笑眯眯地跟他们挥手。

“真漂亮啊。”

“好羡慕哦。”

“没办法，我们没有阿奇那么酷。”

“但是她到底是谁家的孩子？”

在高中毕业的时候，江白奇得到了确切的答案。

车子在王宫前停下的时候，江白奇没有太大的意外，面色平静，反倒是宋雎窈看起来坐立不安，从边上探头探脑看他的表情。

“我早就猜到了。”江白奇把脸转给她看，省得她伸脖子。

“啊，什么时候知道的？”

“小学六年级的时候。”他在图书馆的一本神话书上看到的，上面说这个世界的土地主人们，如果足够幸运的话会得到命运的礼物，拥有一个命定之人。

宋睢窈不止一次说过他是她的命定之人了。而他生活的这个国家的国王，确实娶了一个人类妻子，生了一位公主。这个公主除了婴儿时期，没有在公众面前露面过。算算时间，刚好跟他同岁。

这样，他为什么会被父母送去家里负担不起的学校也可以解释了。

“你会生气吗？”她有些气弱地问，随后又硬气起来，“生气也没用，你不能反抗命运，知道吗？你就是我的。”

因为母亲是人类，特别懂得人类的感情，知晓没有人喜欢被强迫，被打上生来就属于谁的标签，所以在知道女儿一直能感觉到另一个人很寂寞的时候，就知晓女儿有命定之人，于是就安排他们一起上学一起长大，来循序渐进地培养感情。

她哪想到母亲的良苦用心，在江白奇小学六年级的时候就被他看破了。

“嗯。”江白奇点点头，与她十指相扣。

“真的不生气吗？不会想想觉得不乐意被绑着，所以觉得不舒服吧？你是我的命定之人，你要是不爱我的话，我可是会死掉的。”

“那你可以活得长长久久。”江白奇耳朵红了起来，“我很爱你，我不介意，这是我的荣幸。”

“我也是！”宋睢窈大声说，快乐地扑进他的怀中。他也毫无保留地敞开怀抱拥抱她。

他真的好爱她，他都不知道自己期待这一天有多久了。多么神奇的事，一粒灰尘可以拥有一个太阳。

“我已经成年了，父亲要给我一块土地，你可以做我的第一个国民吗？”未来的女王问道。

“好。”

“也可以做我的骑士吗？”

“好。”

“我的伴侣呢？”

“好。”

“那我们永远在一起哦。”

“好。”

（未完待续）

图书在版编目（CIP）数据

这膝盖我收下了 / 江山沧澜著. — 成都 : 四川文艺出版社, 2022.4
ISBN 978-7-5411-6295-4

Ⅰ. ①这… Ⅱ. ①江… Ⅲ. ①言情小说 - 中国 - 当代
Ⅳ. ①I247.5

中国版本图书馆CIP数据核字(2022)第041122号

ZHE XIGAI WO SHOUXIALE

这膝盖我收下了

江山沧澜 著

出品人　张庆宁
出版统筹　刘运东
特约监制　王兰颖
责任编辑　陈　纯
特约编辑　王译葶
营销编辑　刘玉瑶
封面设计　卷帙设计 QQ:2649686699
责任校对　段　敏

出版发行　四川文艺出版社（成都市槐树街2号）
网　　址　www.scwys.com
电　　话　010-85526620

印　　刷　北京市松源印刷有限公司
成品尺寸　145mm × 210mm　　开　本　32开
印　　张　24.75　　字　数　660千字
版　　次　2022年4月第一版　　印　次　2022年4月第一次印刷
书　　号　ISBN 978-7-5411-6295-4
定　　价　69.80元（全2册）